「但是，你又能怎樣？
我可以現在就殺了你，
而你卻跟我說你喜歡男生。」

Shade Arbert
夏德・亞勃克

大皇子
26歲， 192cm

Rhys Arbert
里斯・亞勃克
三皇子
18歲，176cm
「我才不在乎，真的不在乎，
我只是想活下去……」

# 穿越成男配的我
# 為了活下去
# 只好裝Gay了

Author｜淇夏
Illustrator｜MU

# CONTENTS

# Chapter 1、穿越成男配的我

救我。

不管是誰……

救救我吧。

賴田樂倏地睜開眼睛，眼前仍是那富麗堂皇的天花板，他陷在高級又柔軟的大床鋪裡發愣，整個房間依然是那樣金碧輝煌、如此陌生，他對這副身體也很陌生，粉色的頭髮、藍色的眼珠、英俊的外貌、標緻的身材……這名帥哥絕對不會是他，賴田樂可是土生土長的東方人，原本的樣子跟現在可差多了。

今天是他穿越來到這裡成為里斯．亞勃克的第三天，里斯．亞勃克是誰？一部小說的男配，這部小說叫做《皇女的後宮攻略》，聽起來很普通，但它主打的是十八禁的劇情，故事是皇女從惹人憐愛的小女孩開始成長做為開端，她在十四歲的成年舞會嶄露頭角，逐漸成長為舉手投足之間都散發著致命魅力的女人，一路上與許多男人周旋，包括肉體上的糾纏，然後在男人們的幫助下成為帝國上史上第一位女帝，主要劇情到這裡就差不多了，接下來就是女帝和她後宮沒羞沒臊的啪啪啪生活。

賴田樂起初會開始看小說的原因是為了他的妹妹，她喜歡看小說，為了拉近彼此之間的距離，賴田樂才會開始接觸小說，長大之後的他們越來越陌生，賴田樂嘗試做出改變，沒想到看了幾部後自己也樂上小說帶給他的各種感受，但這部完全是意外，起初它的劇情很正常，只是字句間偶爾帶著肉慾，中間開始催油門，開始飆車後看不到車尾，而賴田樂也只是一名普通的男性，只掙扎了幾秒便理所當然地繼續看下去。

當然除了開車外，主要劇情也很不錯，女主角和她的後宮都是好結局，除了里斯・亞勃克。

里斯・亞勃克是三皇子，小皇女的三哥哥，在十四歲的成年舞會後意識到自己的妹妹越來越漂亮，竟然喪心病狂地想要擁有妹妹，因為在這裡只有他和他妹妹是真正繼承皇室血統的人，大皇子和二皇子都不是帝王真正的孩子，起初帝王以為自己不孕，因此透過一些管道帶回有皇室特徵的孩子。

只有皇室的人，頭髮會在月圓之夜下變成銀髮，就像鋪滿星空的銀河，也許是大皇子和二皇子身上帶有一絲微弱的皇室血統，總之這情況很難見，聽聞此消息的帝王便馬上下令將他們帶回來。

之後大皇子和二皇子就這樣定下來，再後來，三皇子和小皇女相繼出生，打破帝王不孕的消息，但大皇子與二皇子並沒有因此離開皇室，他們都是被公開的存在，以輩分來說，繼承皇帝位置的應該是大皇子，然而恰巧得知真相的三皇子不願意高貴的皇室血統被來路不明的他們侮辱，因而準備與大皇子競爭帝王之位，卻在企圖強暴小皇女未遂後被大皇子處刑了。

事情就是這樣。

先不論他是怎麼穿越來的，賴田樂需要先避免死亡的結局，而且如果眼前的東西不是幻覺的話，他或許有辦法回到原本的世界。

**叮！主線任務：請談一場驚天動地的戀愛（男男戀）後活下來，完成任務可以實現你任何一個願望（包括回到原本的世界）失敗即死亡**

**接受或是拒絕？時間剩餘6小時**

這個白色的框從他來到這裡就一直存在於他看得到的地方，賴田樂不管怎麼回想都不記得小說裡面有關於這個的描寫，六小時後即是小皇女十四歲成年舞會的開始，實在是沒有其他頭緒的賴田樂只能相信這個了，不是嗎？

從他變成里斯的那刻起，他就不得不信了。

只要能避免死亡的結局，並且為了回到原本的地方，他什麼都會做的，就算是和男生談戀愛！而且，裝成Gay的話更不可能走向故事的結局，一個Gay怎麼可能強姦女生？嗯，裝Gay好。

於是賴田樂按下接受，一則訊息跳了出來。

**叮！獎勵任務：請人（男）幫你修理你的陰毛，成功後存活率增加1%，未成功存活**

**率減少3%，時間剩餘1小時**

……

賴田樂看了眼上頭出現的『當前存活率：1%』後大概沉默了整整五分鐘，所以他沒有修陰毛的話，就必死無疑了。

哈哈。

他的人生準備GameOver了呢！

賴田樂生無可戀地蜷縮在床上，開始吐槽自己的設定過於老套，穿越什麼的、反派什麼的……！應該也要有主角金手指啊！威能啊！怎麼他什麼都沒有？還要人家刮陰毛！

「里斯殿下，您起床了嗎？」

外面傳來聲音，賴田樂一驚，馬上要他進來，想起這個人的角色，他的專屬護衛，吉，沉默寡言但對皇室忠心耿耿，等他死後會變成小皇女的護衛，也是皇女的後宮之一。

……要拜託他嗎？

「拜見三皇子。」

「起身吧。」

賴田樂已經習慣這裡的禮儀模式，跪在他面前的吉聞聲起身站到一旁等候，賴田樂坐在床邊，身上也只披了件袍子，露出大量的肌膚，賴田樂想乾脆直接當個變態好了。

他上下打量著吉，腰間除了長劍之外還有把短刀，依照吉的身手應該不會有事……賴田樂越想越覺得這個人是最適合的人選，只是開口是件難事。

「吉，我如果拜託你一件很難辦的事情，你會答應嗎？」

「會。」

「……回答得真快。」

「我是屬於您的人，里斯殿下，不論您——」

「那幫我刮陰毛。」

「什麼？」

賴田樂努力維持著冷酷的表情，他站起來，雖然里斯身為男主角之一，身材理當不錯，但在騎士的面前還是差了一截，賴田樂在原本的地方大約一百七十五公分，里斯和他的視野差不多，所以身高大概也是在那數字上下，騎士卻高了他半顆頭。

「我說，用你這把短刀幫我刮陰毛吧。」

賴田樂往吉的腰間摸去，吉顧不上禮儀立刻抓住他，他本來情緒就不太會顯露出來，現在遇到主人的無理，也只是皺了眉頭。

「里斯殿下，請問您是認真的嗎？」

不是，假的，我想讓我的陰毛好好的——賴田樂在心中吶喊，但為了任務他只好繼續下去。

「認真，我想以乾淨的狀態參加我妹妹的成年舞會。吉，你做不到嗎？明明是我的護衛。」

「我可以請外面的侍女——」

「你是要讓陌生的女人碰我的那裡嗎?吉,你今天太多話了。」

吉閉上嘴巴,好一會後才鬆開賴田樂的手說:「我明白了,里斯殿下。」

他忽然伸手拉開賴田樂身上的浴袍,拿出短刀跪了下來,賴田樂沒想到他動作那麼快,嚇得按住他的肩膀,驚慌失措地道:「吉……!去、去浴室!」

吉抬起頭看向難得面露驚慌的主人,停頓幾秒,站起來扶住賴田樂的手應:「好的,里斯殿下。」

移動的過程中賴田樂非常緊張,但只能藏在心裡,里斯在故事裡的人設是高傲又優雅的,他對自己十分嚴格,從來不會做有損皇室名譽的事情,也對身為皇室的自己與哥哥、妹妹都充滿了驕傲,他其實是大皇子繼承帝王的首要支持者,所以才在得知大皇子和二皇子不具有純正皇家血統這件事感到前所未有的背叛感。因而走火入魔,對唯一的妹妹產生依戀,不過這一切都要在終結在賴田樂的手裡了,就連里斯的一世英名也是。

「吉!慢、慢點……」

「……是。」

賴田樂站在浴池的旁邊,在吉沾水與泡沫的時候忍不住抓住對方的肩膀發抖,鋭利的刀時不時碰上他,可吉的雙手又直接碰上他的性器,吉的手很溫暖,帶繭的觸感對他太刺激了,賴田樂蹙起眉忍住聲音,並不斷告訴自己冷靜下來,而且這人在幫你刮陰毛!

他成功忍住最大的刺激,後來感覺漸漸習慣,賴田樂便躲過在對方前面硬起來的窘境,吉的表情基本上沒什麼變化，甚至在觸摸他時也沒什麼猶疑，忠誠程度令人敬佩。當任務完成的叮聲響起，賴田樂立刻要吉停下，守住最後的毛。

**叮！獎勵任務達成：請人（男）幫你修理你的陰毛達成，存活率增加1%，當前存活率2%**

「吉，可以了！」

「但是還沒有……」

「不用全部，就、整理乾淨就好……你別碰了。」

「是。」吉很快收回手，在賴田樂面前繼續維持著跪姿。

「吉。」賴田樂盯著吉手中的泡沫以及短刀，乾脆閉上眼睛，眼不見為淨，說：「快去洗手。」

「是。」

吉站了起來準備離開，賴田樂傻眼，再叫住他：「去哪裡？在這裡洗。」

「但那是里斯殿下的洗澡水。」

「給我洗就對了。」

大浴池裡面基本上是滿水的，也很乾淨，賴田樂不曉得這是怎麼循環利用，他一名皇子也不需要知道這個，只知道現在能洗手就好。他一把拎起盆子撈出熱水，要吉伸出手給他沖，泡沫沒了，賴田樂身上的陰毛也沒剩多少。

賴田樂隨手就把盆子扔了，同時束起身上的浴袍，總不能一直露著那裡給人看，只是有那麼一瞬間，賴田樂好像有與吉對視，他掃了自己的下體一眼。

**叮！**

賴田樂有不好的預感。

**叮！獎勵任務：問對方感覺怎麼樣？關於修理陰毛這件事情。成功後存活率增加0.5％，未成功存活率減少2％，時間剩餘10分鐘**

又來——！而且增加太少減少太多了吧！要是減了2％他的陰毛不就白白犧牲了嗎！

賴田樂深吸了口氣，道：「吉，視線別太放肆。」

「很抱歉，這就挖出眼睛來謝罪——」

「不必！」賴田樂奪走吉的短刀，順勢提出：「感覺很差？替你的殿下做這種事情。」

「並不。」吉停頓了一下，難得補充：「里斯殿下的體毛本來就不多，處理起來並不難。」

**叮！獎勵任務達成：得到了誇獎，存活率增加翻倍，當前存活率3％**

賴田樂一時不知道該回應什麼，這算誇獎？呃、謝謝吉？辛苦了？賴田樂疲倦地捏起眉尖，決定還是什麼都別說比較好。

「行了，出去吧，在外面守著，我留在這裡泡澡，你自己看時間，時間差不多就叫侍女幫我準備舞會的衣服。」

「是。」

吉很快轉身離去，他真的太聽話，賴田樂忽然良心不安，以腳掌晃了晃水，在開門聲響起前又喊：「吉。」

「是。」

這聲應答有點短，吉回頭的瞬間，賴田樂剛好半褪浴袍，整個後背毫無防備地露出來，男人的體態不算瘦小，肩膀至後腰呈現出好看的倒三角狀，只是那腰顯得細，曲線隱沒浴袍內，他聽到賴田樂在泡入浴池內前道：「辛苦了。」

「不會。」

吉回答很快，也很快離開，辛苦了，這是這幾天常聽到的話，在那之前他從來沒聽過，最常和里斯待在一起的他其實有發現里斯的不一樣，就像換了個人，但是他一點也不在乎，他只要有做到身為騎士的職責就好了。

保護皇子的人身安全並遵從皇子的一切命令。

僅此而已。

皇女在十四歲以前很少出現在他們的面前。

賴田樂努力回想也只記得皇女小時候的樣子，皇室的孩子在十歲之後會進行皇室教育，關閉學習整整四年，不論是禮儀還是各種知識都要在那四年全部學會，再來就是成年舞會初登場，迎接來自外界的敵意、試探與好奇，故事的主軸也環繞著人與人之間對權力的貪婪與鬥爭，十四歲的小皇女即將要面對這一切。

帝國最高統領人即是帝王，沒有人可以違抗帝王的命令，典型的君主專制，現在帝王底下有兩派黨臣，一是大皇子派，二是二皇子派，大皇子長年在外征戰，立下許多豐功偉業，二皇子則是善於說詞，在內拉攏許多貴族，不過看過劇情的賴田樂知道，他們私底下感情不差。

大皇子和二皇子起初一起被帶到皇宮，中間不知道經歷了些什麼，這部分作者沒有詳寫，只知道他們出於某項目的才分黨派，他們之間並不會為了王位進行廝殺，表面上的不合全都是演給黨臣看，後來，他們都傾向皇女，就不演了。

那三皇子一開始在他們之間又是什麼身分?當一個專業輔助。

他支持大皇子，卻也沒有阻止二皇子的行動，他忠於亞勃克，也就是皇族，利益分析後他認為大皇子是最佳選擇，但其實二皇子也不差，所以他的立場微妙，可幾乎所有貴族都會找他請教，里斯從來只做出對皇室有益的決定，與自身無關。

不管想幾次，里斯這個角色都讓人覺得怪遺憾的。

賴田樂雖然覺得遺憾，但強姦妹妹這件事就是錯的，而且錯得離譜，無法挽回的過錯就是無法挽回，而他準備從根本上矯正這個過錯。

「三皇子駕到。」

賴田樂在大門前深吸口氣，下意識地瞄向站在他斜後方的吉，他一如往常沒什麼表情，莫名讓他安心下來，大門敞開，裡面華麗的燈飾與擺設過於耀眼，賴田樂瞇了會眼睛，隨即向舞會上的人露出有禮的微笑，一路走到前方二皇子的身邊。

「里斯，你今天很好看。」

二皇子立即和賴田樂打了聲招呼，二皇子，薩西維．亞勃克，他的性格溫柔無害，長相偏中性，屬於美型的那類，他留著深色的長髮更讓人覺得雌雄莫辨，但是好看的，基本上在這人的面前都會忍不住放下戒心，畢竟是名美人，但看過劇情的賴田樂知道這個人在床上有多糟糕，總是折磨著皇女，就是個抖S，更何況能遊說他人的傢伙一定城府很深，賴田樂絕不會因為這人的外表而小看他。

「薩西維哥也是。」賴田樂禮貌應答，同時也和二皇子身旁的大皇子問好：「夏德哥，好久不見。」

大皇子光是站在那裡就壓迫性十足。

他的身材高大，足足高了里斯一顆頭，大皇子，夏德．亞勃克，不知道是不是因為長年在外征戰的關係讓人很難親近，如果說二皇子是美人型，大皇子就是完全相反的英俊陽剛，穿著皇室正裝的身姿挺拔，氣勢逼人，賴田樂覺得里斯已經夠帥了，但根本無法和大皇子相比，難怪說得上是女主的正宮，其他人都只能算小妾。

其實裡面所有的男主賴田樂也最喜歡大皇子，因為作者將他描寫得太帥氣，在外是冷血悍將，對內則只是一名深情的男子，他對女主深沉的愛令人動容，即使那愛顯得有些瘋狂執著了，但還是打動賴田樂的少女心，所以在真正面對大皇子的時候，賴田樂特別緊張。

剛來的時候他極力避免與他人對話，就連和二皇子交談的機會也寥寥可數，所幸大皇子也不會那麼快出場，所以他花了一點時間適應，然後最後來到這裡，迎對所有人。

不過夏德沉默的程度與吉相比更勝一籌，他只冷冷地瞥了賴田樂一眼就當作回應，賴田樂倒也無所謂，站在他們的面前他就快要緊張死了，要是再開口講話，他可能會失去應對能力。

賴田樂也不能表現得不像里斯，要是被人懷疑怎麼辦？雖然這根本是天方夜譚，但他還是不敢想像後果，只能依賴不靠譜的任務走一步算一步。

這時皇女終於登場了，賴田樂望向大門，一瞬間好像感受到舞會的寂靜，從皇女走進來的那刻起她就奪去了所有人的目光，她和自己一樣有一頭粉色亮麗的髮絲和天藍色的眼眸，那些東西放在她身上更好看了，『皇女那清澈美麗的容顏還帶著少女的稚嫩，光是站在那兒就能淨化每個人的內心，她踏著輕巧的步伐來到帝王面前，向她的父王和哥哥們綻放燦爛的笑容』，賴田樂想起故事裡的描寫，偷偷往上看確認大皇子和二皇子難得動搖的樣子，卻與冰冷的大皇子對上目光。

賴田樂心顫，趕緊移開視線，假裝持續注視著皇女，接下來的過程就是帝王向所有人宣告皇女的存在以及慶祝皇女的十四歲生日，他和大皇子和二皇子以哥哥的身分帶著皇女接待其他貴族的禮物和問候，期間幾乎是他和二皇子在幫忙應對，一段時間後賴田樂累了。皇女的應對表現很好，有著皇室的高貴氣度，也有少女的調皮可愛，因此在場沒有人不喜歡皇女，臉皮厚的甚至問起皇女的結婚對象，真好啊，這才是真正的主角威能，賴田樂想。

只要熬過今晚、只要今晚他沒有走向里斯的劇情就可以活下來，然後再隨便找個男的談戀愛就可以了……

**叮！獎勵任務：跟大皇子述說你的性向問題（喜歡男），成功後存活率增加2%，未成功存活率減少8%，時間剩餘1小時**

什麼？跟誰說？

賴田樂臉上的笑容終於露出破綻，實在是沒辦法繼續偽裝下去，趁著空檔與其他人說：「夏德哥、薩西維哥、珞茵娜，我忽然有點頭暈，想去外面吹吹風，一會就回來。」

「還好嗎，里斯哥哥？」

「沒事，吹個風就好了，抱歉，明明是妳重要的舞會我卻沒辦法一直陪妳……」

「沒事的哥哥！我還有夏德哥哥和薩西維哥哥陪著我呢！」

薩西維也跟他說不用擔心，賴田樂勉強回應一個微笑，像對待真正的妹妹一樣寵溺地揉了揉珞茵娜的頭髮後快步離開，遠離舞會現場，並命令吉不用跟太緊，他一個人到人煙稀少的走廊，隨便進個房間，然後尖叫。

為什麼偏偏是大皇子！為什麼！

賴田樂真心害怕著大皇子，不願與他有更多的接觸，對大皇子還有股微妙的傾慕，就像是對偶像一樣，記憶中他和大皇子講話的次數也不多，突然講這個話題不會太奇怪嗎！

這到底是什麼破爛任務，達成了真的能增加存活率嗎……？

賴田樂沉默地待在這裡好一段時間，腦中思考過各種情況，結論都只有一個，他不想死，也不應該賭，而且他不該在乎別人怎麼看他，反正也不是他，這是里斯，不是賴田樂。

整理好思緒，賴田樂重新振作起來，打開房門的瞬間卻看見皇女就站在門前，賴田樂下意識地關上了門。

「里斯哥哥！」

門外傳來呼喊，那真的是珞茵娜。

為什麼！賴田樂來到這裡已經咆嘯了好幾個為什麼，他不懂珞茵娜為什麼會來到這裡，賴田樂深吸口氣，重新打開門，面對突然出現的舞會主角，問：「珞茵娜，妳怎麼會在這裡？」

「我擔心里斯哥哥！」

「不是，妳可是舞會的主角……怎麼能突然離開？夏德哥和薩西維哥呢？」

「只有一下下沒關係的。」

珞茵娜忽然走進房內，每當她踏入一步，賴田樂就後退一步，他突然有不好的預感，猛地按住珞茵娜：「妳做什麼？快點回去，我也要回去了。」

「不回去。」

「別說任性的話，妳怎麼來這的？吉帶妳來的嗎？」

「嗯嗯！我讓吉在遠一點的地方等著了。」珞茵娜伸出手攀上賴田樂的脖子，她笑得像孩子調皮，又像在勾引：「里斯哥哥，你不想對我做些什麼嗎？」

「什麼？」

賴田樂傻愣，完全沒理解珞茵娜的話，只是著急地扯下珞茵娜的手，但對方再度黏上去。

「里斯哥哥，看到我長這麼大了，都沒有其他想法嗎？夏德哥哥和薩西維哥哥都稱讚我變漂亮了喔！」

「嗯，對，我們珞茵娜確實變漂亮了，不過……妳先放開我好嗎？」

「不要！里斯哥哥不喜歡我了！」

「我沒有……只是……妳別這樣，珞茵娜……」

賴田樂實在是急死了，深怕突然有個人跑出來產生誤會，故事劇情明明不是這樣演的，珞茵娜這麼做的原因是什麼？

「珞茵娜……！別扯我的衣服！妳到底！」

賴田樂沒想到自己連一名小女生的力氣都比不上，這副身體空有外殼，怎麼那麼虛弱？他臉紅氣喘地推拒著珞茵娜，好像他才是被強迫的那個，他突然感覺到不對，珞茵娜的眼神明顯失去神采，彷彿被什麼控制住，緊接著，他看到白色的框出現警示。

**警告！警告！劇情正在強迫推動！劇情正在強迫推動！請盡速達成獎勵任務提高存活率！避免與故事主角獨處！**

這是什麼意思？不走劇情腳本所以強迫推動？這下賴田樂明白了，他抵抗死亡的命運，就是抵抗這裡的所有人，更是抵抗這個故事世界本身，不管那推動劇情的力量是什麼，賴田樂想，他都會抵抗到底。

「啊——！吉！吉！救我！」

他高聲呼喊，期許外面的護衛能夠聽見，果不其然，吉在幾秒後迅速登場，他打開門看到珞茵娜壓在賴田樂身上時明顯愣了一秒，賴田樂又喊：「吉，幫我拉開她！」

吉的行動快速，卻在碰上珞茵娜時遲疑，賴田樂看出來了，咬著牙怒吼：「吉！你現在的主人是我！」

聞言，吉馬上拉開珞茵娜，以雙手禁錮住珞茵娜的掙扎，被推倒在地的賴田樂整身凌亂，確認珞茵娜逐漸平靜下來後，雙手蓋著臉忍住情緒。

「咦？我怎麼會在這裡？里、里斯哥哥……！你怎麼了！」

賴田樂抬起頭，那雙藍色的眼睛已經恢復美麗的光彩，他爬起來，疲倦地解釋：「我只是摔了一跤，妳忘了嗎？妳來找我，我剛好有點暈就摔倒了。」

「是、是這樣嗎？那里斯哥哥還好嗎？」

「沒事，妳快回去吧，我等等整理好就回去。」

「可是……」

「真的沒事，舞會主角怎麼能離開那麼久？妳已經成年了，別任性，珞茵娜。」

「好、好的，里斯哥哥……」

當珞茵娜的身影終於離開視線範圍，賴田樂鬆口氣，仰著頭撐著腰無語好一陣子，對默默站在一旁的吉說：「吉，你今晚什麼都沒看到，也別提問，知道了嗎？」

「我明白了。」

「過來幫我整理衣服。」

「是。」

吉的指尖撫過賴田樂凌亂的衣領與衣扣，賴田樂乖巧地站在他的前面任他弄，他想，只要他沒有死，那麼吉就會一直站在他這邊，他還不是珞茵娜的，他還不是。

「吉，不論發生了什麼事情，你都要站在我這邊。」

吉沒有馬上回應，他只是低著頭繼續整理賴田樂身上繁複的衣著，賴田樂也沒期望他能馬上表態，吉卻在整理完後，淡淡地開口：「里斯殿下，我可以說一件事情嗎？」

「……說吧，就一件。」

「您缺乏鍛鍊。」

「什麼？」

「您連皇女殿下都抵不過，這樣面對更高大的敵人的時候，很危險。」

吉的思考路線好像跟他不在同一條線上，賴田樂輕嘆：「我這不是有你嗎？」

「也有我不在的時候。」

「會有嗎？」賴田樂抬起眼問道。

吉沉默幾秒，然後搖頭說：「不會。另外，里斯殿下的頭髮也有點亂，需要幫您整理嗎？」

賴田樂點頭，垂首閉眼，吉伸出的手遲疑一瞬，接著溫柔地撥弄粉色的髮絲，賴田樂的心漸漸地平和下來，他不想去面對大皇子，可是不提高存活率又會發生剛才那樣的事情，不知道下次被劇情推動控制的角色是誰，也很有可能是吉，所以在這裡他真的沒有可以依靠的人。

有點想哭。

待頭上的手離去，賴田樂重新睜開眼睛，就在這個時候，門外傳出了低沉的嗓音——

「你們在做什麼？」

賴田樂聽到這聲音忍不住發顫，但還是鼓起勇氣探出頭應：「夏德哥，您怎麼來了？」

「珞茵娜說你身體很不舒服，要我來看看。」夏德一步一步走進來，深邃的眼眸在吉和賴田樂之間徘徊：「不過，看來好像沒那麼簡單。」

「抱歉，不是很懂夏德哥的意思。」賴田樂裝蒜，默默地和吉分開距離：「剛好我有事想和夏德哥說，方便嗎？」

天下掉下來的餅不吃白不吃。

夏德只給賴田樂一個眼神，賴田樂就當作是他答應了，讓吉出去等並關上門，賴田樂努力維持臉上的微笑，先開口說：「夏德哥，我有個煩惱……能跟你說說嗎？」

夏德依然沒有回應，只是看著他，賴田樂便自顧自地說下去。

「我……喜歡男生。」

「什麼？」夏德終於有了反應。

「我說……我喜歡男生！」

氣氛瞬間沉寂，賴田樂假裝不在意，反正他完成任務了。

**叮！獎勵任務達成：跟大皇子述說你的性向問題（喜歡男），存活率增加2%，當前存活率5%**

當它說完，賴田樂馬上想著要怎麼離開，夏德卻忽然恥笑出聲，這是他第一次呼喚他的名字，以冰冷的聲線：「里斯，你現在是在說什麼？你覺得我會在意？」

賴田樂微微一愣，面對夏德的逼近開始後退，對方卻不給他緩和的機會，繼續說：「今天是皇女的舞會，你又突然做出以前從來沒有做過的舉動，要是以往，你不可能突然離席這種重要的場合，我還以為你在策畫些什麼。」

賴田樂努力從喉嚨裡擠出聲音：「什麼意思？」

夏德將人逼至陽台後，突然伸手推開賴田樂，在對方身體掉出一半時拽住他，說：「里斯，我在外面征戰的時候，不論是男是女，只要擋在我的面前，一律格殺勿論。」

無法做出任何反抗的賴田樂只能緊緊抓住夏德的手，只要夏德一放手，他必定會從陽台掉下去，這是賴田樂第一次這麼接近死亡，他害怕極了，淚水彷彿下一秒就要奪眶而出，這一刻他忘了偽裝，以困惑可憐的目光望向夏德。

夏德接受那樣的目光，發出嘲笑般的嘆息。

「一定要我說那麼明白嗎？就算是你，我也不會放過。我也不在乎你支持誰，也知道你已經發現我和薩西維的事情，你以為我看不出來你眼裡的輕蔑嗎？」

夏德以另外一隻手勒緊賴田樂的脖子。

「但是，你又能怎樣？我可以現在就殺了你，而你卻跟我說你喜歡男生。」

脖頸被勒著，賴田樂連求饒的話也說不出口，也無法叫門外的吉，他只能直直望著夏德，祈求對方會放過他，還好，夏德將他拽回來了，賴田樂重摔在地，聽到夏德在他的上面又說：「也許，根本用不著殺你。」

看到賴田樂摔倒在地直直發抖的樣子，夏德轉身離去。

「你讓我太失望了。」

瘋子。

怎麼可以……這樣隨隨便便掌握別人的生死。

劫後餘生的賴田樂默默地呆坐一陣子後才爬起來，他面無表情地往外走去，也不想管皇女的舞會是否還在舉辦，漫無目的地在皇宮內走著，吉跟在他的後面，賴田樂一路都沒和他搭話，對方也一路沉默，他晃到神殿，看著中間的女神雕像發愣，故事裡提到的宗教只有一個，女武神，傳說建國之初，是她帶著軍隊突破重圍，她是勝利的象徵、生命的延續、希望的祝福，那麼，即使他不是這裡的人，也可以向祂祈求嗎？

現在神官都不在神殿，他們都去舞會給予皇女祝福，所以賴田樂隨便進了間祈禱室，吉理所當然在神殿外守著，賴田樂在裡面喚了幾聲，確認這裡隔音良好後，大力嘶吼起來。

「為什麼是我？為什麼是我！為什麼！」

想起剛才的恐懼，賴田樂終於有了自己活在這裡並且隨時隨地都有可能死亡的實感，他一直以為自己很快就能離開，也一直把自己和里斯分開來看，不要生氣、不要生氣……反正這是里斯的，不是賴田樂的，可是這股憤怒與委屈又是屬於誰的呢？憑什麼他要受到這樣的侮辱和威脅？

賴田樂終究還是哭了出來。

他哭得很委屈壓抑，連啜泣也只是抖著肩膀，像是害怕被人發現，眼淚直直落下，幾乎停不下來，而當後面傳出開門的聲音時，賴田樂也是驚顫地回頭，眼睛哭紅的模樣直接被人看光。

「里斯？」

是薩西維。

賴田樂不知道是不是夏德回去後說了些什麼，但不管有沒有說，薩西維對他來說也不是一個可信任的存在，他沒有應聲，只是抬手要抹去眼淚，薩西維卻猛地攔住他的手，兩個人在明亮的地方望進彼此的眼裡，那感覺太赤裸了，賴田樂又抬起另外一隻手試圖遮擋，而薩西維又抓住了他。

一時間賴田樂竟然掙脫不了薩西維的雙手，他只能頂著哭紅的雙眼面向薩西維，努力以鼻音維持自己的氣勢：「薩西維哥，您有什麼事情嗎？」

「里斯你……在哭？我就說過了明明可以和你談談，夏德哥怎麼……」薩西維抬起賴田樂的下顎，靠過去仔細端詳：「我看看，脖子被掐了？」

「別碰我。」

賴田樂拍開對方的觸碰，含著淚水的眼眸瞪向薩西維，他們的身形差不多，但薩西維顯得柔弱一些，拚比力氣對薩西維不利，所以他也只是收回被拍紅的手，好言相勸：「我替夏德哥道歉，夏德哥應該不會那麼衝動才對……或許，你說了什麼？」

「我只是跟他說我喜歡男生。」賴田樂直說，他扯著嘴，又問：「如果我接受你的道歉的話，就不會殺我了嗎？」

「什麼？」薩西維頓時間不知道該反應哪個，他無法判定對方話中的真偽，可是賴田樂眼中的受傷與委屈太明顯了，沒見過弟弟這樣的薩西維先是應：「我們並不會殺你。」「夏德哥並不是這麼說的。」

「我……唉，他就是這樣，我會再跟他說說的，你願意再相信我一次嗎？」

薩西維看起來十分誠懇，彷彿是真心的，可賴田樂才不吃他這套，他現在依然止不住發抖，太搞笑了，賴田樂知道自己不應該那麼有攻擊性，也許順著他的話行動會比較好，但是賴田樂不想管了，也不想模仿里斯，現在里斯就是賴田樂，他要以賴田樂的方式生活下去。

「你就是這樣遊說大家的？」賴田樂按住自己發顫的臂膀，越捏越緊，試圖給自己力量：「如果不是經歷剛才的事情，我可能就相信你了。」

賴田樂滿意地看著薩西維皺起他好看的眉毛，絲毫不在乎地繼續說下去。

「薩西維，我才不在乎你和夏德，真的不在乎，我只是想活下去……」

賴田樂的視線放在薩西維身上，薩西維卻覺得他的目光放在很遠很遠的地方，他抓不到，對方也想遠走高飛，他看到賴田樂斂下眼簾，沉默一會，接著重新看向他，神情坦然，像是最後一次拿出自己的真心，道：「你若是相信我，我也願意相信你。」

薩西維從以前就很喜歡里斯那天空般的瞳孔色彩。

在他們還沒有捲入複雜的關係之前，他和夏德第一次看到剛出生的里斯時是那樣的喜悅，母后溫柔地笑著，說他們可以再靠近點看，母后一定是世界上最溫柔的人了，對外來的他們毫不排斥，還像親孩子般對待他們。里斯那小小又溫暖的掌心抓住了他，漂亮的天藍色眼眸笑得彎彎的，母后也向他們微笑，從那一刻起，薩西維就想他一定會好好保護他的弟弟，即使他們沒有血緣關係。

里斯是那樣純淨美好，他代表著高尚的亞勃克，薩西維總能一眼看出別人對他的好壞，里斯對王位從來沒有任何企圖，他對自己是真誠的，薩西維知道，所以才在里斯對他露出抗拒的時候感到強烈的背叛感。

因為他不是真正的亞勃克。

里斯將他們曾經相處的一切也全都拋棄，毫不留念，以隱藏不住的嫌惡眼神看著他和夏德。

純然的天空色已經消失了，然而此時此刻，他似乎又觸碰到以前的里斯，但是他卻分辨不出來這究竟是里斯的計謀還是他真的放下對亞勃克的執念。

亞勃克可是里斯的一切啊。

薩西維避開賴田樂的視線，選擇相信自己的判斷說道：「里斯，人是不可能一夜之間就改變……亞勃克怎麼樣都無所謂了嗎？」

賴田樂抹了把自己的臉，他將淚水帶走，並留下冷漠給薩西維，應：「信不信隨你。」

薩西維瞬間就知道自己搞砸了，可他還是只能如此表態：「我需要一段時間才能選擇要不要相信你，我會看你最近的表現。要是讓我們察覺到你只是在演戲……我們會毫不猶豫地殺了你。」

他停頓一下，靠近賴田樂，試著真誠地說出自己的看法：「別讓我失望，里斯……我是真心不想殺了你。」

「不差你一個，薩西維。」賴田樂不打算領情，他笑出聲：「剛剛夏德也說，我讓他失望了。真搞笑，誰在乎他。」

一個一個的，都隨意把人的生死捏在手裡，彷彿他們是這世界的神，是生是死由他們掌控，才不，賴田樂想，他的生死掌控在自己的手上，他不會死的，他一定會完成任務。

**叮！獎勵任務：摸對方的下體稱讚對方好大，成功後存活率增加2%，未成功存活率減少3%，時間剩餘20分鐘**

賴田樂覺得自己看到任務後，所有的憤怒委屈都被傻眼取代。他實在是太想知道任務的內容是怎麼訂的，也想知道這個是不是有看好時機才出現。

情況忽然變得好氣又好笑。

「里斯，你現在是眼裡沒有哥了嗎？從剛才就直呼我和夏德哥的名字？」

連薩西維憤怒的質問聽在耳裡也不算什麼了，反而能藉由這個完成任務。賴田樂對於奇怪的任務似乎接受度越來越高，除了無語之外，賴田樂大概感到更多無奈。

「我說了，我喜歡男生，也包括身為男生的你，反正你又不是我親哥，喊你的名字也不為過吧？」賴田樂邊說邊湊近，手直接往薩西維的下半身摸去，甚至還揉了一把：「不是嗎？親愛的薩西維。」

「里斯……！」

薩西維驚呼，他很快跳開，滿臉羞憤地看著賴田樂，賴田樂像個痞子哼笑，道：「跟外表不一樣，薩西維真大。」

「里斯！」

**叮！獎勵任務達成：摸對方的下體稱讚對方好大，存活率增加2%，當前存活率7%**

沒有心理障礙的話，其實任務滿好達成的。聽聞任務達成的聲音後，賴田樂還能慶幸這一次很簡單，摸個雞雞就能活下來，他還不摸個一百根。

「你說完了吧，我要走了。」

「等等！」薩西維抓住準備越過他的賴田樂，他的皮膚白，臉紅後沒那麼快消下去，就這麼紅著臉問：「你到底是想做什麼？」

「談戀愛。」

「什麼？」

「我想要……談一場驚天動地的戀愛。」賴田樂笑著拍了拍薩西維美麗的臉蛋，語帶嘲諷：「在死前。」

薩西維一副不能理解的傻愣模樣讓賴田樂更想要笑了，他也不能理解啊，可是又能怎麼辦，賴田樂這次終於掙脫出來，頭也不回地轉身離去，他在門口旁瞥見吉，賴田樂沒有停下，繼續往外走，確認吉跟上後，淡淡地開口詢問：「吉，你為什麼放薩西維進來？」

吉依然沉默，賴田樂也知道他不會應答，自顧自地說：「也是，你忠誠的對象是皇室，不只我，但……你下次先跟我說聲吧。」

賴田樂停下腳步，站在吉的面前，他們維持著殿下與護衛的距離，夜風吹亂了賴田樂的頭髮，他背對著明亮的月光，輕聲說道：「不然我會覺得你背叛了我，吉。」

吉不由自主地單膝跪下，在他的主人面前垂首宣示：「里斯殿下，我並沒有那個意思。」

「嗯，我知道，起身吧。」

賴田樂撫過臉側的髮絲，重新邁開步伐，他說話的聲音很輕，像是隨時隨地會隨著晚風消失一樣。

「我原諒你了，之後也會原諒。」

「你就以你的方式生存吧。」

「而我也是。」

賴田樂花了一點時間寫下自己的生存筆記和大概的故事劇情。

一、丟掉羞恥心和身體自主權，我的身體不是我的身體，是任務的

二、每個任務都要盡力完成，趕快提高存活率並且避免與皇女獨處

三、遠離凶巴巴臭臉大皇子

四、趕快找個男生認真談戀愛

五、想到再補充

他其實想過要不乾脆逃離這裡隨便找個男生，可是外面未知的危險讓他不敢隨意輕舉妄動，作者很少寫皇宮之外的事情，他一無所知又沒有人可以依靠，起碼這裡他比較熟悉，只要做好迴避，在皇宮內至少還有吉的保護，而且要是隻身一人隨意跑出去又讓大皇子和二皇子誤會他要幹什麼大事的話就更糟糕了。

最好的辦法就是在皇宮內找對象，賴田樂先是排除了故事裡的主要角色，只要和皇女有沾上邊的他一律不會列為考慮，誰知道牽扯到劇情會發生什麼事情，他不想冒險，所以現在想隨便勾引個路人A或是路人B。

殿下與下屬之間的禁忌之戀，夠驚天動地了吧。

老實說賴田樂一開始對要與男生談戀愛這件事情有點牴觸，他只是假裝豁達，也以為情況允許他慢慢來，畢竟除了接受任務之外沒有其他選項，事實上確實是這樣，可是當初他為什麼會看這部十八禁小說？因為皇女和各男主角的肉很香啊，要是他穿越到男主角身上該有多好，賴田樂想過的、他想過……但事實上他就是個砲灰，現在要努力活下來的砲灰。

不過經過任務的摧殘以及各種不友善的待遇，賴田樂已經看開了，雞雞是可以拯救他的東西，沒理由不喜歡，他甚至已經決定今天要來物色哪個男僕人看起來很可愛，今晚就要和他上本壘。

今天是大家與父王一起吃飯的日子，每兩個月會有這麼一天，皇宮裡的所有僕人都會為這一天出動，賴田樂就是看上這點，所以不論怎樣都要吃上這一頓飯，因為分派到他這裡的僕人都是一些年紀大的，賴田樂也不敢隨意調動人員，要不他原本想找藉口缺席，沒為什麼，就他誰也不想見，大皇子、二皇子、皇女、吉……都不想。

賴田樂記得故事裡的今天正是他被判刑的日子，而且自從大皇子從里斯手中救出皇女後，兩人也在這期間逐漸好上，雖然已經沒有按照故事的劇情發展，但依照那晚是薩西維來找他，那麼陪皇女到最後的應該就是大皇子，本來有大皇子哄睡驚魂未定的皇女的橋段，不知道兩人究竟有沒有看對眼，然後天雷勾動地火，大皇子撫摸皇女讓她高潮後熟睡。

哇，真的是十八禁小說呢，有時候就是為肉而肉，絲毫沒有邏輯。

沒記錯的話，夏德目前是二十六歲，哇，二十六歲吃十四歲，根本犯罪嘛。賴田樂在回想的時候不禁斥責大皇子，雖然原本十八歲的里斯所做的也是犯罪，但二十六歲耶，你情我願也是犯罪啊。

薩西維也是，二十四歲吃十四歲也差不多，都是犯罪。

這之後大皇子要去處理附屬國的叛亂，好一段時間會沒有大皇子的戲份，當時皇女送行是一個很美的段落，皇女親自做了護身符送給大皇子，期許他凱旋歸來，冷血的大皇子面對可愛的妹妹多少有些動容，他將僅存的溫柔都獻給她了，這點賴田樂很有體悟，不可愛的弟弟活該被威脅。

而留在皇宮內的皇女有薩西維的守護，同時薩西維也抵擋不住妹妹的魅力情不自禁地發生啪啪啪的事情，皇女的第一次獻給薩西維，再之後過了半年，大皇子回歸，和長大不少的皇女啪啪啪。

真是一點也不重要的劇情回顧，賴田樂想，繼續努力回憶——大皇子原本在征戰中差點死亡，但因為皇女的護身符活了下來，護身符救了他一命，這是大皇子自己說的，作者在征戰方面一樣沒有描寫很多，只大概說了一下過程，護身符裡面包了皇女最喜歡的祝福花瓣，那花很稀有，以前是里斯握有溫室的所有權，後來給了皇女，總之那花瓣給了大皇子很大的幫助。

大皇子回來後便準備繼承王位，征戰有功的他理所當然擠下了薩西維，但皇女在大皇子不在的日子中，受到貴族和黨臣各種的關照，那些心狠手辣的陷害賴田樂記不太清楚了，反正那些是皇女要面對的事情，他想不起來沒關係。最後她深知要自己保護自己，所以下定決心爬到最高點，大皇子對此沒有意見，答應和皇女一起競爭王位。

如果繼承王位的人選有疑慮的話，可以請大神官請示，大神官在這個故事裡頗有地位，傳說他能接收到女武神的指引，而大神官也知曉所有秘密，連大皇子和二皇子並不是真正皇族的人也知道，他自然選擇站在皇女這邊，皇女依靠自己的力量越站越穩，最後在所有人的簇擁下當上女帝。

賴田樂記得的就是這樣，但他來後不知道往後的劇情會不會不一樣，即便他沒有強姦皇女，他們應該也會照常發展吧，畢竟皇女依然是故事裡的主角。

現在光是擔心自己就夠他焦頭爛額了，誰管他們什麼時候要啪啪啪。

待到時間差不多後，賴田樂把整理好的筆記鎖在櫃子裡，每次走出房間他都要給自己加油打氣，現在的他也已經不用侍女的幫忙就能穿好那些繁雜的衣服，他讓侍女們都下去了，所以這裡顯得特別寧靜，賴田樂很滿意，只留下吉在門外。

賴田樂對吉的感受很微妙，他是在這裡唯一會保護他的人，卻不能夠完全將自己託付給他，賴田樂提醒自己很多次，不要太依賴吉，何況他也不是能夠戀愛的對象，不必太過在意。

要是哪一天，吉選擇的不是他，而是皇室的話，他也能夠坦然接受，因為吉就是這樣的一個人。

「吉。」

「拜見三皇子。」

賴田樂點頭，隨即轉身邁開步伐，今天穿的是一襲以白色為主的皇室騎士裝，會面帝王固然要穿著體面的服裝，衣服上有著花藤，那是皇室高雅的象徵，華麗的點綴很多，賴田樂有點嫌棄，因為穿起來很重，更別說那一點用也沒有的披風，除了走起來比較有氣勢之外一無是處，現在他只想快點坐下來減去這身重量。

地點在室外的花園，要走上一段距離，賴田樂打算事後去他管理的溫室看看，那裡有著能拯救大皇子的花，不知道他是不是要偷偷摘給皇女才能繼續觸發劇情，不然大皇子沒有皇女護身符的話，還能在那場征戰下活下來嗎？

不對，賴田樂轉念一想，都說了那不關他的事情，而且那傢伙都要置他於死地了，他幹嘛還在乎他的生死。

賴田樂在不遠處的前方發現大皇子和二皇子的身影，他很確認大皇子有瞥他一眼，就一眼，然後就繼續走了，賴田樂想起昨晚的憤怒，心裡卻很是平靜，原來討厭一個人可以到毫不在乎的地步，虧他原本還是他最喜歡的角色。

二皇子也發現他了，卻紅著臉皺眉不願與他對上目光，賴田樂沒想到對方這麼純情，只不過是被弟弟摸了一把……喔，好像有點糟糕，還是說著想要談戀愛的弟弟，但事到如今他也只能硬著頭皮上。

很快大家都入座了，賴田樂一邊聽父王的開場白問候一邊正式開始物色人選，偶爾他也會注意到大皇子和二皇子照顧著皇女的場景，而他也是做做樣子，一心多用，導致飯都吃到一半了，他都沒看到心儀的，還是說，真的就什麼都不管隨便抓一個？性別男就好。

賴田樂就這樣到處觀察著，然後發現一件事情，那該死的父王好像在桌子底下對珞茵娜上下其手。

不是！那是！您的女兒啊禽獸！就算女兒變得多漂亮也不能這樣吧！不論是誰快點發現啊！刷好感的機會耶！

賴田樂在內心尖叫好久，遲遲不見大皇子和二皇子動作，先不論坐最遠的二皇子，依照大皇子的敏銳度怎麼可能沒有發現，賴田樂是因為坐在皇女旁邊看到父王的手頻繁地竄動以及珞茵娜偶爾不安的神情才注意到，特別是父王和皇女的座位特別近，珞茵娜也是忍了很久，幾乎看不出破綻。

賴田樂想不起來這段劇情，但想起是皇女親自弒父，還有現任帝王荒淫無度的事蹟，這中間她又受了多少委屈，作者沒有明寫，卻在賴田樂眼前真實發生，賴田樂忍了又忍，不要管、不要管……明明是那樣想的，身體卻動了，他站起來摘下身後的花朵，親手別在珞茵娜的頭上，柔聲問：「珞茵娜，妳不是很喜歡這種花嗎？要不要跟我換位置，讓畫工幫妳留下紀念？」

「里斯哥哥……」

賴田樂看見珞茵娜眼紅的瞬間，又在眨眼間看到她恢復笑容，燦爛地詢問父王，這點小事當然沒有理由拒絕，於是換賴田樂坐上皇女的位置，卻在不久後感覺到有人摸上他的大腿。

嗯？嗯嗯？

不是！兒女都可以是嗎！太超過了吧！這父王到底是多荒淫無度！是因為就連父王都沒救了，所以想靠自己延續亞勃克嗎里斯？

賴田樂忽然有種越來越不了解里斯的感覺，那個男人甚至摸得越來越誇張，賴田樂想著只能忍了，他能救皇女，那麼誰來拯救他？

「里斯，你有聽到嗎？」

賴田樂猛地回過神，只見大皇子盯著他看，同時桌子底下的手收了回去，賴田樂愣愣地問：「什麼？」

夏德慢條斯理地切著牛排吃，吞下帶血的牛肉，掀起眼簾再說一次：「父王，這次的叛亂討伐，里斯要和我一起去。」

「什麼？」

賴田樂不禁也再問一次，他立即看向父王，父王卻只是讚賞著他：「很好、很好，去外面見見世面吧，里斯，多了解一點，以後就能輔佐夏德了。」

「我並沒有——」

「里斯，你十八歲了，理當獨當一面帶領軍隊。」夏德淡淡地看向薩西維，又說：「薩西維十八歲的時候，也和我出征過一次。」

賴田樂一時間找不到任何說詞拒絕，他只能衝著薩西維問：「是這樣嗎！」

薩西維彷彿嚇到了，他眨著眼睛，不敢看向夏德，同時也不敢看賴田樂，只是盯著盤子中的食物點了點頭：「是……在那之後，我也代替夏德哥帶領過軍隊，這是……必須學習的、親自。」

「你不是說，很想要知道嗎？」夏德以白色的手巾擦拭著嘴唇，「我是如何在一次又一次的戰場上生存下來。」

這話賴田樂可是第一次聽說，不禁扯著嘴反問：「誰說的？」

「珞茵娜替你跟我說的。」

「什……！」

腦袋突然一片空白，背叛感壓得他幾近窒息。

此時此刻的珞茵娜根本不敢看他，她連反駁都沒有，賴田樂怒極反笑，前幾分鐘前他還思考著皇女受過多少委屈，那麼，他現在是活該受委屈嗎？沒有人可以拯救他，全都是活該嗎？他想以賴田樂的方式生存下來，也是錯的嗎？活該沒有照著劇情走，活該要面對更可怕的事情。

是這樣嗎？是這樣嗎！

賴田樂沒什麼有關吃飯的後續記憶了，就連珞茵娜後來投射過來的目光他也視而不見，結束後直接追上大皇子的步伐，衝著他的背影怒吼：「夏德！」

夏德的身影明顯一頓，他緩緩地轉過身，朝向賴田樂邁進，男人面無表情，目光冷淡，步步逼近，反而是賴田樂不知所措地被他逼至柱子前，就像那一晚一樣，他只能在大皇子的陰影底下接受恐懼。

「原來薩西維說的是真的。」夏德居高臨下地看著他：「不把我當哥了？不裝了？」

「我真的對你想的那些沒興趣！」賴田樂抬起臉直視著對方說：「我什麼都不會，學的都只有知識而已，又不像薩西維有你的保護，直接讓我上戰場不就是要我死嗎？」

「太多話了，里斯。」夏德微微彎腰，沉聲宣告：「不是你能說得算，你什麼都不是。」

「哈。」賴田樂怒得笑出聲，不知道從哪裡生出勇氣，回道：「那你說說看啊，你算什麼，夏德．亞勃克。」

夏德的神情終於有了一絲變化，他蹙起眉道：「你，別用亞勃克稱呼我。」

「但你必須是亞勃克才能稱王。」

夏德又是逼近賴田樂，他高大的身形籠罩著賴田樂，彷彿在這裡解決賴田樂也不會有人發現，他問：「你究竟要什麼？」

**叮！獎勵任務：摸對方的下體說要這個，成功後存活率增3%，未成功存活率減少5%，時間剩餘5分鐘**

今天依然是被任務坑的一天。

賴田樂沒有一絲猶豫往男人的胯摸去，衝著他笑道：「要你的這個，嗯？」

他的手只摸到一秒便被夏德抓住，夏德的表情讓人難以猜透，他沉默地凝望著賴田樂，賴田樂也沒有避開目光，兩人只是在對望中誰也不讓誰。

**叮！獎勵任務達成：摸對方的下體說要這個，存活率增加3%，當前存活率10%**

「明天開始訓練。」

賴田樂不敢置信地眨眼：「什麼？」

夏德鬆開賴田樂的手，瞥了眼不遠處的吉，接著又把目光放在賴田樂身上：「不是說什麼都不會？我來教你，實際演練，十天後正式出發。」

「我不去！」

「里斯。」夏德的呼喚不帶任何感情，他指向吉的方向，又說：「我說了，不是你說得算。難道你離開這裡後也只想依靠他嗎？我剛才逼近你的時候，他連動都沒有動。」

賴田樂並沒有望向吉，他只是淡淡地回應：「……我知道。」

「你……似乎很了解自己的立場，但又讓人搞不清楚你真正的目的。」

「談戀愛。」賴田樂說：「你應該也聽薩西維說過了，就是談戀愛。」

夏德評估著賴田樂話中的真實性，他忽然覺得有點搞笑：「我很好奇，你對談戀愛到底有多執著，讓你寧願放棄亞勃克的榮耀。」

「我這不是很飢渴嗎？」賴田樂語帶嘲諷：「連你也要了。」

「你的這張嘴，怎麼會變得如此無禮？」

夏德連皺眉的模樣都是帥氣的，賴田樂卻越看越討厭，講話也很不客氣：「我這張嘴只對我的愛人溫柔，你要小心你的士兵了，我可能一不小心就和他們搞起來。」

夏德維持著同樣的表情，沒有回應賴田樂直白的話，逕自地說：「明天早上七點，我要在訓練場看到你。」

眼見夏德又要說完自己的話就離去，賴田樂忍不住問：「為什麼！」

夏德停下離去的腳步，難得不是以那麼冰冷的態度回應：「因為我沒做到的事情，你做了。」

「什麼意思？」

「我以為你連你的親妹妹都看做是敵人，但好像不是那樣。」夏德冷靜地分析：「你幫了她，她卻將你推入火坑，我不清楚緣由是什麼，但處理掉你對我也不是壞事，所以我接受了她的提議，而我也不確定珞茵娜的存在對我來說有沒有益處，就無視了父王對她做的事情，即便她只有十四歲。」

賴田樂深呼吸，回：「我現在後悔了。」

「看得出來，但我對你們亞勃克之間的紛爭沒有興趣。」

「我也對你要做的事情沒有興趣。」

夏德微微瞇起眼睛，反問：「我要做什麼事情？」

「繼承王位。」

「那只是過程，並不是我的最終目的。」

「……什麼？」

「我對你的寬容就到這裡了。」夏德在離去前，又多說一句話：「你今天做的事情，不論理由是什麼，都是值得讚賞的。」

賴田樂愣愣地看著夏德的背影，頓時間不知道該怎麼形容此刻的心情。

事情已經越來越偏離他所知的劇情，而他也參與其中，越來越迷茫了。

里斯的溫室隱藏在神殿的後面，它很隱密，只有少部分人知道它的存在，因為裡面培養的都是一些稀有的花種，自然光從透明的玻璃屋投射下來，照耀著每一朵花，賴田樂請專門照顧溫室的侍女長帶路，劇情上沒寫的事情他都只能想辦法帶過。

他讀不到里斯以前的記憶，總是若有似無的，好像有又好像沒有，但若是別人問起以前的事情，幾乎都能回答得出來，還是劇情上沒有的細節，所以里斯是在這個不知名的世界上真實存在的人，現在卻被他取代了，他是這裡全新的人，因為未知的原因來到這裡，那麼，賴田樂想，其他人是不是也跳脫了原本的角色框架？

賴田樂不得不去思考那種可能性，他們都是活生生存在於這裡的人，並非只是劇情裡被作者們操控的角色，他們是立體的、鮮活的……而他也是，在這裡呼吸的每一秒都證明著他的真實性，賴田樂一直不願意去想，既然他在這裡呼吸著，那另外一邊的他呢？

賴田樂想不起來穿越前的記憶，穿越前他在做什麼？想不起來，太多未知的謎團讓他越來越無法堅定，可是劇情仍舊會被強迫推動，獨立的人與劇情的推動產生矛盾，賴田樂實在是頭疼，最終選擇先解決眼前的事再說。

不去思考了，反正再怎麼想也得不出解答，不如就一步一步依照著任務的指示，再也不要多管閒事，珞茵娜究竟為什麼要陷害他，他並不覺得直接去質問她是個好辦法。

或許她也是穿越者？可他們分明站在不同戰線上，賴田樂一點也不想要為此暴露自己的身分。

他覺得自己想得太遠了，連眼前的生死都解決不了，又何必煩惱未來的事情，賴田樂記住來到溫室的路線，讓侍女長退下後，自行繞了溫室一圈，希望能藉由保住大皇子命的花瓣想出辦法。

賴田樂一眼就看出那稀有的花是哪一個，它在後面生成一片花叢，銀色的花瓣在太陽的光輝下顯得晶瑩剔透，賴田樂摘下一朵，花朵足足有他一個手掌那麼大，他隨即回頭遞給吉，吉雙手接下，沉默地回望。

「有什麼特別的感覺嗎？」

「沒有任何感覺，里斯殿下。」吉倏地一頓，看著手裡的花道：「它枯萎了。」

「什麼？」

銀色的花瓣失去光輝，呈現出暗灰色，花瓣像是被抽乾水分看起來極為乾癟，賴田樂重新摘下一朵放在手裡實驗，花朵完好如初，放在吉的手裡又瞬間枯萎，要不是親眼看見這枯萎的速度，賴田樂也不敢相信。

「吉，你在這看到的都不准說出去。」

「是。」

這花瓣果然有什麼特別的，並且只有在自己手中才能聞到淡淡的香氣，只是賴田樂暫時還不太確定這跟拯救大皇子的命有什麼關聯，他的視線放在花上，思考自己到底要怎麼利用這個，他向吉伸出要回枯萎的花，吉將花朵遞回給他，忽然開口：「里斯殿下。」

「嗯？」

「我無法保證自己能在戰場上保全您，所以請您不要去。」

賴田樂的動作一頓，接著從口袋裡拿出預備的小布袋，摘下完好的花瓣放進去，然後以輕鬆的語氣笑說：「怎麼？遇到敵人後你會從我身邊逃走嗎？」

「不會。但是，要是我不在了，就沒有人能夠保護您。」

「那你為什麼會不在？」

「戰場上有很多種情形，我無法向您預知。」吉的手覆蓋在胸前，以卑微的姿態微微彎下腰請求：「里斯殿下，我開始會懷疑自己，我……不知道什麼時候該站出來，所以，站在我身後的您，或許會非常危險。」

賴田樂差點將手中的花朵捏爛，自己都不知道的事情，他又怎麼可能會知道，別對他說這種話，賴田樂想，孤苦無依的他會忍不住想要去依賴。

「我不是說了嗎，你以自己的方式生存……你自己判斷，怎麼做才是最好的。」

「那麼，剛才，我可以反抗大皇子嗎？」

「什麼？」

吉抬起頭，這是賴田樂第一次從他的眼中感到殺氣，他直挺背，垂下眼眸說：「我做得到，里斯殿下，我是皇家的騎士，亦是您的護衛，我重新思考過了……若是讓里斯殿下懷疑我的話，那麼就是我做錯了。」

吉掀起眼皮直直對上賴田樂的目光，他忽然變得很有侵略性，如他張揚的金髮很有存在感，「我認知情況已經與以往不同，里斯殿下，我會以往後的行動證明我自己，請您……就這樣看著我，直到您願意再次信任我。」

賴田樂愣怔片刻，他眨了眨眼睛，淚水就這樣奪眶而出，賴田樂嚇到了，趕緊撇過頭，他又忍不住哭了，上一次哭是因為無助的憤怒，這一次他卻不知道自己為什麼哭，是因為剛經歷過的背叛嗎？他認為吉向他說的每一句話都該帶有保留性，但他還是哭了，為了吉說的每一句話，他無法相信，卻很想要相信，他一個人站在這裡，思考了那麼多，可都沒有一個明確的未來，累積下來的無助感使他越來越無力。

「吉，轉過身，先不要看我。」

「是。」

賴田樂單手掩蓋住自己的臉，抹去淚水，深吸口氣努力讓自己冷靜下來，想要冷靜思考，無助的話卻還是脫口而出：「那你能只屬於我嗎？」

「只要您想，可以到大神官那裡定下契約。」

「什麼契約？」

「騎士契約，我為您而死、我為您而生，我的性命將與您同在。」

「講簡單點。」

「里斯殿下若是不幸死亡，我也會死。」

……有夠沉重，但心意已足。

賴田樂抹了把臉，撥了撥瀏海，他以為自己在這裡已經什麼都不在乎、什麼也都討厭，但事實證明他還是會在乎，並且由衷希望這人的未來是明亮的。

「下次吧。」賴田樂輕聲道：「我……我不知道我未來的下場如何，你也看到我和大皇子和二皇子……還有皇女都是敵人了，你很好，吉，我不想讓你跟我一樣那麼輕易地就面對死亡。」

「但是我不會死的。」賴田樂閃著淚水的藍色眼眸堅定地凝視著吉，「你要相信我……即使我最後仍是要參加征戰，我也會想辦法活下來，你也要如此，明白了嗎？」

「是。」吉彎下腰說：「我銘記在心。」

**叮！**

賴田樂突然有了不好的預感。

**叮！獎勵任務：您的陰毛長了，晚上請人再幫你刮陰毛吧，成功後存活率增1%，未成功存活率減少4%，時間剩餘6小時**

他剛剛！才說了那麼耍帥的話耶！賴田樂再度於心中咆嘯，然而減4%真的太多了、太多了……賴田樂只好生無可戀地引導對方：「吉……你的那把短刀還在嗎？」

「在。」

「……吃完晚餐來幫我吧。」

「是。」

「不問一下是幫什麼嗎？」
吉眨了眨眼：「刮陰——」
「好了！好了！就那樣……就、啊……晚上再說吧。」賴田樂抬頭望了眼天空，輕聲嘆息：「現在我們慢慢散步回去吧。」
吉將欲應答出來的是吞了回去，他點頭，道：「好。」

從明天開始，是為期三天的祝福日。
在經過人來人往的神殿時，賴田樂才突然想到這段劇情。
一年之中只有這三天向一般民眾開放皇宮裡的神殿，每個鎮上都有代理神殿與神父，唯有皇宮裡的大神官能夠接收到女武神的請示預言國家大事，他是神殿的代表，據說大神官的祝福能讓幸運降臨，舉凡家業、愛情、友情或是各種煩惱都會在一年之間迎刃而解，因此這三天中是神殿最熱鬧的日子。
平時只有貴族能申請來訪的神殿也是在這三天中最為忙碌，因為大神官只有一名，從早上八點開始到晚上七點都是祝福時間，平民也要經過申請、確認身分後才能入內，因此只有年滿十四歲的人擁有申請的資格，在這個世界中十四歲就算成年了，不過每一年都會有大批的人為此而來，即使大神官延長祝福時間也消化不完這麼多的群眾，今年便改了方式。

由二皇子薩西維負責處理，改成事前抽籤的形式，在祝福日的前一個月前派人到每個鎮上進行龐大的抽選，以顏色作為區分，民眾分別在三種顏色中進行記名投票，在最後一天由神父抽出來的顏色即為代表，投給這顏色的民眾便擁有資格，每個人也都會再進行身分確認，因此無法造假。

若是超過祝福時間便不會再給予入內，所以大部分人會於前一天先來靠近皇宮的鎮中心住下，不知不覺中延伸成祝福市集、慶典還有各種表演聚集於此，熱鬧的狂歡持續整整三天，得知這事的賴田樂非常想去看看，要不然每晚待在房間沒有娛樂的他真的要悶死了。

然而祝福日的第三天同時遇上月圓之夜，那天皇子們與皇女要以銀髮的姿態出示在眾人的面前給予最後的祝福，賴田樂還沒有看過自己髮色改變的樣子，並且想到要出現在一大堆人面前就緊張到胃疼。

原本的劇情……好像是、大皇子和皇女在結束祝福後於圓月的背景之下接吻，至於前因後果賴田樂歸咎於氣氛好月光佳，反正就是看對眼，然後二皇子撞見卻躲了起來，三人之間的修羅場就此展開。

那吉呢？賴田樂突然想到，吉這個時候到哪裡去了？

「吉，你有被分配到工作嗎？」

「有，祝福日開始，守衛也要投入大量的人力，所有人都派去執勤了。」

「你也是？」

「是，但我不在也無妨，我主要還是待在里斯殿下的身邊守護您的安危。」
「喔，那明天晚上我想——」
「里斯！」
賴田樂聞聲回頭，見到薩西維撇開眾人正往他這邊走來，這邊人太多了，他不得不停下來，令賴田樂訝異的是吉主動擋在他的面前，薩西維見狀，馬上面露不悅。
「你這是在做什麼？區區護衛也敢阻擋我？」
吉沉默應對，絲毫沒有要移動的打算，賴田樂躲在吉的後面突然探出頭，笑了。薩西維愣征，只見對方揚起嘴角讓護衛去身後，他則問：「怎麼了，薩西維哥？」
「哥……？」
賴田樂傾身湊過去，小聲地說：「哥，這裡人多呢，快說有什麼事，不然我要走了。」
薩西維露出一副欲言又止的表情，最後只是問：「午餐結束後我因為有事所以……總之、你去找夏德哥了嗎？」
「嗯。」
賴田樂只是單聲回應，倒是薩西維著急地問後續：「然後呢？」
「什麼然後？」賴田樂皺起眉反問，想起他在飯局上表現出來的樣子，「啊、你是說我要參加征戰那回事嗎？」
「我……」
「你們都那麼說了，父王也同意了，你想也知道我去找夏德哥得到的回應是什麼，還需要再問我嗎？」

剛才向著他的笑容好像是錯覺。

薩西維無法否認賴田樂的每一句話，這件事夏德並沒有向他說，但他們是同一艘船上的人，他下意識先幫夏德說話，明明知道這對里斯多麼不利，也知道里斯可能的下場，可他依然沒有勇氣在那種場合上替里斯說話。

「……我錯了。」

「什麼？」

「里斯，我不想以這種方式……」薩西維闔上嘴，他整理好思緒只花幾秒鐘的時間，「我說需要一段時間才能選擇要不要相信你，是以你在我身邊為前提。」

「薩西維殿下！這裡有事需要您的批准！」

後面傳來旁人的呼喚，薩西維先是轉頭回應，抬手要他等會，繼續向賴田樂說：「之後再談談吧，今晚有空嗎？」

薩西維突然轉變的態度讓賴田樂很不是自在，他搖了搖頭，硬是任性地應：「今晚沒空，累了，想休息，明天早上七點還要去訓練場找夏德哥，他說要給我訓練。」

「夏德哥嗎？」薩西維猜想不到夏德的用意，他先是把疑惑放在心裡，又問：「我知道了，那明天晚上呢？」

「明天晚上……可以。」

「好，明天晚上我會去你房間找你，那就先這樣，里斯，我走了。」

待薩西維遠去，賴田樂回頭望向吉，眼神頗有委屈的意味，吉馬上想起賴田樂剛才上未說完的話，問：「明天晚上里斯殿下原本有安排嗎？」

「原本想讓你帶我去鎮上看看……不是很熱鬧嗎？」

「確實是一年中最熱鬧的日子。」

「唉……感覺和他談談就可能有機會說服夏德改變心意。」賴田樂伸個懶腰，走在吉的面前，嘟噥：「真不想面對明天啊……」

「里斯殿下。」

「嗯？」

「後天去吧，夜晚的市集，很漂亮。」

賴田樂微微一愣，隨即第一次在陽光底下綻放出笑容說：「好啊。」

**叮！獎勵任務達成：請人幫你刮陰毛，存活率增加1%，當前存活率11%**

完成任務後的聲音於腦中重播，賴田樂猛地驚醒，一早起床心情就不怎麼美麗，等會還要去面對討人厭的大皇子，賴田樂洩恨地扔出枕頭，接著才慢慢爬下床將枕頭撿回來。

他不太想回憶昨晚的任務過程，不知道是不是因為賴田樂將吉當作是自己人了，他感到無比彆扭又抱歉，所幸吉表現得如同一往，少話沉默，聽令吩咐，只是這讓賴田樂歉意更深了。

這麼好的騎士竟然被他使用在這種地方！

賴田樂無意去探討吉突然轉變的緣由，既然他都這麼說了，他就試著去相信、試著去依賴，而且有了吉這個後盾，賴田樂無時無刻緊繃的心態終於可以放鬆，就連覺也睡得安穩，他來這裡的每一個晚上，半夜都會忽然驚醒，賴田樂會再三確認自己還活著後才重新閉上眼，雖然今天也是驚醒，但起碼是一覺到天亮。

他昨晚就在睡前想過，要不要乾脆和吉談戀愛，他之前是那麼篤定將吉排除在外，但經過昨天後又完全不一樣了，他想，能勾引就勾引，勾引不到就算了，繼續物色其他男路人，要是他真去追求吉，反倒將吉勸退那更是得不償失，所以他才故意在吉拿早點進來的時候換衣服。

真正的騎士訓練褲裝是輕便貼合的，與昨日穿的浮誇服飾不一樣，就是簡單的黑衣黑褲，賴田樂再次慶幸里斯的完美的身材，上衣完全是緊貼著曲線，賴田樂彎下腰穿上長靴，這才回頭面對吉，不料對方閉著雙眼。

「吉，你幹嘛閉眼睛？」

「殿下正在更衣。」

還真是鐵壁啊完全沒有縫隙可以勾引！

賴田樂一秒放棄，讓吉將餐點放下，這邊的餐點與他原本的世界沒差多少，畢竟都是人寫出來的，只是一些特色美食可能就吃不太到，他只吃半個麵包，就怕自己等等會被大皇子揍吐出來。

他艱難地踏出每一步，這裡的訓練場長得像競技場，賴田樂第一次來，他從通道裡走出來，觀眾席空無一人，在廣大的平地上只看到夏德獨自一人在做伏地挺身，甚至是以單手在做，他做起來貌似簡單，看起來也做了很長一段時間。

賴田樂不太敢靠近，對方裸著上半身，肌肉隆起，熱氣與汗水搭在一塊，流淌在他的背肌和臂肌上，只要是男人都會羨慕那樣雄壯的身材，賴田樂硬是撇開目光，不想承認今天還是覺得大皇子超帥的一天。

夏德早就注意到賴田樂，只是他還沒做完今天的份量，也不想為他暫停，他默數，直到抵達某個數字才停下來，他站起來拿下脖子上的毛巾擦拭身體，走到牆邊拿起掛勾上的衣服穿上，冷漠地說：「你遲到了。」

賴田樂向吉伸手，吉立即從懷裡拿出懷錶給他，賴田樂打開它，向夏德展示時間：「沒有，現在是七點零一分，我前一分鐘到，是等你才超過時間。」

對於賴田樂的辯駁夏德絲毫不在乎，他自顧自地往回走到武器室，拿了兩把劍出來扔在地上，賴田樂看他這樣的態度實在是很不滿意，先是試著交涉，口吻異常客氣：「那個，我想了想……覺得吉來教我就好，不麻煩您。」

「站住。」夏德瞥他一眼：「我現在很閒。」

賴田樂愣住：「……所以？」

「就算拿一整天的時間來虐你也沒問題。」

賴田樂又愣了片刻，憤怒的青筋自然浮現，他笑瞇了雙眼：「親愛的夏德哥哥，您要不要聽聽您剛剛說什麼？」

夏德倒是一臉平靜地反問：「我說出來了？」

哪來的瘋子！就知道他迫不及待想要殺他！就知道！說什麼要訓練的都是騙人的吧！

賴田樂已經在腦中模擬好幾次自己反殺對方的場景，但都只是想想，他完全知道自己衝動撲上去的下場是什麼，於是往後傾小聲地問吉：「如果我說要你殺了那個臭傢伙你會聽令嗎？」

「暫時不會。」

「耶？」

「他對您並沒有展露殺氣。」

「你說那樣還沒有殺氣嗎？」賴田樂怒拽吉的衣領，要他仔細看好：「你確定？他擺明了就想殺我。」

「里斯殿下。」吉隨著賴田樂拽拉的力道彎下腰，冷靜地分析給賴田樂聽：「夏德殿下目前對您沒有殺意，但有惡意。」

「那不是都一樣！」賴田樂壓低聲音道：「昨天你不是說會向我證明嗎！」

「里斯殿下，我可以說說我的看法嗎？」

「……說。」

「我不認為夏德殿下會在這種時候殺您，第三天的祝福日您是不能缺席的，我想您也許能夠在這幾次的接觸中順利說服他，或者嘗試與夏德殿下交好，在我看來，夏德殿下對您的態度有稍微轉變了。」吉望向賴田樂靜靜聆聽著的側臉，繼續說：「我會一直看著里斯殿下的，不會讓您遇到任何危險。不過以上都只是我的看法，您若是認為我踰矩了……」

「知道了。」賴田樂鬆開吉的衣領，向夏德踏出一步，他像是想到什麼，忽然回頭笑說：「以後也跟我多說一點吧，關於你的看法。」

吉目送賴田樂的背影，輕聲應：「好的，殿下。」

眼見賴田樂終於走出來，夏德也只是問：「談完了？」

「……我該做什麼？」

「舉起劍反抗我，或是，站在那裡當我的沙包，選一個吧。」

賴田樂立即從地上撿了把劍，劍的重量比想像中還要輕，揮舞起來並不費力，這讓他奔向夏德時嘴裡還能嘟囔：「你這個臭雞雞……」

夏德的眉毛似乎抽了一下：「你那張嘴，今天也要矯正一下。」

「你管我！我這張嘴要含雞雞你也管不著！」

賴田樂先是隨意地向男人揮舞著劍，對方只是空手應對，並且在幾秒中內就限制住賴田樂的行動，他的掌心竟然接住了銳利的刀鋒，並且一扯就將劍脫離賴田樂的手，劍甩至地面發出響聲，賴田樂頓時困在夏德的懷裡無法動彈，強壯的臂膀從背後困住他的脖頸，只要夏德在瞬間用力轉動，他就準備和這個世界說再見。

賴田樂以為夏德終於要出手了，卻遲遲等不到夏德的反應，他拉扯著脖子上的手，忽然感受到有什麼東西蹭過他的腦袋，賴田樂努力掙扎一會才終於抬起頭，只見夏德也沒避諱，低頭看著他問：「你早上沐浴？」

「什麼？」

「你身上有香味。」

「什、什麼？……所以你剛才不動是在聞我嗎？」

夏德沒有回答，但對賴田樂來說這就是默認，他覺得自己渾身都被男人的熱氣包圍，而對方卻忽然說什麼在聞他的味道，賴田樂以為自己的臉皮已經被任務養厚了，沒想到無關任務的事情，他害臊起來的速度很快，白皙的臉爬上淡淡的緋紅色，可他又被夏德困著無法動彈，賴田樂有些惱羞，頂著紅臉質問：「你這是什麼意思？」

夏德驀地鬆開他，回頭撿起劍把，手輕顫了一下，他冷聲問：「你連基本的劍法都遺忘了？」

「夏德，是我先提問的。」

夏德面無表情地望向他：「我搞錯了。」

「什麼東西？」

夏德沒有回答，只是重新將劍拋給他，「再來一次。」

他總是這樣，只答自己想答的、只問自己想問的，賴田樂不禁一股火湧上來，一來一往的對話是那麼難的事情嗎？第一次就算了，第二次、第三次依然如此，這讓他也不想對話了，隨口就說：「啊啊、是說你的士兵呢？我還沒欣賞過呢。」

「今天是祝福日的第一天，他們都去站哨了。」

聽到意想不到的回應，怒氣一下子被困惑帶走，賴田樂愣愣地放下劍，詢問：「呃、你剛剛是在回答我嗎？」

「是。」

賴田樂情不自禁後退一步：「……你今天很奇怪。」

「你今天一樣無禮。」

「所以你是早上心情比較好的類型？」

「不是。」

「那你有心情好的時候？」

夏德停頓一會才應：「有。」

「例如？」

夏德直直地走向他，賴田樂馬上興起逃跑的慾望，但感覺那麼做就輸了，所以他僵著不動，就這麼被夏德單手劈腰拍背，他甚至貼過去，扶著賴田樂的腰，喬著他的手臂姿勢與角度。

「以這個姿勢揮劍一百下，從基本劍法開始重頭練起。」

「哈？我不——」

「一。」

「我——」

「一。」

賴田樂非常不情願地揮一下，然後就忽然被寬大的掌心打了屁股，賴田樂直接炸起來：「夏德！」

「對於無禮之徒，我也無須有禮，再怎麼樣我也比你大八歲。」夏德聲音沉穩，真的像大哥一樣架住賴田樂的腰，一一指導：「站好，這不是兒戲，別以隨便的態度揮劍，在你手裡的東西可以殺人亦可以救人。」

賴田樂被說得有些臉紅，但也不明白這人是以什麼樣的身份這樣指責他，他硬是讓自己冷靜下來，先是聽令男人的指示，做出最好的架式，接著才問：「那你是用這把劍殺人還是救人，夏德？」

他能感覺到夏德貼過來的氣息漸漸遠離，賴田樂回頭，看夏德依然沒應，他也不是恥笑，只是淡淡地指出：「回答不出來的東西，就別拿來教訓人了。」

「我為了救自己，在戰場上殺了很多人。」夏德再次湊近，矯正賴田樂偏掉的姿勢，又道：「這個回答，你滿意嗎？」

賴田樂這次揮舞的姿勢不小心用力了，他頓時間沒敢回頭看，這時夏德離開，賴田樂下意識地順著力道轉過身，劍峰倏地指向夏德，賴田樂見他眼睛一眨也不眨，他將劍放下，試著示弱：「不是、我……我到底要怎麼做，你才願意相信我？」

夏德絲毫沒有動搖：「我誰也不信，不只你。」

試著相信剛才的指導。

「薩西維呢？」

「我們只是利益相近，至少目前是。」

「所以不管我怎麼做，對你來說依舊什麼都不是？」

賴田樂已經知道夏德的答案，可是在他冷漠的表情之下，他試圖抓住那一點點的破綻，試著相信剛才的指導。

「我並非什麼都不是，你大可直接把我放在戰場上，任由敵人將我撕碎，但你現在並沒有那麼做。」賴田樂揚起嘴角，他是如此放肆地張揚著自己的存在感，繼續朗聲說：「不論你的理由是什麼，起碼現在，以後，我都會出現在你的眼前，告訴你我活著，而你並沒有將什麼都不是的我置於死地。」

夏德沒想到自己會有一天震懾於里斯的那雙眼眸當中，純然的天藍色與上頭的天空一模一樣令人驚艷，這個人是從什麼時候改變的呢？他是里斯，又完全不像里斯，夏德想，低聲允諾。

「好，我會親眼見證你的存活，而我的理由……」夏德重新將賴田樂摟住，再為他調好姿勢，任由自己靠近賴田樂的氣息，「我收回我的那句話。」

「哪句話？」賴田樂抬起頭問。

夏德壓下他的腦袋，難得傾身貼近賴田樂的耳側道：「腰用力的方式不對。」

「等、你又要不回答我了嗎！」

賴田樂揉揉耳朵，表情看起來很是厭惡，下一秒竟然聽見男人的輕聲嘆息：「你讓我失望那句……我收回。」

叮！心跳加速撲通撲通
主線任務幫助系統正式啟動（一旦對某人心動指數抵達10％即啟動）
戀愛對象一，大皇子，夏德．亞勃克，您的心動指數10％
戀愛對象二、二皇子，薩西維．亞勃克，您的心動指數3％
戀愛對象三、專屬護衛，吉，您的心動指數9％
戀愛對象四、？？？，您的心動指數？？％

建議您攻略戀愛對象一，夏德．亞勃克。
我是您的戀愛幫手，西爾，有問題可以呼喚我。

賴田樂驚恐地看著不斷浮現出來的文字，腦中響起陌生的聲音，他的理解力似乎還未能接納那未知的東西，這個時候，夏德因為他的專注力不夠而輕捏了下他的腰。

「里斯，專注。」男人好聽的聲音再次於耳邊響起，甚至主動抓住賴田樂的手摸他的腹肌說：「基礎很重要，你感受一下我用力的方式。」

腹肌很硬很好摸。

**叮！您對夏德的心動指數增加了1%，總共是11%**

賴田樂嚇得甩開夏德的手，於腦中驚聲尖叫。

那到底！是什麼東西——！

# Chapter 2、叮！您的心動指數為？？%

祝福日的神殿前擠滿了人潮。

賴田樂遠遠看著，神色呆滯地坐在涼亭等待著吉，結束訓練正準備奔回房間的賴田樂在半路上遇到其他侍衛的攔截，他們哭喊著吉隊長，說是有很麻煩又頗有地位的人在鬧事，已經有人前去當炮灰，懇求吉隊長出面，吉起初是拒絕的，但看他們哭得一把鼻涕一把眼淚地在哀求，賴田樂隨口問是誰，說是維特庫家族的公子。

確實是地位不小的貴族。

賴田樂也不是每天都閒閒沒事做，除了思考怎麼存活之外也有在複習自己身邊的各種資訊，舉凡貴族、騎士團、神殿人員、附屬國等情報他基本上都記住了，他想起維特庫的長男特別難搞，個性火爆又目中無人，偏偏實力又強，普通侍衛上去肯定會被毆打得體無完膚，賴田樂便讓吉去處理。

「我先送里斯殿下回房間……」

「不用，你快點解決快點回來就好，我在這邊等。」賴田樂揮手示意，並吩咐吉：「別受傷，不用保留實力，對方怎樣我來負責。」

賴田樂瞬間成為侍衛眼中的救星，吉也只能應好，等他們都遠去，賴田樂才癱坐在涼亭裡發愣，訓練結束後他幾乎是落荒而逃，根本不敢再正眼看夏德。

……為什麼是夏德，是那個該死的大皇子欸。

賴田樂一直不敢去細想，但也總不能只是逃，因此他望著藍天，以一種生無可戀的心態喚著那個怪系統：『西爾。』

『是。』

當腦中真的出現不同以往的聲音後，賴田樂的崩潰程度又增加了一點，好在是可以在腦袋對話，他問：『你是什麼東西？』

『主線任務幫助系統。』

『不是，我是說……你是怎麼產生的？在我腦中的主線任務、獎勵任務那些都是怎麼來的？』

**嗶嗶！您尚未有探訪準則的權限。**

警告的黑框白字倏地出現在眼前，賴田樂微微皺眉，他往後靠在椅背上，思考一會又問：『準則是什麼？』

**您尚未有探訪準則的權限。**

『那、戀愛對象我總能問了吧？一定要他們幾個嗎？』

『建議。但以系統的分析來看，您喜歡夏德的長相，我不認為有其他路人能讓你心動。』

賴田樂沉默了好一段時間才冷聲回：『沒有喜歡。』

『？』

『需要為您提供更確切的數據嗎？』

『比起薩西維和吉，您面對夏德的時候心跳為一分鐘一百二十下，有時呼吸急促、臉部發熱……』

賴田樂忍不住打斷他的發言：『您確定那不是氣的嗎？』

『不排除那種可能性，但是您看到夏德半裸的樣子時確實心動了，指數從0％直接晉升到5％，在他靠近您的時候，指數一點一點上升，您無法抵擋對方展現男子氣概的帥氣與性感，您喜歡、您喜歡、您就是喜歡帥氣的人。』

賴田樂的手肘靠在大腿上，他雙手掩著臉無聲吶喊，人為什麼是視覺動物，他確實無法否認夏德英俊的外表和性感雄厚的身材，但重點是個性，才不是外表，才不是，他崩潰地想，最後撩開瀏海，試著掙扎：『一定要心動才能談戀愛？』

『不心動怎麼談戀愛？提醒您，主線任務是談一場驚天動地的戀愛，您不心動，戀愛怎麼驚天動地刻骨銘心？所以一般路人無法達成條件。』

它說得很有道理，但賴田樂聽得卻有些不爽，忍不住罵：『西爾，你講話很嗆喔。』

『……需要為您啟動親切模式嗎？』

『算了，但你不能忘了我一開始真的很討厭夏德。』

『您的指數確實有下降到負50％。』

『負50％？那怎麼升到10％的？』

『因為您是位溫柔的人，您思考著自己的同時，也會思考別人的處境，您厭惡著夏德對生死的態度，卻從來沒有盼望過他的死亡，在這裡的任何一個人，您都不曾有那樣的想法，所以大概睡一覺就升回負20％，夏德讚賞您的時候也升回到0％。』

賴田樂摸了摸鼻尖，神色彆扭：『才不是那樣……』

『好的，我明白了，您並不溫柔，只是貪圖夏德的肉體。』

『給我開啟親切模式。』

『確定嗎？為您先展示親切模式……西爾來為樂樂服務了！西爾——』

『好了，停，維持現在這樣就好。』

『好的，還有什麼問題嗎？』

長時間聽著腦袋裡的聲音讓賴田樂有些頭痛，想了會才開口：『獎勵任務和你是同個……系統嗎？』

『是的，以後獎勵任務將由我來為您播報，任務除了提高生存率之外，也會盡量往增加心動指數的方向邁進。』

『可以針對吉嗎？』

『任務對象是隨機的，吉是第二攻略對象，出現的次數也許也會增加。』

『意思是針對夏德的任務會最多？』

『是。』

『我不想喜歡夏德。』

『喜歡是不能控制的，這就是戀愛，再次提醒您，您一開始對夏德就有強烈好感。』

『那是因為……等等、你知道嗎？這裡是個故事，而我是——』

**嗶！您尚未有探訪準則的權限。**

賴田樂咋舌，轉念一想，換個方式提問：『就像心動指數超過10％你才啟動，我是不是需要達到某個條件才能知道你說的準則？』

西爾明顯停頓，『……請提高您的存活率。』

『知道了。』

賴田樂換個坐姿，臂膀靠在椅背上，他仰頭吐氣，疲憊地繼續問：『那麼，要是我對路人心動了呢？』

『到時候再說。』

『真是謝囉這回答。』賴田樂對它隨便的態度咬牙切齒地笑應：『我一定會找到讓我心動的路人。』

『祝好運。』

『那戀愛對象四又是誰？為什麼是問號？』

『神秘人物，緣分到了自然會開啟。』

賴田樂再次深呼吸吐氣，跟它談話好累，他決定要放空了，總之他要做的事情依然沒有變，就是繼續做任務提高存活率，至於戀愛對象……順其自然吧，反正他是任務的狗，任務要他幹嘛他就幹嘛，就算夏德真的是他無法抵擋的人物，也無法掩蓋他個性討人厭的事實，所以賴田樂相信自己不會走到那條線。

「好想回家……」

「不行喔。」

一張陌生的俊美臉蛋忽然出現在眼前，賴田樂嚇了一跳，反射性地跳起來，在快要撞上對方腦袋的時候那人竟馬上按住他的額頭，賴田樂被按回原地，他愣愣地仰著頭看眼前的男人，稱呼脫口而出：「神官五號，最不可能被選為大神官的候補……」

神官五號失笑，他灰色的髮絲垂落在賴田樂的眼前，賴田樂先是注意到他眼角的痣，男人以溫熱的掌心蓋住他的額際，開口笑道：「那我們來打賭吧，里斯殿下。」

「什麼？」

「我當上大神官的話，就要和我談戀愛。」

「欸？」

「我叫烏諾斯，殿下。」

烏諾斯走到賴田樂的身邊，突然單膝著地，牽起賴田樂的手臂親吻，「我注意殿下很久了，請務必給我追求您的機會。」

賴田樂的腦中瞬間閃過一堆問號，這誰？哪裡來的？烏諾斯這個名字他從來沒聽過，劇情裡也從來沒有這號人物，保險起見，他甩手拒絕：「無禮之徒，也不看看你的身分？」

被拒絕的烏諾斯反倒露出燦笑說：「殿下，我成為大神官就可以了吧？」

「不可以，大神官怎麼可以談戀愛。」

「可以喔，現在的大神官就有娶妻生子。」

「喔對耶……不對，那你去找其他人成為你的妻子啊。」

「可是我現在只對里斯殿下有興趣。」

賴田樂皺眉看著對方的笑容，很是抗拒：「第一、我有權力處刑任何人，包括神官，我不知道你是基於什麼目的要招惹我，但勸你不要，第二、你是男的我也是男的，我更不可能接受你的追求，第三、你不是我的菜，第四……」

「好好好，噓——」烏諾斯邊說邊站起來，逼近賴田樂，居高臨下地望著他：「我們的里斯殿下無法回家，好可憐。」

賴田樂自動噤聲，瞪大眼睛望著擅自貼過來的無禮之徒，他有種奇怪的想法——這人聽懂了他的『回家』——對方淡色的雙眸彷彿帶著憐憫，嘴角卻勾起嘲笑的弧度。

「你……」

賴田樂還來不及說出後話，眼睛倏地被後方出現的掌心蓋住，他感覺到有人攬住他，以一種冷冽的語調喝斥：「退下。」

是吉的聲音。

待賴田樂重見光明，吉身上的劍已經指向烏諾斯，賴田樂的耳朵貼著吉的胸膛，穩定強烈的心跳聲讓人不由自主地平靜下來，賴田樂抬頭看向吉，吉馬上垂首詢問：「里斯殿下，您還好嗎？我看見他對您做出無禮的動作……」

「沒事。」賴田樂眨了眨眼睛，問：「你處理好了嗎？」

「是的，抱歉讓您久等了。」

他的額上淌著一滴汗水，呼吸倒是平穩，賴田樂不禁又問：「跑過來的？」

「是。」

**叮！您對吉的心動指數增加了1%，總共是10%**

西爾的聲音響起，賴田樂不自在地撇開視線，有個人為他這樣奔波，不可能不心動吧。吉是說真的，關於他的行動、他的證明、他的守護……這時賴田樂注意到烏諾斯舉著雙手投降笑著一邊後退，他說：「看來只能先到這裡了，好不容易終於穩定下來……下次有機會再來兩人約會吧，里斯殿下。」

他又意有所指，賴田樂覺得這人肯定不簡單，但又充滿未知性，是敵是友他都不知道，於是指著他命令道：「站住。」

烏諾斯只是笑應：「賭約成立囉。」

**叮！戀愛對象四、？？？，烏諾斯，您的心動指數0％**

哈？賴田樂聽到西爾的補充直接傻眼，接著便看到烏諾斯笑著離去，吉問他：「需要幫您抓回來嗎？」

『緣分到了。』

賴田樂瞇眼看：「但他溜得很快。」

「無妨，抓得回來。」

賴田樂微微一頓，他的騎士真是可靠又厲害啊，他想，笑著應：「不了，回去吧。」

即使不是家，但仍然是屬於他的唯一空間。

**叮！獎勵任務：為了以後做準備吧，試著開發後面（要被戀愛對象發現你的努力）成功後存活率增10％，未成功存活率減少10％，時間剩餘10小時**

哈？哈啊？

賴田樂在走回去的路上怒捶牆壁，於心中怒吼著西爾，而西爾只是淡淡地道：『請加油，目前存活率為11％，建議您完成此次的獎勵任務。』

這是賴田樂第一次決定放棄任務……可以的話，但10%真的太多了……！

大概是一路上賴田樂整個人心如死灰的氣場過於強大，眼神也透露著心死的絕望，一回到房間吉便開口提議：「里斯殿下，要不明天不去了？我親自指導您。」

「什麼？」賴田樂的心思已經不在那上面了，他的手撐在沙發的椅背上，沉默了一會才重新開機，試著回憶今天早上的過程：「……啊、沒事，明天還是要去，夏德他……感覺隱藏了很多，很多方面都是，就像你說的，和他多點接觸可能就有機會了。」

依照西爾所說，針對夏德的獎勵任務會增加，就近解決比較迅速，而且越快結束越好，只要增加存活率，其他的賴田樂就不管了，反正那該死的心動指數確實如西爾所說，不是自己能夠控制的。

「對了，你不覺得今天夏德的舉止很奇怪嗎？就是、他是那麼愛肢體接觸的人？」

「確實有些過分靠近了，但夏德殿下教得很正確，或許……他有特別說什麼嗎？」

雖然很不願意，但賴田樂還是努力細想，腦中卻非常不合時宜地蹦出夏德那過分完美的體態，賴田樂馬上怒了，彷彿還聽見西爾之前講的那句『你就是喜歡』，他趕緊死盯著吉，硬生生地把腦中的肉體抹去。

「……他一開始說我身上有香味。」賴田樂往前幾步湊近吉，抬頭問：「有嗎？」

吉猛地頓住，但反應不明顯，他的手才剛微微抬起來，賴田樂便急著後退說：「啊不對我現在流了整身汗……」

「里斯殿下。」吉叫住他，主動傾身靠近：「失禮了。」

賴田樂莫名屏住呼吸，吉的動作太快，溫熱的氣息拂過頸邊又很快散去，他彷彿看見那雙偏綠的眼眸近在咫尺，那裡毫無波瀾，一片和靜，賴田樂反應過來後吉已經退開，維持著有禮的距離。

「確實有很淡的香氣，但必須湊很近才聞得到。」吉的視線往下，他問：「您上次那個花袋，帶著嗎？味道有些相似。」

賴田樂猛然一驚，從口袋裡拿出之前裝入花瓣的小布袋，夏德在意著花的香氣！這是重大的發現，賴田樂終於有種自己成功踏出一步的感覺，他需要更多實驗和試探才能更加確認花與夏德的關係，說不定他真的可以依靠這個和與夏德談條件。

「吉！幫大忙了，我一直把這個放在身上，已經習慣這個味道所以沒注意到！」賴田樂聞了聞小布袋，再做確認：「嗯……味道真的很淡，夏德能聞到也是很厲害。」

「畢竟夏德殿下貼得很近，幾乎零距離。」

「……別說了。」賴田樂嘆息：「今天就先這樣吧，你可以退下了。」

「是，如果有任何吩咐，我就在門外。」

「嗯。」這一刻終於還是來臨了，賴田樂需要一點獨處的時間才能完成任務，他接著補充說：「吉，你等等先幫我送晚餐過來，之後不管是誰來，都讓他進來，一定要，知道嗎？」

「是，薩西維殿下要來也是嗎？」

「嗯，你如果聽到不太妙的聲音……」賴田樂說得很委婉，他耐著羞恥心繼續說：「要進來也可以……然後什麼也不要問，但如果薩西維進來了，你就別進來，薩西維要走，你也別攔他。」

「是。」

「還有那個烏諾斯，幫我查清楚他的來歷後再跟我報備。」

「明白了。」

晚餐弄好送來也差不多是一個小時後的事情了，期間賴田樂給自己心理建設和加油打氣，他想薩西維本來晚上就要來找他，能利用就利用，而且那對他來說是最好的選擇，比起相對起來已經比較熟識的吉來說，讓薩西維發現更好，他在薩西維的心裡形象大概也不怎麼好。

畢竟他可是摸著哥哥的下面稱讚好大的弟弟啊，所以多一件羞恥的事情，好像也沒什麼，至少賴田樂的心理負擔就沒那麼大了，但半小時後賴田樂又覺得這個負擔他擔不起。

他做不到……！

賴田樂已經換上浴袍，將自己浸濕後上半身趴在廣大的浴池外沿持續懷疑人生，開發後面具體來說到底要做什麼？他的手停留在屁股上很久了，遲遲沒有下一步動作，他知道男生之間要用那個地方，然後呢？然後呢……！

『西爾，我要怎麼做才算達成任務的標準……』

『請把手指插入屁股裡面攪動。』

『就是做不到啊！』賴田樂大崩潰，怒敲地板，『我原本可是直男！』

『直男？噢、噢……』西爾極為失禮地停頓一會，道：『提醒你，你對男人可以心動。』

『放尊重喔。』

『舉例來說，剛才你對吉差點心動了，但因為香味的問題轉移注意力，心動指數沒達標無法提升，建議你以後多感受一下自己的心。』

賴田樂越聽越氣，現在那些對他來說都是風涼話，『你還是先閉嘴吧……』

『請加油。』

賴田樂惱怒地看向半掩的門，如果順利的話，來訪的薩西維發現房間裡沒有人後應該就會往這邊來，所以他必須在那之前弄好……他的後面，要是錯失了這次的機會，情況會更加困難，賴田樂再次鼓起勇氣，含入自己的指尖沾濕它，他深吸口氣，先是在私處周圍揉一揉，咬牙閉眼探入指尖，那感覺並不好受，試著轉動也只覺得奇怪，只好挺起上半身，走出浴池跪在地上嘗試新的辦法。

賴田樂委屈地含著淚水，但堅決地吸著鼻子不讓它掉落，他一手觸碰性器，一手再次摸入穴口插入一指，盡量以前面的快感蓋住後面的不適，他止不住自己的哼聲，這身體明明不是他的，感覺卻如此強烈，他感到抱歉，前面的手越來越停不下來，久違的男性本能驅使著他，太羞恥、真的太羞恥了，更令人羞愧的是，後面漸漸地不疼了。

他忍著沒射，還沒確認薩西維到底來了沒，他覺得自己的樣子肯定很糟糕，手指留在後面抽動的時間拉得越長，感覺越不妙，他不敢太深入，體力也快不行了，手很瘦也很想射，熱氣瀰漫的浴室讓他更加頭昏腦脹，越來越支撐不住。

喘息聲環繞著此處，賴田樂耐不住了，手擼動著陰莖低吟，他閉上眼，想說眼不見為淨，卻在這時聽見了腳步聲，終於……！

賴田樂乾脆繼續閉著眼，然後腳步聲停了下來，準確地停在不遠處，再來就是迅速離去的聲音，賴田樂重新睜開眼，確認原先半掩的門有移動了，他半垂下眼瞼，終於放寬心哼哼著射出來，接下來是自我厭惡與賢者時間。

**叮！獎勵任務達成：為了以後做準備吧，試著開發後面（要被戀愛對象發現你的努力）**

**存活率增加10%，當前存活率20%**

『恭喜。』

『……閉嘴，短時間內不要讓我聽到你的聲音。』

賴田樂凶狠地驅逐西爾，好在西爾很聽話，腦袋裡馬上安靜無聲，他覺得自己失去了很重要的東西，緩和好一陣子才重新泡入浴池清洗身體，接著回到房間換上新的浴袍，打開門向外頭的吉確認：「剛才誰來過？」

「薩西維殿下。」

「那他看起來……還好嗎？」

「滿臉通紅地跑走了。」吉的視線停留在滴水的粉色髮絲，他隔擋在門口，說：「里斯殿下，外面偏涼，還是先進去擦乾頭髮比較好。」

「沒事，總之，啊……明天早上一樣時間來找我，晚安，吉。」

「是，晚安，里斯殿下。」

賴田樂關門轉頭便撲向了床，隨意地擦乾頭髮後倒頭就睡。

今天實在是太累了，他需要治癒，以前這種時候，像是工作一整天後的疲倦湧上來，他的治癒小物就是睡前的小說時間，如今只能回憶——夏德那剛毅性感的側臉忽然浮現，賴田樂猛地爬起來。

「不是你！」

他怒吼。

賴田樂不知道為什麼自己身處在皇宮的圖書室內，日子過得太緊湊，他都忘了這裡還有圖書室，基本上他所有的情報資料都是吉幫他蒐集而來的，所以只在剛來時來過一次，裡面藏書量驚人，室內總共有三大層樓，要是沒事的話他大概可以在這裡泡上一整天。

這裡好像只有他一個人。

賴田樂聽不到任何動靜，他往上爬，在三樓俯瞰整個空間，他感覺不對，這時忽然發現一樓角落有人影忽閃而過，他馬上奔下去，那人的頭髮好像是粉紅色的，難道是珞茵娜？賴田樂隨著人影進入右邊的書廊，他在底部頓住，牆邊有一面等身鏡，餘光所見讓他不敢輕舉妄動。

那是賴田樂，不是里斯，是原本的賴田樂。

黑色的髮絲和瞳孔，那是自己的模樣，他還身穿著邋遢的高中體育服，耳朵也戴著妹妹唯一贈送給他的耳釘，賴田樂忽然想起來了，在穿越來這裡以前，他似乎以這樣的姿態躺在床上哭泣，因為失去了重要的——

斷掉了，什麼也想不起來。

賴田樂看著眼前的自己，不自覺地碰上鏡面，轉瞬間在鏡子裡面看見里斯的模樣，他逐漸和自己重疊，賴田樂消失了，取代而之的是里斯，賴田樂頓時間感到無比惶恐，他無法控制鏡中的里斯，那不是他、那不是他……！他想要逃跑，鏡子裡的手突然衝出來抓住了他，一把將他拽入。

「抱歉。」

賴田樂聽到鏡子碎裂的聲音，但身體毫髮無傷，他在一片黑暗之中被里斯抓著，真正的里斯和他差太多了，明明是同個皮囊，氣質卻完全不一樣，連帶長相都感覺到些微的不同。

「已經正式啟動並且來到20%了，從今以後你就是我，而我……」

里斯抿著嘴微笑，他推開賴田樂，任由自己漂泊在黑暗之中，賴田樂被推出去，里斯還要說什麼？他怎樣？

他彷彿要迷失在這片無邊無際的黑暗。

賴田樂莫名有種不安的感覺，想將里斯拽回來卻不管怎麼樣也碰不著對方，他只能自己迎向唯一的光點，那是入口也是出口，賴田樂努力向里斯伸出手。

「里斯……！」

賴田樂驚醒，看見熟悉的天花板後緩緩地坐起來，腦袋突然一片空白，久久都無法緩和，他這是做夢了嗎？夢到什麼？

不記得。

他呆坐在床上，莫名有點恐慌，連吉敲門進來的動靜都沒有察覺到，是吉蹲下來進入賴田樂的視線範圍他才回神。

「里斯殿下。」

賴田樂神色平淡地盯著吉，他像是為了做確認，開口問：「……再說一次我是誰？」

「里斯殿下。」

一如往常的稱呼與語調，賴田樂深吸口氣，趕緊將自己調回平常的狀態，他是期望什麼呢？他也不知道，在這裡他確實是里斯，賴田樂也只有他一個人知道。

「里斯殿下，您還好嗎？」

吉依然蹲跪在床邊，以最忠誠的姿態關心他，賴田樂看他這樣又向自己喊振作起來，他微笑應沒事，立刻下床盥洗更衣，趁這空檔，吉又說：「里斯殿下，剛才薩西維殿下來找過您。」

賴田樂的褲子穿到一半，差點被自己絆倒，回頭不意外看到吉閉著雙眼，他問：「然後呢？」

「我說您還在熟睡，他就放棄了，不過薩西維殿下有說中午等你和夏德殿下訓練完畢，他會在花園等您。」

不是，昨天才撞見弟弟自慰的場景，怎麼今天就要求見面！

雖然昨天的發展是賴田樂所希望的，但這不代表他之後見到薩西維不會尷尬，賴田樂一想像他們見面的畫面就要尷尬死了，他一點也不想要這麼快見到薩西維，要是問到昨天是怎麼回事該怎麼辦！如果那樣的話，賴田樂會非常想要當場消失，但是又不能真的爽約……！

**叮！獎勵任務：摸到大皇子的腹肌（你最愛的）成功後存活率增2%，未成功存活率減少5%，時間剩餘3小時**

賴田樂頓時傻眼，馬上喚了腦袋裡該死的東西：『西爾，你這是在做什麼？沒看到我在煩惱其他事情嗎？』

『所以我讓你轉移注意力，摸摸夏德的腹肌。』

『不必要！』

『任務已下達，無法收回。』

該死討人厭的一天又重新展開了，每一天每一天都是，今天甚至連踏出房間都還沒有賴田樂就心已累，他神色慘淡地啃著半個麵包，與吉一起再次前往訓練場，途中吉看到他臉色不佳又詢問一次他的狀態，當然賴田樂也只能說沒事，還好今天夏德只是靠在牆邊在等待他，而他只是輕輕一瞥，賴田樂突然就有種被擄住的感覺。

「早安。」賴田樂勉強維持著禮儀，他走向前，尋思著要怎麼摸到對方的腹肌，「你今天不做那個嗎？」

夏德將腳邊的劍扔向賴田樂，今天一樣有所回應：「什麼？」

「體能鍛鍊。」

賴田樂撿起落在地上的劍，今天的重量與昨天不一樣，手裡的東西很有份量，他卻有種自己的身體記得這重量的感覺，隨著昨天的練習姿勢揮動，不知道為什麼突然輕鬆了起來。

「你昨天是在玩嗎？」

「嗯？」

夏德緩緩地走向賴田樂，垂首摸向他的腹部與腰，賴田樂的身體馬上緊繃，以一種慌亂的眼神望向夏德，並且伸手按住他的手，但力氣懸殊，夏德可說是連一毫米都沒有動。

「你幹嘛……！」

「你的姿勢比昨天好太多了，甚至說得上完美。」夏德側身稍微掩蓋住吉的視角，單手壓住賴田樂的腰，他捏得越來越用力，「你是在向我說謊嗎？什麼都不會？」

賴田樂被按進男人的懷裡，不知所措地掙扎，甚至說得上無辜，幾乎是委屈地拍打那強健的臂膀說：「你、你就不能誇我嗎！說我學很快之類的！而且我昨晚回去也有複習！」

夏德倏地鬆開賴田樂，不著痕跡地露出賴田樂完好的身影，他瞥了一眼外場的吉，吉則是面無表情地將劍收回劍鞘，賴田樂完全沒有察覺到那兩個人無聲的交流，趁機用拳頭錘打對方的腹肌，結果是自己的拳頭吃痛迅速收回，連摸一把都不算，因此任務達成聲並沒有響起。

賴田樂發出微弱的呼聲，夏德看向他的時候，人就是一臉無辜地抱著拳頭，以眼神控訴一切，夏德撫平衣服的皺褶，忍不住輕嘆：「在幹什麼？」

「我才想問！動不動就質疑別人是你的習慣嗎？」

「我曾經信任過我的士兵，但他是敵國的臥底，我的肚子就被他捅了一個洞。」夏德邊說邊掀起衣服，右側的腰腹確實有一條很深的疤痕，「這裡。」

他並沒有要那麼恐怖的答案！

賴田樂頓時啞口無言，他愣愣地看著那醜陋猙獰的傷痕，一邊看著夏德的反應一邊嘗試探出手，他摸了上去，好奇心驅使他繼續問：「然後呢？」

「我把他砍了，拎著他的頭吊在他們的皇宮前。」夏德冷冷地說：「欺騙我的下場就是這樣。」

**叮！獎勵任務達成：摸到大皇子的腹肌，存活率增加2%，當前存活率22%**

西爾與夏德的聲音混在一起，達成任務後賴田樂卻一點也高興不起來，他實在是快受不了這傢伙動不動就威脅人的習慣，忍不住大聲駁斥：「不是、那什麼……！我們之間還是有最基本的信任吧？昨天……你也不是對我說了嗎？」

賴田樂退了幾步，深吸口氣，擺出最完美的迎戰姿勢，他忽然不怕了，這把劍的重量以及它的鋒利度，好像他的身體記得怎麼使用它，賴田樂在某個瞬間想通了。

這是里斯學過的一切。

「我不會讓你失望的。」劍峰倒映著兩人的身影，賴田樂目光灼灼地迎向夏德的視線，「你也別讓我失望，夏德，我究竟有沒有騙你，你自己也清楚吧？」

夏德沒有特別回應，他只是拔出腰上的劍走向賴田樂，第一擊毫無保留，接下衝擊的賴田樂兩隻手都在發顫，夏德甚至只以單手的力道在攻擊，但他並沒有給賴田樂緩和的機會，刁鑽的第二劍往腰側揮去，賴田樂的腦袋都還沒有反應過來，身體下意識地做出防禦，靈活的雙手將劍倒轉抵擋迎來的鋒利。

吭！

守住了側邊，恰巧讓正面少了防衛，夏德揮出拳頭的瞬間賴田樂便緊閉雙眼，不過久久都沒有接下預想中的衝擊，他緩緩地睜開眼。

「戰場上並不是像騎士的決鬥，除了劍之外，你的雙手和雙腳甚至是腦袋都是你的武器。」夏德沉聲說明，並且將倒坐在地的賴田樂拉起來說：「兩擊出乎我的意料，光是第一擊你的雙手就差點撐不住，這說明你的身體確實還是有一點底子，情急之下反射動作能夠為你抵擋一次。但你昨天揮劍的動作是真的笨，手把手教學都沒救的那種。」

沒意料到對方毒蛇評論的賴田樂傻愣在原地，呆呆地看著夏德。

「我不明白，兩邊的你都是真的。」夏德依然是冷眼看待著他：「又或者，你的演技精湛。」

如果是那樣就好了，賴田樂想，或許他就能夠完美地飾演里斯，他不會為了里斯感到任何痛苦與委屈，因為他是賴田樂，與這裡毫無相關的一個人。

「我也……不明白，不論是你還是我，我們都有秘密吧？」賴田樂靠近一步說：「我正在努力了，想出在保住我自己之外還能讓你信任我的辦法，但如果我把我的秘密告訴你，你一定也會質疑，不是嗎？」

「說說看。」

「我不跟男人談戀愛的話會死……你看！你看吧！你看起來就是完全不相信的樣子！」

「性向並不可恥。」夏德正經地應：「羞於承認才可恥。」

「你之前才說這種事情你一點也不在意！」賴田樂的怒氣一下子就升上來，「總之！

信不信隨你！我也說了要你的士兵小心！反正只要是男的我都會去勾引啦！」

「然後？」

「什麼？」

「勾引。」夏德淡淡地問：「你要怎麼勾引？」

「這、這就不是你需要知道的事情了！」

夏德微微皺了眉，忽然彎腰靠近賴田樂的耳邊，輕輕地嗅了嗅：「所以，這就是你每天來見我之前沐浴的原因？確實挺不錯。」

他瘋了，賴田樂驚退三大步想，他現在是、現在是用調侃的語氣在跟他說話嗎？嗯？

**叮！您對夏德的心動指數增加了1%，總共是12%**

『叮咚，原來你喜歡霸道強勢的壞男人。』

『西爾閉嘴！』

也許是賴田樂的表情將驚恐害羞的情緒展露得一覽無遺，夏德見他的臉上還浮現出明顯的紅潤便沒有更進一步，只是停在原地繼續說：「我仍抱持著懷疑的態度，接下來我說的，你也可以選擇不相信。」

「在與敵人廝殺的時候，我沒什麼感覺。」夏德重新舉起劍，示意賴田樂再一次準備好，「而現在面對你的時候，也是，什麼都感覺不到，很好。」

聽起來有夠毛骨悚然的，賴田樂忍不住多問：「沒感覺是指什麼？良心嗎？」

「……你該認真了。」

「等、所以說——哇！」

賴田樂被迫迎擊，但毫無準備的他三兩下就被擊倒在地，他重新爬起來，又馬上被擊倒，重複了幾次之後他才穩定下來，一一接下並且嘗試攻擊，可他的攻擊對夏德來說似乎毫無意義，賴田樂摔得整身灰，他能感覺到劍的不穩，也許再接下一擊它就會粉身碎骨，那麼，乾脆就讓它碎吧。

他從下至上揮劍抵擋，劍隨著衝撞的力道碎了一地，賴田樂知道會變成這樣，將全部的注意力都放在夏德下一次的攻擊路線，夏德反手砍過來，賴田樂驚險躲過，滑跪在地，並且緊握著剩餘一丁點刀片的劍把攻向夏德的腳踝，但他卻停了下來，而夏德踹出去的腿也停在半空中。

「明天就是祝福日的第三晚了，你是想要鼻青臉腫地出場嗎？」

夏德差點就給他一記膝踢，好在他不是用盡全力，能馬上停住，但賴田樂只是向他笑，並指著被他劃破的褲管說：「誇我。」

夏德一頓，然後蹲下來，以乾淨的手心抹過他蹭上灰的臉頰，並道：「沒有值得誇獎的地方，你這樣做只能夠讓敵方受到一點傷害。」

賴田樂的嘴角瞬間拉平，嘴裡低喃著夏德的無數壞話，比如『小心眼』、『混蛋』、『難怪沒朋友』還有『爛雞雞』，夏德怎麼可能沒聽到，他立即按住了賴田樂的嘴。

「勇氣可嘉，思路不錯，但你這只是單純的打架，還要想清楚自己的退路才算成功。」

夏德沒想到這一按就將他他半張臉都遮住了，他只能盯著那雙藍眼道：「還有，再讓我聽到那些無禮的言詞，我會讓你知道什麼叫做真正的爛和臭。」

雞雞要不保了，雖然不是他的，但身為男人賴田樂還是下意識地縮起來，他用力點頭，夏德這才放開，命令：「起來，繼續。」

「休、休息一下。」賴田樂撐著自己身體的手還在發顫，他向夏德比出一，「我問一個問題就好，什麼感覺都沒有，到底是什麼意思？」

「打贏我就告訴你。」

「這不就是永遠不告訴我的意思嗎！」

「所以？要放棄？」

賴田樂顫巍巍地重新站起來道：「……才不！」

三小時後，賴田樂躺在地板上看著天空發愣，有種全身都無法動彈的感覺。

「下午兩點到馬場繼續。」

賴田樂急忙抬起頭：「下午還要？」

「你只剩下八天。」夏德丟下這句話後便頭也不回地離去，中途他與行禮的吉擦身而過，低聲說：「看清楚你服侍的人。」

「我看得很清楚，夏德殿下。」

夏德的腳步一頓，接著繼續邁前，吉也沒有回頭，向著他的主人邁去，問：「里斯殿下，需要抱您起來嗎？」

賴田樂閉上眼猶豫了三秒，終究抵擋不住疲憊而向吉投降說：「……要。」

花的香氣應該是對夏德有很大的幫助，但還不知道是哪一方面的幫助，賴田樂以早上的情況推論出這個結論，花是他的底牌，本來就不打算輕易展示出來，他想最後看情況如何再做決定，就像夏德說的，他還有八天。

眼下是要處理那個一見到他就臉紅並且同手同腳走過來的薩西維。

怎麼辦他完全沒預料到是這種情形……！

薩西維已經在花園內準備好豐盛的餐點，他似乎還在處理祝福日的事情，待賴田樂出現的時候他才將其餘人士打發走，他對上賴田樂，視線開始飄忽不定，配上薩西維那張漂亮的臉蛋，賴田樂完全沒有辦法不聯想到很久很久以前，他在高中時期也還算是不錯的人時，喜歡他的人準備要過來告白的樣子。

「里斯，午餐吃了嗎？」

「……還沒。」

賴田樂盡量把自己的想像轟出腦袋，他坐在薩西維的對面，擺出正經的表情，薩西維卻撇開視線，將他的長髮撓到耳後，模樣確實唯美好看，賴田樂心裡則是不斷祈禱『不是不是吧不是他想得那樣吧——』，這之中好像有什麼重大的誤會，他沒有要勾引薩西維，真的沒有，可薩西維的樣子看起來像是上鉤了一樣。

「那就趕緊開動吧，有話等會吃完再講。」

「嗯。」

賴田樂寡言應對，食物沒有罪，為了下午的訓練他想先填飽肚子，薩西維也為吉準備一份餐點，賴田樂知道吉會拒絕，便以命令的方式要他一起吃，於是三人一桌的沉默午餐就此展開。

他已經預料到自己會消化不良了，賴田樂邊吃邊煩惱，但食物的香氣與美味讓他逐漸遺忘煩憂，這頓飯無視氣氛的話確實不錯，薩西維見他吃得開心，忍不住在旁人收拾碗盤的時候問：「合胃口嗎？」

「嗯！」賴田樂在朗聲應的瞬間感覺到不對，他立刻拉平嘴角，將話題扯回來：「咳、所以你想跟我談什麼？」

「你昨天——」

「昨天我沒等到你就睡著了，抱歉——！」

賴田樂心急地打斷薩西維的話，他一點也不想要從對方的口中聽到昨天的事情，也許是賴田樂的態度過於明顯，薩西維也沒有再次提及，這個話題結束，他似乎也已經不害羞了，正視著賴田樂，認真而嚴肅地道：「里斯，我會盡量說服夏德……你不能去，這次的叛亂主謀恐怕是君唯帶頭，雖然我們也盡量壓下消息了，但情報太少，真的很危險。」

「君唯是誰?」

「你忘了嗎?當初父王在收復我們領土之時，最難攻下的就是遠方的南國，君唯僅以我們兵力的三分之一擋下我們的攻擊，是後來夏德哥親自帶領大家才得以攻下南國，從那之後的討伐就都是由夏德哥指揮了。」

薩西維講到這裡，柳眉蹙起，十分苦惱地以指尖敲打著桌面，「君唯大概是帝國裡唯一一個和夏德哥實力相當的人，那時候雖然說是因為夏德哥被臥底不慎刺傷所以才陷入苦戰，但南國的實力在君唯的帶領下也還是不容小覷。」

賴田樂想起來了。

年僅十八歲的夏德如同死神帶給敵方無數的絕望與死亡，從十五歲開始就跟著帝王穿梭於戰場上廝殺，賴田樂想起閱讀相關資料時的恐懼，不論是讓僅十幾歲的孩子雙手沾滿鮮血的帝王還是一次一次在恐怖的血戰中活下來的夏德都令人興生恐懼，所以那有近親癖的帝王、理論上是他的父王的傢伙，在外征戰了三年就回來安全的皇宮，接下來的十年都是依靠夏德，賴田樂真的是快要被自己煩死了，他不想要為夏德找藉口，但事實上就是那樣。

難怪性格如此乖僻冰冷又充滿刺。

賴田樂是那麼努力避免前往那恐怖的地方，可那個時候的夏德呢?他不知道，也不需要知道。

「你有把握嗎?我不認為夏德有那麼好說話。」

「我盡量。」

賴田樂同時也不想知道薩西維突然幫他的原因，他只是覺得……現在眼前的這個人，是真心在擔心他的安危。

「薩西維。」賴田樂站起來，他垂首望著薩西維，撫平微風吹亂的髮絲，算是友善地輕聲說：「謝謝，這樣就足夠了，我自己也會努力。」

賴田樂說完的當下覺得有些彆扭，時間差不多了，他還想回去再休息一下，準備和吉說回去的時候，薩西維也突然站起來拉住他的手：「里、里斯！」

**叮！獎勵任務：在漂亮的二皇子面前穿上女裝，從他那裡得到稱讚，成功後存活率增3%，未成功存活率減少7%，時間剩餘2小時**

賴田樂立即指責西爾：『我覺得你這個很有針對性，關於薩西維的任務怎麼就是穿女裝？』

『?本來就會針對每個人的情況隨機指定適合的任務。』

『適合的點在哪裡？』

『二皇子長相漂亮，能得到他的稱讚不好嗎？』

賴田樂完全無法理解西爾的邏輯，總之他先是回應叫住他的薩西維：「還有什麼事情嗎？」

「明天晚上我們要穿的衣服已經準備好了，要先去我那試穿看看嗎？雖然應該是不會有什麼問題，但、但……」

「好啊。」

「……欸？」

沒預料到賴田樂會答應的薩西維愣了一下，他其實也只是隨便找個理由，衣服的尺寸是不可能有問題，薩西維的視線忽然放往自己抓著賴田樂的手，他猛地放開，白皙的臉蛋浮現淡淡的緋紅，這時候賴田樂卻主動抓回他的手。

「我還有一件事情想要請你幫忙。」

「什、什麼？」

「可以幫我買女士的服裝嗎？我要穿的。」

賴田樂看出了薩西維夾帶著驚訝的困惑，他一時之間看起來很糾結，最後一臉毅然，像是接受弟弟奇怪的興趣，賴田樂眼見不對，以防誤會的種子埋下，趕緊接著解釋：「為了以防萬一，我可以穿著那個逃走，順利的話，就不會有人認出我了……！」

「原來如此。」談到這個，薩西維就變回平常的樣子，認真地思考起來：「我房間有，你可以試試……啊、不是你想的那樣，常常有人送我那種服裝，我挑了幾件留下來，想說之後可以給珞茵娜。」

「那就走吧，我下午兩點還要跟夏德訓練。」

「……好。」

賴田樂走在薩西維的身側，以往吉總是走在他的身後，這樣身邊有人的感覺很難得，祝福日的緣故，沿路上有更多的士兵，薩西維很自然地將賴田樂拉到內側，接著繼續和他搭話。

「和夏德哥訓練的狀況還好嗎？」

「不太好。」賴田樂誠實以對：「很累，夏德很凶，動不動就懷疑人。」

「啊……畢竟是夏德哥嘛。」

「那你是怎麼跟他相處的？」

「挺一般的，我們都只談論公事，夏德哥一直以來都是那樣。」

賴田樂是第一次走進薩西維的房間，路途上都頗陌生的，他一邊觀察一邊聽薩西維說：「不過夏德哥也是出去征戰之後才越來越……冰冷，在很久以前，他也是會笑的。」

賴田樂的眼神擺明了就是不相信，「是喔，在我有記憶以來，夏德就是那樣了。」

「是的，我還記得你小時候練習走路不小心摔很慘，夏德哥偷笑的樣子。」薩西維笑說，但嘴角一會便收起，「但自從母后去世之後，一切漸漸地就變了。」

那是他所不知道的故事，賴田樂靜靜聽，資料上確實有記載著這些事情，其實亞勃克一開始也是與其他小國和平共處，後來是前代才轉為君主體制，也就是現今帝王列瑞．亞勃克的父親，講親一點就是他們的爺爺，展開收復帝國土地的行動，起初在列瑞繼承王位後戰爭有停過一陣子，只不過和平了幾年，列瑞再次帶著夏德到處征戰，而時間點正好是母后去世沒多久，這之中還有什麼他不知道的呢？

「你沒有和夏德談過嗎？關於他的轉變……之類的。」

「當然。」薩西維微笑，看起來有些苦澀，「但那時候的夏德哥已經誰也不信了，什麼都不願意說，我只能盡我所能幫助他。」

「你跟我說這些事情沒有關係嗎？」

薩西維停在某個房間的門前，他微笑，打開房門走了進去並說：「有事的話我會自行處理。」

賴田樂看著那樣的微笑忽然一抖，靠後偷偷和吉咬耳朵：「……他剛剛是不是一臉和善地說很恐怖的話。」

「是，意思大概是里斯殿下之前說的一切都是謊言的話，就會把你處理掉。」

「不進來嗎？」

薩西維回頭問，賴田樂立即帶著微妙的心情入內，薩西維讓他先坐著等會，房間的格局和他的差不多，賴田樂隨意地轉了圈便坐下來等待，大概好一會後薩西維才從大型衣櫃裡出來，手裡拿著兩件裙子，一件純白一件淡粉，賴田樂看了就覺得很不妙。

「試試這兩件吧，只有這兩件比較大，你應該能穿。」

「……好喔。」

賴田樂接下了厚重的裙子，款式是比較……凸顯曲線的類型，中間還有束腰，一看就很緊，賴田樂光是想像穿上去的緊度就下意識地乾嘔，午餐感覺都會被擠出來，但他還是只能認命，而他當準備寬衣解帶之時，在場的其他兩人都很自然地轉過身迴避。

真是謝囉好體貼，賴田樂神色凝重地想。總之一陣奮鬥後，他終於在無人幫忙之下將裙子穿了上去，純白的這套特別合身，賴田樂再次感謝里斯的腹肌，讓他不至於有凸出的小腹，他的腰偏細，所以撐得起來，唯獨露出來的肩頭看起來並不纖細，這讓賴田樂有些苦惱。

女生的裙子總是有很多的蕾絲與花邊點綴，不如說貴族的衣服就是如此，他擁有蕾絲花邊的衣服也不少，白袖在接近手腕的部分是束起來的設計，隱約帶了點神聖感，賴田樂整理好裙襬，只希望自己看起來不會像變態。

「我好了。」賴田樂望向轉過來的薩西維，彆扭地抓住自己的手臂，側身露出自己裸露的背後，「幫我綁。」

背後是細繩，要穿過衣服上的小洞綁起來，薩西維明顯愣了一會，接著又同手同腳地上前，細心地為賴田樂處理，薩西維的手動不動就會碰到他的裸露的背，賴田樂忍著奇怪的感受，垂首咒罵西爾破任務。

『你真是沒禮貌。』

『滾……！』

賴田樂捏緊拳頭，這時候薩西維搭上他的肩膀，輕輕地讓他轉過來，「那個，里斯……綁不起來。」

綁不起來——！鋪天蓋地的羞恥朝他襲來，他不知道該高興自己不適合女裝還是擔心任務無法達成，沒想到薩西維此時補了一句話：「還好這件不太適合……你穿這個逃不了的。」

「什麼？」

「太漂亮了……我的弟弟。」

賴田樂滿臉問號，「你要不要聽聽自己在說什麼？」

「是真的！你……不能這樣穿。」薩西維探出手，撫摸著賴田樂側邊的頭髮，「白色很適合你……你夠高，所以比例也不會看起來很奇怪，別人只會把你認為高䠷的女孩子，但就是……太好看了，反而危險。」

**叮！獎勵任務達成：在漂亮的二皇子面前穿上女裝，從他那裡得到稱讚，存活率增加3％，當前存活率25％**

賴田樂再次不知道自己是該高興還是糾結，他一直覺得薩西維的人設跑掉了，說好的床下溫柔床上抖S呢？眼前滿臉通紅又深情款款地看著他的人到底是誰！

薩西維長得是真的漂亮，這麼近的距離還看不出任何缺點，賴田樂甚至能一根一根數出他的眼睫毛，它輕掩住他的眼眸，掀起眼簾之時又是那樣動人，紫色的瞳孔像是寶石，在深色的髮絲下閃耀，薩西維溫柔地將賴田樂的髮絲撓到耳後，舉止太親密了，賴田樂感到害羞又不自在，輕輕地推開他。

「別說笑了，我又不是你，怎麼可能穿起來很漂亮？別人看我這樣沒把我當變態就不錯了……」

「你的意思是，你覺得我很漂亮，所以穿裙子也會很漂亮？」

薩西維牽起賴田樂的雙手說，他瞇起眼睛，笑得弧度有些變味了，純情與羞澀蕩然無存，賴田樂一愣，張了張嘴，沒有回應，眼神開始飄移，他暫時還無法理解對方的轉變，也無法直視那突然變得艷麗的笑顏。

薩西維面對賴田樂的反應也只是微笑，體貼地轉移話題：「那來換另外一件吧，里斯。」

「不換了。」

「嗯？」

「感覺都不合適，這個辦法我也只是想想，就先算了。」

「真的嗎？你要的話其實我也可以找人來幫你訂製，或是——」

「薩西維！」賴田樂打斷他的話，垂首悶悶地說：「夠了啦，太羞恥了⋯⋯我再也不會穿了。」

泛紅的耳朵隱藏在粉色的髮絲裡面，因為賴田樂低著頭，薩西維看不太到他的表情，但他忍俊不禁，笑了出來，賴田樂在他眼裡彷彿是在撒嬌、生悶氣，他捏著賴田樂的手，柔聲感慨：「真是不敢相信⋯⋯我們有多久沒有這樣說話了？現在你待在我的房間也是，我以為你再也不想理會我和夏德哥，一開始我們都以為你支持夏德是在籌劃什麼，我也不清楚自己是什麼時候這樣看待你的，抱歉⋯⋯」

薩西維摩娑著賴田樂的手背，勉強地維持著嘴角，最後仍是支撐不住，抿著唇，對自己展露失望，「我想我是怕，怕你看到厭惡我的樣子我會難過，所以才選擇漠不關心吧。」

一股酸澀的情感忽然湧上來。

賴田樂有點不明白，全部的委屈難過終於能發洩出來了，他體會過這種感受，卻不知道為什麼有種違和感，有人能理解他，卻又不是他，這和吉那個時候的狀況不太一樣，薩西維口中的里斯確實並不是現在的他，支持著夏德又與薩西維相處的人是真正的里斯，那他為什麼會有這麼難受的感覺？

「對不起，我太久沒有關心你，讓你受委屈了，里斯。」

**叮！您對薩西維的心動指數增加了1%，總共是4%**

停下來。

**叮！您對薩西維的心動指數增加了1%，總共是5%**

停下來。

**叮！您對薩西維的心動指數增加了1%，總共是6%**

停下來！

賴田樂的眼眶聚集著淚水，他開始害怕了，那不是他的，他知道，不論是心動指數還是此刻的淚水，就連早上揮劍的感受他也開始覺得不對勁，怎麼回事、怎麼回事？等等，剛剛他們談話的時候他是不是說過『在我有記憶以來』這句話？他什麼時候有里斯過去的記憶了？

那是模糊、不確定、若有似無，彷彿本來存在過，細想卻又想不起來的記憶。難道里斯還存在著？那他呢？他到底又算什麼？賴田樂什麼都不敢說，也不敢向西爾確認，這不是他的？怎麼可能，他怕得到這樣的答案，賴田樂不論是一句話或是一點心聲都不敢隨意道出，薩西維也只是認為他真的受盡委屈才一副泫然欲泣的模樣，於是他接著說。

「那晚之後我一直在後悔……為什麼我沒有選擇相信你呢？為什麼你受苦的當下我沒鼓起勇氣幫助你？里斯，雖然我不可能放下夏德不管，但如果你願意的話，相信我吧，我一定會幫你的……你若是相信我，我也願意相信你。」

這才是他說過的話。

賴田樂深吸口氣，想讓自己鎮定下來，可他發現自己正在顫抖，只能點頭應對，薩西維對現在的他來說是好人，他深知這點，但他想遠離這一切，腳步卻無法動彈，賴田樂甚至不知道是自己走不動還是里斯想要留下來，薩西維摟住他，懷抱非常溫暖，他還對他真誠地道謝：「謝謝你，里斯。」

賴田樂在他的擁抱中閉上眼睛。

恐懼慢慢地從未知的地方朝他伸出來，而他哪裡都躲不掉。

因為他現在仍是里斯。

「里斯殿下。」

「里斯殿下。」

「里斯殿下！」

從薩西維房間出來後就不停地往前走的賴田樂猛地被拽住，腦中不斷迴盪的是他此時此刻最不想聽到的稱呼，即使知道那是吉、也知道他不可能帶有惡意，吉甚至什麼都不知道，跟他一樣。

跟他一樣。

賴田樂是什麼都不知道只能畏懼的笨蛋，吉則是跟著笨蛋的傻子。

賴田樂下意識地拍開他的手，搞笑的是他明白自己只是在撒氣，不明白的話就去尋找答案，想活下去的話就達成任務，這兩者是一樣的，賴田樂哭過、氣過，但一點也不想要當個無理取鬧的混蛋，他很努力地撐到離開薩西維後才露出情緒，現在已經收不回來，所以他推遠那個試圖關心他的男人。

「抱歉，暫時不要跟著我，這是命令。」

賴田樂說完便轉身離去，他沒有勇氣去確認吉的反應，也許他仍然是面無表情地聽令於他，沒有不好，吉至今對他的忠心以及照顧他都感謝在心，因此他更不想在吉的面前表現得糟糕、脆弱又無能。

爛透了。

他來到這裡之後，自以為情況越來越好，畢竟他那麼努力，事實上並不是那樣，他只是選擇逃避、選擇比較不艱難的道路走，可光是完成任務、讓自己活下來就已經精疲力盡，他沒有多餘的力氣去探討他來到這裡的原因、里斯的存活，真正的里斯到底怎麼了？里斯會取代他嗎？還是他會取代里斯？還有西爾的存在……有啊、有啊，他有問西爾，可是他被說了沒有權限了解。

他還沒有資格去了解他現在身上所發生的一切事情，所以只能無助又害怕地接受現在在他身上發生的一切嗎？

賴田樂一直一直都被強迫著往前，他怕自己停下來就有生命危險，然而前方有什麼東西他也不知道，可笑的人偶，賴田樂想。他轉頭看向窗外，這側的外頭連著訓練場的馬場，或許連馬兒都活得比他自由也說不定，賴田樂自嘲，隨即對自己更加厭惡，消極一點用也沒有，他討厭極了，他想讓自己什麼都不想，等冷靜下來後再說，沒想到一回頭就撞上了一道肉牆。

喔，熟悉的腹肌。

「……夏德？」

夏德一言不發地站在他前面，賴田樂見他沒有要說話後便打算繞路走，距離兩點集合應該還有點時間，不過夏德卻是伸手將他攬下來，他像是在做確認，低頭直盯著賴田樂，劈頭就說：「你看起來很糟糕。」

賴田樂一頓，瞪著他不說話，而夏德的眼中豪無波瀾，平淡地陳述事實：「彷彿一碰就碎，轉眼間就會消失。」

夏德將賴田樂逼至窗邊，他完全沒有碰到他，賴田樂卻覺得自己已經被男人的氣息包圍，賴田樂不知道他要幹嘛，他現在很煩，沒有多餘的心思可以去應付他，本來想要無視，可又聽見夏德說：「這個路上……你是從薩西維那邊出來的？也就是說，在薩西維那發生了不好的事情……你的護衛也沒跟著你，所以是你自己的問題才一個人跑出來，我有說錯嗎？」

煩死人了。

事到如今裝什麼銳利、憑什麼對他的事情隨意猜測，更氣的是他的猜測是對的，賴田樂一點也不想隱藏目前滿身刺、拒絕他人的自己，他將夏德曾經說過的話還給他：「你太多話了，夏德。」

夏德並沒有露出他預期的反應，賴田樂想過他無視、不屑或者沉默壓制，但夏德只是挑眉，然後退開，維持著有禮的距離。

「你……」

「里斯殿下！」

賴田樂身體一抖，轉頭看見吉在不遠處呼喚著他，他皺著眉，似乎對夏德展露敵意，夏德倒是一點也不在乎自己的話被打斷了，轉而問賴田樂的意見：「你現在不想面對你的護衛嗎？」

賴田樂下意識地點頭，就這麼突然被健壯的臂膀摟住，他感覺到自己離地，夏德抱著他先是踹開窗戶，接著猛地躍下，賴田樂一瞬間以為自己玩了高空彈跳，沒有穿戴安全設備的那種，他在看到天空的剎那困惑地欸一聲，失重的感覺讓他開始悽慘尖叫，彷彿還聽見吉的吶喊，那大概是賴田樂第一次聽見吉那麼大聲又失去冷靜的呼喚。

賴田樂完全不知道自己怎麼安全降落，總之他以一種很醜的姿勢扒在夏德的身上，整個人驚魂未定，夏德也只是單手壓著他的背將人緊緊抱在懷裡，蹲在草地上任由賴田樂雙手摟著他的脖子、雙腳則夾著他的腰，夏德起初只是側抱著他，後來是對方叫得慘烈他才摟得更緊。

夏德看得很清楚，賴田樂的表情從『哈？』到『呀！』再變『啊啊啊——！』的每一個瞬間，他頓了頓、想了想，忽然靠上賴田樂的肩膀藏住自己的臉輕咳，伴隨著誰也聽不見的小小笑聲。

對他來說，這才是他現在所認識的里斯，那個忽然說要談戀愛而開始改變的里斯，從這樣的里斯帶來香氣的那一刻起，他甚至待在他的身邊時會感覺到前所未有的平靜。

他只是看見了，看見站在窗邊，雙眼無神、帶著對一切的厭惡，那是彷彿下一瞬間就會自我放棄而漸漸偏激的里斯——原本的里斯。

「你是瘋了嗎！那是三樓！」賴田樂幾乎是歇斯底里地喊，他甚至指著也準備跳下來的吉怒吼：「不准跳！給我走樓梯下來！不要侮辱了樓梯的使命！」

當賴田樂推開他吼罵的時候，夏德早已恢復面無表情的模樣，他解釋：「有樹。」

賴田樂怒極反笑地問：「所以？」

夏德則是反問：「你有受傷？」

「是、是沒有……但我的心受了驚嚇！心臟就小小一顆！到底為什麼突然跳下來！」

「那麼，要我把你丟回三樓嗎？」

賴田樂頓時啞口無言，好，他不該跟武力值破表的人講道理，會輸，輸很慘，他只好認命：「不……我、我沒事，可以放我下來了。」

賴田樂難堪地要從夏德身上下來，不過才剛鬆開，夏德突然將他用力摟回來，賴田樂看見那雙深濃的眼眸，英俊的臉龐近在咫尺，他聽到他說：「我每一次看見你，都感覺不一樣。」

「什麼？」

「就像換個人似的，眼睛告訴我你就是里斯，但感覺卻跟我說你不是里斯，這跟你說的戀愛有很大的關係嗎？」

「……大、大概吧？」搞不清楚狀況的賴田樂順勢地說：「呃、每個人只要談了戀愛就會有很大的轉變。」

「我依然沒有打算要相信你說的那番言詞，我只相信我所看見了。」

賴田樂情不自禁地抓住他的衣袖，問：「那你看見了什麼？」

夏德靜靜地看著他，自始自終都沒有移開目光，他看著他，他看著賴田樂。

「看見了你。」

看見了他。

賴田樂無法阻止恐懼的蔓延，但是夏德前來遏止了恐懼。

**叮！您對夏德的心動指數增加了3%，總共是15%**

這確確實實是他的心動。

哈搞什麼太帥了吧要心動死了——賴田樂看著夏德終於坦承地心想。

「你的護衛來了，現在還需要逃嗎？」

夏德眼尖地發現吉從遠處奔來，這才鬆開賴田樂問，他站起來的同時甚至扶著賴田樂，友善的舉止讓賴田樂更加不自在，賴田樂硬是撇開視線，要不然又要被那張臉誘惑。

「不用了。」

賴田樂靜下心答，他試著抬起目光，一不小心和夏德對上眼，他那面無表情的模樣一如往常，欠揍、討人厭、目中無人……自顧自地訂下他的生死，又自顧自地擋在他的面前，但就是這樣的夏德讓他平靜下來，彷彿夏德會為他抵擋一切，他知道那只是一時的錯覺，卻無法否認他的惶恐不安全被這強大的男人給驅走了。

這算好事嗎？

「夏德，謝謝。」

「謝什麼？」

「謝謝……你什麼都沒問就幫了我？」賴田樂轉身抬手先讓吉停在原地，接著回頭又說：「不過，下次就別幫我了，如果你不是每一次都會幫我的話，就別那樣。」

「我沒有幫你。」夏德忽然抬手向賴田樂的額際輕輕彈指，他看見賴田樂閉上眼唔了一聲，趕緊捂住額頭保護，一頭霧水地回望，夏德繼續說：「我只是按照我想的去做。」

「那不就是幫我嗎？」賴田樂沒懂他的邏輯，「你就是『想』幫我才問我意願，不是嗎？」

「在你心中我是那樣的好人？」

「不是。」賴田樂試著以混蛋的思維去想，「喔，我懂了，依你心情而定？」

「我沒必要為了滿足你的要求而改變我的心情。」

是，是啊，夏德就是這樣的混蛋。

賴田樂實在是不想為這種人心動，對這男人如果真的心動了一定會很累，受傷的也一定會是自己，因此他想要就此停住，雖然承認夏德剛才確實帥到不行，也許以後他還會想起那個畫面，但這不代表他已經傾心於他。

「所以我也只是依照我的私心靠近你、看著你，我就坦白說了，我希望你一直維持現在這個樣子。」

賴田樂心頭一慌，「什麼？」

「不知道，我也還在找答案，仔細想的話，一個人是不可能在短時間內有那麼大的轉變，又或者是我需要去了解你說的戀愛？」夏德轉身準備離去，他低聲又說：「你就祈求答案不會讓我失望吧，否則你的下場就會跟一開始一樣。」

「哪樣？」賴田樂看著夏德的背影問，他想盡量惹怒對方，或許這樣他對夏德的厭惡值會再度上升，「又要格殺勿論了？」

夏德回眸一瞥，停下腳步應：「現在捨不得。」

等等、不要、真的沒有！

**叮！您對夏德的心動指數增加了1%，總共是16%**

聽到熟悉的響聲，賴田樂抱頭糾結，夏德說完後這次真的離去，他到底為什麼突然要命地一直散發魅力！賴田樂完全不敢細想，只怕想了就會掉進去，他從來沒想過自己和夏德談戀愛的任何可能性，只將夏德放在長得很帥但性格爛透的地方，讓他在角落待著，所有一切的心動都是因為那張臉和那該死的好身材，然後現在卻突然跳出來，說著讓人心動的話，在他面前晃啊晃，差點晃到心底去。

畢竟他那樣說了──『看見了你』、『現在捨不得』──那是對賴田樂說的話。

他迷失了自己，現在找回來了。

「里斯殿下！」

那個稱呼讓賴田樂又是下意識地一抖，但他現在可以面對了，不論是吉還是他身上的謎題。

「里……！」

吉再一次呼喊，但僅發出一個音便自動停下，他看到賴田樂終於轉向他，吉一動也不動地站在原地，眼見對方邁出步伐走向自己，吉才開始動作，小跑步地迎向他的主人，並且停在賴田樂的面前，一副欲言又止的模樣。

賴田樂第一次看到吉這個樣子，他也不是說有很大的反應，只是垂下的眉眼道盡一切，像是不知道自己做錯什麼的犬類前來主人的面前受罰，他擔心，卻不敢違抗主人的命令，吉從不踰矩，但是那樣盡心盡力。

「里斯殿下，我違抗您的命令前來找您了。」吉向賴田樂低下頭，自動請罪：「屬下願意受罰。」

不是那樣的，賴田樂的良心在譴責他了。

他只是糟糕地在耍脾氣，因為他無法向任何人解釋，也無法向吉徵求認同，賴田樂其實想過要不要和吉道盡一切，說他不是里斯，他的名字是賴田樂，可是他害怕說出來以後，他第一且唯一可放心的依靠會離他而去。

誰能夠保證吉知道他不是真正的里斯後還能如此忠誠呢？即便他現在忠誠的對象已經是他，而不是皇室，但這種事情荒唐又可笑，誰有辦法相信？賴田樂也不想要簽訂騎士契約之後才坦白，那太狡猾了，擺明了在利用吉，吉曾經說他會用行動證明，直到他願意再信任他。

賴田樂已經相信了，相信他們表面的這層關係。

「沒事，你沒有做錯任何事情。」賴田樂讓吉抬起頭，他們的目光接觸，賴田樂真心地說：「相反的你一直以來都很優秀，抱歉，吉，讓你看見我不好的樣子。我……我有個秘密，但現在誰也不能說，以後我也有可能因為這個秘密對你做出無理的要求，到那個時候，還是一樣……你自己判斷吧，就這樣，我們走吧，吉，回房間休息一下。」

賴田樂在掠過吉身側時拍了拍他的肩膀，雖然不是全盤說出，但他的心情也輕鬆了不少，就這樣吧，膽小的他也只能小心翼翼地一點點展露原本的自己。

「殿下。」

「嗯？」

「您一直在侮辱我的使命。」

「你說什麼？」

吉皺著眉向賴田樂走去，他伸出手似乎是想要碰觸賴田樂的臉龐，但遲遲沒有碰下去，指尖微顫，他終究還是放下了手。

「請永遠不要向我道歉，您可是我的殿下、我的主人，我成為您的矛、您的盾都是應該的，還有騎士才不會去在乎主人的秘密，請不要再為我著想了，無理的要求是什麼？幫您清理私處這種小事嗎？」

賴田樂終於找到機會反駁：「那、那哪算小事……！」

「里斯殿下。」吉的咬字清楚，帶著他決心的穿透力：「我是您的騎士。」

**叮！您對吉的心動指數增加了1%，總共是11%**

「我不是里斯。」

賴田樂忍不住脫口而出，他欺騙不了這樣的人，他做不到因為自己的私心而讓吉白白付出，他是那麼認真地看待騎士的身分，他是他的騎士，所有無理的要求他都能接受，那麼，他也想要試著鼓起勇氣。

「里斯殿下，您說什麼？」

「我不是里斯！」

「您說什麼？」

「我……」

他忽然聽不見自己的聲音了，理所當然吉也聽不見。

「吉。」

「是？」

「我不是里斯。」

賴田樂又說一次，但吉依然沒有聽見，連他自己也是，除了那句話之外都是正常的，賴田樂微微張嘴，嘴角發顫，忽然向外大喊。

「我不是里斯！我不是里斯！我不是里斯！」

沒有任何人能夠聽見，它們全都被消音了，那種奇怪的消除感覺直接將鼓起勇氣的賴田樂轟到谷底，賴田樂緊握住拳頭，愣了一會僵硬地搖搖頭：「沒事了，謝謝你，吉，真的、謝謝。」

「以後——」賴田樂深吸口氣，以慘淡的心情努力勾起嘴角：「我不會再道歉了。」

誰也不會，因為他是那麼悽慘地過著。

**嗶嗶！您尚未有透露身分的權限、嗶嗶！您尚未有透露身分的權限、嗶嗶！您尚未有透露身分的權限。**

『西爾，夠了。』

賴田樂面無表情地在心裡想著，沒一會後嗶嗶聲再也沒有響起，反倒是西爾的聲音聽起來有些變化。

『我很抱歉，不會再有那種事情發生了。』

賴田樂輕笑，『指什麼？』

『心動指數的失控。』

『喔，然後？有什麼是我目前可以知道的嗎？』

『……抱歉，請將存活率提高至50%。』

賴田樂沒有再回應了，吉不知道是不是也察覺到賴田樂的心情轉變，也是默默地跟在後面，午後的陽光耀眼，藍天白雲與剛才看得差不多，沒什麼變化。

他迎向陽光忍不住閉上了眼。

「里斯殿下，太陽大。」

一雙手突然出現替賴田樂掩蓋住上頭的光芒，賴田樂輕聲嘆息，往後靠上他的騎士，他又再說了一次：「謝謝。」

『西爾。』

『……是？』

『說點氣人的話吧。』

『你有什麼毛病？』

賴田樂笑了，他只是在迎向陽光之時想起了夏德那令人心動的話，以及吉一次一次向他展露的真心，又或者是薩西維對他釋出的善意……起碼現在往好的方向發展了，只是回到一開始，提高存活率。

這裡的陽光與一切幾乎要將他的希望與勇氣燃燒殆盡，但沒關係……餘燼尚存。

當夏德騎著一匹帥氣的黑馬出現在眼前時，賴田樂原本想說些什麼，後來放棄了，專注在夏德牽過來的另外一隻棕馬，牠比黑馬小了一點，但鬃毛柔順漂亮，體型也算是健壯，那雙眼也比黑馬看起來還要和藹可親，黑馬一臉踐樣，跟主人一模一樣。

『酷喔黑馬王子，幫你說出來。』

『……你還是安靜一點好了，西爾。』

賴田樂差點對西爾罵出難聽的話，是、對、就……哪來的黑馬王子？喔對還有一段劇情是在馬場，夏德和珞茵娜在馬上——算了不想了，太會玩、太刺激，賴田樂一點也不想把劇情裡的歡愛與現在瀟灑下馬、走向自己的夏德聯想在一起。

這個人耶。

到底是會用什麼表情做愛。

賴田樂一驚，趕緊揮去腦中的問題，他卻一直想起看過的劇情內容——夏德一把拽住女孩的腰，裙襬蓋住了他的硬挺，那堅硬的部位隨著騎馬時的顛簸不斷地撞上女孩嬌嫩的——好，停住，賴田樂下意識地躲開走過來的夏德，他看了眼自動擋上前的吉，另外一段劇情也自動浮出。

吉牽制住女孩細瘦的腳踝，他虔誠地親吻，從腳踝、小腿、大腿再到——賴田樂同時間挪動腳步遠離那兩個人，之前回憶的時候覺得那沒什麼，但一旦與他們熟悉之後，那感覺無比尷尬，他搧了搧自己燥熱的臉，迎向兩人困惑的目光，忍不住嘀咕：「色狼……」

「在幹什麼？」

「里斯殿下？」

「……沒事。」賴田樂隨便找個理由：「我只是很久沒來馬場，有點不適應，所以我要做什麼？」

「練習騎馬，到時候可沒有馬車。」夏德牽過棕馬，輕拍牠安撫，並說：「動作輕點，別嚇到牠。」

里斯不可能不會騎馬，賴田樂莫名有這種念頭，他知道要怎麼上馬，身體依然記得動作，他已經不會畏懼這種奇怪的感覺了，只是夏德說話的口吻讓人討厭，於是賴田樂以委婉的方式向吉詢問：「他那是什麼意思？」

吉同樣以小音量回應：「大概是因為您以前嫌棄這裡的馬血統不夠純正，雖然表現得沒有很明顯，但從來沒有踏進這裡，去外面大部分是乘坐馬車。」

「所以現在是在試探我有沒有改變嗎？」

吉頓了一下：「……應該是在諷刺您。」

這傢伙果然很討人厭。賴田樂撇嘴，心情倒也沒有到很糟，他上前和棕馬試著互動，棕馬親人，沒什麼脾氣，另外一隻黑馬的高度他應該沒辦法一次成功上去，棕馬確實適合些，他很快躍上馬背，穩住身姿，與牠跑了幾圈，即使身體記得，賴田樂還是第一次騎馬，他只是依靠著里斯殘留下來的感覺，隨風馳騁的速度感令人驚艷，他一時忘了背後的其他人，像個少年揚起嘴角，與馬兒有默契地一塊奔馳，然後沒多久身體便向他抗議。

他有點玩得太開心，賴田樂很快就停在夏德面前準備下馬，夏德制止他，以眼神詢問，賴田樂直說：「顛得屁股疼，我休息一會。」

「不行，你要習慣。」

夏德說著就拍向棕馬讓牠繼續，賴田樂立即拽住韁繩，彎下腰安撫棕馬，回頭抗議說道：「總要一步一步來吧！」

「你認為你有那個時間？」

「那、那我要騎看看那隻黑馬……！」

賴田樂只是想要拉長談話的時間，反正到最後他一定說不過夏德，沒想到夏德沉默了會，忽然鬆開黑馬的韁繩，將賴田樂從馬上拉抱下來，他的動作很快，並沒有驚擾到棕馬，賴田樂也不知道為什麼自己也很順從，自然地摟住男人的脖頸，他就這樣一頭霧水地被帶到黑馬的背上。

「坐好，風石討厭人，他只聽我的話。」

「……喔。」賴田樂還沒有進入狀況，但聽到黑馬的鼻息，不知道是不是在表達不滿，他的身體立即緊繃，就怕牠一個不爽把他摔下去，「呃、牠叫風石……？你幹嘛！」

「小聲點。」夏德也躍上馬，他貼在賴田樂的背後，幾乎是將賴田樂圈在懷裡，「你要騎的話只能這樣。」

背後的溫度透過衣服傳遞過來，男人的氣息再次充斥在他的鼻尖，賴田樂一時之間只能愣愣地問：「不是，你什麼時候那麼好說話？」

「牽好韁繩。」夏德沒有正面回應賴田樂的問題，他先讓風石慢慢地走，接著才持續加快，「風石不是血統純正的馬，另外一隻是，你感覺得出差別嗎？」

……他就是在諷刺。

「感覺不出來。」賴田樂誠實地應，他的大腿夾緊馬肚，速度越來越快，賴田樂的聲音不大不小，穩穩地傳進夏德的耳裡：「夏德，我難道需要一直為過去的言行負責嗎？」

「我不知道。」夏德握住賴田樂拉著韁繩的手，適時地讓風石轉彎，「所以我會一次一次地試探你，直到我找到答案。」

「意思是你要談戀愛了？」賴田樂想起夏德說他可能會去了解他口中的戀愛，半開玩笑地說：「不然我們組個單身同盟一起去找對象怎麼樣？我找男的你找女的，剛剛好。」

「……」

「我開玩笑的，抱歉。」

賴田樂的皮性打開了就有點不想停下來，道歉完後又欠揍地說：「但是哥，我們的夏德哥也二十六歲了，有沒有談過戀愛啊？應該很多人想要爬上你的床吧？有嗎？有那種經驗嗎？」

「有。」

「咦？」

「他們的下場只有兩個選項，流放或是死亡。」

賴田樂忍不住嚥下唾液，彷彿看到自己的未來也只有那兩個選項，於是他閉上嘴，但在那之前又嘟囔：「會不會聊天啊……」

夏德當然聽到了，他反問：「你知道問題出在哪裡嗎？」

「哪裡？」

「你那張嘴。」

賴田樂完全地閉上嘴了，接下來他們就這樣騎了快三十分鐘，夏德也在途中教導賴田樂怎麼樣會比較輕鬆，哪裡要施力、身體怎麼傾動，不過一切還是要多加練習才會習慣，道理賴田樂都明白，但他是真的受不住了。

「夏德，我真的快要死掉了……就休息五分鐘……」

夏德望了眼賴田樂的後腦勺，他的肩膀垂下，後背也幾乎是靠在他的身上藉機休息，夏德以肩膀推開他，冷酷地應：「你的姿勢又跑掉了。」

賴田樂被迫挺直腰，他駕著韁繩想讓馬跑慢點，但風石並沒有聽他的話，持續的顛簸讓他只能痛苦地埋怨，這時候夏德又說：「你需要熟悉，到那裡我們需要騎馬趕路。」

賴田樂咬牙撐住，他的身體還因為前兩天的對打訓練還痛著，現在又加倍疼，撐了大約三秒又軟下去。

「啊……屁股和腰都太痛了……」

「這樣就痛？」夏德漫不經心地說，彷彿意有所指：「那真要用的時候，你會承受不起。」

他那是什麼意思？

賴田樂腦子裡的所有回嗆的字句瞬間消失，他不確定夏德是不是在跟他開黃腔，那也有可能是其他意思，可身為一名健全又調皮的男性，一旦思想走歪了就再也回不去，他明明不是那個意思，從夏德口中說出來的感覺卻不知道為什麼讓人特別羞恥。

他不會用到的……！賴田樂很想這麼說，但說出來又覺得哪裡怪怪的，尤其他還因為任務用過那令人難以啟齒的地方。

他那張嘴忽然乖巧了。

久久沒得到回應的夏德垂首一看，發現隱藏在粉色腦袋裡的耳朵和他的後頸都紅了一片，他在害羞，並且不想回應，夏德意識到這則訊息，頓了頓，想起那張嘴開口閉口著男性器官，忽然有點困惑，如果人能夠自由控制肌膚顏色的話夏德就信了他在演戲，但那不可能，所以現在在他眼前的這個人到底是怎麼回事？

**叮！獎勵任務：跟大皇子說自己後面超厲害，不會承受不起，成功後存活率增2%，未成功存活率減少5%，時間剩餘5分鐘**

熟悉的叮聲讓賴田樂一愣，他現在、立刻，就想要和西爾打架，而且這個任務還限時五分鐘！他思考三秒，認命地抬起頭，目光坦然，耳朵泛紅，正經地應：「那種事情你不用你擔心，我後面超厲害，不會承受不起的。」

他好像聽到了夏德的嘆息：「我有時候會想，是不是有人在逼你講這些話？」

賴田樂猛地一驚，他轉頭看向夏德，只聽他以一種無奈的口吻道出他的狀況：「你耳朵太紅了，自己講，自己感到羞恥，是你喜歡的玩法嗎？」

賴田樂覺得自己的臉也要燒起來了，忍不住掩臉反駁：「不是、那樣……我不喜歡……」

**叮！獎勵任務達成：跟大皇子說自己後面超厲害，不會承受不起，存活率增加2%，當前存活率27%**

**叮！獎勵任務：跟大皇子說你就喜歡這種玩法，成功後存活率增3%，未成功存活率減少6%，時間剩餘10分鐘**

『西爾！這樣連發任務是可以的嗎！』

『為什麼不可以？』

賴田樂以崩潰的心情張了張嘴，他忍著羞恥，縮著肩膀，甚至顫著音說：「不、我……就喜歡這種玩法……」

「好了。」夏德打斷賴田樂的顫音，他直說：「從現在開始，如果不是你太會演，那麼我會懷疑你說的任何一句話。」

夏德拉住韁繩，讓風石慢慢地降下速度，他們停在馬舍前的喝水區，夏德躍下來，同時間幫腿軟的賴田樂下馬，他算是友善地攙扶著他，等他站穩後才將人放開。

「等你臉上的溫度降下來，我們再繼續。」

**叮！獎勵任務達成：跟大皇子說你就喜歡這種玩法，存活率增加3％，當前存活率30％**

賴田樂鬱悶地邊聽任務的達成聲邊看夏德牽走風石去喝水的背影，怎麼說呢？他覺得夏德好像越來越接近劇情的夏德，雖然現在有時候還是很討人厭，但比一開始實在是好多了，他看過的夏德很好，真的很好，可那一面是屬於珞茵娜的，他只配擁有無情、冷酷的大皇子，他已經很少去思考這件事情了，也有意避著珞茵娜——他的到來，對原有發展的他們來說到底會有什麼影響呢？

現在他站的這個位置，其實應該原本是珞茵娜的，不論是吉還是薩西維的善意也理當屬於珞茵娜，可是啊，他也是歷經許多苦難才站在這裡啊，只不過是擁有了珞茵娜該有的一點點，而他也不知道現在的珞茵娜到底擁有什麼。

不要去想了，賴田樂對自己這麼說。他轉頭望向夏德，這時候他卻忽然聽到吉的高聲呼喊，他的餘光瞥見棕馬的身影，牠接近得很快，賴田樂還沒有反應過來，身體下意識地先行動，他撲向夏德，另一側的風石受到驚嚇，賴田樂聽見了馬嘶聲與馬蹄聲，以及看到夏德驚訝的表情。

他們一起倒地，夏德護著賴田樂滾了幾圈，失控的棕馬從旁略過，他直衝越過柵欄，賴田樂第一時間撐起來看，只見吉快狠準地拉過韁繩，躍起來的瞬間跳上馬背控制住牠，賴田樂這才鬆口氣，然後他就被夏德抬起來，他甚至幫他拍了拍身上的沙塵。

「……夏德？」

夏德沒有馬上回應，他扳過賴田樂的身體，確認他沒有受傷後才掀起眼簾說：「牠就算直衝過來，我也不會有事。」

賴田樂微微一愣，他喔一聲，又說：「那看來是我多事了。」

「不是。」夏德的語氣難得加重：「不是那樣，你撲過來的樣子實在是笨極了。」

「哈？就算是我多事了你也不必要——」

「我是說，你不論是有意還是無意，都不要再那麼做。」夏德褪去沾上沙塵的黑色手套，替賴田樂抹去臉上的黑點，「我和你說過，曾經我信任的士兵背叛了我，我將他斬首示眾，除此之外，我連隸屬他部隊底下的所有人都殺了。」

賴田樂對上夏德的目光，那雙眼是深色的藍、接近黑的深藍，又濃又黑，隱藏著他長久以來都沒有傾瀉出來的情緒，一種毛骨悚然的感覺纏上賴田樂，就好像他被夏德抓住一樣，並且永遠無法逃開。

「那些曾經試圖擁有我的信任卻又背叛我的人，通常沒有什麼好下場，就連他深愛的人、信賴的人……我都不會放過。」

「我只是……」賴田樂先讓自己鎮定下來，他說：「只是推了你一把，沒到那種地步吧。」

「馬的力氣足以踩碎你。」

「你不是說你不會有事嗎？」

「那是我，不是你。」夏德緊蹙著眉，從他的表情能讀出一絲煩躁，「又或許，你籌備著這場意外，受傷的你就無法參與——」

「夏德。」賴田樂不想聽見後話便打斷了，他突然感覺到可笑，「喂原來你看見的我是這樣的嗎？」

「我知道。」夏德按住賴田樂的嘴，他看著他的雙眼，又是嘆息：「我知道，但如果我不那麼想，我就會相信了。」

夏德放開他，看了眼停在不遠處的吉，確認一切都不會有事之後才牽起風石，從賴田樂的旁邊走過。

「——相信你撲過來時的蠢樣，所以，別再有下次了，我不會放過你。今天就先這樣，你回去休息吧，明天也不用訓練了，去準備好最後一天的祝福。」

膽小鬼，賴田樂想。他已經不知道得到夏德的信任究竟是不是好事，一開始他希望不論是夏德還是薩西維都能相信他沒有惡意，對那該死的皇位毫無興趣，但現在他不知道了。

不知道是不是要幫助那個長年在外廝殺、對人失去信任的孤單傢伙。

他不要再試探了，花香的秘密，活命的機會……一切都由夏德自行判斷吧。

賴田樂回過頭與吉確認狀況，但他一靠近棕馬又再次暴躁起來，在賴田樂遠離之後吉很快將棕馬壓制安撫下來，賴田樂一頭霧水，明明原本還好好的，怎麼會……？

賴田樂抬起頭想確認四周，卻在匆匆一瞥之際在窗邊看見粉色的髮絲，想要再次確認時窗簾已經放下，看不到內部，他突然有一個念頭，將口袋裡的花袋朝棕馬扔去，棕馬再次有激烈的反應，牠怒踩著花袋，就連吉也無法控制住牠。

賴田樂瞪大眼睛望向原本珞茵娜待的地方，整個人還無法馬上反應過來，他避著珞茵娜，對方卻向著他展露惡意，在他逃避著她的時候，珞茵娜又是怎麼過的？她是一開始就想要陷害他了嗎？

他一無所知。

在那頓荒唐的午餐過後，他就對她一無所知，因而恐懼——那位原本該擁有一切的主角。

❀

賴田樂洗完澡出來就看到吉將手中的晚餐放下並且自動跪下的畫面，對於這種發展他完全沒有頭緒，只能先假裝淡定地坐上沙發，拿起晚餐的麵包啃，問：「吉，你在做什麼？」

「請罪。」吉低著頭說，騎士的膝蓋向來都只為了主人碰地，但雙膝皆碰地的場合對騎士來說是一種恥辱，象徵自己未做好職責，吉沒有任何辯解，就只是說：「我沒有保護好殿下，讓您和夏德殿下受驚了。」

原來是在說剛才的事情。

「那是沒辦法的事情吧。」賴田樂盡量擺出無所謂的樣子說：「反正我沒事，你不是說本來是栓好的，牠突然暴走，而且還扯斷木棍……我大概有想到原因，但還不能確定，時機也……這樣吧，你再幫我一個忙，不能讓任何人知道。」

「請吩咐。」

「幫我注意一下皇女的舉動，有沒有特別怪異的點？有發現的話再跟我報備就行了。」

「是。」答完的吉依然維持著跪坐的姿勢，他注意到賴田樂赤裸著腳，不自覺地伸手抹去腳上的水珠，他捧著賴田樂的腳掌隔住冰冷的地板，邊想著要新購入暖和的地毯邊說：「另外有關於烏諾斯的情報沒有任何異常，他的家中只有一位長輩，生於窮困的家庭，是收到大神官啟示的候補通知後情況才有所改變，基本上都與得知的情報一致，還有他的性格在被召喚到皇宮訓練之前就不怎麼好了，聽說常常流連在多位女子和男子之間，關係很亂，但聽說入宮後就收斂了許多……里斯殿下？」

「我知道了……但你在說那麼長的話之前先把我的腳放開。」

起初賴田樂就嚇到了，本來以為吉是不小心蹭到，結果沒想到對方直接握住他的腳，像是在捂熱，好讓他別踩地，這裡的天氣早晚偏涼，季節轉換的方式跟他原本的世界差不多，畢竟也是那裡的人寫出來的，現在剛好正值秋季，不過他剛洗完熱水澡所以也不覺得冷，但吉好像就不是那麼認為了。

他的掌心偏熱，又捂得緊，賴田樂覺得怪不好意思的，但對方又在講重要的事情，用力抽開好像在表達不滿，他沒那個意思，因此想著該怎麼辦的同時，敏銳的吉便發現他的不對勁。

「抱歉，讓您不愉快了嗎？」吉忽然拿走賴田樂隨手放在沙發上的毛巾，他以毛巾包裹住他的腳繼續揉捏，「但您說我可以自己判斷怎麼行事。」

吉的表情依然是沒什麼變化，但賴田樂似乎從他抬起的眼神中讀出一點生氣，就像當初他在指責自己侮辱他的使命一樣。

「您要收回您的話嗎？」

「沒有啦……」賴田樂立即弱下來，吉這語氣搞得好像他說話不算話似的，「就、沒必要做到這種地步。」

吉眨了眨眼睛，馬上為自己辯解：「這並不是我的請罪方式，我只是怕您剛洗完澡出來受涼，畢竟里斯殿下這幾天都非常疲憊。」

**叮！您對吉的心動指數增加了1%，總共是12%**

『喔——』

『你那超級討厭的喔聲是怎麼回事。』

『原來你喜歡這種，我明白了，但按照我的分析，你不適合當掌控他人的那種角色，只是感覺很新奇吧？』

『等等、不管你現在說的是什麼，我覺得都有很大的誤會——』

『嗯哼嗯哼，你的大狗狗真是忠誠。』

『好了西爾，閉嘴。』

每次和西爾的對話都是以要它閉嘴為結束。

賴田樂就只是……被眼前這個跪在他面前，真心誠意地在擔心他的男人感動到了，而且老實說很賞心悅目，這麼厲害的男人現在在他的面前揉他的腳什麼的……確實有種微妙的滿足感，但並不是說有這樣的興趣，賴田樂也覺得這樣的自己好像有點變態，但來到這裡長期以來都是被壓榨的狀態，突然有這種反差情況大概是真的感覺到新奇，可他也特別害羞不好意思，於是彆扭的他趕緊轉移話題。

「那姑且問一下，如果我覺得你有罪，你的請罪方式是什麼？」

「以死——」

「嗯嗯嗯好了夠了。」賴田樂不用聽下去也知道吉要說什麼，他慢慢地收回腳，好在吉也沒有繼續拽住他，他只是看著他，無聲地再一次詢問，賴田樂應：「腳髒啊，這可是下人做的事，你別做……」

「但里斯殿下的私處都由我來——」

「不會再有下一次了！應該！」賴田樂知道他並沒有惡意，但聽著卻覺得特別刺耳，

「對，我、這事我無法反駁，不過這真的不用了，你快點起來吧。」

**叮！獎勵任務：用你的腳踩你的護衛的大腿，成功後存活率增3%，未成功存活率減少5%，時間剩餘5分鐘**

賴田樂猛地按住想起身的吉，他臉色凝重地呼喚著西爾：『喂這不會太過變態嗎？』

『讓你體驗看看你究竟喜不喜歡這種玩法啊，也有用腳踩雞雞的任務，要改嗎？不過都是隨機的，看你的運氣，事實證明運氣想讓你體驗。』

『……算你狠！還有我沒有喜歡！』

賴田樂重新放下自己的腳，吉對他的動作沒有任何疑惑，就像在待命的軍犬，一動也不動，直到主人下命令，賴田樂輕踩住吉的大腿，說出自己剛想好的台詞：「那個、吉……鍛鍊得很好耶，今天你制住馬的時候就看到你跳得很高……」

「應該的。」吉幾乎沒任何動搖，「身為皇家騎士團都要鍛鍊到這種程度，但里斯殿下不是，就像薩西維殿下說的，您不適合參加這次的遠征，尤其知道叛亂的對象是誰之後。里斯殿下，我想夏德殿下的態度確實有改變了，您有考慮直接和他談談看嗎？」

**叮！獎勵任務達成：用你的腳踩你的護衛的大腿，存活率增加3%，當前存活率33%**

33%，還不到50%，當然能不去是最好的。

「嗯，我會找機會和夏德談談，至於能不能得到好結果我無法保證。」

有太多太多未知的因素了，賴田樂挪動著腳想。畢竟看起來珞茵娜就是要他死，對她來說即使那些計謀沒有成功也沒關係，送上戰場就可以了，她會不會像當初一樣拉攏夏德？這點他也不能確定，因此他真的只有和夏德談談這個選項。

也許機會就在明天，等到祝福日結束之後，他可以藉機觀察珞茵娜和夏德的關係，如果可以的話，說不定還能讓薩西維幫他說話。

他才不會輸，輸給這個世界的主角，因為他也是自己的主角啊！

「里斯殿下。」

「嗯？」

「如果到時候真的沒有辦法並且遇上危險，請讓我帶著您逃，即使要穿女裝。」

「沒有要穿女裝。」

吉一臉認真地說要穿女裝讓賴田樂忍不住反駁，他自己嚴肅會後笑出來，半開玩笑地道：「所以你要先試試看嘛，女裝？我可以幫你跟薩西維借。」

吉很久沒有面對賴田樂的問題沉默那麼久了。

「請有需要的時候再借。」

這是他最後的掙扎。賴田樂笑著擺手，說自己是在開玩笑，他覺得自己好像逐漸能讀懂吉的面無表情一號、二號、三號等的不同，他有顯露出情緒，但非常不明顯，這時吉的眉頭鬆開，站起來並向賴田樂伸出手說：「外出服已經準備好了，如果里斯殿下覺得休息夠了，隨時隨地可以出發，當然您要我現在就試女裝……也是可以。」

「真的？」

「……」

「這個也是在開玩笑的。」賴田樂笑應，他拍了拍吉僵硬的肩膀，「那我們好了後就出發吧。」

出發去鎮上的市集看看。

他們之前就說好的，晚上一起去熱鬧的市集看看，但賴田樂並不想太引人注目所以是請吉偷偷帶他出去，就當作是戰爭前最後的放鬆，賴田樂已經打算今晚把一切的煩惱拋到腦後，先吃好喝滿再玩爆。

「里斯殿下，馬車停在右門，我會請車夫停在比較隱密的地方，到時候我們再走過去就好了，車夫也是找能夠信任的人，不必擔心。」

「沒問題。」

賴田樂戴上長袍的帽子，在夜晚的皇宮裡跟著吉繞小路走，右門是接近神殿的出口，這個時間基本上來參加祝福日的民眾都回去了，神殿此刻正是關閉的狀態，當然還有零星的人員在確認明日最後的祝福流程，賴田樂一路上都是躡手躡腳，深怕被其他人發現。

等到他們翻過門牆，確認萬無一失的時候，正準備上馬車的賴田樂突然被吉攬過，他被吉拉到身後，並且拽著他的手讓他貼近，賴田樂愣了愣，看見吉回首以唇語說著沒事，然後他向著暗處踏出一步說：「出來。」

「你們是去幽會嗎？」

一道人影從黑暗中逐漸顯露出來，月光照耀著他灰色的髮絲，他身穿著神父袍，只不過少了披肩，接近脖頸的衣扣大大地敞開，男人的肌膚白，甚至接近慘白，他只要一笑就能看見犬齒，眼角的痣也因為牽扯著臉部肌肉而微微移動，他對於吉的敵視毫無畏懼，烏諾斯越走越近，視線越過吉直望著賴田樂。

「也帶上我吧，我真的很想跟里斯殿下聊聊，但最好只有我們兩個，不要有外人，可以嗎？」他笑了笑，又指著吉說：「當然你如果不安的話，也可以帶上他啦，只是需要維持一點距離？」

賴田樂伸手拉住吉的衣服往後扯，讓他與靠近的烏諾斯維持一段安全的距離，他躲在吉的背後看著烏諾斯，應：「吉不是外人。」

「不是喔。」烏諾斯的笑容越擴越大，他像隻狡猾的灰色狐狸，瞇著眼睛道：「對大家來說，里斯殿下才是外人呢，我都暗示那麼多了，想必里斯殿下應該是聰明人吧？」

這個人在這裡到底扮演著什麼樣的角色？他知道什麼？這是在試探他嗎？無數個疑惑從賴田樂腦中略過，他甚至想過烏諾斯也許是珞茵娜的人，可他也是戀愛對象之一，憑空出現的人物充滿謎團，他是要試著接觸還是無視？

賴田樂先讓吉退到後面，他小聲地說不會有事，一邊走向烏諾斯，他的視線並沒有對上烏諾斯的目光，以一種抗拒的心態說：「吉有什麼理由不能聽嗎？關於你要聊的。」

「也不是說不能聽，而是說他聽不到。」

賴田樂倏地瞪向烏諾斯，只見對方依然是微笑，並且親暱地低下頭，低聲又道：「好啦，我要等不及了，我可是有遵守準則現在才來找你喔，你前幾天的告白聽起來有夠可憐的，誰都聽不見，只有我聽到了……」

烏諾斯滿意地看見賴田樂表情越來越無措，似乎還有一絲的渴求，他笑得開心，刻意在吉警戒的狀態下將賴田樂拉往自己的範圍，他都要衝上去守護自己的主人了，卻見賴田樂絲毫沒有抵抗，吉反而愣了一下。

「你不是里斯。」烏諾斯貼在賴田樂的耳邊一字一句地說出來，他甚至在對方震驚的當下抬起他的手，像是在掌控人偶，有趣的、新奇的可愛人偶，「那麼，我們終於可以談談了嗎，親愛的田樂？」

「上車。」

這是賴田樂反應過來後的第一句話。

他甩開烏諾斯的接觸，表現得意外冷靜，烏諾斯倒也沒有繼續說下去，只是笑著略過吉走上馬車，賴田樂一把按住吉，小聲地吩咐：「吉，我有事要和他談，你就別進來了，記得吩咐車夫不要亂說話，我不會有事。」

賴田樂深吸一口氣，他抬起視線直視著吉，即使他想讓自己冷靜下來，但動搖的樣子太過於明顯了，吉第一次做出反抗：「里斯殿下，我無法讓您與那個人獨自待在一個空間。」

「沒事、沒事，我、他……」他是想對自己說沒事，可卻越來越混亂，賴田樂不知道怎麼解釋，只能對著吉展露自己真實的心情，「拜託了吉，我現在無法向你解釋，但我必須親自面對他。」

「我明白了。」

「什麼？」

吉轉變的態度很快，賴田樂一時沒反應過來，吉只是站在他的眼前，以堅定的眼神給他力量，「我信任您，希望您也能信任我，所以即使我看不到，我也絕對不會讓您發生任何事情，里斯殿下只需要做您想做的就可以了，您也不必要向我解釋。」

吉親自扶著賴田樂來到馬車前，以最高尚的禮儀接待他、服侍他，就連關上馬車的時候，吉到最後的視線都沒有移開，等到賴田樂稍作點頭，吉才離開到自己的崗位上。

**叮！您對吉的心動指數增加了2%，總共是14%**

『我無法回答您戀愛對象四的身分，意外的是我也無法對他做出分析，最多只能測出您對他的心動指數，目前已經降到了-5%，但我能感覺到你的驚慌已經逐漸穩定下來，今日也感謝大狗狗的忠誠。』

賴田樂原本想和西爾說些什麼，最後放棄了，他還想西爾怎麼突然那麼好心向他解釋，但最後一句話讓賴田樂知道西爾依然是正常發揮，不過他從他的話中抓到了一個點。

『等等，你除了能分析我的感受之外，也能分析其他人的嗎？』賴田樂正面迎向烏諾斯的視線，又在心裡問：『那麼，我也是有可能知道其他人對我的心動指數？』

『這個問題我依然無法回答。』

他說完後就再也沒有回應了。

無妨，那現在也不是重點。賴田樂確實從吉那邊得到了力量，馬車已經開始移動，而他也做好了準備，烏諾斯像是看準時機開口：「你有很好的護衛呢，你喜歡他嗎？」

賴田樂沒應話瞪著他，烏諾斯立即投降。

「好、好，別露出那麼可怕的表情，我只是看你緊張想緩和一下氣氛。」

馬車裡的空間不大，他們面對面坐著，一個警惕、一個微笑，烏諾斯繼續主導著這場對話，「我知道你有很多問題想要問我，但我先跟你講一件事情，這樣你應該就能信任我了吧？」

「說說看。」

「里斯已經死透了喔。」

賴田樂渾身一顫，他愣愣地抬起頭，像是沒聽清楚而再問一次：「什麼？」

「在你身上的……嗯、只不過是殘存的記憶碎片，唉，可憐的傢伙，到最後變成了碎片，大概再過不久就會消失了。」

這個人身上有很多未解開的謎題。賴田樂再次被一堆問題轟炸，他在說什麼、他怎麼知道、能信嗎、里斯真的死了嗎、那他那些未知的恐懼又是對誰？賴田樂最後將全部的困惑只濃縮成一個，最根本的問題。

「你到底是誰？你真的是烏諾斯嗎？」

「哇，你這個提問很敏銳耶，是和夏德相處過後學的嗎？他曾經對我也有敵意，明明我什麼都沒做，也沒露出馬腳，不過那是之前了。」烏諾斯放鬆地靠在椅背上，態度還有些高高在上，「所以為什麼這麼問？」

夏德認識他？他後面又在說什麼？賴田樂依然抱持著高度的警惕與專注力，他記下每一個疑問，先是回答：「你知道我不是里斯，還知道我真正的名字，據我所知，我和劇情中的角色都被某種……準則規範著？但是你聽得到我說話，原本的劇情也沒有你，所以我猜你的情況可能跟我一樣……里斯本來應該要死了，但我還在這裡，那你又是什麼情形？」

烏諾斯微笑應：「我是神官五號，你說過我是最不可能成為大神官的候選，確實是這樣，畢竟他是不重要的角色，甚至連出現都沒有，但他依然存在，這是為什麼？」

「你就沒有想過嗎？這裡明明只是小說的內容，為什麼每個人在你面前栩栩如生，就像真的一樣？」烏諾斯舔了舔唇，像是興奮於揭開真相的瞬間，他說：「因為就是真的啊，我以這個世界的管理者向你保證，嗯、說得更帥一點，我不需要成為大神官，因為我就是這個世界的神。」

賴田樂第一時間是問：「末期嗎？」

「嗯？」

「中二病。」

「……」

「……」

一陣詭異的沉默，烏諾斯的笑容差點沒掛住：「我聽得懂喔，我想過告訴你後的各種情況，真的沒想過這種。」

「想不到吧。」賴田樂的語調毫無起伏，「就像我想不到一樣，突然跑出一個人，說自己是這個世界的神，叭啦叭啦，你覺得這可信度？」

「嗯，你說得挺有道理的，但你無法否認我知道你，田樂。」

確實，賴田樂也想過烏諾斯真面目的各種可能性，他以為他跟他一樣是穿越來的，然後不知道在哪裡湊巧得知他的情報所以來接近他，沒想到對方直接說他是神，神……？太難相信了，可賴田樂就在這裡，這個小說世界中，這種不合乎常理的事情，確實是很有可能發生的，神就坐在他眼前，之類的。

「說是神，其實也不是說能主宰一切，只是能不受準則干擾……嗯，沒關係，先說點別的吧，你知道這個世界其實有魔法嗎？不然你想想嘛，你是怎麼過來的？」

他在說更多更多脫離常識的東西。

「……關於那個我不記得，睜開眼睛就出現在這裡了。」

「嗯好吧，畢竟還有限制……總之說好聽點是魔法，說白的話就是禁術，只要付出等同的代價，女武神就會幫你。」烏諾斯很是故意地捲著他後頸的頭髮，說：「我就是女武神。」

賴田樂頓了一下，看了眼烏諾斯的胸，又看了眼烏諾斯的下面，烏諾斯立即有了打開褲頭的動作。

「住手！用嘴說！」

烏諾斯看起來有些遺憾，但還是將褲頭重新扣回去，繼續用嘴巴解釋：「我們不分性別的，只是故事設定是這樣，而我方便帶入，你把我當成女的就是女的男的就是男的，只是剛好這副身體是男的，僅此而已。田樂，你知道嗎？故事到最後會變成一個真實的世界喔。故事結局之後，這個世界依然存在，它有自己的準則，每一次都按照著作者的劇情發展，在那之後呢？真的就是幸福快樂的結局了嗎？」

賴田樂回想著這部小說的結局，不就是繼續過著沒羞沒臊的生活嗎？

「所以你是想說，結局之後，他們並不幸福快樂？」

「不知道。」烏諾斯說得很隨便，「因為創世神，也就是作者寫完結局後就不會繼續下去了啊。不過也不是每一個故事都有辦法成為一個世界，我們會挑選……世界管理局，你就把我們當作是維持每個世界生生不息、接管循環新世界的單位，假如沒有新世界的誕生，就會缺乏運行的能量，到最後每個世界都會邁向毀滅，而整個宇宙有一個關鍵的主世界，其他衍生的就是副世界，主世界和無數個副世界產生的能量可以相互循環達到平衡，是互惠互利的共生，來，田樂小朋友，到這邊還聽得懂嗎？」

賴田樂的腦袋正在思考，沒多餘的心思理會烏諾斯討人厭的語氣，試著以理性的推論問：「呃、所以地球不是因為幾十億年前什麼星團旋轉碰撞……然後誕生的？」

「你這人有夠不浪漫的。」烏諾斯滿臉嫌棄，「用你那邊的說法，無可救藥的直男？你一定因為這樣被甩過。」

「要你管！我只是努力用我的知識去理解！」

「好吧好吧、所以我還要解釋我們的歷史嗎？我們是比你說的那些更早誕生的存在，一開始我們也不是以人類的形式出現，總之就是有意識的個體，見證了能量、生命的誕生，也許他們是因為覺得太美麗了，所以希望這能夠永遠存留、存在……最後衍生成我們現在維持能量的方法，中間的過程實在是太長了，我沒記住，你也不需要知道，就像你也不可能記得你們歷史的全部吧。」

「總之，我們這些管理員中誰對這個故事有興趣，我們就會在它結局後接管它，讓它自然發展，如果沒有人有興趣，那麼故事就是真的結束了，我們可是每天都閱覽著無數的故事劇本，當然沒有結局的故事不會納入考量，我們期待並且好奇一成不變的故事是否會有所改變。」烏諾斯在談及此事時彷彿才露出自己真正的情緒，他笑著解釋：「而這個故事結局後的發展，主角群的下場每一次都是悲劇。」

「我無數次讓它重新來過，我們有這樣的權利，只不過要偷偷來喔，太明目張膽的話管理局會有意見的，畢竟我還是想看主角群有好結果嘛，結果呢，每一次都是不一樣的悲劇，哈哈，我就說一個好了，夏德每一次都會死。」

賴田樂微微一愣，「夏德嗎？」

「我的同事都在笑我，怎麼有辦法挑選到這麼爛的故事，呵呵，他們才不懂呢，偶然的變數才是真的有趣。」烏諾斯忽然傾身靠過去，他直視著賴田樂那雙藍眼睛道：「那就是你，有人以自己為代價使用禁術讓我呼喚你，而你也回應了。」

賴田樂馬上反問：「是里斯嗎？」

烏諾斯聳肩，又恢復吊兒郎當的笑容：「我不能說太多，雖然我不受準則的管控，但直接干擾太多的話還是會被管理局懲罰，另外，禁術被發現以及成功的機率是微乎其微的，那算是我們的小驚喜喔，不然只是看著太無聊了，以上，這就是你來的原因，你要改變這個故事，努力和這個世界的準則違抗吧，賴田樂。」

「我要怎麼……」賴田樂對自己來到這裡的原因還是一知半解，「所以我活下來，就算是改變了吧？要改變到什麼程度？」

「不知道。」烏諾斯像是解釋煩了，癟著嘴說：「你要自己摸索啊，不是有系統幫你嗎？」

「……你知道？」

「大致上的玩法我知道，但細節就不知道了，當初……唉總之就是這樣囉。」

又繞回來了，提高生存率，這樣或許就能知道使用禁術的究竟是不是里斯，里斯的目的、理由他都還一無所知。

「但是……」賴田樂忍不住又問：「為什麼是我？」

「就找到了你唄，我真的不能說太多啦，禁術內容也必須保密。」烏諾斯將手肘靠在腿上靠近，笑瞇瞇地抬頭道：「順帶一提我對你超有興趣的，所以我真的當上大神官的話可不能說話不算話喔，我們可是有賭約的。」

賴田樂不由自主地往後傾，「等等、我怎麼知道你會不會用什麼奇怪的手段當上大神官？而且當時我也沒有同意。」

「我不會用的。」

「我怎麼相信你？」

「因為耍了手段就不有趣了啊。」

「我不要。」

「你說不要就不要嗎？」

「不然？談戀愛就是要你情我願。」賴田樂說得理直氣壯。

「好吧。」烏諾斯收起笑容，突然一臉誠懇：「那你教我，要怎麼樣你才會喜歡我？」

「不要。」看他這樣賴田樂才覺得更可怕，「說到底你為什麼要跟我談戀愛，還算在戀愛對象四？你無所謂吧？我是因為要提高存活率所以——」

叮！與戀愛對象四接觸時間達成

揭開支線任務——最後的抗爭、請讓戀愛對象四對你迷戀不已（可單方面的就好，有沒有完成都沒有關係，但達成有非常棒的獎勵）

『……什麼？』

『從現在開始，你能得知戀愛對象四的心動指數了，目前是8％。』

『等等、哈？剛剛不是還不可以嗎？』

『解開任務後就可以了，冷靜點，你什麼時候能夠理解任務了？』

說得好像也是。

「我說了我對你有興趣啊，你怎麼沒聽進去？戀愛對象四是指我嗎？所以其實你有把我算在裡面？真是、早說嘛，總之我有非常想知道的事情，也許跟你談戀愛之後我就會知道了。」

他不知道戀愛對象與心動指數的那個部分。

賴田樂在和西爾對話的同時烏諾斯也在回應他，他想著8％算有興趣？那他對夏德16％是不是可以直接生小孩？他吐槽兼試探地說：「那干我屁事，你是……這個世界的神耶？有什麼是你不知道的？」

「你那是偏見，神也是有很多事情不知道，我們可是最純真的孩子，幾乎所有行為都是好奇心驅使。」烏諾斯又笑了，笑瞇了雙眼，勾動著眼角的痣，配上他勾人帥氣的長相非常妖媚：「怎麼就不關你的屁事？跟你的屁股很有關係啊。」

賴田樂馬上明白他的意思，怒道：「性騷擾！」

「你也可以對我性騷擾啊，來，想摸哪裡？」

「走開！我——」

碰。

馬車門打開了。

吉的視線只停留在烏諾斯壓制住賴田樂雙手的畫面一秒便花了零點一秒拔劍，是賴田樂抓著吉勸說好一陣子，並且烏諾斯乖巧無助地躲在賴田樂的後面，那位神才脫離被砍死的危機。

「話說回來。」烏諾斯跟著他們下車，披上吉扔過來的長袍，問：「我們幹嘛一定要出來，在你房間講也行吧？」

「我就想出來逛逛。」賴田樂將長袍的帽子重新戴上，大大的帽子顯得臉小，他像是終於脫離了緊繃的狀態，以輕鬆的口吻笑道：「我也想過談論的過程中你若是很有危險性，剛好可以棄屍。」

烏諾斯眨了眨眼，同樣笑道：「你真是個狠角色。」

**叮！烏諾斯的心動指數增加了1%，總共是9%**

賴田樂轉過頭拉下帽子應：「彼此彼此。」

要烏諾斯對他迷戀不已，又可以單方面……反正他對烏諾斯真的沒什麼好感，達成後還可以得到獎勵，雖然不知道是什麼，但不拿白不拿，而且烏諾斯不知道這個對他來說更有利，所以——

嗯，他要當渣男。

烏諾斯限定。

絢爛的燈泡吊掛在攤販上的各處，點亮整條夜市，正中央還有人在表演，人們隨著輕快的音樂在廣場進行舞會，到處都是熱絡的聲音以及食物的香氣，當他們從陰暗的小巷走出來的時候看到非常閃耀的光景，那是樸實的美麗與歡樂的氣氛，賴田樂對此有股熟悉感，夜市——！他熟悉的夜市！吃吃喝喝玩玩！

他關在皇宮實在是太久了，在那裡還要擔心生死之類的問題，日子過得太緊繃，賴田樂就想在這裡好好放鬆，遺忘那些該死討人厭的任務。

**叮！獎勵任務：邀請你的同行人一起去跳舞吧，成功後存活率增5%，未成功存活率減少10%，時間剩餘2小時**

『西爾。』

『是？』

『你出現的時機真的是有夠討人厭的。』

『怎麼會？有給你兩個小時耶，吃飽喝足再去跳舞消化一下剛剛好啊，有沒有超貼心？』

賴田樂深吸一口氣，總之把自己所知的所有髒話全部罵給西爾聽，西爾聽了後還說了句真是粗俗，賴田樂又再次深呼吸，然後進行報復性消費，幾乎是每一攤都吃，以里斯的財產任意揮霍，還硬塞各種食物給吉和烏諾斯，前者來什麼就乖巧吃什麼，後者則是不論怎樣都要加句話，例如：「你買巧克力香蕉給我是不是在暗示什麼？」

「……閉嘴快吃。」賴田樂睨了烏諾斯一眼，忽然覺得要勾引這個人很有負擔，但還是絞盡腦汁，默默地一把拽住他的手臂，並且抬手抹去烏諾斯嘴角的巧克力，表情特別彆扭，「沾到了。」

烏諾斯明顯愣住，連旁邊的吉也是，吉看了眼手中的巧克力香蕉，不知道是在思慮什麼看起來特別凝重，最後卻只是一口咬下香蕉，並將賴田樂和烏諾斯手邊的垃圾全部收集起來拿去扔，還特地遞紙巾給烏諾斯，手法略微粗魯，彷彿是要他自己擦的意思。

烏諾斯笑著接受，他的視線停留於還在為此感到羞恥的賴田樂身上，問道：「怎麼突然對我那麼好？」

「就想討好你。」

「討好我不會有好處喔。」

「……那就算了。」

## 叮！烏諾斯的心動指數增加了1％，總共是10％

這事他做不來……！賴田樂迅速反悔，渣男什麼的還是算了吧，那做起來特別彆扭難受，看吧看吧就連吉也覺得奇怪，警戒這麼久的人突然給他擦嘴巴？感覺就是怪，而且烏諾斯還開心地對他說：「真不錯，第一次有人給我買東西還給我擦嘴巴。」

賴田樂一臉困惑，提起他原本的人設：「你不是周旋在多位女子和男子之間嗎？」

「那是這個角色啊，又不是我，這個人設會根深蒂固在人們的心中。」烏諾斯刻意彎下腰小聲地解釋：「我每次都是在烏諾斯進宮為大神官候補選拔後才附身上來，這個時候差不多就是故事的開始了，不然其實我剛開始都是飄在主角們的周圍，後來嫌無趣才附身靠近，不過也沒有多加干涉。」

「這是我第一次參與進來，身旁有人原來是這種感覺，還記得這邊原本的劇情嗎？珞茵娜與他的護衛第一次約會然後恰巧碰見夏德……這些我都是在旁邊看著的。」烏諾斯的虎牙在笑的時候很明顯，讓他更顯得孩子氣，「我一直在猶豫要不要親自體驗大家的生活，不要再只是看著，看來我的選擇不錯，所以啊寶貝，別因為沒好處就不對我好嘛，我想體驗更多更多。」

賴田樂不知道他說的是不是真的，但他選擇先相信自己的直覺，所以他將自己手中的食物再次分給烏諾斯，並說：「……如果是這樣的話，你一上來不應該是說要當戀人，而是朋友，還有那油膩的稱呼也要改一下。」

「朋友？」烏諾斯想了一下，終於朗聲反問吉：「你知道朋友的定義嗎？」

「我沒有朋友。」吉回應得很快。

「……」

「……」

「欸你這朋友說話本來就這樣嗎？」

烏諾斯先是打破詭異的沉默向賴田樂詢問，賴田樂也有些尷尬，「呃、吉他……等等、吉你真的沒有朋友嗎？」

「如果您是指共生死的對象，只有您。」

「朋友是那麼沉重的東西啊？」

「不是！」賴田樂立即反駁，他卡在兩人的中間，盡量以簡單明瞭的方式說明：「朋友就是……互相陪伴、一同玩樂，有困難的時候互相幫助……差不多就是這樣。」

「聽起來挺無趣的耶。」

「……里斯殿下有困難的話請跟我說。」

好。看來他們對話的頻道完全不在同一個。

「你不要拉倒。」賴田樂已經放棄對烏諾斯詳細說明了，然後站在吉的旁邊又說：「吉不一樣，所以不能跟他比。」

「好吧。」烏諾斯輕易投降，顯然是不想在這話題花費太多力氣，「那我們就先當朋友，所以可以開吃下一攤了嗎？我請客你出錢。」

「你一定是那種爛朋友。」

賴田樂嘴裡雖然嫌棄，倒也是乖乖付錢，一路上吃多少玩多少，烏諾斯對他的心動指數就增加多少，他已經增到20％，比賴田樂對任何一個戀愛對象還要多，賴田樂都不知道是烏諾斯太單純還是其實自己很有魅力？

「護衛先生你懂不懂什麼叫做融入氣氛啊？嗨起來啊！我們可是朋友耶！連我都比你懂了。」

「我拒絕，別靠近，沒有那回事。」

「我的朋友，你看你的護衛啦，說話不算話。」

……感覺就是太傻，心動指數才那麼容易上升，烏諾斯起初表現得太神秘邪魅，以至於現在反差太大，他就像對什麼事情都感覺到新奇的孩子，『幾乎所有行為都是好奇心驅使』，這句話的可信度增加了，只不過那張風塵味十足的臉依然看不慣，眼角的痣總是勾人，一路上他就亂勾好幾個人，說是好奇，後來還要靠吉解圍，畢竟他不方便出馬，也難怪吉那麼討厭他了，而且賴田樂還是第一次看到吉那麼明顯嫌棄某人。

「吉，沒事啦。」賴田樂勉為其難地幫烏諾斯講話，順便多塞點食物給吉，「他現在暫且算是……友方。」

吉一言不發地收下賴田樂的各種點心，他一邊塞入嘴裡一邊點頭，沒有特別回應，賴田樂讀不出來他的情緒，小心翼翼地又說：「不然，你就按照你的判斷行事嘛。」

吉吞完手中的食物，然後看了眼在攤位上玩得很開心的烏諾斯，典型的套圈圈遊戲，賴田樂不知道該說作者真是讓人感覺親切還是根本懶得想，而烏諾斯還轉頭要他們去看看他的成果，吉跟著賴田樂過去看了，只有評論一個字：「爛。」

「耶？」

「咦？」

賴田樂和烏諾斯兩人紛紛驚了，只見吉面無表情地看著烏諾斯繼續說道：「我不喜歡你，也不喜歡你在里斯殿下附近悠晃，我不知道你的目的是什麼，但里斯殿下說你暫且是友方，所以我也會保全你的安危直到回到宮殿，不過回到宮殿後我希望你不要太常出現在里斯殿下的面前，沒有為什麼，就我討厭而已。」

「另外。」吉向攤販繳出兩枚銀幣，得到兩大串的圈圈，他站在烏諾斯的旁邊邊說邊示範：「這不是隨便亂丟，拋的時候靠手腕，要讓這個以水平狀態飛出去。」

吉一說完就迅速套到了後方的瓶子，他示範結束後將剩下的圈圈交給烏諾斯，「試試，這裡還剩十個，起碼要成功一半，連這種事都做不到就別跟我搭話。」

「哈。」烏諾斯的笑容帶點玩味，他正面接下吉的試煉，同時也沒忘討價還價：「那我做到了呢？」

「……我就當你朋友。」

這是他最大的讓步，吉也不可能以賴田樂作為賭注，不過烏諾斯倒是爽快接受了。

「行，這次可要說話算話了。」

吉沒有回應，站回賴田樂的身後看烏諾斯的預備動作，這時他頓了一下，轉頭迎向賴田樂吃驚的目光，道：「抱歉，讓您見笑了。」
「不、那個……就沒見過你這樣……」賴田樂眨了眨眼，又問：「還是說這是你平常的性格？」
「並不，只是不值得我尊敬的對象不需要有禮。」吉細心解釋，「像是隸屬於我的分隊若是訓練沒有完成，我也是這樣——訓練沒完成不准休息、做不到就退出、想放棄就滾……皇家騎士團不需要沒用的廢物。」
嚴厲的肅殺之氣讓賴田樂不由得一抖，再次感謝吉對他的耐心與照顧，如果自己不是這個身分的話或許早就被吉罵到臭頭了。
「吉，那你是什麼時候訓練你的分隊啊？我看你都待在我身邊……」
「我辭去隊長的職位了。」
「什麼？」
「但大家不願意，所以目前先留下了稱謂，現在是由副隊長全程代理訓練，偶爾才會詢問我的意見。」
「等等、等等，為什麼辭掉？因為我嗎？」
吉垂首看著賴田樂，很是平靜地解釋：「我很久以前就有這個念頭了，以前因為我還有騎士團要負責的關係有一段時間會不在，您除了我之外還會多帶其他護衛，每天輪的人都不一樣，我認為那樣不安全，現在我覺得這樣很好，里斯殿下。」
「這樣啊……」賴田樂想了一下，那應該是以前里斯的事情了，不過他也沒打算多加干預吉的決定，只問結果：「所以這樣你還是有休息時間的吧？」

「有的，請不用擔心。」

「嗯，那就好。」

他們這邊的話題差不多結束之後，烏諾斯也完成了，他一臉得瑟，手故意靠到吉的肩上，也摟住了賴田樂，笑說：「嗨我的朋友們。」

吉幾乎是黑著臉細數套上圈圈的瓶子，不管怎麼數都是剛剛好五個，不多不少正好是一半，能感覺出來他很煩，但還是勉強認同，只是沒說話而已，賴田樂見狀忍不住笑了，他偷笑、悶笑，有種自己是真的跟朋友一起玩的感覺。

如果是就好了。

如果吉的身分不是護衛、如果烏諾斯的身分不是那什麼管理員……也許他們真的能成為不錯的朋友，在這歡樂的日子約出來玩，然後也不用考慮生死的問題，聊的話題也有可能是稀鬆平常的事情，例如工作、家人或是朋友之間的無趣話題都可以。

賴田樂明明不想在這時候想起來的，但他與他們一起到下一攤的同時好像在人群中看到了某人，他的身姿挺拔高大，即使戴上遮住半張臉的面罩仍難以遮蓋住他天生的強大氣勢，賴田樂認得那雙眼，是深色的藍，接近黑的藍，而他也在看著他，此刻流動的人中只有他們為彼此停下來，那只是幾秒鐘的事情，賴田樂猛地反應過來先撇開目光。

他在等候著攤販的食物，時不時應答搭話過來的烏諾斯和偶爾才開口的吉，直到餘光瞥見那道身影就站在他的旁邊，賴田樂沒忍住想先開口，不料才剛轉頭，對方就獻上一個蘋果糖給他。

賴田樂默默地接下它，只見對方這樣就想轉身離去，他不禁挽留：「喂、你不吃嗎？」男人轉回去，突然彎下腰握住賴田樂的手，低頭湊近咬了一口蘋果糖，賴田樂近距離地觀賞著這幕，當男人大力咬下，掀起眼簾直視著他時，賴田樂就知道完蛋了。

「太甜了。」夏德一邊說一邊拉下賴田樂的帽子蓋住他，於是賴田樂的半張臉也都遮住了，他看不到眼前的夏德，只聽到他問：「怎麼多一個人？」

「什麼？」

賴田樂花費了不少力氣才把帽子往上拉一點，於是他就看見烏諾斯燦笑著對夏德打招呼，夏德倒是一點回應都沒有，他看了眼吉，抬手按住賴田樂的腦袋，再次轉身準備離去，賴田樂卻馬上抓住他，問：「等等，你怎麼會在這？」

「我沒問你，你卻問我了？」

夏德的提問讓賴田樂有些心虛，他知道劇情上夏德本來就會出現在夜市裡，自己卻又這麼問，他只好趕緊找個理由：「不是，你先來找我的啊？」

「只是給你蘋果糖。」

「為什麼給我？」

「就想買給你。」夏德說得輕描淡寫，「看你一路吃那麼多，不差這一個。」

「什、你跟蹤我？」

「也不是，只是你剛好一直出現在我的視線範圍。」

賴田樂啞口無言，他不知道這人說得到底是不是真的，不然怎麼聽起來那麼甜？感覺太怪了，他漸漸鬆開抓著夏德的手，低下頭不願意直視對方，本來想說氣氛有點尷尬怪異的時候，後面的烏諾斯忽然興奮，說話聲都傳了過來。

「哇，他很會耶，你要不要學學看？」

「請不要靠我太近。」

「所以為什麼由我說出這種話你們就不喜歡？哪裡出了問題啊寶貝？」

……他是不是想死。

賴田樂很確定那句寶貝是衝著自己說的，他立即抬頭看狀況，就連吉的視線也是在夏德和烏諾斯之間徘徊，只見夏德靜靜看著烏諾斯，像是在揣摩這個人要怎麼死去，當然這是賴田樂想像出來的，實際上他也不確定夏德的想法，但一定不是好的。

「夏、夏德！」

「說。」

「和我一起去跳舞吧！」

夏德的視線這才從烏諾斯的身上移開，他垂下目光盯著賴田樂抓著他的手，再問一次：「什麼？」

賴田樂鼓起勇氣，雖然不知道自己這麼做對不對、烏諾斯值得他袒護嗎？他不確定，可看在烏諾斯今天的心動指數漲到20%的份上，他其實對很多向他釋出善意的人都還抱持著懷疑的態度，沒辦法那麼容易相信，但他會選擇相信自己當下的直覺，就像上一次他從父王的狼爪中救下珞茵娜，他後來想一想就沒那麼懊惱了。

也許就是因為他這麼做，他和夏德的關係才會變成現在這個樣子，那麼這一次，他和夏德會有什麼變化嗎？

「和我一起去跳舞吧，夏德。」

時機算得剛好，周邊的光都轉成浪漫的粉色，廣場也播放著浪漫的舞曲，所有人彷彿在這一刻也靜下來，沉浸在優美溫柔的音樂之中，夏德第一時間是反抓住賴田樂，彷彿是怕他反悔，不過他馬上放鬆力道，牽著賴田樂往廣場前進，途中他還向某個攤販買下面具給賴田樂戴上。

「你成功了。」

「……你是指什麼？」

「要是你沒有出馬，那個神官候補就要為他的無禮付出代價。」夏德熟練地摟住賴田樂的腰，帶領他踏出步伐，享受於屬於兩人之間的漫步旋轉，「寶貝？他是這樣喊你的嗎？」

夏德貼得很緊，力道很足，賴田樂幾乎是貼在他的身上跟著移動，他一點也不費力，跳得很輕鬆，只是夏德靠著他說話還喊著寶貝的殺傷力讓他有點承受不起。

**叮！您對夏德的心動指數增加了1％，總共是17％**

賴田樂認命，那真的沒有辦法。

「那是他在開玩笑……」

「不是所有玩笑都該接受。」

「我又沒差。」

「所以，那是你的戀愛對象？」

「……暫時不是。」

夏德微微停下腳步，他輕而易舉地就將賴田樂舉起來轉圈，看著賴田樂驚嚇的表情，口吻有些無奈：「也許女步你確實不擅長，但你已經踩到我十次以上了。」

「抱、抱歉……！所以說可以停下來了啦！」

「為什麼？這首曲子還沒結束，還是你想要換人？神官？還是你的護衛？」

「你幹嘛在乎這個！」

柔美的光線照在夏德的身上，讓賴田樂有種錯覺——男人身上的氛圍好像褪去了一點攻擊性，他不再是那麼冰冷，黑藍的雙眼彷彿也染上溫度，在舞曲的尾聲，夏德抬起賴田樂的手，彎腰在他的手背上留下一吻，兩人透過面具望著彼此，尾音結束，夏德重新挺直背，溫柔的目光幾乎沒什麼變化。

「我在這裡思考了很多，包括下午發生的那件事情，然後就看見了你，想著你然後看見你，所以想要在乎。我……我有些話想要對你說，你願意相信我，跟我走嗎？」

叮！獎勵任務達成：邀請你的同行人一起去跳舞吧，存活率增加5％，當前存活率38％

賴田樂終於真正體會到夏德是劇情裡正宮的原因了，誰有辦法拒絕大皇子放下身段的溫柔請求呢？

叮！

賴田樂彷彿聽到了自己答應的響聲。

不遠處的吉和烏諾斯都是站在人群邊緣沒有特意去干擾夏德和賴田樂，烏諾斯吹了聲口哨，以肩膀碰撞他的朋友。

「欸你對於想讓某個人成為自己的東西這點怎麼看？或是為某人犧牲？」烏諾斯知道吉不會那麼快回答他，便繼續說：「其實我也不知道，所以才來找出解答，你呢？」

吉的目光從來沒有從賴田樂身上移開，他在確認主人的安危，好一會後才回答：「從來沒有屬於我的東西，那位大人也不是任何人的東西，你似乎誤會了。」

烏諾斯嘆息：「你這個答案真是無趣。」

吉這時終於收回視線，他開始跟著賴田樂和夏德一起移動，不過在那之前，他還回頭向烏諾斯加了一句：「騎士是一輩子的忠誠陪伴，你呢？」

烏諾斯沒想到對方會這麼反擊，他愣了片刻，爾後咧嘴而笑，像是找到有趣的事情，衝著他的背影朗聲問：「那忠誠的騎士不打算跟你的殿下說你以前隸屬於大皇子嗎？」

吉猛地回過頭。

一瞬間他脫離了護衛的身分，以一種野獸的眼神凶猛地瞪向烏諾斯，他展露出來的情緒再也不是淡漠的，而是怒火與被揭穿的羞愧，這讓他看起來極為狼狽。

過去絆住他想追上主人的腳，而他確實不安地停了下來。

# Chapter 3、真相記憶

他是沒有名字的孤兒、是平民唾棄的奴隸也是戰場中唯一一個倖存者。

這個村莊恰巧在南國的邊界，主要人口都是老年人，還有收留一些無處可去的退休兵，同時也是走私人販的秘密交易地點。

他從有記憶以來都是和一群孩子生活在馬車裡，每到一個新的地方就會有孩子離去也會有新的孩子進來，他們通通都在背上印上奴隸印記，沒做事就沒飯吃、做不好就挨打，那些大人們都跟他們說表現得好就可以被好人家帶走，所以每位孩子都很努力，但他知道並不是那麼一回事。

曾經有一個長得可愛的孩子被帶走後，隔天屍體卻出現在垃圾場，身上還有許多不忍直視的傷痕，因此後來當買家來的時候，他都是躲在角落，也刻意每天挨打，假裝自己很笨，什麼事都做不好，不知道什麼時候開始他變得無念無想、無欲無求，從來沒有對明天抱持著希望，每一天都只是為了基本的生理需求而睜開眼睛。

他想死，卻不敢死，死後就能解脫了嗎？他不知道，然後有一天，死神就降臨了。

夜晚的死神揮舞著劍，安靜無聲地奪去每個人的性命，某個少年帶領著他的軍隊在那一天靜悄悄地佔據南國的邊界並且殺光了這裡所有的人，除了他。

他那天剛好被安派到雞舍工作，也就在那裡睡了，當時的他因為寒冷所以鋪了一層乾草躲在裡面，恰巧躲過一場屠殺，直到他與那名少年死神對上視線，黑色的死神一步一步地向他走來，而他也沒有閃躲，就在這個時候，死神後方傳來了聲響。

「報告殿下，確認過已無生還者。」

死神點了點頭，將劍上的血珠甩落，重新放回劍鞘，並說：「我這裡也沒有，吩咐下去準備在這裡駐紮，等候皇帝的指令。」

「是！」

晚風吹起沙沙的樹葉聲，兩個人皆是沉默，最後他站起來迎向死神，他已經很久沒有說話了，孩子的聲音聽起來竟然還有些粗啞，他問：「為什麼？」

「你看起來想死。」死神的語調沒有一絲的起伏，他只是在陳述一件事實。

他點了點頭，死神卻笑了，那是他見過最殘酷的微笑。

「而那些死的人，都想要活著，你必須活下去，繼續麻木地感受著絕望與痛苦。你自己選擇吧，要留在這個地獄，還是跟著我的地獄。」

死神說完後便轉身離去，他遲疑一會，終於下定決心跟上死神的腳步，又問：「為什麼。」

死神這次沒有回應，他只是將他丟給某一位軍人，並下達『訓練他』的指示便離開了，他與那位軍人面面相覷，軍人先是開口問：「你叫什麼名字？」

他搖頭。

「啊你是……嗯，好吧，那我給你取個名字怎麼樣？」

他點頭。

「嗯——那就……嗯、叫……叫吉吧！吉利的吉！」軍人對吉釋出友善的笑容，繼續說：「我叫君唯，吉。」

賴田樂在想自己沒有先和吉與烏諾斯告知就跟著夏德走會不會有點太……見色忘友？不是，也不是那樣說，氣氛使然嘛，就像他現在不得已坐在夏德的懷裡騎馬一樣，而且他對夏德也沒有色色的心，沒有。賴田樂舒服地靠在夏德的身上，吹著涼爽的晚風心想。

雖然時值秋季，可後面的人體溫夠熱，也幾乎將他整個人包圍住，所以一點也不冷。他們從廣場離開後，夏德就帶著賴田樂共乘風石來到半山腰，一路上兩人沒什麼對話，賴田樂也不知道從何問起比較妥當，因此乾脆等夏德主動開口，沒想到對方接下來一句話都沒說，路上只有馬蹄聲和風吹聲，他們離喧嘩的人群越來越遠，直到穿過一個樹林，來到一個寬闊之地才停下。

眼前正是燈彩繽紛的景色，美麗的燈光在遠處的腳下看起來有另外一種不同的美感，它融於夜色，又凸顯夜色，遠處的宮殿肅立在那顯得龐大華麗，祝福日的這幾天宮殿外面也有裝飾一些彩燈，細碎的光匯聚在一起就像一條光帶，連著星空銀河，在賴田樂的眼裡全部都在閃閃發亮。

此時夏德默默地下馬並將賴田樂也抱下來，他們沉默地看著夜景，夏德的目光倒是都在賴田樂身上，他表現得不明顯，只是注意到亮光倒映在天藍色的眼中，淺色的瞳孔好似也會發亮，他的眼裡有星河，那是白日的星空，天藍色的銀光，令人移不開視線。

「我常來這裡。」

聽見夏德終於開口，賴田樂馬上轉頭看他，這才發現對方的視線是一直向著自己，他微微一愣，這時夏德淡淡地收回視線，道：「我在看，看著我守護這個國家的理由。」

夏德往遠處眺望，他強大的背影此刻看起來有些孤寂，孤單的靈魂望向賴田樂，夏德彷彿渴求著自己也不知道的答案，「我也總是想……這充滿活力生氣的地方，真的值得我去奮鬥嗎？」

賴田樂覺無法回應他，也無法拯救他的孤寂，他忽然想起烏諾斯說的話，每一次都會死亡的夏德究竟面臨著什麼，這是他該去干涉的嗎？或者說，他可以觸碰那個部分嗎？

「為什麼跟我說這些，夏德？」

夏德摘下面具與衣袍的帽子，任由晚風吹亂他的髮絲，如同他的話彷彿也被晚風吹走，他既茫然又無助地說：「不知道。」

賴田樂也不知道，不知道該怎麼面對這樣的夏德，他想要去理解，理解這個人身上真正的故事，不是小說劇情裡的夏德，也不是一開始暴躁冷血的夏德，而是現在在他眼前釋出一點點脆弱的夏德。

「夏德，你……想對我說的就是這些嗎？」

「不是。」夏德轉身，抬手撫過賴田樂吹亂的髮絲，他的眉頭輕蹙，雙眼流露出來的情緒讓人難以讀懂，「抱歉。」

「什麼？」賴田樂有點不敢相信自己聽到的，「為、為什麼道歉？」

「我不會取消你參加征戰的命令，不論你說什麼……都不會。」

賴田樂頓時間無話可說，他這是什麼意思？為什麼主動對他這麼說？即使如此、即使如此……夏德仍然祈求著他的死亡嗎？他下意識地拍開夏德的手，往後退一步，卻在看見夏德明顯動搖的樣子後忍了下來，賴田樂深吸口氣想著也許不是那樣，他判斷得太快了，可聲音仍是顫抖的，像是害怕那會成真。

「我在等你解釋。」

也許賴田樂真的判斷錯誤了，要不然，他怎麼會覺得夏德的眼神有一絲的委屈？

「我需要你，就像你有自己的秘密，我也有，我正在試著相信你，希望你也試著相信我，我只能說……在你的身邊我能感受到平靜。」

當夏德一步一步靠近，沉著嗓音這麼說的時候，賴田樂卻不明所以地想起珞茵娜，驚覺到現在他這個位置應該是屬於珞茵娜的，從頭到尾都是因為那朵花，並非因為賴田樂，他不知道什麼時候放入自己的感情了，但也說不上來現在是什麼感覺，只是跟著平靜下來。

「夏德，我猜你會有那種感覺……應該是因為這個。」

他原本就打算要說了。

賴田樂從口袋裡拿出花袋，從發現這朵花的秘密和夏德有所關聯之後，他幾乎隔一段時間就會去溫室取新的花瓣，「你不是都問我是不是早上沐浴嗎？但你聞到的香氣應該是這個。」

「還有。」賴田樂將花袋打開，取出花瓣放在夏德的手裡，花瓣一旦離開他便迅速地枯萎，他看見夏德收攏手，將花瓣全都捏爛了，男人的氣息在瞬間改變，這讓賴田樂有些害怕，可他還是努力地繼續解釋：「這花……吉碰到也是這樣，似乎只有在我手上才不會枯萎。」

「因為這是屬於皇室的花，是亞勃克的花……所以在亞勃克的手中才會有效用，原來如此……」

夏德鬆開手說，細碎枯萎的花成了粉末隨風飄去，他低頭看著賴田樂，掀起眼皮的剎那又恢復成冷血暴躁的大皇子，賴田樂心驚，忽然後悔自己毫無防備跟了過來，夏德伸手捏緊他的手臂將他扯過去，賴田樂吃痛地驚呼，他看著他，道：「……騙子。」

他的音量很小，幾乎是以口型在說，夏德似乎顫了一下，垂首靠近賴田樂說：「不要怕我……我在等你解釋。」

「我、我也不知道……我只是猜測到這朵花可能跟你有關，因為我帶著這個你聞到味道後對我的態度……好像就漸漸地開始改變了。」

「並非全都是因為那股香氣。」

「什麼？」

「珞茵娜的身上也有那股香氣。」

賴田樂又愣愣地說出什麼，他沒辦法跟上進度，關於珞茵娜或者是夏德，「那你、你……等等，為什麼、還找我？」

「什麼意思？」

「你可以找她幫忙。」

「理由？」

「因為她是珞茵娜，你的……」

女主角。賴田樂沒有說出來，他只是靜靜看著夏德，等候他的回應。

「我不知道你這麼想的理由是什麼，我想相信的人是你。」夏德又湊近聞了聞，閉上雙眼感受，「你身上還有那股香氣，淡淡的、殘存的……我無法向你解釋這股香氣對我的幫助，有些時候知道真相反而是件危險的事情，所以我沒辦法明說，但是我只想找你，抱歉。」

他又道歉了一次。

「我會以我的方式保護你，你願意跟著我嗎？」

**叮！獎勵任務：擁抱眼前這位無助的男人吧，成功後存活率增3％，未成功存活率減**

少5%，時間剩餘5分鐘

不知道該說時機真的是太剛好還是西爾強迫他答應，而且特別用了『無助的男人』稱呼夏德。

都抱了怎麼能說不願意，當然賴田樂本來就要說願意了，只是感覺就突然彆扭了起來，那種心動感再次跳動，賴田樂覺得自己挺難搞的，硬是要和珞茵娜爭，或許競爭心態一直都在，因為他害怕珞茵娜抹滅他的存在，不過在聽到夏德的話後，賴田樂已經完全安心下來了。

「我願意。」

賴田樂伸手抱住了夏德答道，說完後總覺得好像哪裡怪怪的，彷彿在答應……賴田樂一頓，想要放開來補充說明的時候，夏德卻一把將他抱起來。

「夏、夏德……！」賴田樂慌得撐著夏德的肩膀，只見夏德埋入他的胸膛前沒有說話，他特別緊張，拍打著對方說：「你幹嘛！」

「你先的。」夏德的嗓音聽起來悶悶地，他又說：「你先的。」

**叮！獎勵任務達成：擁抱眼前這位無助的男人吧，存活率增加3%，當前存活率41%**

**叮！您對夏德的心動指數增加了1%，總共是18%**

**叮！您對夏德的心動指數增加了1%，總共是19%**

**叮！您對夏德的心動指數增加了1%，總共是20%**

他這是在撒嬌嗎？他這是在撒嬌嗎！他這是在撒嬌嗎……！

賴田樂心中的大尖叫以及心動指數直接三連發，他不知道卸下冷漠、真實的夏德會如此、如此可怕，這不心動太難了，原本的珞茵娜也是這樣？他甚至連原本的劇情中都很少看見夏德的撒嬌，通常都是溫柔、帥氣的場景，這讓賴田樂感到十分震撼，可是心動再不停下來，感覺會很不妙，因此賴田樂趕緊轉移話題。

「你、你不問我怎麼會帶著這個花袋嗎？」

「你能說嗎？」

「暫且不能。」

「那就算了。」夏德抬起頭，深色的雙眸直直地注視著賴田樂，他說：「但是，不要背叛我。」

「不然？」

「我不會殺了你，但會讓你生不如死。」

噢，好像有什麼東西瞬間冷掉了。

原本的心跳加速也變成因為太緊張害怕所以才加速。

「我絕對不會背叛你，我保證，所以你可以放我下來了嗎？」

賴田樂深怕對方一個不爽就把他從崖邊扔下去，不料夏德只是將他抱得更緊，道：「再一會。」

「不、我身上沒有味道了吧！」

「與那無關。」

夏德邊說邊輕微地蹭了蹭。

噢。

賴田樂……真不明白了。

他紅著臉手足無措好一會，最後慢慢地、慢慢地重新摟抱住男人的脖頸。

**叮！您與戀愛對象一的心動指數已達標，可偵測戀愛對象一的心動指數！（您達到20%，戀愛對象超過30%，即可偵測，戀愛對象四例外）**

**叮！夏德的心動指數增加了2%，總共是32%（心動指數超過30%為悸動加深、超過50%為信任、超過70%為喜愛、超過90%為摯愛，達到100%為唯一的愛）**

足足高了他12%。

咦？咦……！

『西爾，你確定你沒有偵測錯嗎？』

『沒禮貌，西爾不會再出錯了。』

『可是、可是……！』

『就是這樣，大皇子不錯啊，身強體壯，看他能抱你那麼久欸，可以火車便當喔。』

『西爾……！』

賴田樂的緊張感全部都被西爾搞沒了，倒是他偷偷摸摸地捏了下夏德的手臂肌肉。

嗯，好壯好帥。

**叮！您對夏德的心動指數增加了1%，總共是21%**

『你看吧，你喜歡。』

『西爾閉嘴！』

賴田樂惱羞成怒，於心中吼道。而他卻還是緊緊地抱著夏德，有好長一段時間，兩人都抱著彼此沒有說話，只是在這黑夜中互相依偎。

夜裡的狂歡差不多要結束了。

市集的攤位大多開始收拾，人群也逐漸散去，周遭也只剩下零碎的燈光，吉待在廣場的邊緣角落，手按在劍把上面，雙眼顯得無神，直到有人按住他的肩膀才恢復正常，他猛地拍開肩上的手，跳開做出防衛的姿勢，沒想到那人是烏諾斯，吉愣了愣，神色遲疑。

「嘿朋友，冷靜點。」

「你怎麼會……等等、我……？里斯殿下！」

烏諾斯沒想到對方回神過來第一時間想到的竟然還是賴田樂，他有點後悔消除吉的記憶，基本上他們的過去他不應該隨意干涉，只是那時候他就想要挑釁這位忠誠的騎士，事實上他也看到有趣的反應，每一輪的故事中吉都是如此，忠誠、淡漠、毫不逾矩，就連與皇女的性愛都是皇女主動的。

他不過是聽從命令。

至於有沒有樂在其中烏諾斯是不曉得，也許他的忠誠大大超越他含蓄的愛，每個男主角都以各自的方式愛著皇女，但那真的是愛嗎？是傳說中偉大無私又能戰勝一切的愛嗎？那為什麼他們的下場都是悲劇呢？

經歷好幾次的故事輪迴後，烏諾斯產生了一個疑問——有沒有那個可能，問題是出在於皇女身上？皇女愛著夏德，同時也愛著薩西維和吉，但皇女最愛的是自己，她為了生存利用很多人的愛，也將自己的愛與溫柔分給許多人，並不是說這樣就是不對的，烏諾斯覺得故事中的皇女活得相當堅毅美麗，那是耀眼的女孩，少女終將成王，但在他看來這就是皇女的生存記，只是著重於過程中的肉體交纏，畢竟它的賣點就是色情描寫。

與他想像中並且好奇的愛有點不同。

烏諾斯看過很多很多故事，有時候他會想那些角色們真的是為了所謂的愛甘願犧牲奉獻？還是因為作者那麼寫？他很好奇，穿梭在各個世界中尋求解答，然後就真的有人脫離劇情的掌控向他證明那種愛真的存在。

因此他才在這裡。

他想要看看——由愛引發的奇蹟是否能開花結果？又或者只是曇花一現？而那個奇蹟就是賴田樂的到來。

其實從賴田樂來的那一天開始他就一直在觀察，但礙於某些原因不能馬上靠近，老實說他並不相信奇蹟真的會發生，也認為那種愛傻透了。

因為不能理解，才那麼好奇。

不過一路下來，賴田樂確實和皇女有那麼一點不一樣，兩人都是為了自己努力生存，很多時候善良並不是好的，偶爾會害死自己，皇女本性不差，但在殘酷的生活環境中總會有一兩次的漠視，她會為此懊悔，因而決定要變得更加強大，那賴田樂呢？他也不算是聖母的角色，烏諾斯在觀看故事的時候對那種屬性特別煩躁，他完全無法理解，但賴田樂應該就只是迫於無奈的笨蛋。

聖母是善良過頭，笨蛋是遺忘怎麼仇恨。

皇女曾經對吉說，為我獻上你的忠誠。

賴田樂則是說，我不想讓你那麼輕易地面對死亡。

騎士為主人赴湯蹈火本該是至高無上的榮耀，皇女獻給吉騎士的榮耀，賴田樂獻給吉的卻是對騎士毫無意義的溫柔，可那真的毫無意義嗎？

再怎麼淡漠的人，總會被溫柔觸動，再怎麼凶殘的人，總會被溫柔融化，只不過那份溫柔是笨蛋跌跌撞撞、硬碰硬還被男色誘惑才融進去的。

總之很好笑。

烏諾斯確實從賴田樂身上得到不少樂趣，即使他受盡委屈也依然沒什麼變，如果說皇女是變得逐漸堅強，那麼賴田樂就是生來如此，一種屬於笨蛋的人格魅力。

這個故事好像因此有什麼東西開始改變，烏諾斯很期待看到結果，如果說他們終於能擁有一個好結局……那就再好不過了。

悲慘的下場他也差不多看膩了。

可憐的角色們啊——願奇蹟眷顧你們。

烏諾斯看著終於與夏德一起回來的賴田樂、以及奔過去迎接的吉心想。

「啊我剛剛真的超像神父的。」

剛好走到烏諾斯旁邊的賴田樂：「哈？」

❀

今天就是祝福日的最後一天，身為皇室的成員每個人都需要提早預備，這一天再怎麼樣也不能拒絕侍女的準備程序，不論洗澡、護膚、著裝等繁雜的工作都需要由侍女親手進行，從早上到下午都只能被侍女們擺布的賴田樂心已死。

昨晚他一回到房間就忍受不住直接睡了，幾人之間也意外和平解散，夏德將他送回到原本的地方後便很不合群地自行離去，賴田樂和烏諾斯則乘坐著原本的馬車回去，一路上烏諾斯秉持著八卦之心問來問去，賴田樂一律隨便搪塞，換他問他和吉相處的怎麼樣，烏諾斯卻只笑笑地沒應，於是事後賴田樂又問吉，吉僅是皺了會眉頭後說沒什麼。

感覺怪怪的，但也問不出個所以然。

賴田樂覺得自己對烏諾斯或許還是要警惕些，誰知道那個充滿好奇心的神會不會說翻臉就翻臉，他還不夠了解他，需要多加觀察，然後還要增加好感度……說到底神什麼的，太超展開了，還有夏德……他確實是願意幫助夏德，夏德也說了願意保護他，然而這之中還有很多疑點存在，夏德究竟隱藏著什麼秘密？珞茵娜又擔當著什麼樣的角色？她也知道花的效用嗎？可是溫室的所有權還在他的身上，珞茵娜是怎麼發現的？

有種這幾天一次發生很多事情的感覺。

也許在離開皇宮之前，他必須鼓起勇氣好好地面對珞茵娜，與她正式談談，起碼不能再繼續逃避了，現在發生的事情已經完全脫離劇情，那就代表著他成功改變故事，至於要改變到什麼程度他也不知道，只能走一步算一步。

結果他除了要談戀愛保全自己之外，還要成為拯救所有人的英雄啊，賴田樂並不覺得自己能成為那麼偉大的人，只是他也不願意親眼見證他們的悲劇。

『西爾。』

『什麼事？』

『我現在存活率是41％，或許來到50％的話……我能知道什麼事情嗎？』

『無可奉告。』

『沒什麼的話就說沒什麼，說什麼無可奉告不就是代表有嗎？』

『哈哈。』

『……哈什麼？』

『自以為聰明？』

賴田樂停頓了一下，忍不住抱怨：『我說你是不是越來越嗆了？也太沒有禮貌了吧！』

『我對於您一心提高存活率而不是心動指數感到遺憾，供您參考現在對夏德的指數為21%、吉為14%、薩西維為6%、烏諾斯為1%，您是否太冷血了呢？』

『不是！也不是那樣說啊，我是為了生存才要談戀愛欸，而且心動哪是我說要心動就能的！』

『唉。』

『不准嘆氣！』

『也許您可以放鬆一點，對人不用那麼警惕。』

『一開始夏德和薩西維都想要殺我喔？吉也是漠不關心喔？我現在這樣已經很好了。』

『這樣距離您使用後面還要多久呢……』

『你好好聽我說話啊！』

『田樂。』這大概是西爾第一次呼喊他的名字，『有時候情況並沒有那麼糟糕，你身邊的人也是……』

『你什麼意思？』

『沒什麼，我多話了，請遺忘，總之希望您對身邊的人再多敞開心房。』

賴田樂想了想，決定不再繼續問下去，反正西爾也不會明說，『已經很開了啦。』

『後面也開一下啊。』

『哪邊啦！』

賴田樂於心中怒吼，他也想過西爾或許是比烏諾斯知曉更多的存在，畢竟連烏諾斯都包含在內，只是依照西爾現在這樣姑且也問不出個什麼……或許他真的該聽從西爾的意見，不論是存活率還是心動指數感覺都越高越好。

這時候想東想西還和西爾對話一陣子的賴田樂已經差不多準備好了，誰有辦法想到只不過是穿件衣服就能從早上用到太陽下山，身上的衣服比想像中的還繁重，半邊的披肩扣著銀色的鍊子，從內襯、背心、外衣到披肩都有一點重量，賴田樂非常想要擺爛，但在侍女們的面前也只能挺直身軀，從肩頭的線一路到腰身都是筆挺的，粉色的髮絲側邊還綁著閃耀淡藍光色彩的細碎水晶，耳垂也垂吊著耀眼的耳飾，有點太閃閃發亮了，賴田樂想。

他扭動著僵硬的脖子，應侍女的要求單手撐腰，聽聞到她們還在討論要不要改其他款式還是要再加些什麼裝飾他就頭疼，微歪著頭眼瞼半垂的無奈模樣顯得有些漫不經心，耳飾在他的動作之下微微晃動，大部分的人會先是注意到耳飾，然後再望向那雙天藍色的眼眸。

「怎麼了？還要繼續嗎？」

侍女們忽然紛紛說了不用，賴田樂立即打起精神，高興終於能夠解脫，於是他打算轉頭呼喚門外的吉，卻聽見薩西維的聲音。

「這是你第二次頂撞我，我要見我弟弟難道還需要你這個護衛的同意嗎？」

「很抱歉，薩西維殿下，目前里斯殿下還在著裝。」

「所以呢？那你要不要說說看你昨晚擅自帶里斯出去的理由是什麼？」

聽起來超不妙。

賴田樂迅速地跑向門打開，窗外的光瞬間落入那兩人的眼中，他們愣了愣，只見賴田樂眨了眨眼，側過身說：「總之，先進來吧。」

「不了。」薩西維忽然撇過頭說，深色的長髮掩過他的臉，他隨即將髮絲撥到耳後，抬起目光又道：「我就來看看你……順便跟你說，這次是珞茵娜成年後的第一次祝福日，也是大家第一次看到皇女，可能會有一些激烈的反應，我們要顧好她，畢竟珞茵娜很……」

「很什麼？」

薩西維看著賴田樂，收起顯而易見的慌張，微笑說：「很漂亮。」

**叮！您對薩西維的心動指數增加了1%，總共是7%**

『欸你真的很喜歡帥哥美女耶。』

『閉嘴，我正在敞開心房。薩西維他穿得可是長袍！肩膀還鏤空！天呀超像我大學時期系上女神玩 Cosplay 的樣子，就是那種……仙女下凡的感覺？』

『喔所以你的癖好新增偽娘？』

『並沒有，我以前的女神是真的女生好嗎。』

『那哪個比較漂亮？』

『……我不想回答你。』

迅速結束與西爾的對話後，賴田樂向薩西維回應：「我知道了，所以我們要當護花使者是嗎？」

「嗯……另外，這次要介紹珞茵娜所以會由父皇主持。」

「好。」

「這些事情本來是想昨晚告訴你的，但你昨晚不在……夏德哥也是……」

「抱歉。」賴田樂打算如實已告，「因為我想去鎮上的市集看看，所以請吉帶我去了，至於夏德……我們半路上有遇到。」

「喔。」薩西維明顯失落，「所以你們丟下我去玩了，好不容易的兄弟聚會……久違的兄弟聚會……我沒參與到……」

賴田樂一點也不覺得那是兄弟聚會，但他為了安慰薩西維只好說：「那我們下次也一起去哪裡玩吧。」

「好啊。」

說變臉就變臉，薩西維露出燦爛的笑容應：「說好了喔，里斯。」

賴田樂以乾笑的哈哈回覆，心裡想著的卻是——喔救命這個人果然表裡不一超不妙。

**叮！獎勵任務：請用很油的方式稱讚二皇子超漂亮，成功後存活率增5%，未成功存活率減少10%，時間剩餘3分鐘**

賴田樂嘴邊的笑容變得更加僵硬了，他僅僅掙扎一秒，隨後吩咐侍女們都可以退下，眼看只剩下吉和薩西維，賴田樂立即行動，他拉住薩西維，將人扯到牆邊並且抬手撐在牆上，凝望著薩西維道：「寶貝，你真漂亮。」

**叮！獎勵任務達成：請用很油的方式稱讚二皇子超漂亮，存活率增加5%，當前存活率46%**

「寶貝？」

一道令人毛骨悚然的嗓音忽然跟著獎勵任務的聲音一起響起，賴田樂還沒有反應過來便被人扯住衣領往後拉，這時候薩西維卻抓住他，吉則是以防賴田樂往後倒伸出手，而罪魁禍首正看著倒在他身上的賴田樂，挑眉問：「又是寶貝？」

「夏、夏德……」

賴田樂愣愣地抬頭看著夏德，平時男人的頭髮都是梳上去，顯得凌厲帥氣，現在他的瀏海垂落在額前，增添了幾分慵懶性感的感覺，賴田樂躺著男人半邊毛茸茸的披肩下意識地做出吞嚥。

如果說賴田樂是淡色的代表，那麼夏德就是深色了，他與賴田樂身上是穿著同款類似的衣著，只不過是深色的款式，他的披肩也顯得更加高雅貴氣，賴田樂原本想著一個兩個的幹嘛都來他的房間，現在卻是想——

哈什麼啦哪來的性感大帥哥。

『叮！我對夏德的心動指數增加了1％，總共是22％！好了我自己說了西爾。』

西爾：『……』

西爾：『……真是謝囉。』

「夏德哥。」薩西維拉著賴田樂幫他站穩，原本按著賴田樂肩膀的夏德順勢放下，抬眼望向呼喚著他的薩西維，薩西維困惑著兩人之間的距離，「您怎麼會來這裡？」

「路過。」

「但是里斯的房間是在邊角……」

「昨晚他有東西遺落在我這了。」

「什麼東西？我沒——嗯對我確實有東西不見了。」

求生慾爆棚。

賴田樂撞見夏德的眼神馬上改口，然後就被夏德單手攬到一旁，與薩西維和吉隔著一段距離，他的身影被夏德完全蓋住，賴田樂先是探頭出來向吉示意自己沒事，隨後又被夏德抬手推回去，男人的掌心貼在他的臉側，指尖似乎在耳畔處摩娑，賴田樂猛地按住他的手腕，「你幹嘛？」

「我來看看耳飾適不適合你。」

「什麼？」

夏德低頭湊近，將他粉色的髮絲撥到耳後，深色的眼眸注視著亮色的耳飾，彷彿光點落進他的眼裡，「所以？薩西維是你的戀愛對象？」

賴田樂想避開視線，卻又覺得那好像有點可惜，眼前的男人有深邃的五官、帥氣的眉眼和性感的薄唇，賴田樂硬是逼自己不要一直盯著看，他的視線只停在男人的唇上，「……不是。」

「那寶貝是怎麼回事？」

「我在開玩笑。」

「又是玩笑？」夏德的口吻淡淡的，說出來的話卻極度驚悚：「上一個跟我開玩笑的人……已經在土裡了。我不喜歡玩笑，也不喜歡無禮的行為。」

賴田樂的腦中馬上浮現他對夏德無理的各種畫面跑馬燈。

「這、這說不通。」他試著反抗，「我跟薩西維開玩笑……又礙不到你。」

「確實，但薩西維非常偏袒你。」夏德鬆開手，此時終於退到正常的距離，又指著耳飾道：「耳飾不要隨便摘下，它有保護作用，我在這個上面許下了祝福。」

「那是什麼？」

夏德閉上眼道：「願女武神庇護所有人。」

「真的有用？」

「有，信念夠強，就能成真。」夏德輕聲說，「但我並不是祈求女武神，而是我自己。就像大神官的祝福，我有那個能力，但我無法跟大神官一樣隨心所欲使用它，只有當信念足夠強烈……才能誕下祝福。征戰前，我都會想著我不會死，那麼，我就不會死，你也一樣，我向你也許下了同樣的祝福。」

賴田樂知道這個。

主角光環……！聽起來很魔幻，不過自從知道女武神是烏諾斯那傢伙後，賴田樂忽然覺得這個世界發生什麼都不足為奇，而夏德身為第一男主角，擁有什麼特別的能力感覺也是理所當然的事情，事實上他在看小說的時候就有想過夏德怎麼有辦法那麼強悍、厲害、無戰不勝。

因為他的信念足夠強大，那麼是發生了什麼事情擊潰他的信念，讓他迎接死亡呢？

「所以這個耳飾不要離身。」

「……好。」

「我做的。」夏德補充說，「不好看？」

賴田樂愣愣地摸向耳飾，有點遲疑：「沒……那個，不，沒事，很好看，謝謝。」

「那走吧，時間差不多了。」

「是的……我是說，好。」

他還震懾於耳飾是夏德做的這件事情，以至於後來薩西維湊過來問『和夏德哥說了什麼』、『怎麼講那麼久』、『什麼時候變得那麼要好』等問題一律都沒有聽進去，他正在回想，這段劇情他有看過……那是發生在夏德終於意識到自己喜歡上珞茵娜的橋段——

『夏德哥……這個項鍊是？』

『我做的。』夏德抬手輕輕地觸碰著那女孩的臉龐，『不好看？』

『不是……！它太好看了，謝謝夏德哥！最喜歡你了！』

『嗯。』夏德摟抱住了撲抱過來的女孩，低聲說：『去床上等我，珞茵娜。』

那天皇女整晚都沒有睡，隔天還請了御醫來看，說是操過頭了。操過頭。

賴田樂心想自己應該是自作多情了，可耳朵上的分量一直在提醒著他，那是定情物、那絕對是定情物，也是唯一綁住珞茵娜的東西，他知道女孩並非只屬於他，因此留下所有物的證明，在珞茵娜與其他人在一起的時候，那條項鍊總是會顯現出強大的存在感——沒有人能夠贏過他。

項鍊彷彿在那麼說，那時候賴田樂覺得夏德也太帥了吧，佔有慾強烈也讓他少女心爆發，他並非是強取豪奪，而是默默地佔據那個最高處的位置，誰也無法搶走他在皇女心中的份量。

**叮！夏德的心動指數增加了1％，總共是33％**

**叮！夏德的心動指數增加了1％，總共是34％**

『第一個是他看見你的時候增加的，他覺得你真好看，第二個是他看見你明顯在意起耳飾的時候，他覺得你是他的了。』

賴田樂好一會才反應：『這你也能知道？』

『沒，我猜的，但時機確實是那樣，我覺得會破壞氣氛所以稍微延後了一點播報，我真體貼。』

『……真是謝囉。』

心動指數超過30％為悸動加深，意思是說夏德真的在為他心動，而且是進行式。這項認知讓賴田樂的心跳聲有些吵雜，他是覺得夏德對他的態度確實有好轉了，但好轉的速度讓他有些措手不及，更何況他根本無法抵擋夏德的好，他轉而回想夏德一開始的態度，然而面前出現的聲音馬上讓他冷卻下來。

「里斯哥哥、薩西維哥哥。」

賴田樂回神過來，與薩西維一起抬手接過珞茵娜，他意外發現少女的掌心冰冷，聽著薩西維與珞茵娜之間的對話，下意識地捏緊女孩的手，試圖分一點溫度給她，爾後隨即反應過來，那女孩並不是她真正的妹妹，於是他猛地鬆開。

「里斯哥哥。」

「……什麼事？」

「你今天很好看。」

「妳也是。」

「那我呢？」薩西維插道。

「……你也很好看。」

「你也是喔，里斯。」

接下來後續都是薩西維在開話題，珞茵娜附和，賴田樂基本上沒有什麼應話，談話之間已經來到神殿二樓的窗口，他感覺到和珞茵娜之間好像有種若有似無的試探氛圍，只是兩人都心照不宣。

他們等候著父王的到來，站在前方的夏德忽然回頭呼喚：「珞茵娜，去另外一邊迎接父王。」

「我、我一個人嗎？」

夏德靜靜地看著她，眼神掃過了那三個人，「是，計畫有變，妳和父王一起從那邊出場，父王要單獨向眾人介紹你。」

「這樣好嗎？」薩西維出來緩頰，「珞茵娜是第一次……」

「所以？」

薩西維對於夏德的態度輕蹙眉頭，不過並沒有再繼續說下去，賴田樂倒是撇頭打了個呵欠，因為這之後就不關他的事情了，三皇子本來就是出場揮手一下，再跟著喊一句願女武神庇護所有人，他的主要目的是觀察珞茵娜，分開也無所謂，沒想到珞茵娜卻往他這邊靠過來並躲在他的身後。

「妳什麼意思？」

他當著眾人的面下意識地喊出來了。

「里斯哥哥……」珞茵娜抓住他的衣袖，神情無助可憐，「父王……」

賴田樂想起那個兒女通吃的父王，於是他看了看夏德，又看了看薩西維，兩人都沒有要幫她的意思，賴田樂心裡想著要推開她，但對方是女孩子，不知道真正的意圖是什麼的女孩子、還是有可能想要陷害他的女孩子……

「珞茵娜。」賴田樂終究還是輕扯掉珞茵娜的手，然後牽緊她，「沒事，等父王來再過去就好了，在大家面前不會有事……可以吧？夏德……哥。」

夏德微微挑眉，「哥？」

「……是，夏德哥。」

「看來你也挺寵珞茵娜的，是吧，珞茵娜，妳的里斯哥哥對妳很好……妳呢？」

他彷彿意有所指。

珞茵娜更是躲進賴田樂的背後，她低著頭沒有應答，夾在中間的賴田樂覺得快要窒息了，也很害怕後面的未爆彈，他知道這有點荒唐可笑，對方想要他死欸，幹嘛還幫她？可實際面對這個小女孩，他都會想起自己的妹妹。

「等等。」薩西維敏銳地問：「夏德哥這麼問是什麼意思？」

聰明人聽出了夏德的意有所指，好在這時候父王出場，所有人統一垂首迎接帝國之光，賴田樂對他沒什麼印象，只記得這個混蛋是兒女通吃的人渣，最後也死在珞茵娜的手中，那天的聚餐上他表現得像普通的父親，一名統理帝國的父親，大部分的時間都是在和夏德談論叛亂與國家之事，偶爾詢問三位兒子和一位女兒的狀況，這是裝出來的表象，皇宮裡的每個人都知道他是多麼殘暴的帝王。

他征戰有功卻喜好淫亂，每晚送去皇帝房間的女人都不一樣，最後討伐出兵之事也都交給夏德，他就在那個房間裡享受著歡愉，但無法否認的是先前他確實將帝國治理得很好，之後依照劇情的發展，他會越來越墮落，甚至將狼爪伸向了珞茵娜——這就是他的結局了。

事實上他現在就只穿了件長袍，胸前還大大敞開，肌膚上有不自然的曖昧痕跡，男人眼神慵懶，頭髮凌亂，一看就知道剛才是做了什麼才來，他至黑暗走來，沐浴在月光之時，深色的髮絲便逐漸轉成了耀眼的銀色，他停在夏德的面前，任由侍女們為他整理衣容。

列瑞．亞勃克向他的子女們微微一笑，他與夏德差不多高，站在一起看起來意外和諧，全然不像父親與兒子，他只有眉眼間帶了點老成，氣勢並不輸給夏德。

「抬起頭來，我的孩子們，為我的子民們獻上祝福吧。」列瑞笑說，「我親愛的女兒，過來，夏德也一起。」

賴田樂後知後覺才發現到他們的頭髮都轉變成銀色，那是身為皇室的代表，祝福準備要開始了，外面一片寂靜，窗外的陽台底下便是無數的民眾，賴田樂深吸口氣，在踏出步伐前看了眼隔壁的方向。

他看見夏德在望著他，接著又收回視線，賴田樂愣了愣，聽見薩西維在叫喚他，也立即撇開目光，迎向眾人，當珞茵娜出場的時候，現場一片嘩然，賴田樂卻無心觀察珞茵娜了，他滿腦子都是夏德的那一眼。

他需要他。

賴田樂莫名有那種感覺，

**叮！特別任務：踹飛準備突襲的大神官候補一號，成功後存活率增5%，未成功存活率減少15%，時間剩餘20秒**

什麼？賴田樂的腦袋快速運轉，是，沒錯，確實有這個劇情，大神官候補一號是戰爭中的受害者，他為了向帝王報仇才進到皇宮，不過大神官候補一號之前對珞茵娜一見鍾情因而遲遲沒有下手，後來是被夏德發現，夏德為了保護珞茵娜而受了點擦傷，不過那人當場就被抓去地牢監禁。

這場事故並沒有那麼嚴重，明明可以不用管，但他的存活率會減少15％！這算什麼特別任務！

賴田樂欲哭無淚，在父王介紹著珞茵娜時便發現在他們身後蠢蠢欲動的大神官候補一號，他的神情明顯緊張，手也在顫抖，目前程序已經來到祝福，但在換賴田樂說出祝福時，他在眾目睽睽之下助跑、跳躍、踹飛了那個人，他手上的匕首滑落出去，賴田樂也摔滾在地，撞上邊角的欄杆。

……還好兩邊的陽台距離不遠，賴田樂吃痛地想。

**叮！特別任務：踹飛準備突襲的大神官候補1號，存活率增加5%，當前存活率51%**

**存活率突破50%！存活率突破50%！存活率突破50%**

**過去真相正在加載中，請稍候、請稍候**

**叮！往後將隨機播放真相記憶，請注意、請注意**

一個片段閃現在賴田樂的腦海裡。

那是一名有著粉色髮絲的女人，他在男人的眼前飛躍起來擊敗刺客，隨即她回過頭，向著她的殿下，雙眼炯炯有神，那是熟悉的藍色眼眸。

『列瑞殿下，您沒事吧？』

什麼東西……？

賴田樂還沒有緩過衝擊的力道，耳朵混雜許多聲音，一瞬間場面吵雜，賴田樂突然被人抓起來，帶了點狠勁，他以為那是夏德，不料此刻緊抓住他的人是列瑞。

「里斯？」

「是、父王……？」

「不，安絲娜……是安絲娜嗎？」

「什麼？」

列瑞抓著他的力道越來越大，賴田樂一時無法掙脫，他看見列瑞的雙眼似乎混雜什麼東西，那是混濁的，深濃的……賴田樂嚇得不敢動，就在這個時候，有人按住列瑞的手，伴隨著穩定的嗓音：「父王，那人已經抓起來帶到地牢，是否該向大家解釋清楚什麼狀況？」

列瑞瞬間恢復原狀，他倏地鬆開賴田樂，笑了笑，轉而攬抱住他的肩膀說：「你救了我一命，里斯，珞茵娜、夏德、薩西維，你們都可以退下了，我要為我的三兒子歡呼。」

列瑞回頭瞥向留在原地的夏德，提高音量說：「還不退下嗎，夏德？」

夏德皺起眉頭，他望著賴田樂，賴田樂也直直地望著他，祈求著他別離去，列瑞的碰觸讓他莫名起了雞皮疙瘩，然而賴田樂卻發現夏德冒著冷汗，他看起來沒什麼變化，但那向來堅定的眼神似乎無法凝聚，夏德是躊躇了會才轉身離開，賴田樂看過他的背影很多次，此刻那步伐顯得有些虛弱，背脊卻倔強地挺直。

賴田樂完全不知道是怎麼回事，他愣愣地轉向列瑞、里斯的父親，這人和夏德之間發生了什麼？安絲娜、安絲娜……？不就是里斯的母親嗎？所以、等等……難道這人是把珞茵娜當成了他的妻子嗎？

因為他方才是以那麼悲傷想念的神情呼喚著安絲娜。

「父、父王……」

「沒事，里斯。」列瑞朗聲道，「各位，我的孩子在這神聖的祝福之日從刺客的手中救了我一命，為他歡呼吧！」

賴田樂茫然地聽著眾人的呼喊，他不知道、也不明白自己站在這裡的理由，某種無比悲痛的情緒油然而生，又是他無法控制的情感，混著他的不安與恐懼，他彷彿又要迷失自己，里斯的影子再次纏上他。

為什麼？里斯是為誰感到悲痛？列瑞？還是安絲娜？為什麼他會對眼前的列瑞如此陌生又害怕？

列瑞抓得越緊，賴田樂越心慌，他下意識地回頭尋找夏德，只見吉被兩名士兵抓著，他無法動彈，那士兵是皇帝的私人自衛隊，夏德與薩西維也不見蹤影。

『西、西爾……』

『請冷靜下來，不會有事的，您能夠戰勝它。』

他就這樣一直聽著西爾的安慰——直到這場混亂的祝福閉幕。賴田樂知道那樣是不行的，在結束之後他幾乎是直接逃跑，至少他有忍到離開民眾的視線才那麼做，身體不適的笨拙謊言肯定被列瑞看出來了，但他還是放他離開。

他逃得過於匆忙，在許多士兵、侍女以及神官的視線之下，賴田樂在他們看不到的地方蹲下來，他聽聞到後面急促跟上來的腳步聲，於是扯出笑容，輕聲呼喚：「吉。」

「是，我在。」

吉站在賴田樂的身後，單膝著地，這次他的手終於接觸到賴田樂，他輕拍著賴田樂的背，什麼都沒有說，僅是靜靜的陪伴。

**叮！您對吉的心動指數增加了1%，總共是15%**

這一次就連西爾也沒有出聲調侃，不久後賴田樂重新站起來，回頭對吉微笑，說了句沒事，接著再一步一步地向前邁進。

他一直以來都是如此，他會害怕，但不會駐足在原地。

珞茵娜也是如此，珞茵娜在一次一次的故事輪迴中不斷地面對這些未知的恐懼，而她也只是位十四歲的少女。

他忽然明白自己為什麼會一直照顧著珞茵娜，他憧憬著珞茵娜、喜愛著這位強大的女主角，當父親對自己那麼做時，受到的打擊該有多大，她對皇室的一切暈頭轉向，茫然無助，最終仍然自立為王。

她有著爬到高處的狠勁，也有無助脆弱的孤寂。

不會有事的，賴田樂重新覆誦著那句話，就算他成為不了英雄，他也要重新站起來，面對未知的恐懼、邁向謎題的答案，還有，他也想要知道真相。

真正的里斯，究竟是怎麼樣的人？

**叮！特別任務的額外獎勵：您可以對心動指數超過25%的戀愛對象毫無保留，包括任**

何事情

系統聲音響起的同時，賴田樂也在轉角處聽見了聲音。

「夏德哥哥！夏德哥哥！您還好嗎？我帶你離開這裡！」

他衝了出去，馬上與珞茵娜對上視線，女孩的目光充滿敵意，但看見賴田樂的瞬間又緩下來，她的嗓音卻是可憐又無助：「里斯哥哥！快來幫幫我！帶夏德哥哥去我房間吧，夏德哥哥很不舒服，我有辦法幫他！」

夏德的狀況看起來確實比剛才更差了，他的臉色慘白，呼吸急促，整個人靠在珞茵娜站不起來，而就在賴田樂遲疑的時候，夏德抬起頭，顫巍巍地伸出手指著賴田樂。

「不……你過來，帶我離開。」

「嗯。」賴田樂走過去摟抱住他，輕聲說：「我來了。」

叮！播放真相記憶。

那是戰場上的夏德，他一動也不動，雙眼失去焦點，彷彿看不見任何東西，男人迷茫地向前走，雙手卻逐漸無力，持不起劍，嘴邊還淌著血。

『救我。』

『不管是誰……』

『救救我吧。』

**而他最終毫無知覺地迎向敵人的廝殺。**

賴田樂猛地驚醒，彷彿在那一刻看見夏德在和他求救，他意識到這或許是夏德之前死前的樣子，而他也想起那道聲音。

那是他最一開始、來到這裡聽到的聲音。

賴田樂扛住夏德靠過來的重量，往後踉蹌幾步才穩下來，同時也接收到珞茵娜詫異的眼神，他接著說：「珞茵娜，夏德就先交給我，妳先回去休息吧。」

「可是……」

「薩西維呢？」

「夏德哥命令他先走……」

是不想讓薩西維看到他現在這個樣子嗎？

賴田樂艱難地看了眼對方緊皺著眉喘息的模樣，吩咐吉過來幫忙攙扶，不過夏德馬上抬手制止吉的靠近，他費力地站起來，隨即倒向牆，連想要過去的賴田樂也拒絕。

「珞茵娜，回去。」

「但是夏德哥哥——」

「我不需要。」夏德靠在牆邊低聲呢喃，汗水沾濕他的髮絲，他一步一步地離開，銀色的光輝在他走向月光照耀不到的走廊之處時漸漸變得黯淡，那是他原本的髮色，賴田樂在他掠過身邊之時聽到他說：「誰都不需要……」

哈？賴田樂頓時覺得不可理喻，他也不管珞茵娜了，馬上跟上那個倔強的背影，然後從後面踹了夏德的屁股。

嗯，他踹了，夏德跌倒了。

一瞬間，萬籟俱寂。

夏德什麼都沒有說，那緩慢爬起來的背影不知道為什麼讓人有種膽戰心驚的感覺，彷佛只要一靠近凶猛的野獸就會反擊至死，賴田樂馬上慫了，為衝動的自己點蠟，可是這個人、這個死要面子的人明明向他求救了，為什麼還要一個人堅持著？

明明……已經向他開口了，怎麼還能反悔呢？他會過去，也會帶他離開啊，於是賴田樂還是戰戰兢兢地湊過去，並拉住夏德的臂膀讓他能靠在自己的肩上，幫助他站好，賴田樂死死地盯著前方，餘光似乎能感覺到男人能夠殺死人的冰冷視線。

「你、你不要這樣看我，這是你的錯，我就要來幫你了……之前不是都說我願意了？就代表我願意和你站在同一戰線啊，幹嘛還逞強？幹嘛又突然把人推遠？就一句話、你到底有沒有要我？」

夏德在到他房間的這段路上都沒有回應，只是收起殺人目光，並且對於賴田樂的攙扶也沒有抗拒，還好賴田樂這邊曾經有吩咐過所以算是冷清，基本上這裡的護衛不多，大部分都是吉親自指派，算是可以信任的人，因此後續就交給吉處理了。

賴田樂原本還想要和吉多說些什麼，然而當踏進房間轉過頭的瞬間，他就被身旁的男人往內扯，賴田樂向前撲，還不忘跟吉說自己沒事，倏地碰一聲，門被關緊鎖上，賴田樂輕而易舉地被夏德摔至床上，隨即男人的軀體覆上來，湊到他的頸邊嗅聞。

「夏、夏德？」

「父王有對你怎樣嗎？」

「沒、沒有……結束後我逃走了。」

「嗯。」

「夏德？夏德？夏——」

「別動，別嚷嚷。」

賴田樂真的沒動了，不如說是不敢動，他能感覺到男人的唇游移在他的肌膚上，這距離實在是太接近、太親密了，彷彿是愛人之間的親暱摩娑，不知不覺間兩個人凝望著彼此，誰也沒先開口。

叮！您對夏德的心動指數增加了1%，總共是23%

叮！夏德的心動指數增加了1%，總共是35%

叮！您對夏德的心動指數增加了1%，總共是24%

叮！夏德的心動指數增加了1%，總共是36%

系統的響聲不斷響起，賴田樂趕緊撇開目光，他好像差點溺在那深色的眼眸裡面，沒想到夏德再次埋入他的頸肩，又蹭又聞，甚至真的親上了，薄唇就這樣輕輕地印上他的脖子，帶著炙熱的氣息。

**叮！您對夏德的心動指數增加了1%，總共是25%**

賴田樂猛地推開他，「夏德！我今天沒有帶花袋——」

「我知道。」夏德以自身的重量壓著賴田樂，雙手也漸漸地開始不安分，他解開他的披肩，從賴田樂的衣服下襬伸進去貼住他的腹部，邊摸邊說：「我聞得出來。」

賴田樂的身子一抖，男人的掌心太冰冷了，這並不是一般人正常的溫度，他愣了愣，也不推開他了，問：「你怎麼回事？手為什麼那麼冰？」

夏德並沒有回應他，只是自說自話：「靠近你我就會下意識地放鬆，所以我變得太鬆懈，連這點痛也忍不了，總是想著你……想舒適地待在你的身邊，但我意識到了，那會使我軟弱……我必須離開……我要離開。」

他彷彿是在說給自己聽。

夏德搖搖晃晃地撐起來，賴田樂則是抓住他的臂膀將他拉回去，他什麼都還不了解，絕對不可能放這樣的夏德離開，他道：「不是那樣，夏德。你只是要習慣，你說在我身邊能感覺到平靜是吧？那才是正常的，夏德。」

「怎麼樣才算是正常的？」夏德反問，「再也不用感受到痛苦？還是不屬於亞勃克的我……根本沒有資格擁有正常？」

「你在說什麼？」

「我終究是逃不了這裡……終究沒有辦法……我好痛苦。」

夏德的嗓音在瀕臨崩潰的的邊緣，他再也支撐不下去了，輕靠在賴田樂的胸膛上，手抓緊了床單又放下，「誰能救救我？我在夢裡死了一次又一次……好痛苦，為什麼、不乾脆讓我死透？我看見自己什麼都沒感覺地被敵人廝殺、看見自己一個人痛苦死去、看見我嘗試自殺，卻又夢見自己仍活在地獄中，一日又一日地承受著疼痛，可是又有誰能救我？」

夏德抬起頭，賴田樂以為他哭了，然而他只是毫無感情地在陳述這項事情，雙眼無神，失去對生命的渴求。

他抱著最後一絲的希望詢問：「你能嗎？」

那是屬於他的死亡結局，賴田樂想。他困在這裡無法出去，只能待在死亡的輪迴，賴田樂在和烏諾斯談過後總是會思考、為什麼是他穿越到里斯身上？烏諾斯回答他只是剛好，那剛好的時機又是怎麼算的？

而現在的賴田樂看著夏德又想——難道自己是為了回應夏德，才來這裡的嗎？是嗎？是夏德在向他求救嗎？

可是、可是……他又有什麼是能為夏德做的呢？

「我能。」賴田樂抬手按住夏德的肩膀，使力翻身將他壓在底下，他坐在男人的腹上，緊抓著他身上的衣服，重複說道：「我能……！」

粉色的髮絲還殘有銀色的光輝摻差，天藍色的眼眸在陰暗的房間裡好似融入月光，他代替夏德閃耀、代替夏德堅持下去，就像賴田樂在劇情裡看見的夏德，堅忍不拔地守護著珞茵娜，他也可以……守護著夏德，賴田樂張了張嘴，在夏德的注視下一字一句地說了出來：「因為我不是里斯、我不是亞勃克……我是這裡唯一的變數，我能……不論你發生了什麼事，我都能拯救你，夏德。」

他在說大話。

賴田樂並沒有十足的把握，就連自己能不能存活他都沒有答案，但不論是自己還是夏德的性命他都會努力的，絕對，因為他是為了改變才來到這裡，不是嗎？

「你可能很難相信，但是我……我真正的名字叫做——」

賴田樂望著夏德，夏德也只是靜靜地凝視著他，他沒有做出任何反應，賴田樂頓時說不出口，明明可以說出來了，但他突然害怕起來，意識到這是多麼荒唐的事情，夏德怎麼可能相信，要是被認定為瘋子怎麼辦？要是夏德因此再也不信任他怎麼辦？

「繼續說下去。」

男人的聲音很輕，但足以震醒賴田樂，他能說出口嗎？他可以說出口……賴田樂覺得這時候哭出來的話一定會顯得很奇怪，所以拚命忍著，顫著音道：「我叫賴田樂，那個你『看見』的傢伙……叫做賴田樂。」

夏德掩下眼瞼，賴田樂屏息等待，他看不透他，只聽到他問道：「這就是你的秘密嗎？」

「這是其中一個。」

「那麼，田樂。」夏德重新掀起眼簾，他捉住了賴田樂的手腕，問：「如果你說的是真的……那里斯呢？從什麼時候開始？」

「我不知道。」賴田樂如實應對：「但目前據我所知……已經死了，我回過神來就佔據了他的身體，那時正是珞茵娜舉辦成年舞會的前幾天。」

「可笑。」夏德發出一聲嗤笑，右手卻是蓋住自己的眼睛，嘆息般地道：「我確實……看見了你，田樂，你給我的感覺和里斯完全不一樣，這要不是你的演技太精湛、要不然就是這個世界瘋了……大概是真的瘋了。」

「我從來沒有……盼望過里斯的死亡。」夏德緩聲解釋，他摟住賴田樂的腰將他攬下來，賴田樂的雙手撐在他的胸前維持兩人的距離，可夏德依然抬起頭靠入他的肩膀說：「我只是、控制不了……疼痛使我暴躁、不擇手段，甚至於是一個冷血混蛋。」

「喔你有自知之明。」

他脫口而出，賴田樂怕極了，不料夏德卻只是從喉嚨裡發出笑音：「確實，里斯不可能這樣跟我對話，他不敢，也不會。」

夏德越攬越緊，賴田樂最後直接放棄，放任自己倒入男人的懷中，夏德非常厚實，賴田樂一時之間也不知道雙手該擺往哪裡，只能乖乖地縮起，小聲地提問：「你相信我說的嗎，夏德？」

「我只相信我看見的以及我的感覺。」

「那你現在什麼感覺？」

「不想離開、感覺好點了、你挺好抱的。」

不是問這個！

賴田樂紅著臉怒撐起來脫離夏德的懷抱，夏德看著他，像是在說幹什麼？好像不給他抱就是個罪，於是賴田樂慢慢地、慢慢地重新躺回去。

「剛剛珞茵娜身上有帶那朵花，她確實能幫你，我反而什麼都沒有。」

「我不要她。」夏德的聲音在他的耳邊震動，「我要你。」

**叮！您對夏德的心動指數增加了1%，總共是26%**

「為、為什麼？」

「你很愛問我為什麼，但我總是只能回答你不知道。」夏德望著天花板眨了眨眼，餘光瞥見賴田樂隱藏在粉色髮絲中的紅色耳朵，嗓音帶笑：「也許是因為你是賴田樂，田樂……田樂，一個變數，我幾乎都要相信……你真的是來拯救我的了。我一直、一直在努力地掙扎，我不想死，也不甘心就這樣死去，但是有時候真的太痛了……」

夏德忽然停頓了會，賴田樂靜靜等待，他覺得夏德要說出口了，關於他的痛苦、他的秘密，他們沉默了好一段時間，久到賴田樂以為夏德依然沒有相信他，夏德才緩緩地開口。

「他下了毒。」

「什麼？」

「一開始是薩西維，他為了控制我所以設好局讓薩西維毫不知情地服用了毒，若是想要反抗他……他就會直接引發薩西維身上的毒，那毒無色無味，一旦引發就會在五秒內死亡，他也利用了這點讓我定期服下他特製的毒藥。」

「等等、等等！」賴田樂對此震驚不已，「你說誰？」

「列瑞．亞勃克。」夏德說得很平靜，「當初我救不到薩西維，只能眼睜睜地看他喝下毒……但我不能賭，不能拿薩西維的性命賭。」

「所以，他是利用這個讓你在外面替他……征戰嗎？」

「但是我活下來了，現在仍然在這裡……每一分每一秒地感受著這種痛苦，那種毒無時無刻都讓我感覺到劇烈的頭疼，疼痛每天都在我的腦袋裡……每隔一個月，我就要重新服用，他是毒，也是藥，如果我沒有服用，累積在我體內的巨量毒素也會使我死亡，或者剝奪我的知覺，有時候是視覺、有時候是嗅覺、觸覺……也有可能是全部，那如果在戰場上就會很危險。」

「毒藥是屬於亞勃克的，同時解藥也是，我曾經為了找解藥，或是任何解毒的方法……翻過整個宮殿，溫室我也去過了，我懷疑過，但它在每個人的手裡都會枯萎，無一例外，我竟然沒想到因為我不是亞勃克，所以……真夠諷刺，列瑞在這方面一直都有在研究，我剛好也是他的實驗品，今天的他散發著毒的氣味，同時也引發我體內的毒，感覺比以往更加劇烈……」

叮！播放真相記憶。

十七歲的夏德一個人在溫室裡徘徊，他確認過每一朵花，卻依然無法解緩他的疼痛，他捏碎花瓣，隻身一人的背影被絕望纏上，他低聲怒吼：「全都不是！」

「不是、不是……」

男人最終垂下雙臂，握緊拳頭，爾後鬆開，一人無力地跌坐在地。

「好痛，誰來、幫幫我……」

他獨自呢喃。

但沒有任何人能夠聽得見。

賴田樂聽見了。

這就是他最後仍是絕望的理由、是擊潰他信念的疼痛。

他多麼想要抱住那位少年，告訴他沒事了、沒事了，這一次的結局一定會不一樣……因為他現在就在這裡，試圖改變里斯的死亡結局，同樣的，夏德也一定做得到。

「田樂，我只有在廝殺的時候、只有在你身邊的時候……疼痛才會減緩。我痛了好久……」夏德收緊擁著賴田樂的力道，口吻像是在抱怨、又像是在撒嬌，「你來得太慢、太慢了……」

並不是那樣。

他只是比珞茵娜還要更早了解那朵花的意義，但他依然選擇了他，天曉得當夏德毫不猶豫地呼喊著田樂的時候，賴田樂有多麼想哭，看、看，有人在呼喊著他，不是里斯、不是里斯殿下，而是賴田樂，田樂。

「你才是。」賴田樂悶悶地說，「你一開始真的太凶了……」

「抱歉。」夏德意外坦然地道。

「還動不動就要殺人！」

「我的錯。」

「當時我也很絕望……等等。」賴田樂忽然想起一件事情，「你明明說過你連薩西維也不信任！但卻為了保護他——」

「我們是一起被帶進來的。」夏德解釋著來龍去脈，「其實最一開始，列瑞並不是那樣，那時候……母親還在，列瑞……也還稱得上是父親的角色，我們那時候脫離了貧賤區，在這裡過著幸福快樂的生活，直到母親去世。」

夏德拉開衣服，抹了抹下腹部的那塊肌膚，一個圓形內印著皇室的家徽的圖案漸漸顯現出來，他說：「這是奴隸印記，我和薩西維原本都是奴隸，在那個時候……我與薩西維相依為命，我跟你說過吧，只要信念夠強，我就能許下祝福。」

「我希望我們能夠衣食無憂、不用再煩惱下一餐、不用再害怕寒冷的夜晚會被凍死……然後就在某一天，我和薩西維的頭髮顏色改變了，那是皇室的象徵，再後來，我們被帶到這裡，扮演著皇帝的親兒子。」

「薩西維並不知道這件事情，是我拖他進來的，我必須負起責任，但是自從母親去世後，列瑞的行為開始變得極端，所以我和薩西維談好，我會上位推翻他，改變現在的局勢，同時也是為了我自己，我要找出完整的解藥，還要讓他為操控我的這幾年付出代價。」

「真是神奇……」夏德的表情放鬆，向來緊皺的眉頭已經鬆開，他輕觸著賴田樂的臉頰說：「我竟然說出來了，里斯怎麼能容忍奴隸的我們來繼承亞勃克，是吧？里斯也不會……在我說出這些後，做出這種表情……真醜。」

「沒禮貌！」賴田樂確實揪著臉，這是他不知道的故事、是他們不斷輪迴的故事，以為是希望的皇宮，卻是另外一種地獄，夏德該有多痛啊、痛到夢裡都在疼，「我只是……心疼你。」

「聽起來真好。」夏德的嘴角微微上揚，他摟住賴田樂的後頸，拉著他說：「有人疼我。」

**叮！夏德的心動指數增加了2%，總共是38%**

**叮！您對夏德的心動指數增加了3%，總共是29%**

『哇一次3%欸，抱歉我真的忍很久了，我差不多可以說話了吧？』

『你不能、對……你不能抵抗得了帥哥的笑容和那低沉的笑音。』

『確實，很合你胃口齁？』

『……是，他依賴、信任我的感覺，特別好、特別妙、特別一級棒。』

『那接下來的任務應該也是沒問題啦。』

『什麼？』

**叮！獎勵任務：讓痛苦的大皇子爽一下，成功射精即可（手、口都能使用），成功後存活率增10%，未成功存活率減少25%，時間剩餘30分鐘**

不好意思？什麼？失敗還25%？

『西爾——！』

『不，這就是你的錯喔，我前面不是已經跟你說過要提高心動指數嗎？你的存活率已經高達50%，系統就會自動判定你已經攻略到一半了，自然會提高任務的難度與親密度。』

『你又沒有跟我講這些！而且這中間躍太快了吧？不是應該要先親吻再來——』

『喔所以你想和夏德親親嗎？還是跟你的忠心大狗狗？』

『我並不是那個意思！就是、什麼關係都還沒有就要摩擦人家的雞雞了嗎？』

『沒關係啦，現在流行先幹後愛吧。』

『你不要自己創那什麼爛名詞！』

『是動詞喔。』

『不要跟我爭這個！你算什麼戀愛小幫手！』

『噢，這句話有傷到，哭哭。』

『……我是能和夏德解釋的吧？』

『特別任務的獎勵有說對心動指數超過25%的戀愛對象什麼都可以說喔。』好。

賴田樂偷偷地瞄向夏德，只見對方依然摟著他，正閉上眼休息，纖長的眼睫毛好似在顫抖——這人平常會自慰嗎？賴田樂的腦中突然浮現這個問題，然後他馬上將那個念頭晃出腦袋。

「田樂？」

不、不不不，他做不到……！賴田樂又一次於心中吶喊。

「那、那麼……」賴田樂打算先轉移話題，「你接下來有什麼打算？」

「這一次前往南國的原因並不是只為了鎮壓叛亂，我打算去談判。」夏德在談話的同時依然沒有放開賴田樂，他就這樣黏著他、抱著他繼續說：「如果成功的話，強大的南國就會是我們的盟友，但也有可能破局，我和你都會陷入危險的情況，其實除了南國，北國、東大陸、西大陸……這些本來不該屬於亞勃克帝國，確實剛開始帝國繁榮，在列瑞的管控之下逐漸好轉，資源公平分配，連遠在他方難以獲取物資的南國也有改善，但有一段時間列瑞關在圖書室裡面研究禁書，那之後列瑞就徹底變了，他再也不是帝國的榮耀，也不是我們的父親。」

夏德以一種失望又憤怒的口吻重複道：「已經不是了。母親去世的那段時間……他試圖以更多的暴力來掩過內心的悲痛，母親是一位非常出色的騎士，整個帝國沒有人比得上她，她卻死於北國的刺殺叛亂，那時候收復帝國土地的行動只有到北國就停止了，列瑞阻止自己父親掠奪的行為，可後來經歷母親的死亡，列瑞便重啟行動，以暴力、恐懼輾壓他國。」

「我以為……起初天真地以為，幫助他就能撫平失去母親的疼痛，而我也是，我還相信著我們能夠一起重新站起來，也以為事情有所好轉……」夏德難掩失落，自嘲地道：「殊不知那是我地獄的開始。」

賴田樂壓著夏德撐起來，幾乎是反射性地答：「那不是你的錯。」

「不，從最一開始就是我的錯。」夏德坦然的視線中沒有任何辯解，「我不該奢望正常的生活，也許我就該凍死在那個夜晚……」

「你是認真的嗎？」賴田樂拽起夏德的衣領問，「這種話是認真的嗎？」

「並不。」

「什麼？」

「你真的會為了我生氣、難過、心疼……」夏德握住賴田樂的手，凌厲的眉眼之間多了一絲柔和，他拉著他的手印上自己的唇，「仔細想想，你不是里斯這種荒唐的事情我竟然一點也不懷疑，也許這就是原因。」

「所以，田樂，告訴我你從哪裡來？為什麼會知道那花朵的效用？這一切跟你之前說要和男人談戀愛有關嗎？還有，你會離開我嗎？」

會離開的話，他就不要了。

他還沒完全沉溺在這舒適的感覺裡面，他還能脫離，反正這些年來也是如此，只不過是稍微休息一下再回去地獄，這沒什麼的，他早已習以為常。

「在你能夠好好地活下去以前……不會。」賴田樂拍拍胸脯保證，他也是說真的，沒有成功改變故事、沒有提高存活率，他哪兒也去不了，「至於其他的問題……我、我還有秘密沒說，夏德。」

賴田樂在說的時候完全不敢直視夏德，這樣顯得他有些心虛，這使夏德產生疑心，對方卻是在解釋著什麼系統、存活率、任務、願望……然後結論是：「我必須讓你的……雞雞，射點東西出來。」

這人恐怕是說真的。

夏德不止一次認為賴田樂會說出違背心意的話或是做出一些奇怪的事情，要和男人談戀愛這點也說通了，只不過、現在坐在他身上，滿臉通紅、眼神飄移，完全地展露著不知所措與純情模樣的傢伙……看起來實在是太可憐了。

「你說我不同意的話，會怎麼樣？」

「存、存活率會下降25％。」

「那好。」

「什麼？」

「那麼……」夏德的手在賴田樂的背後緩緩往下，捏著他的腰說：「你要用哪邊取悅我，田樂？」

賴田樂的腦袋瞬間當機，重新開機卻是燒壞的狀態，他慌慌張張地推拒著腰上的手，可是不管怎麼拉扯都沒有動，只能紅著臉抗議：「不不不！不是、那個，你都不懷疑一下嗎！」

「嗯，你說得對。」夏德坐起來，攬抱著賴田樂往他的懷裡帶，使兩人的下半身更加靠近，「所以你對我的下半身有什麼企圖？」

「不是——！」賴田樂終究還是不顧形象地尖叫，推著男人的肩膀問：「你什麼時候那麼好說話！」

「冷靜點，你現在是要乖乖坐好，慢慢地解釋給我聽，還是我以這個姿勢把你抱起來壓在門上，讓你的護衛聽到我和你激烈的……衝撞？」

賴田樂馬上安靜下來，抬起眼滿臉通紅又委屈地應：「……那我說的你都有聽懂嗎？」

「你身上有一個叫做系統的東西，說你只要談一場驚天動地的戀愛，對象男，達成後就能實現任何願望，當中還有獎勵任務，成功就會提高存活率和得到一些活命的線索，而現在系統要你得到我的精液，沒做到存活率就會下降25%，然後呢？繼續，還有一些問題你沒有答到。」夏德邊說邊拉著賴田樂的手按在自己的褲檔上，「你可以一邊解釋，一邊解開我的褲頭試試，怎麼，之前不就抓過了？還說要這個……啊、原來那時候也是任務。」

「現、現在不一樣……」

都到了這種地步了，賴田樂只好閉上眼睛用手去摸索，解開褲頭的聲音意外引人遐想，他還聽到夏德低聲問：「你說哪裡不一樣？」

「那時候我討厭你……」賴田樂靠入男人寬厚的肩膀，實在是難以思考，乾脆埋進去眼不見為淨，「你確定我要邊回答你的問題邊、邊摸嗎？」

「以你這個手法確實要好一段時間，所以沒問題。」

「什麼……！可不要小看男人的右手！」

「你連看都沒看，只是隨便亂摸。」

「不敢看啦……」賴田樂依然閉著雙眼，忍不住磨蹭男人的頸邊哀求，摸到大致的形狀就讓他瀕臨崩潰，「這這這已經算是凶器了吧……」

「謝謝。」

「不要道謝！啊算了你確實該引以為傲。」賴田樂又開始自暴自棄，「這你說的喔，到時候不要講著講著就萎了。」

「這就要看你的手法。」

「我不是這個世界的人。」

「什麼？」

「所以我說握著你的雞雞講這個很奇怪！」賴田樂決定一口氣講到底，「在我那個世界，你們是一部小說，原本的劇情裡里斯死了，因為他強姦皇女未遂慘遭處刑，而你、薩西維和吉都會和珞茵娜談戀愛，而她最終會殺了列瑞，在你們的幫助之下成王，我讀過你們原本的發展，所以知道一些情報，大概就是這樣，我說完了。」

「……如果你說的是真的，那也無所謂。」夏德目光灼灼地望向賴田樂，「這是屬於我的人生、奮鬥、痛苦以及責任，我在這裡『活著』也是不爭的事實，這裡的所有人，包括我的死亡都是真的，你只是提前知道劇本，僅此而已，你能跳脫劇本，而我也能，因為這次我有你。」

**叮！您對夏德的心動指數增加了1%，總共是30%（心動指數超過30%為悸動加深）**

「嗯，你有我。」

賴田樂忍不住附和，太帥了，他想。

這是夏德的氣度，夏德果然是這個世界的男主角，他並非質疑屬於小說的自己，而是相信此刻活著的自己，這每一分每一秒，都是屬於他的，包含他的死亡。

夏德說快要堅持不下去了，但沒有說要放棄，如果……如果再來一次的話，賴田樂相信他仍然會尋找活下去的辦法，因此他的痛苦才如此深刻立體，他永遠會在絕望中尋求著希望、那是永恆不變的道理，這就是夏德，在一次一次的輪迴之中，仍是強大痛苦的夏德。

「田樂。」

「嗯？」

「你的手一直都在外面摸而已。」

「我、我知道……我只是想說我們還在談正事……」

「談完了。」

「嗯，大致上談完了。」

說是這麼說，賴田樂依然沒有做出更加深入的動作，他捏一捏、戳一戳又到男人的腹肌上蹭一蹭，於是夏德直接捉住他的手，沉聲道：「別玩了，你是認真覺得這樣我射得出來？」

「你不能、我……」從男人口中聽到射這個字眼太令人害羞了，賴田樂鼓起勇氣看了眼下方，又看了眼夏德，「你就不能、用我的手……自己來？」

「只有手？」

「目前、對，就手。」

「你有點強人所難。」

「怎麼！你難道沒用過手弄過嘛！」

「想知道？」

「不、那個……」賴田樂又馬上示弱，「我說要和男人談戀愛也是因為系統，我原本是異性戀的！應該！你不也是嗎……」

「第一、我也沒有和男生做過，第二、我是看感覺，第三、我也不一定要做，是你說要的，聽起來存活率很重要。」夏德說著，逕自地往他的臀部摸去，「男生是從這裡吧。」

「夏夏夏德——！」

「冷靜。」夏德用力按住瘋狂掙扎的賴田樂，「你不覺得要我從這邊得到東西，相對的也要付出嗎？我給你精液，你也要給我個什麼。」

「給你舒服的感覺啊！」

「我倒感覺是折磨，你看我有硬嗎？」

「……半硬。」

夏德嘆息，說道：「這樣吧，我來，但你不要再掙扎了。」

「我不是一開始就——啊！」

賴田樂猛地被壓到床上，他在瞬間看見夏德覆上來壓住他的下半身，健壯的體態卡入賴田樂的雙腿間，夏德三兩下就將他的褲子扯下來，男人的陰莖貼上他的一起磨蹭，寬大的掌心也握住兩人的分量撫摸，賴田樂從一開始的驚呼抗拒到掩嘴哼吟也只不過是分秒之間的事情。

「嗯、等等——夏德、嗯啊……！」

賴田樂看見粗長的性器壓著他的磨蹭，感覺突然又刺激，他也可恥地硬了，圓潤的前端從手掌內不斷地挺進挺出，男人的那裡十分飽滿壯碩，看起來也很乾淨，彷彿納入口中也完全沒有問題，只不過大概也沒辦法全部含進去，賴田樂迷迷糊糊地想。

夏德解開襯衫，露出佈滿疤痕的胸膛與腹部，往下便是晃動的硬胯，他只是半垂著眼簾哼聲，彷彿最多就是這樣了，賴田樂卻覺得自己已經一塌糊塗。

從他崇拜喜愛的男主角親近他的瞬間，也許就失守了。

「田樂，你似乎沒有明白，我認為這是兩人的事情，繼續，或者換回你的方式，你決定……我也能幫你，你懂我的意思嗎？」

夏德停下來，白皙英俊的面容也只有一點點泛紅，似乎真的隨時隨地都能脫離收手。

哇，原來他是在想這種事情嗎？只有自己舒服是不公平的意思？

賴田樂半遮著臉盯著夏德心想，確實只讓他做那檔事挺羞恥的，他忽然覺得自己好像也沒有什麼損失，真正在意起來才顯得奇怪，男人嘛，舒服就可以了，而且那是夏德耶，劇情裡看了無數次的性愛場景——他的喘息、動作以及射精時的模樣，要在眼前真實上演耶。

賺到吧？賺到啦。

先前抵抗的矜持全都成了浮雲，於是賴田樂在夏德的注視下夾緊腿，轉為側躺以大腿磨了磨他的陰莖，依靠手肘撐著身體，顯得他腰側的曲線陷了下去，臀部也是向著夏德，賴田樂彷彿全身都透著淡淡的粉色，他眨著眼，又撇開視線說：「繼、繼續吧……就、這樣的話，腿……要用嗎？只有你弄的話確實、不太好，而且還是我的任務，嗯、雖然說這是里斯的身體啦……」

「但是在我眼前的是賴田樂。」夏德的掌心按上賴田樂的胯骨，輕而易舉地就將他的臀胯抬抱起來，讓他呈現跪趴的姿勢，「我向著誰發洩慾望，你要看清楚。」

賴田樂沒有看清楚，倒是感覺得非常清楚。

他掐著他的腰在他的腿間挺動，臀胯之間的撞擊讓人有種錯覺，彷彿真的在做愛的錯覺，賴田樂閉著眼睛不敢看，嘴裡斷斷續續地發出呻吟，男人厚實的掌心正在推著他的衣服，露出光裸的背脊，這是里斯的身體，也是男人的身體，夏德卻還是做了這種荒唐的事情。

他只是在長久以來的痛苦縫隙中休息，心想著有何不可？

以前也有很多妄想著皇位的男人或女人爬上他的床，有一段時間他確實試圖以歡愉蓋過毒痛，可是結束後會變得更加難受，同時也覺得自己可悲又骯髒。

也許一切的苦痛就是對他的懲罰，而賴田樂是他經歷苦痛後的獎勵。

夏德摟抱著賴田樂一起側躺下來，一邊親吻著他的後頸一邊持續擺腰，雙手也不安分地在他的胸膛、腹部游移，他送的耳飾還沒有摘下來，隨著他的擺動搖晃，從後頭欣賞意外有種不一樣的色情感，頸側的弧度脆弱無辜，賴田樂抱著他的手在喊，小聲慌張地說要射了，夏德接著按壓他的腹部，摩擦得越來越快速用力，在賴田樂喊出聲之前先一步遮住他的嘴，所有高潮的聲音都被他悶在嘴裡，他射精時也在他的懷裡顫抖，賴田樂的一切他都感受到了，夏德情不自禁地狠咬住他的後頸，一起射了出來。

**叮！獎勵任務達成：讓痛苦的大皇子爽一下，成功射精即可（手、口都能使用），存活率增加10％，當前存活率61％**

**叮！您對夏德的心動指數增加了2％，總共是32％**

## 叮！夏德的心動指數增加了3%，總共是41%

已經很久沒有這種感受的賴田樂恍惚了一會，夏德也還沒有放開他，沒多久後賴田樂便進入聖人模式，他不安地抵著嘴，彷彿能夠致死的尷尬逐漸蔓延，賴田樂輕咳，說：「夏德……呃、任務完成了，謝謝。」

「嗯。」夏德的嘴唇輕碰著賴田樂的耳後，說：「我很舒服，你呢？」

即使害羞，賴田樂覺得這還是要誠實以對，於是回應：「……很舒服。」

「我是說真的。」

「我也是說真……嗯？」腿間的觸感有些不對，又是硬梆梆的，賴田樂愣了愣，「夏、夏德？」

「毒效對我的任何感覺都有作用……意思是，射精的快感並不強烈，但是這次……」

夏德若有似無地輕揉賴田樂的胸，往突起的地方蹭，「再一次就好，我需要確認。」

「不、我……」

「我不會做比這更超過的事情。」夏德手法情色地撥弄著他的乳尖，邊揉邊捏，還在賴田樂的耳邊攻擊，「你只要躺著享受就好了。」

性慾以及理智正在爭鬥，然後性慾大勝，賴田樂非常不爭氣地應：「……好。」

俗話說男人的嘴，騙人的鬼，千萬不要相信男人在床上說的話，雖然賴田樂本身就是男人，但並不像夏德那樣是個體力怪物。

他聽了好幾次夏德說的『再來一次』。

劇情裡寫的都是真的，夏德每一次都會讓珞茵娜筋疲力盡，開葷的男人誰也抵擋不住，賴田樂不禁想他大概只有在做的時候是舒服的，如果可以選擇脫離毒效的方法，比起與敵人廝殺，賴田樂也一定會選擇做那檔事情。

他是那樣嘶啞享受，呼喚著田樂，呼喚著他的名字，健壯的臂膀擁著他，那壯碩的曲線正在湧動，賴田樂踢不動那粗壯的大腿，只能無助地推著他不斷頂過來的下腹，男人的身體硬挺、結實、性感，壓抱著賴田樂的雙腿在腿縫抽插，夏德甚至在射的時候親咬著他的小腿，以臉頰磨蹭，半睜著眼笑了聲說：「再來一次。」

帥哥瘋起來是超級性感的帥哥。

賴田樂大概是知道自己躲不掉了，他只是央求休息一下、就休息一下……他邊爬邊說，卻只是被夏德捉住腳踝拉回去，理論上來說皇子的房間隔音應該不錯，但賴田樂不知道吉是不是還在外面守著，於是一直努力忍著聲音，連驚呼聲都是克制的，到最後越來越小聲，只剩下哼哼的反應，賴田樂連怎麼結束都不記得。

他於半夢半醒的狀態下感覺到有人溫柔地以熱毛巾擦拭他的身體，那人摟著他，似乎撥弄著他的髮絲，在他的額上輕輕地落下一吻。

「田樂……樂，謝謝，如果我的結局沒有改變，願你依然能完成你的任務，這段日子我很抱歉……我只是……忘了，忘了怎麼去相信……即使到現在，我仍然想著真的能相信你嗎？可以嗎？我或許不該靠得那麼近，要是我依賴你後你卻離開了呢？真正的我弱小又矛盾，我曾經擁有幸福，可我失去了。為了變強，我可以拋棄多餘的情感，我做得到。」

聲音停頓了好一陣子，那微弱的話語才緩緩地道出：「但請不要放棄我，田樂。」

叮！播放真相記憶。

六歲的夏德於寒冷的夜晚照顧著發燒的薩西維。

七歲的夏德牽著薩西維來到宮殿，成為了大皇子和二皇子。

八歲的夏德看著薩西維笨拙地照顧著里斯，他擁著新生命向夏德露出燦笑──『我會守護你，我的弟弟。』薩西維對懷裡的小嬰兒說。

夏德看著他們露出了微笑，那是春天，迎接幸福的春天。

九歲的夏德正與母親學習劍術。

十歲的夏德進行皇家教育，關閉四年。

十四歲的夏德初登場，他為此感到驕傲，然而也就是在那一年，母親去世了。

十五歲的夏德初次上戰場，第一次殺人。

十六歲的夏德滿臉震驚地看著下了毒藥要威脅他的父親。

十七歲的夏德臉上已經失去神采。

十八歲的夏德甩開劍上的血，面無表情地帶領軍隊殺了整個村莊的人。

從這之後，夏德一直在外征戰為亞勃克執行收復帝國土地的行動，回來時接受著國民的歡呼，然而他只是定期回來拿毒藥服用。

他花了一點時間終於擁有幸福，失去幸福卻只不過是一夕之間的事情。

夏德又回到了六歲時，那無助又悲慘的日子。

賴田樂不知不覺地流下了一滴淚珠，它悄悄地滴落，陷入被單成了深色的水漬。

**叮！您對夏德的心動指數增加了2%，總共是34%**

他不自量力地想要守護他，心動的原因可以分為很多種，賴田樂也不知道為什麼，關於夏德的故事、人生、結局、一次又一次的輪迴……而他的願望只不過平凡的幸福，能夠避寒的暖衣、飽食的三餐、有遮蔽的房子還有健康的家人，不必太過於奢華，粗茶淡飯也沒有問題，他只是央求這些。

僅僅是央求這些，為什麼會變成這樣呢？

他的苦痛、懊悔、困惑、絕望……賴田樂彷彿能夠感同身受，曾經他也只是央求老天爺給他平凡的幸福，他為此那麼努力，上蒼卻將他即將擁有的幸福以殘忍地方式收回去，於是他再也不信神也不求神了。

他靠自己。

恍惚之間，賴田樂好像要想起什麼，但那裡仍然有一團霧擋著，他深陷在裡面失去方向，這時候霧團中突然有隻手伸出來捉住他，賴田樂被拉過去，映入眼簾的竟然是里斯。

『還不可以。』

賴田樂倏地被巨大的能量推走，無形的墜落感使他驚醒，首先眼前的大胸肌讓他的腦袋突然空白好一陣子，賴田樂眨了眨眼睛，正在消化『看見里斯』這件事情。

不，這不是他第一次看見他，賴田樂想起來了。

里斯曾經就已經跟他說過話──『你就是我』，而這次的『還不可以』──那又是什麼意思？之前的那段記憶為什麼被抹去了？那時候他的存活率是20％、現在則是61％，這代表最終，他能和里斯見面嗎？留在他體內……里斯的記憶碎片？

也許他必須再找烏諾斯問清楚，現在要思考的是怎麼面對面前的大胸肌。

「醒了？」

賴田樂倏地抬起頭，一看見大胸肌的主人腦中不由自主地晃過昨晚的記憶，他馬上捲進被窩裡面逃避事實，可夏德一扯他的堡壘就毀了。

「醒了就起來，早上還是要訓練。」

那些淫靡的記憶瞬間被一桶水潑去洗淨，賴田樂面無表情地指控說：「我的大腿都快要被你磨破皮了，起碼休息一天吧。」

「我幫你抹藥了。」

「喔……」賴田樂確實有感覺到腿間涼涼的，沒有昨晚那麼難受，「不對，你怎麼能這樣！口氣跟昨天差太多了吧！你、你——拔屌無情！」

「我正在控制。」

「什麼？」

「控制不要那麼快傾心於你。」夏德頓了頓，指尖輕觸著對方昨晚哭紅的眼尾，輕聲說：「也不要太依賴你，你也有自己的難題，不是嗎？」

**叮！夏德的心動指數增加了1%，總共是42%**

他說謊。

他根本控制不了，卻想要拉開距離。

那些充滿眷戀的呢喃賴田樂都聽見了，夏德果然是膽小鬼，但他決定當個體貼的朋友，假裝什麼都不知道，換他當拔屌無情的角色。

「嗯哼，好吧，那你可以出去了，我再休息一下，等會訓練場見，啊還有昨天那個任務是隨機的，你不用太在意，也沒有特別針對你，基本上我身邊是誰任務對象就是誰，所以不用擔心，不會每次都麻煩你。」

賴田樂說完後重新躲回被窩，外頭確實沉默下來，只有一些衣服的摩擦聲，於是賴田樂偷偷地探出頭來，只見夏德已經穿好衣服，坐在床邊看著他。

「關於你的那些秘密，只有我知道嗎？」

「嗯、嗯。」

「你的護衛呢？」

「……我的秘密需要達成一些條件才能對特定人士說出來，目前只有你知道。」

「什麼條件？」

賴田樂又縮進被窩，只露出眼睛道：「我不想說。」

夏德站起來走到賴田樂那側，猛地連著被子將他抱起來帶到沙發上，說：「你醒來之前，我已經讓人準備新的床單和你的衣服，還有早餐，等會就會來。」

賴田樂愣愣地應：「喔、好……」

然後夏德就站在他的旁邊沒動了。

「夏德？」

「什麼事？」

「你不走嗎？」

**叮！獎勵任務：跟大皇子解釋說因為晨勃了，所以要請他離開（或是請他幫忙解決也可以）成功後存活率增2%，未成功存活率減少5%，時間剩餘5分鐘**

『哈！這算什麼！現在的我無所畏懼！』

看到任務後的賴田樂馬上和西爾嗆聲，西爾則只是無趣地切了聲就沒有再回應了。

「夏德夏德，咳咳……我因為男性正常的早晨生理現象需要解決，必須請你離開。」

賴田樂以一種異常歡樂的口吻這麼說，夏德微微挑眉，馬上反應過來：「任務？」

「沒錯！」

**叮！獎勵任務達成：跟大皇子解釋說因為晨勃了，所以要請他離開（或是請他幫忙解決也可以），存活率增加2%，當前存活率63%**

第一次毫無負擔又毫不費力地完成任務讓賴田樂的心情特別好，但夏德接下來就沒有回應，只是靜靜地看著他，賴田樂被夏德看得有些心虛，直說：「呃、你真的可以離開去做自己的事情了，我等會還要跟吉說點話，話說你是命令吉嗎？」

「他只聽令於你。」夏德說得平靜，「但我讓他看了房間的狀況，他就明白了。」

賴田樂倒抽一口氣：「明白什麼？」

「明白你需要乾淨的衣服還有恢復力氣的早餐。」

救命。

那吉不就知道他昨晚和夏德發生了什麼事情嗎？賴田樂總覺得他好像少跟吉說明很多事情，例如他還沒有跟他說自己決定要幫助夏德，吉當初是那麼不希望他上戰場，也不知道他和夏德目前的關係，結果一夕之間他就和原本警惕的對象搞在一起了。

不不不，也不是說搞在一起，是因為任務……但現在又還不能和吉解釋任務！

賴田樂頓時間不知道該怎麼面對吉，然而吉只是敲門進來，一如往常地擺好早餐、準備衣物並服侍他的主人，等到賴田樂到浴室換好衣服出來，就見到夏德和吉各自沉默地站在一邊，看到他時向他投射沉默的目光，賴田樂簡直快要窒息，所以夏德怎麼還不走？

「那個，吉。」

「是。」

「我決定參加這次的征戰，然後……夏德現在是友方，他會保護我。」

「明白了。」

「好的那夏德先生有什麼想說的話？」

夏德看了賴田樂一眼，沒應話，他便尷尬地轉向吉問：「那吉呢？沒有任何疑問嗎？就是、我好像很多事情沒有跟你說……」

「我沒有任何疑問。」吉以挺拔的姿態站在賴田樂的身邊，「也相信您的每個決定，我以自己的判斷站在這裡，里斯殿下。」

「我也以自己的判斷，認為夏德殿下需要您。」吉垂下視線，主動認錯：「因此……我當時沒有以您為優先，我很抱歉。」

「欸？」

賴田樂不由自主地將視線投向夏德，把問題丟給他，夏德則是終於發出笑聲，他嗤笑，掀起眼皮冷聲道：「所以我應該感謝你昨晚沒有來打擾嗎？」

「我無意冒犯，夏德殿下，我只是想跟您說，我找到我想要守護的人了。」吉挺身隔擋在夏德和賴田樂的中間，氣勢並沒有輸給那位強大的大皇子，「下一次，可能就會冒犯您……也可能就會打擾。」

夏德無聲踏出一步，他沉默以對，彷彿以冰冷的視線就能殺人，直到他看到賴田樂移動到他們的中間在沙發上坐下來，吉也發覺了，於是也看著他。

賴田樂吞下剛剛咬下的麵包，再默默地把手中的麵包放下，忍著嘴角的笑意說：「喔抱歉，我只是覺得我講這句話好像怪怪的，但是、嗯，好我要說了喔——你們是在為我吵架嗎？」

「……」

「……」

「好、好，我開玩笑的，請不要那樣看著我。」賴田樂舉手投降，轉而問：「話說回來你們之間有什麼我不知道的嗎？就是、有種話中有話的感覺？如果沒有就當我——」

「我以前秘密隸屬於夏德殿下。」

「什麼？」

「我是因為夏德殿下的命令才來服侍里斯殿下，以前我會定時向夏德殿下報告您的狀況。」

賴田樂愣了愣，下意識地逃避吉的目光，然而吉卻馬上出現在他的視線範圍，他跪在他的眼前，真誠地道：「我確實有那麼做，這我無法否認，但後來，我想明白了身為騎士的意義，選擇忠誠您，我曾經說過，我會用我的行動來證明……然而我害怕會失去您對我的信任，所以對此選擇欺瞞您，我本該以死謝罪，但我希望處刑能夠延期，請讓我繼續守護您，直到您從戰場上平安歸來。」

他說的應該是里斯還在的事情。小說劇情裡並沒有說夏德和吉之間的這層關係，賴田樂對此有些訝異，每個人在劇情開始之前都有自己的故事，可是那又有什麼關係，現在在他眼前的吉、一直陪伴著他的吉，對他來說才是最重要的。

他已經以行動證明了一切。

**叮！您對吉的心動指數增加了2%，總共是17%**

賴田樂也曾想過要對吉毫無保留，然而那時候情況並不允許，反倒是先和夏德分享了彼此的秘密，這是賴田樂沒料到的，但既然知道能說出秘密的條件，從現在開始也還來得及。

「吉，我不會對你處刑，我只要你繼續像現在這樣幫助我、保護我，站在我這邊，就這樣，有異議嗎？」

吉那雙總是淡漠的碧眼終於藏不住自己的情緒，他垂下頭，緊握住賴田樂的手，他的臉逐漸靠近他的手背，就在這個時候，賴田樂猛地被人抓住後領往後扯，吉馬上反應過來捉住賴田樂的腿，接著面無表情地望向始作俑者。

「你要做什麼？」夏德攬著賴田樂問。

「我沒有義務要向夏德殿下報備。」吉也沒有放開賴田樂的腿，「昨晚的我意識到我依然會考慮到夏德殿下，但之後再也不會了。」

「你太高估自己了，我從來不需要你的考量。」

「是，我只是認為這個命是您救的，所以理當報答，而我已經完成報答，將您放在里斯殿下的前面。如今這條命是里斯殿下的。」

「所以？」

「如果里斯殿下願意，我想和里斯殿下簽訂騎士契約。」

從被他們同時抓住就有點搞不清楚狀況的賴田樂猛然回過神，閃過許多想法——『耶什麼剛剛是不是剛好對吉心動的時機被夏德打斷了』、『夏德在幹嘛』、『吉竟然正面尬上夏德了』、『等等吉的性命是夏德救的是什麼意思』、『怎麼又提起騎士沉重契約』——總之，他最後只卡在兩人中間傻傻地欸了聲。

**叮！獎勵任務：請大聲說出『討厭，你們不要為我吵架』，成功後存活率增2%，未成功存活率減少6%，時間剩餘3分鐘**

賴田樂沉住氣。

雖然這類的台詞他剛剛已經說過了，但不知道為什麼從系統那邊聽到討厭這兩個字會那麼討厭，莫名讓人不想說出口。

『西爾，這我剛剛說過了，不能就當作完成任務了嗎？』

『不能，時機不對，你就再說一次就好了。』

『不是，我覺得現在講很尷尬，跟剛才的氣氛不一樣，而且加一句討厭讓人覺得很討厭。』

『是喔，這樣才好啊不然多無趣——咳，我是說，加油。』

『……』

賴田樂發誓總有一天他會向西爾宣戰，而就在這個時候，夏德忽然改變態度說：「不錯，既然你有這個決心，就那麼做，我當見證人，等會就去找大神官。」

吉微微一頓，跟著放下敵意，道：「謝謝夏德殿下。」

氣氛突然變得非常和平，只有當事人賴田樂一臉困惑，哈囉？他的意見呢？不過那現在都不是重點，重點是他們沒有在吵架了。

賴田樂偷偷地拍了拍夏德的手，湊過去小聲地說：「不不不，你再跟吉吵一下。」

夏德靜靜地看著他，賴田樂趕緊補充說是『任務』，夏德又是沉默，只好表情淡然地改變說詞：「我改變想法了。」

吉馬上皺眉，只聽夏德語氣平淡地說：「我突然覺得沒那個必要了。」

「請問您是什麼意思，夏德殿下？」

「我為什麼需要向你解釋？」

世界影帝、夏德．亞勃克。賴田樂在內心稱讚，在吉要說出下一句話的瞬間趕緊朗聲開口：「討厭——你們不要為我吵架。」

他說得一點感情也沒有，單純地將這幾個字說出來，宛如沒有感情的說話機器，這顯得特別突兀又奇怪，賴田樂說完後就閉上嘴，紅著臉感受這死亡般的片刻寧靜，吉像是察覺了他奇怪的口吻，正在試圖了解，夏德倒是忽然低頭，躲在賴田樂的左肩。

賴田樂敢打賭夏德這傢伙肯定是在偷笑，但又忍著，那斷斷續續的顫音在他耳邊震，震得他滿臉通紅，只能小聲地抗議：「真是榮幸啊，逗笑了總是臭著臉的大皇子。」

**叮！獎勵任務達成：請大聲說出『討厭，你們不要為我吵架』，存活率增加2%，當前存活率65%**

**叮！夏德的心動指數增加了1%，總共是43%**

夏德馬上抬頭，以平常冷漠的樣子說：「……沒笑。」

「說謊，你聲音都在顫抖。」

夏德沒繼續回應了，他只伸手揉了揉賴田樂的頭便離開，理直氣壯地又說：「還是去訂下契約吧。」

「我不相信你。」夏德望向吉，「但我相信制約。」

「等等。」賴田樂終於能說出自己的意見了，他深呼吸，命令吉起來坐在自己的旁邊，吉遲疑了兩三秒才動身，賴田樂看著與他差不多視角的吉說：「我的答案依然跟之前一樣，吉，第一、我不想讓你那麼輕易地就面對死亡，第二、我不會死，第三、我相信你，所以我不需要騎士契約，也相信你有足夠的能力能夠保護我的安危。」

「你太樂觀了。」夏德冷聲道，「你永遠不會知道戰爭的下一秒會發生什麼事情。」

「是你太悲觀了。」賴田樂抓起吉的手應：「我的人我自己決定。」

「我要怎麼樂觀？」夏德反問，諷刺的意味甚濃。

賴田樂雙手一攤，「也許你可以想想我。」

「你算什麼？」

「你看看你！昨晚你可不是這樣說的，啊、果然——男人床上說的話都不可信！」

「你不是男人？」

「我是！」賴田樂站起來指控夏德：「但你是被性慾掌控的男人！更不可信！」

「我能掌控，也正在掌控，不管是什麼事情。」夏德的表情一沉，也走近賴田樂，低聲反控：「但在你面前就失控了，我能怎麼辦？」

叮！夏德的心動指數增加了１％，總共是44％

叮！夏德的心動指數增加了１％，總共是45％

叮！夏德的心動指數增加了１％，總共是46％

真的失控了。

賴田樂頓時無話可說，『叮！您對夏德的心動指數增加了1%，總共是35%』，他聽見自己也跟著心動的聲音，這或許是屬於夏德擔心的方式，他垂首思考著要怎麼回應，然而當他準備揚頭迎向夏德時，後面的吉突然按住他的肩膀，說：「失禮了，但請里斯殿下和夏德殿下不要為了我吵架。」

充滿問號的沉默約莫維持了五秒鐘。

爾後夏德預備拔劍，但賴田樂迅速地按住推回去，聽吉繼續說道：「如果里斯殿下不願意也沒有關係，主要還是以里斯殿下的意願為主，我只是……急了，迫切想要向您證明我對您的忠誠，這也只是我的私心，里斯殿下可以不必理會。」

「吉……」賴田樂很是感動，但考慮到吉的個性，他並不打算道謝，反而是說：「聽好了，這也是我的私心，你保護我的同時，也要保護好自己，因為沒有你，我的死亡率就會大幅提高，明白嗎？」

「明白。」

「很好。」賴田樂轉向夏德，雙手環胸說：「好啦，就先這樣?你相信我的話，也要相信我的選擇。」

夏德沒有回應，他只是看了眼吉，又看了眼賴田樂，最終沒有說出任何評語，不過夏德沒有以往的警告、威脅、或者否決一切的態度，這對賴田樂來說已經很好了。

接下來的對練時間夏德的態度也是淡淡的，倒是動手動腳的頻率變高了，賴田樂有時候被摸得滿臉通紅，想要抗議的時候對方則是以冷漠的樣子回應，這就搞混了賴田樂，完全不明白對方究竟在想些什麼。

賴田樂使出全力抵擋夏德揮過來的攻擊，他試圖應擊，但夏德靠單手就能將他擊得節節敗退，賴田樂光防禦都來不及了，只能隨著他的進攻後退，這時候夏德卻向他對話：「我不明白。」

「什麼？」

「他背叛了你，但你依然信任他的理由。」

「吉沒有背叛我。」

「他並不是一開始就忠誠於你，田樂。」夏德停止逼近，讓賴田樂試著反擊，鏗鏗的撞擊聲混雜在對話之中，「既然你相信他，為什麼沒有積極達成條件，讓他知道真相？」

「我曾經有想要說，但條件並不是那麼容易。」賴田樂順著揮舞的力道旋身，立即將劍扔向另外一隻手攻過去，但夏德輕而易舉地攻破他的防線，阻斷攻擊的軌跡，賴田樂沒握緊，劍甩了出去，他只能抬頭避開夏德指過來的劍鋒，繼續說：「你也不是一開始就相信我，夏德。」

「但你並沒有詢問我和他的過去，如果這是我們聯合起來的騙局怎麼辦？」夏德放下手中的武器，走向賴田樂的同時以腳挑起地上的劍，讓賴田樂重新握好它，「你攻擊的思路不錯，就是力氣不夠，你是沒辦法完全掌控這副身體嗎？」

「你就不能說是里斯的力氣不夠嗎？」賴田樂為自己的素質嘆息，又說：「什麼騙局？

這部分我會自己問吉，他想說就說，不想說就算了。總之，我大概摸清楚你的思路了，你不搞清楚就不安是嗎？」

因為不想要失控，所以想要掌控。

賴田樂明白夏德的意思，可這說出來，豈不是很尷尬？為什麼沒辦法跟吉說？因為心動指數未達標，那為什麼反而是夏德達標了？因為夏德好帥好好看。

……聽起來就超膚淺的。

算了，他就膚淺，因為夏德真的很帥很好看咩。

「我沒有辦法跟吉說明的原因是……我的心動指數不夠。」賴田樂邊在內心譴責被美色誘惑的自己，邊解釋：「任務還有一些……細節，我跳過沒說，系統會幫我偵測我對戀愛對象的心動指數，只有超過某個數字，我才能把我的秘密說出來，你就是我的戀愛對象一，然後指數成功達標了。」

夏德蹙起眉頭，問：「戀愛對象有誰？」

「你、薩西維、吉……」賴田樂決定隱瞞烏諾斯，「就這樣。」

「我更不明白了，你對我……心動？不是對你的護衛？」

**叮！獎勵任務：說因為大皇子的臉很帥、胸很大、雞雞很粗，所以超心動，成功後存活率增2%，未成功存活率減少5%，時間剩餘5分鐘**

賴田樂沉住……他沉不住了。

『西爾，這心動的理由太簡略直白了吧！』

『你不能否認大皇子的雞雞確實很粗。』

『是沒錯，昨天……不對！這理由真的太糟糕了！』

『反正大皇子知道真相，不是嗎？』

是這樣沒錯……！

賴田樂努力說服自己，他猛地將劍插入土地，讓自己看起來很有氣勢，並且非常坦蕩地一口氣說：「因為你臉很帥胸很大雞雞很粗所以超心動。」

賴田樂大概憋了三秒，緊接著臉上的熱氣升上來，他憋不住，只能躲進掌心無聲尖叫，夏德則是遲疑了一下，敏銳地提問：「又是任務？」

「是，也不是……！」賴田樂鼓起勇氣面對，手忙腳亂地比劃，「有一部分是，有一部分不是，就是、你真的很帥！然後又很強大……身材也很好，對啦就真的很好，雖然你很凶，有時候又不可理喻，但是、但是……你真的很帥氣，你一次一次地面對死亡，不就是因為你一次又一次地選擇不放棄嗎？因為你就是這種人、就是……」

賴田樂越說越小聲，他一會撐腰，一會撓頭髮，一會又抱胸，最後遮住自己紅透的半張臉說完：「帥氣、強悍又深情的大皇子……我看完小說，最喜歡的角色就是你，現在你活生生地站在我面前，又離我那麼近，我怎麼、怎麼可能……沒任何感覺。」

**叮！獎勵任務達成：說因為大皇子的臉很帥、胸很大、雞雞很粗，所以超心動，存活率增加2%，當前存活率67%**

『喔你終於承認了！我就說建議攻略戀愛對象一！因為你就是喜歡！』

『閉嘴啦西爾！』

『嘻嘻嘻，我的分析果然沒有出錯。』

賴田樂懶得理會欠揍的西爾，他只怕自己一股腦兒地說出像迷弟般的發言會不會破壞他和夏德現在的關係，他低頭看著腳尖，虛無地踢了下塵灰，然後重新拾起劍，準備拉開彼此的距離，夏德卻以手背推開他的劍，將他拉回來。

**叮！夏德的心動指數增加了2%，總共是48%**

「我很久沒聽到那麼熱情的告白了。」

「什……！那不是告白！」賴田樂尋思著更好的說法，「那是、那是……欣賞！你就像……男神！遙不可及的對象。」

「遙不可及？」夏德繞到賴田樂的身後，矯正他的姿勢，兩人靠得很近，「你再說一次，怎樣的對象？」

賴田樂紅著臉抗議：「你不能這樣……」

「以前也有很多人這樣跟我告白，我只覺得煩躁，也做了一些事情讓他們再也不敢出現在我的眼前。」夏德的膝蓋頂開了賴田樂的雙腿，意有所指地說：「但你的告白，我卻覺得可愛，你害羞緊張的樣子，讓我想起你昨天在我身下的時候……也是這樣，不知所措，滿臉通紅，讓人很想欺負。」

**叮！您對夏德的心動指數增加了1%，總共是36%**

**叮！您對夏德的心動指數增加了1%，總共是37%**

**叮！您對夏德的心動指數增加了1%，總共是38%**

**叮！您對夏德的心動指數增加了1%，總共是39%**

不要叮了！

賴田樂一心只想脫離夏德的懷抱，他往後肘擊，腳踩夏德，不過全都落空，反而兩隻手都被夏德禁錮，賴田樂只能用嘴說：「夏、夏德！你不能這樣試探我！」

夏德馬上鬆開了他。

「我以為這是你說的『深情』。」

「我說的是你和珞茵娜談戀愛時所展露的模樣。」

「所以你喜歡的是我和別人談戀愛的樣子？」

「也不是……那麼說。」賴田樂扭了扭被抓疼的手腕，「你不用太在意我跟你說的那些，我是說，就真的是欣賞，你不用擔心我會拿這個煩你……好了，這是你想知道的真相。」

「田樂。」

「嗯？」

「你真的是一個很可愛的人。」

「就說了不要——」

「可愛到愚蠢。」

賴田樂頓了頓，「我搞不懂你是要損我還是怎樣了。」

「你明明可以以你知道的真相利用我、威脅我，保住你的性命，然而你卻什麼也沒有做。」

「你太高估我了，一開始你想殺我的那段時間我想過。」

「想過？田樂，聰明的人並不會自曝其短，真正那麼想的人會心虛隱瞞。」

「……我對你確實還有隱瞞啊。」

看，又說出來了。

夏德不清楚自己是在對誰發脾氣，如果他也是這樣對其他人，然後轉頭又說『沒事，我只是欣賞』呢？要是哪天他的護衛也強硬地對他進攻，又或者是薩西維？他會拒絕嗎？而自己對此又在要求什麼？

他確實是在試探，試探是否能再進一步，不論是他對賴田樂，還是賴田樂對他，有太多不確定之事了，他向來討厭這種情況，就連再進一步的定義，他也不曉得。

為什麼會失控？為什麼會在意？多餘的情感，他可以拋棄，那麼利用完賴田樂，也把他拋棄嗎？

賴田樂明明自己也有性命之憂，卻還是來幫他了，不要依賴、不要深入，夏德一直一直這樣警戒，可是啊、可是……他疼他啊，這怎麼有辦法不傾心？

再疼疼他、多疼一點……不行嗎？

「田樂。」

「又怎麼了？我以為我們的關係有比較緩和了，結果你還是懷疑我——」

「專心訓練吧。」

「什麼？你不能——」

「我沒有懷疑你，我只是生性如此，如果讓你有不好的感受，我道歉。」夏德攻過去的瞬間又說：「你說不用在意，我就不在意。」

好像話中有話，但賴田樂也沒機會細想了，夏德的攻擊比以往還要更加激進，他好幾次閃避不及，狼狽地摔在地上，夏德並沒有因此停下，賴田樂只能邊滾邊舉劍阻擋，根本來不及重新站起來，刀鋒在他的肌膚上留下好幾道小傷口，夏德有手下留情，賴田樂很清楚，因此也沒有出聲求饒，到最後停下來的是夏德。

「你剩下六天，到時候你也代表著亞勃克，會跟在我旁邊行動……前線，是很容易爆發衝突的地方。」夏德拉起賴田樂，「所以接下來的時間，你只要習慣我的攻擊、我的速度……那閃避敵人應該不成問題，如果真的爆發了鬥爭，吉會帶著你離開，你不需要迎擊，明白嗎？」

「那你怎麼辦？」

「很簡單，沒辦法說服，就用武力征服。」夏德說得相當理所當然，「你不用擔心我，你在我身邊的那段期間，我會讓自己調整到最好的狀況，毒發前的疼痛是累積的，累積到一個點爆發，才會使我失去感官的功能。疼痛使我脆弱，也使我想起你，因此，我會不顧一切地回到你的身邊，回到屬於我的平靜。」

**叮！您對夏德的心動指數增加了1%，總共是40%**

看，帥吧。

賴田樂點了點頭，重新舉起劍迎向夏德，老實說既然已經做出要幫助夏德的決定，那麼他也不能當個拖油瓶，接下來他們重複對練，直到賴田樂筋疲力盡，這次的訓練才終於結束，躺在地上的賴田樂下意識地揮手招呼吉過來，沒想到出現在眼前的是夏德。

「怎麼？」

「欸？啊……我以為你走了。」

「所以什麼事？」

「……站不起來。」

夏德蹲下來將賴田樂抱起來，回過頭便撞見伸出雙手準備接的吉，再次夾在中間的賴田樂立即道：「那個，我沒事了，可以放我下來了。」

「……」

「……」

「咳，你們是要繼續深情對望，還是……一起去吃午餐？或者下午茶？」

夏德和吉幾乎是同時看向賴田樂，賴田樂微笑面對，出乎意料的是夏德真的和他們一起去吃午餐了，而且相談甚歡的竟然是夏德和吉，他們討論著戰術以及南國地理位置的優缺點，賴田樂聽得一知半解，那裡是屬於軍人的世界，他插不上嘴，於是就專注於食物上面。

得知午餐也會有大皇子加入的廚房比平常用心了好幾倍，當然平時的伙食也不差，但這差別待遇讓賴田樂不禁感嘆夏德身為大皇子的魅力與威嚴，幾乎沒有人敢違抗他，跟他走在一起，不論是哪一方的人都會停下來問好，而夏德卻是甩都不甩直接走過去，屢試不爽。

午餐休息時間結束後，賴田樂想再去找烏諾斯一趟，以為要與夏德道別、約明天的訓練時間時，夏德明確地回答早上七點半，然後繼續跟著賴田樂走。

「等等等，你也要往這邊嗎？」

「你要去哪？」

「找人。」

「找誰？」

「不至於要把我所有的行程都報告給你聽吧？」

「確實沒那個必要。」

「嗯，那就明天見。」

賴田樂踏出一步，回過頭，恰巧看見夏德跟上來，他一停，夏德跟著停，賴田樂有些困惑，打算先支開吉：「吉，你去找烏諾斯，找到人後帶到我面前。」

「可是……」

「我身邊可是有夏德呢，誰還能欺負我？」

「夏德殿下。」

「……你說得真有理，但你也知道夏德是友方了，再怎麼糟糕也不至於丟掉性命。」

「我明白了。」

等到吉越走越遠，賴田樂這才緊急地詢問夏德：「怎麼了你是很不舒服嗎？毒發作了？還是怎樣？我要不要再去取花？」

夏德搖了搖頭，「我沒事，狀態很好。」

「那你為什麼……」賴田樂眨了眨眼，轉動思緒，換上質疑的口吻：「為什麼今天都跟著我？我就直說了，你今天真的有點怪怪的，明明有好幾個分開的場合，但你卻一直留著？既然不是不舒服，那麼就是……還在試探我？」

夏德面無表情地看向他方，沉默好一段時間，賴田樂不管怎麼出聲問話他都沒有回應，直到賴田樂失望地放棄，準備轉身離去之時，他才終於開口：「你說身邊是誰任務對象就是誰。」

賴田樂猛地停下腳步，重新望向夏德，雖然他依然沒什麼表情，但莫名地就看出他的彆扭，腦中便竄過夏德各種詭異的沉默，最後都是留下來，而這麼做的原因只是為了等待任務……他那是什麼意思？是什麼意思……！

明明跟誰做任務與他一點關係也沒有，但為什麼要默默地在意！為什麼！在意他跟其他人做親密的任務嗎？賴田樂的內心實在是混亂不已。

「田樂。」此時的夏德緩慢地將賴田樂逼至牆邊，雙手撫過他的指尖，一點一點纏上去，再將他壓制在牆上，「我大概是想，獨佔這個名字，就像我選擇了你，也希望你只選擇我。」

「老實說，你熱情的告白讓我感覺很好，事後你卻讓我不要在意。」夏德緊扣著賴田樂的十指，以呼吸欺近他，「你的說詞如此矛盾，讓我不禁想，你也是這樣對待其他人嗎？還是這是你慣用的手法？」

賴田樂緊張地緊閉雙眼，炙熱的吐息幾乎要將他燃燒起來，他腦袋正在運轉，卻無法成功組織起語言，什麼？什麼？什麼？什麼？他的腦海大概只浮現了這個詞，就在這個時候，一旁傳來了第三個人的聲音。

「你們在做什麼？」

是薩西維。

薩西維緩步走來，不疾不徐的態度反而有種危險的氛圍，「或者說，夏德哥，你在對里斯做什麼？」

賴田樂在兩人觸發之前先推開夏德，不料對方完全沒有要退讓的意思，他只好攬住夏德的臂膀探出頭說：「沒事！我沒事！」

「真的沒事？」

「沒事！我只是、只是……」賴田樂猛眨著眼睛，「眼睛有點痛，請夏德幫我看看！」

夏德微微挑眉，單手擠著賴田樂的臉頰扳過來，湊近吹了口氣，「嗯，我看看。」

這次賴田樂換成了傻住的緩慢眨眼，他莫名有種被調戲的感覺，可是那個是不苟言笑的夏德，怎麼可能……那麼、故意？是吧？

「跟我承諾你的秘密只有我能知道，我現在就聽你的。」

「什麼？」

「老實說我的話還沒說完，現在只想把你帶走，做我想做的事情。」夏德輕聲說，刻意壓低的音量聽起來特別性感，「但也許我能忍下來，處理我們和薩西維的問題，畢竟你還是我們的弟弟……里斯。」

他故意在薩西維面前與他講悄悄話，非常故意。

賴田樂現在就想用手推開那近在咫尺又完美帥氣的臉龐，然而他的腦袋忍不住跟著那充滿魅惑的聲線想像——做什麼事情？靠得那麼近，又能感受著彼此呼吸的事情——賴田樂沒勇氣繼續想下去了。

「我沒什麼耐心，想把你扛走了。」

「等等等……！」賴田樂制止了夏德伸向自己的手，「我承諾！我承諾……但是吉之後應該也要知道——」

「你可以說關於任務、或是跟你生存相關的任何事情，但是你真正的名字只有我能知道、我能呼喚。」

「……好。」賴田樂莫名地吞了口唾液，「成、成交。」

得到允諾後夏德立即退開，轉而向薩西維問：「你怎麼會出現在這裡？祝福日的後續都處理好了嗎？」

「……我聽說你們一起用餐，所以我才過來的。」薩西維看向賴田樂說，眼神透露著『又沒有約我、又沒有約我、又沒有約我』的強烈訊息。

賴田樂很快反應過來，解釋：「對、對！我想說你很忙。」

「再忙也可以跟你們一起吃飯！」薩西維大聲強調，但當他的目光觸及到賴田樂手背上的傷痕時馬上緊皺眉頭，湊上前抓住他的手問：「等等……這傷口怎麼回事？」

「沒事。」賴田樂抽回自己的手，擺在背後試圖將衣袖再往下拉，盡可能地遮住所有傷痕，「我剛剛在跟夏德訓練。」

「那種事情還持續著嗎？」

「什麼？」

薩西維倏地拽住賴田樂拉起他的衣袖，一些訓練過後的痕跡雖然不多，但在里斯白皙的肌膚上特別顯眼，他抬眼望向夏德，目光不善，可口吻依然有禮：「夏德哥，您昨晚還好嗎？」

「沒什麼。」

「看起來並不像沒什麼，我知道是里斯帶走您的。」薩西維的語氣加重，重複道：「我知道，也知道您待在里斯的房間一整個晚上。」

夏德不為所動，只是問：「你想說什麼？」

「看夏德哥願意跟我說什麼。」

「不要跟我玩文字遊戲。」

薩西維隔開賴田樂，衝著夏德道：「這跟我們當初說好的不一樣！」

「情況有改，我和里斯已經達成協議。」

「什麼協議？」

「你不需要知道。」夏德冷漠地應：「昨晚的事情你也不必放在心上。」

「不必？」薩西維彷彿被這句話刺到了，他直道：「我從來沒有看過您那樣，夏德哥，您看起來很痛苦！」

「不重要。」夏德拒絕著薩西維的關心，「我們的目的依然沒有改變，你該離開了，到處都有父王的眼線。」

「那你跟里斯就可以黏在一起？」

「恰巧讓大家知道他現在是我的人。」夏德將賴田樂抓回來，「如此一來中立派的人可能會重新考慮，也能削弱你那邊的勢力。」

「沒那個必要，我這邊自有打算，所以不用把里斯牽扯進來。」

「這是我和里斯的協議。」

「那我要知道詳情。」

「與你無關。」

今天的賴田樂夾在中間很多次了。

這一次他打算什麼都不說，靜靜休息，但看到從轉角處大步出現的烏諾斯時他下意識地憋住氣，以非常小的弧度猛烈搖頭，很明顯烏諾斯有收到他的訊息，卻露出可惡的燦爛笑顏，所幸在他出聲之時，吉便摀住烏諾斯將人扯回轉角，然後偷偷地探出頭詢問賴田樂的意思。

賴田樂看了看夏德，又看了看薩西維，馬上擺手暗示吉帶烏諾斯離開，如果讓夏德或是薩西維注意到烏諾斯的話情況肯定會變得更加麻煩，尤其是知曉一切的夏德，他說謊掩飾一定會破綻百出，何況烏諾斯已經在夏德面前出現過了。

**叮！獎勵任務：邀請大家一起泡澡吧（大皇子以及二皇子，來場兄弟間的坦誠相見）成功後存活率增加3%，未成功存活率減少10%，時間剩餘6小時**

『一起泡澡？你看我們像有那種和樂融融的關係嗎？』

『沒有也要有啊，不然和樂插插？哇，樂是雙關耶。』

『滾！』

賴田樂向西爾發脾氣的同時，薩西維也沒忍住，他冷聲質問：「與我無關？」

「我是那麼盡心盡力、試圖修復我們兄弟之間的關係，您前些日子才在說一旦發現里斯的不對就殺了他，我一直跟您說再等等更確切的證據想要拖延您，然而現在卻……」薩西維冷哼一聲，那聲似乎還帶著委屈的哽咽，「什麼都不能跟我說？夏德哥，昨晚就算了，您的狀況我確實不能強求您跟我說明，但現在我就是要要求您解釋和里斯之間的協議，如果我認為不妥，我就不同意讓里斯參加這次的征戰，我已經跟你說過了，那非常危險，我不會讓我的寶貝弟弟去！訓練什麼的也不需要！」

「他什麼時候變成你的寶貝弟弟了？」

夏德問這話時是看著賴田樂問的，好像是在說——『你什麼時候招惹薩西維的？』

哈哈，賴田樂乾笑，總之泡澡的時候他可以選擇昏倒嗎？

「我們已經談開了！他當然能是我的寶貝弟弟！」薩西維向賴田樂微微一笑，回憶昨日，「里斯昨天還稱呼我為寶貝呢，是不是？」

賴田樂快要被夏德冷冽的目光給看穿了。

這不是他的錯，是任務的！

「不要緊，我這次不會再猶豫了，我會保護你。」薩西維誤以為賴田樂的沉默是害怕夏德的目光，因而暖心地繼續保證：「絕對、絕對不會再讓你傷心難過了，里斯。」

挺奇怪的，照理來說薩西維靠得那麼近又說著那種話，他早該心動了，但這次卻異常冷靜，說不感動是假的，卻也說不上來那份感動究竟是不是自己的。

「謝謝你。」賴田樂將錯就錯，站在夏德旁邊說：「但是，我已經和夏德說好要一起去了。」

「什麼？」薩西維不敢自信地喃喃自語：「怎麼會……還是說被夏德哥威脅……」

「你風評很不好耶。」賴田樂悄悄地道，夏德沒有進行任何辯解，只是伸出手指推了推賴田樂的腦袋，這舉止帶了種親暱感，賴田樂頓了頓，猛然發現薩西維看著，緊急地道出指令：「那個、我們……晚上的時候一起泡澡吧！我房間浴池很大喔，到那個時候，我們再一起……坦誠相見！哥哥和弟弟之間的真心談話！怎麼樣？」

「好。」

「咦？」

薩西維應答得太快，反而讓賴田樂愣住了。

「哥哥和弟弟之間。」薩西維對此有某種執著，「對嗎，夏德哥，里斯？」

賴田樂偷偷地在背後拍了拍夏德，於是夏德點了點頭，賴田樂則附和：「沒錯！那現在先散吧，我們三個人在這邊吵太引人注目了。」

「知道了，晚上見。」薩西維意外好說話，他抬手揉了揉賴田樂的頭髮，頗不自在地道：「夏德哥也是。」

「……嗯。」

這聲嗯大概嚇壞了薩西維，他愣愣地點頭，重複說著很好、晚上見等話語，接著禮貌性地打聲招呼便離開了，留下賴田樂獨自面對夏德。

「呃……」

「坦誠相見？」

「對。」面對夏德，賴田樂可以直接說，因此顯得有些無奈，「任務啦。還有，任務達成之前，通常不會有下一個任務，都是這樣的，所以、那個……你可以去休息了。」

「終於能擺脫我了？」

「我沒有那個意思！」賴田樂試著圓，下意識地說出真話：「你、你讓我很緊張……」

「那就看看，我們坦誠相見的時候，你會有多緊張。」

「不不不。」賴田樂比劃著男人的身體，「到時候請包好你的下半身。」

「怎麼？不是讓你心動嗎？」

賴田樂張了張嘴，想要反駁，但最終只喊出兩個字：「夏德……！」

「你說心動的地方有一部分是，有一部分不是。」夏德的態度倒是理直氣壯，「我怎麼知道你在說哪個部分？」

「我是指、你……全部？也不是全部！我是說——」

夏德看賴田樂被他堵得支支吾吾，這下滿意了，決定放過他，「去處理你的事情吧，我看見上次的神官候補人選了，我不問，並不代表我原諒了他的無禮。」

「田樂，充滿秘密的田樂……到時候坦誠相見，對嗎？」

……煩死了連離開的方式也好帥。

賴田樂看著夏德離去的背影心想，他緩了一會才開始移動，臉頰的熱度沒能那麼快消下去，他不知道，只是覺得和夏德之間的距離似乎拉得太近了，倒不如說，夏德的靠近讓他無法招架。

冷漠的大皇子怎麼有辦法一夕之間變成黏人的大狗狗……！

不知道啦好心動。賴田樂選擇自暴自棄，總之他先回房間，吉如果有看懂他的意思應該會帶著烏諾斯到房間等他，但他沒想到房間門打開會看見吉舉劍指著烏諾斯的畫面，烏諾斯卻很悠哉地向他打招呼。

「回來啦。」

「里斯殿下。」吉立刻收起劍來到賴田樂面前，「您還好嗎？」

「沒事，辛苦你了，我和烏諾斯有些事要談。」賴田樂看著烏諾斯燦爛的笑顏說得很不情不願，「……你先出去吧，晚點夏德和薩西維會過來，到時候你再通知我。」

「是。」吉微微一頓，難得又開口：「比起夏德殿下，我更討厭他。」

「咦？」

吉很少這樣顯露情緒，賴田樂回頭望向烏諾斯，只見對方仍然笑著揮手道別，吉倒是一點回應都沒有，還用力地關上門離去，賴田樂便馬上問：「你做了什麼？」

「什麼都沒做啊，只是跟他說了一些朋友與朋友之間的話。」

「……你知道吉超討厭你的吧？」

烏諾斯揚起笑容，燦爛地說：「我知道。」

「你不要太欺負吉了，如果不是因為我，他早就把你大卸八塊。」

「這個我也知道。」

賴田樂對於烏諾斯的臉皮厚度不予置評，他坐到烏諾斯的旁邊，解釋來意：「我找你是有問題想問你。」

「嗯哼，說說看。」

「里斯真的死了嗎？我昨天好像看見——」賴田樂忽然感覺到一股違和感，他困惑地說：「奇怪，我昨天好像完全沒有想到你，雖然本來就沒有要告訴夏德關於你的事，但是……咦？」

「喔你和夏德進展到那樣了嗎？所以他也知道你叫小樂樂了？」烏諾斯理所當然地吃著放在桌上的水果，一邊解釋：「嗯……你是想說關於我的內容自動刪去了對嗎？當然，這是一種障眼法，我的身分只有我能自己說，畢竟我的存在是個秘密。」

「而且夏德的直覺太嚇人了。」烏諾斯補充，「每次碰面都有種會被看穿的感覺，雖然還是微笑面對啦，但要是他知道我的事情可就不得了了。」

「怎樣不得了了？」

「感覺會被舉起來威脅說給我停止這個輪迴。」烏諾斯拽著自己的衣領示意，「不停止就殺了你。」

「你很了解耶。」

「唉，我都看那麼多次了，夏德的凶殘我可不想親自體會。」烏諾斯撥了撥頭髮，繼續說：「至於里斯的情況，我只能說他真的死了，但我想你看見的應該還是殘存的記憶碎片，之前跟你講過。」

「可是我覺得沒那麼簡單……」賴田樂仔細回憶，「那感覺太真了。」

「這很難分辨的。」烏諾斯難得認真地應，「什麼是真，什麼是假，你真的能分得出來嗎？」

如果是那樣，里斯的記憶碎片是想要傳達什麼給他呢？賴田樂實在是猜想不到，也依然搞不清楚里斯究竟是敵是友。

「話又說回來，我剛好也要找你。」烏諾斯毫不客氣地拿起托盤嗑起水果，說：「我也要參加征戰。」

「哈？」賴田樂的思緒馬上抽回來，一臉不可置信的模樣看著烏諾斯。

「大神官候補考核，酷吧，我可沒動什麼手腳，真的是剛好抽到前線，意思是要跟著你們。」烏諾斯吃得兩頰鼓起，笑起來的樣子看起來更加欠揍，「請多多指教囉。」

「你就不怕夏德針對你嗎？」

「所以我才找你來依靠嘛。」

「你這算什麼神！」

「唉呦我就不擅長暴力啊。」

「你可以滾了。」

道：「把我利用完就想趕我走嗎？渣男！」

「等一下夏德和薩西維都會來啦！」

「喔，這麼快進展到房間了？而且還3P？不對，吉在外面……」烏諾斯倒抽一口氣，

「4P？那再多一個人沒差吧，這副身體很勇猛喔。」

「滾！」

「好吧、好吧，反正結局我會知道的。」烏諾斯站起來走向門，獨自哼調說：「他們的所有事情，我都會知道的。」

「那我的選擇會是對的嗎？」賴田樂忍不住脫口而出，「我不想要讓夏德再一次……我希望他能夠有好的結局，還有吉、薩西維……」

「我無法給你答案。」烏諾斯回頭微笑，輕聲應：「因為這裡已經不是你和我熟知的故事了，走到最後你才會知道，你的選擇到底是不是對的，你只能繼續走下去，繼續做出選擇。」

「但是，你也許能拯救夏德……」烏諾斯只給賴田樂一個背影以及消沉的口吻：「可沒辦法每一個人都拯救。」

「什麼意思？」

「我只有跟你說過關於夏德的後續，其他人的好像沒有說過？」

「……是。」

「這一次的南國叛亂，按照故事劇情夏德確實能夠擺平，但有一次的故事結束之後南

國偷偷聯合了北國，身為女王陛下的直屬騎士，吉率領部隊前去治理——」

賴田樂猛地打斷烏諾斯：「不要說了。」

「吉慘死於那場叛亂。」烏諾斯繼續說下去，「甚至找不到屍體。」

「不是跟你說了不要說嗎！」

烏諾斯這才像位長者輕嘆，他轉過身，以一種過來人的姿態勸導：「夏德確實每一次都會死亡，但吉和薩西維偶爾也有死亡結局，你不知道什麼人什麼時候會面對死亡，你拯救夏德後，吉和薩西維也要拯救嗎？怎麼救？」

怎麼救？他怎麼會知道，賴田樂連拯救自己的方法都不知道。

「但是，那也是我的選擇，我要拯救誰、我要怎麼改變故事，那都是我的選擇。」賴田樂毫不猶豫地做出回應，如同一往，一無所知地走下去，「我什麼都不知道，烏諾斯，即使如此，我還是活到現在了。」

「原本該死去的里斯，現在、此時此刻，還在這裡！」賴田樂拍著自己的胸脯佐證，「我可以是吉活下去的理由、薩西維的掙扎或是夏德最後的反抗。」

烏諾斯挑眉問：「意思是，你要成為他們的英雄？」

「我不會。」

「什麼？」

「我要當妖豔賤貨周旋在他們之間！盡可能地拽著他們避免任何死亡的可能，該撤退的時候撤退、該示弱的時候示弱……對我來說只有他們是重要的，我可以不管其他人的生死。」賴田樂咳了聲，說：「反正他們現在相信我。」

「夏德可是被我迷得不要不要！薩西維也把我當作是寶貝弟弟，吉也是對我非常忠心！」賴田樂越說越小聲，但氣勢依然很足：「只要我說一，他們肯定說一！」

烏諾斯點點頭，眨眨眼，然後笑問：「好，所以你知道你在說這些話的時候臉很紅嗎？」

「……那不是重點！」

「你其實覺得很害羞吧？怎麼大家突然纏上你了。」

「……那不是重點。」

「這就是所謂的人格魅力吧。」

賴田樂大聲應：「真是謝謝誇獎！」

「我還是第一次看到賤貨要拯救世界。」

「你才賤貨！還是大賤貨！」賴田樂使出了幼稚的回擊，接著補充：「沒有拯救世界那麼誇張！就只是……我所觸及到的那些人。」

「田樂。」烏諾斯又是嘆息，「你太樂觀了。」

賴田樂倒是不怎麼同意，「夏德也這麼說我。」

「這是誇獎，我覺得這是好事。」烏諾斯的語氣不再帶著調皮的高亢，他低聲道：「你之前不是問為什麼是你嗎？我覺得因為就是你，所以才選擇了你，我很期待這次的結局，過程也特別樂在其中，田樂。」

## 叮！烏諾斯的心動指數增加了5%，總共是25%

「那我走啦，等等你們還要玩4P呢。」

賴田樂馬上反應過來：「沒有！」

「好啦我們可憐的吉可能玩不到。」

「烏諾斯！」

「嗯？」

賴田樂彆扭地看向其他地方，維持幾秒後正視烏諾斯，認真地道：「謝謝你跟我說這些，不然我可能就傻傻地跟上戰場了，總之，我會特別注意。」

烏諾斯起初看起來有些震驚，但沒多久就被熟悉的笑容掩蓋，他嘻皮笑臉地說：「喔我沒想到你會對我道謝。」

「真的沒想到。」他在轉身的瞬間斂起嘴角，爾後又揚起語調：「那就掰啦，幾天後見。」

賴田樂姑且禮貌性地抬手示意，等門關上後癱坐在沙發上發愣，不一會敲門聲響起，是吉喚著里斯殿下，賴田樂讓他進來，先是吩咐：「吉，等等薩西維和夏德會來，我們要……一起泡澡，嗯，讓侍女準備好換洗衣物和乾淨的毛巾。」

「是，這就下去交代。」

「還有……」賴田樂出聲讓吉等等再離開，他隨意地躺下，看著天花板說：「烏諾斯說會跟我們一起出征。」

「什麼？」

很少看見吉的反應那麼大，賴田樂忍不住問：「吉，你為什麼那麼討厭烏諾斯啊？」

「只要有可能危害您安危的人我都討厭。」

「那夏德呢？」

「夏德殿下是值得尊敬的對象。」吉坦率地直說：「我認為夏德殿下現在對您沒有威脅性，他如果要對您不利，機會多的是，但很明顯夏德殿下傾心於您。」

賴田樂咳了聲，轉頭望向吉說：「用傾心這個字眼好像有點過了。」

「一個人的眼神能看出很多東西，里斯殿下。」

賴田樂莫名有些害羞，但並不想承認，問：「能看出什麼？」

「這就需要您自行體會了，殿下。」

於是賴田樂爬起來直勾勾地望著吉，那總是淡漠的雙眸也沒有迴避，反倒是賴田樂眨了眨眼，投降，開玩笑似地說：「看不出來，只看到我的倒影。」

「那就對了。」

「欸？」

「里斯殿下。」吉的口吻沒什麼變化，不過很明顯是在轉移話題，「您不問我和夏德殿下的事情嗎？」

賴田樂愣愣地反問：「你願意說嗎？」

「我不想再對您有所隱瞞。」吉垂下目光，繼續道：「我曾經是南國邊界村落裡的奴隸，是夏德殿下救了我，他要我活下去，繼續感受著絕望與痛苦。我想，夏德殿下並非大家所說的殘酷之人，他給了我一個身分，在戰爭告一段落後讓我成為了皇室的騎士，效忠於亞勃克，起初……我覺得我不夠格，因為騎士是守護人的角色，夏德殿下便要我去尋找，尋找我想要守護的人，後來我成為了您的護衛，當時我還沒有真正了解到騎士的意義，因此依然聽令於夏德殿下，殿下也有說，如果我不願意，他可以再找其他人，但我還是答應了。」

「夏德殿下並沒有強迫我，但就像我之前所說的，我已經依我的方式答謝夏德殿下。」吉蹲在賴田樂的前面，像狗狗般伸出手搭在他的腿上說：「里斯殿下，您不必向我解釋任何事情，我只是據我所觀察的猜測，或許……夏德殿下正在跟某種東西奮鬥，而里斯殿下想要幫助他，是嗎？」

關於夏德的事情，賴田樂確實也不能多說，他只點點頭，後來便看到吉微微揚起嘴角，道：「我明白了，只要您有需要，我也會竭盡所能。」

**叮！您對吉的心動指數增加了3%，總共是20%**

賴田樂忽然有種吉什麼都知道的錯覺，一個人的眼神確實能夠看出很多東西，吉的眼裡只有自己，那是他的忠誠以及信任，對吉來說那就是一切了，因此當聽到吉的死訊時，賴田樂害怕得不得了。

吉會不會因為他的選擇而提早迎來結局？可是他也不想對自己的抉擇反悔，難道真的是他太貪心、太樂觀了嗎？

不自量力的自己試圖拯救眾生。

「吉。」賴田樂撥弄著頭髮，試圖營造一股無辜的氛圍，「剛剛有人預言你會在這場征戰中死亡。」

「不好意思，請問是誰對您這樣說？。」

賴田樂臉不紅氣不喘地扭曲事實，答：「烏諾斯。」

吉狠皺眉頭，「請容許我和他絕交。」

他還惦記著上次的朋友之約，吉一旦做出承諾就會執行到底，賴田樂趁勝追擊，接著說道：「我不相信他，但他好歹也是大神官候補，所以我要你再次向我保證你不會死，你會保護好自己、也不會逞強，該逃的時候要逃，逃跑違背騎士之道，是嗎？」

「……是。」

「那你說——」賴田樂問得理直氣壯，將妖豔賤貨的氣質拿捏得恰到好處：「我的話比較重要還是騎士之道比較重要？」

吉立即應：「您的話。」

「那你向我保證。」

「我保證我會保住好自己的性命，絕不會讓那人說的話成真。」

「嗯，很好。」

抱歉了烏諾斯。賴田樂於內心補充，似乎已經能夠想像吉和烏諾斯見面會有什麼發展，賴田樂基於良心不安又在心中道歉一次，希望那位神能神通廣大地接收到，他想既然吉那麼討厭烏諾斯，那就利用這點先打下預防針，總比一無所知來要得好。

他做妖豔賤貨可真做得不錯。

「里斯殿下。」

「嗯？」

「您耳朵不舒服嗎？是不是剛剛訓練的時候沒注意傷到了？」

賴田樂倏地停下撥頭髮的動作，頗為尷尬說『沒事，只是剛好有點癢』，心裡則是恥到快要蒸發了，看來妖豔賤貨的舉止他還需要揣摩，隨後吉下去交代一些事項，而他繼續癱在沙發上休息，不知不覺中睡著了，隱約感覺到有人站在他的身邊，輕柔地撥弄著他的髮絲。

「辛苦了，我的殿下。」

「烏諾斯跟我說……我再不積極，您會被搶走，可是，我本來就無意競爭。」

「我只希望您在這一切過後，能夠過得幸福，或許那時候您會與心愛之人一起在陽光底下無憂無慮地散步，那很好……而我只要能看著那副光景，就足夠了，一個人的眼神確實能看出很多東西，夏德殿下看著您的眼神……如同您看著夏德殿下的模樣。」

「我……由衷地希望，您和夏德殿下都能幸福，但若是夏德殿下讓您陷入危險，或是他對您不好了，我就會依照我自己的想法行動，殿下。」

……

賴田樂迷迷糊糊地睜開眼，他揉揉眼睛，思緒還處於渾沌之際聽到薩西維的聲音：「醒來了？如果你累的話，再繼續睡吧。」

「薩西維……？」賴田樂下意識地尋找著睡夢間聽見的聲音，「吉呢？」

「在外面。」

「一直在外面嗎？」

「我來的時候是在外面……怎麼了嗎？」

賴田樂搖搖頭，總覺得他好像錯過了什麼很重要的事情，於是只好找那個觀察一切的傢伙問：『西爾，剛剛吉有說什麼嗎？我睡昏了……有聽到聲音，但是內容記不得。』

『嗚、嗚嗚嗚……』

『哈？你在哭嗎？』

『我不能說……這是對忠誠狗狗的尊重！』

『什麼啦？』

『反正他也沒有想要讓你聽見，不然就不會特別挑選在你熟睡的時候，你就別在意了。』

說是這麼說，但賴田樂還是有點好奇，不過這時候夏德也來了，賴田樂只好先起來，跟他們介紹說：「呃、浴池在那邊……毛巾都準備好了，我們可以到裡面換，走、走嗎？

話說你們晚餐吃了嗎？」

「還沒，事情處理完我就馬上過來了，但我有請他們準備，等等要來我那邊吃嗎？」薩西維回頭又說：「當然，也有問夏德哥的意願。」

夏德走在賴田樂的旁邊，突然抓住賴田樂的臂膀問：「去嗎？」

「欸？」賴田樂的視線忍不住在夏德和薩西維間徘徊，弱弱地應：「去？既然薩西維都這麼說了……」

「那就去。」

薩西維愣住，他停下來，但那兩個人並沒有注意到他，繼續往前走，他們貼得很近，不知道在說些什麼，看起來特別和諧親密，夏德給人的感覺也與平時不同，好像他們兩個人就是特別的，沒有人可以插得上，最後是賴田樂回過頭才發現他沒有跟上。

「薩西維？」

「……來了。」

浴池的外圍增添了幾個隔板，賴田樂看到的時候在心中瘋狂感謝吉，如此一來也能避免換衣服時的尷尬，他立即向兩人解釋說：「衣服隨意放，吉會吩咐侍女來收，也都有準備好你們的衣服。」

三個人各自到隔間進行更衣，薩西維問：「你這邊沒有侍女常駐嗎？只有你的護衛？」

「嗯，我想要個人的空間……如果有事，我也會叫他們過來。」

「但是聽說你調開了大部分的侍女，只留幾個。」

「啊、就……覺得不需要那麼多。」
「真的？如果有需要或是有什麼困難，都可以跟我說。」
「……謝謝，目前是沒有。」
在他們談話的同時，賴田樂聽見隔壁傳出響聲，他也換好了跟著出來，一看那壯碩的背影就知道是夏德，對方的下半身陷入水中，背後腰上的疤痕也隱藏進去，那副身體有著大大小小的傷疤，他躊躇幾秒，也走了過去。
賴田樂踏入浴池，溫熱的感覺撫平一整天的疲憊，他不由自主地坐在距離夏德最遙遠的地方，然而一個眨眼的時間，他的餘光便看見有人打散熱氣向他走來，水波盪漾，賴田樂不敢動，將自己肩膀以下的身體都泡進去，直到壯碩的大腿出現在他的面前，賴田樂因而嗆到了，抬起頭的畫面更是不得了。
不論是誰在亮的地方近距離看見那健壯的體魄都會嗆到的，賴田樂安慰自己，只見夏德默默地坐上他旁邊的位置，揚聲詢問：「這就是你要的坦誠相見？閉著眼坦誠相見？」閉著眼睛的賴田樂尷尬地抿著嘴，試圖以指尖戳了戳旁邊的臂膀，「坦誠相見需要一點距離，你靠太近了。」
「嗯，我在看。」
「什麼？」
熱氣接近，一睜開眼賴田樂便看見夏德伸出臂膀將他鎖在自己的範圍，微濕的髮絲垂落下來，賴田樂張了張嘴，他又要招架不住了。

「我也在看。」

薩西維突然出現，他蹲坐在池邊微微一笑，氣質優雅地撥弄著長髮，賴田樂嚇了一跳，只見對方緩慢入浴，笑容甜美地靠近他們：「所以，我能知道你們什麼時候談好的嗎？姑且不論協議的內容……夏德哥到底是什麼時候比我跟里斯還要好的？」

**叮！獎勵任務達成：邀請大家一起泡澡吧（大皇子以及二皇子，來場兄弟間的坦誠相見）存活率增加3%，當前存活率70%**

**存活率高達70%、存活率高達70%、存活率高達70%**

**辛苦了！請問是否開啟『休息日』？**

「你說是不是，里斯？」

「欸？」賴田樂還沒有反應過來，接收到夏德的眼神幾乎是下意識地答：「是。」

**叮！收到！開啟休息日。**

**未來五日之內都不會開啟新任務，系統自動進入休眠，心動指數不會納入計算，戀愛小幫手也即將休眠……真相記憶則仍然會隨機播放，請務必把握好休息日養精蓄銳，任務重啟時困難度將會升高**

『就是這樣，掰啦，五天後見，不要太想我喔。』

「等等……！」

「等什麼？」

賴田樂驚覺自己喊出聲，兩人都在看他，他立即縮起肩膀試圖降低存在感，「呃、我是說，等等，你們不要吵……夏德你可以再說一次剛剛的話嗎？」

夏德很明顯不相信賴田樂的說詞，一看就知道對方是走神了，賴田樂被他盯得心慌，只能傻笑，爾後夏德收回視線，再說一次：「我們每天一起訓練，解開了誤會，剛好他對這次的討伐作戰頗有想法，我就和他一起討論了。」

「嗯嗯，沒錯。」賴田樂用力點頭附和，「我想要藉此證明我自己。」

「還有他喜歡男人是真的。」

「對、我——欸？」這次換賴田樂死死盯著夏德，努力圓：「嗯，這是真的……我不想再隱瞞了，只是想要好好地談場戀愛。」

「就算如此，談戀愛也不需要到戰場——」

「薩西維。」賴田樂正色地說：「我也有不能退讓的理由，不會有事的，我會保護好我自己，我身邊也還有吉跟夏德，夏德甚至有承諾說會保護我。」

薩西維顯得有些詫異，他問夏德：「真的嗎？」

「我從來不會違背我的承諾。」

「好吧。」薩西維喪氣地垂下肩膀，一會又激動地抓住賴田樂的手，「我相信你，但如果你這幾天反悔了，隨時跟我說，或是夏德哥欺負你——」

「我聽著，薩西維。」

薩西維輕咳，說出結論：「總之，我能成為你的依靠。」

「還有，夏德哥。」薩西維望向夏德繼續道：「你如果……願意跟我說你的事情也非常歡迎，我這邊依然按照原計畫進行，你不在的時候我也會多注意父王的動向，等你回來我們就可以開始行動了。有鑑於父王最近不好的行為外傳，我們推翻他的理由也站得住腳，另外有了南國的支持，父王派的人估計也不敢再多說些什麼了，畢竟南國舉兵過來，他們也活不了。」

夏德淡淡地瞥了眼薩西維，沉聲應：「嗯。」

薩西維看賴田樂認真聽著，忍不住多加解釋吸引他的注意力：「當初父王接管南國，當眾殺了很多無辜的人，所以南國的貴族普遍都憎恨著父王，如果我們能以這點來和南國談，應該挺有希望的，同樣的，這也是父王派畏懼著南國的原因，因為夏德哥在這鎮守著，他們不敢隨意進攻，但是……最近比較要注意的是珞茵娜，她找到了幾個家臣支持她，不知道目的是什麼……」

賴田樂一驚：「珞茵娜嗎？」

「嗯。」薩西維點點頭，「關於我們的妹妹……我們好像了解太少了，而且昨天她看著父王的樣子很不對勁。」

「父王似乎會將她看成母親，我曾經就看過父王……對珞茵娜動手動腳。」賴田樂想了一下，還是決定說出來：「昨天也有那麼一瞬間，父王看著我喊母親的名字。」

夏德猛地拽住賴田樂的手腕，質問：「這種事為什麼現在才說？」

「父王曾經很愛很愛我們的母親。」薩西維輕輕按住兩人的手，讓夏德放鬆力道，「他也是因為太想念母親了才會變成這樣，你有發現嗎？他徵召的宮女都有母親的影子，你跟珞茵娜確實會讓父王想起母親，尤其是珞茵娜……或許，她察覺到了，正在試圖自保？尤其你說父王會對珞茵娜……老實說，我認為父王有在策畫著什麼，墮落的樣子只是假象，他曾經是帝國的榮耀，不可能這麼簡單就——」

「薩西維。」夏德沉聲打斷他，「我們就是不知道列瑞的目的，所以才要趁勝追擊，我並不在乎他是真是假。」

「我知道。」薩西維重重地嘆息，「我只是擔心……現在里斯也加入了，父王的狀況也很不對，還是我們應該和珞茵娜談談？」

「沒那個必要。」

「但是珞茵娜很有可能需要幫——」

「不必要。」

「夏德哥，珞茵娜也是我們的妹妹。」

「里斯？」

「對就像里斯是我們的弟弟……里斯——！」

賴田樂噗嚕噗嚕地沉下去了。

他原本還在思考珞茵娜和列瑞的事情，隨著待在這裡的時間拉長，身體好像越來越沉、越來越重……他似乎泡暈了，熱氣讓他有些昏，然而下一瞬間有人用力地抱住他，將他攬腰抱起脫離浴池。

「田樂。」

夏德在呼喚他，賴田樂下意識地尋找著聲音的主人，他靠入男人的胸膛，炙熱的肌膚，跳動的心臟……好熱，賴田樂閉上眼想。

啊、他還真的昏倒了。

# Chapter 4、征戰

叮！播放真相記憶

薩西維正在哭。

他坐在草地上發愣，任由風吹乾他的淚水，手裡緊緊抓著某物，爾後他爬起來挖扒著泥土，一點一點地將手中的灰燼倒入坑洞，然後再親手埋起來，指縫滿是泥土，薩西維眼前的視線又再次模糊，淚珠無法克制地掉落浸入土裡。

「你怎麼那麼笨……亞勃克對你來說就那麼重要嗎？」

「先是死刑，後是火刑，夏德哥太過分了……對吧？可我卻什麼都不敢說……現在就連幫你安葬都做不到，算什麼哥哥……我趕到的時候，你就只剩下這一點點了……」

「里斯……」

「你為什麼要那麼做……」

他放聲痛哭。

賴田樂彷彿也感受到這股悲痛的情緒，他感同身受，為此明白了一件事情——這是里斯的。

上一次面對薩西維的指數失控、對列瑞的悲痛情緒都是里斯的。

那是隱藏在碎片中的強烈情感，他的懊悔、悲傷、痛苦……賴田樂其實根本不用害怕，里斯究竟是為了什麼，而呼喚了他過來呢？

真相記憶播放結束，賴田樂於一片虛無中穿越迷霧，然後看見坐在地上也同掉著淚的里斯，里斯看見他似乎有些驚訝，隨即抹去淚水。

「你想要改變什麼？」

里斯微微一笑，向他說：「一切。」

話一說完他的身影便逐漸逝去，融於虛無，他是無數個記憶碎片，如今又消逝一個，這一次賴田樂仍然抓不住他，他驚醒，下意識地呼喊：『西爾？』

無人回應他。

賴田樂這才想起任務系統已經休眠，他眨了眨眼，認出坐在床邊的寬厚背影，才剛要出聲，對方背對著他先問：「醒來了？」

「……你背後有長眼睛？」

「聽到動靜了。」夏德轉過身，伸出手輕撫賴田樂的臉頰，「還好嗎？」

「我泡暈了？」

「嗯，檢查過了，沒什麼大礙。」夏德皺眉，圈起賴田樂的手腕，按著骨頭說：「只是身體太疲憊……我需要減少訓練量嗎？」

他的動作和說詞都像是在說『怎麼那麼虛弱』，並且對此不能理解，賴田樂對於他的質疑也有些心虛，畢竟里斯的身材並非是體弱型，但同時也覺得夏德不能以自己的標準比擬，所以找藉口找得理直氣壯：「沒有啦……就、昨天晚上沒有充分休息才這樣，今晚我早點睡就沒問題了。」

昨天晚上。

罪魁禍首微微一愣，沉默，然後移開視線說：「明天早上休息，下午再簡單練習就好。」

「可以嗎？不是剩六天……」

「先充分休息養好身體，不然怎麼訓練都沒有用，你只會記得疲憊。」

賴田樂點頭，反正這事他都聽夏德的，也相信夏德的做法，於是他轉而問：「好，是說，薩西維呢？」

「先回去了，祝福日的後續其實還沒處理完，他偷溜，已經被人請回去了，也有吩咐人通知他你沒事，不用再過來。」夏德起身拿起桌上裝著食物的托盤，坐回床上說：「要吃晚餐嗎？」

「現在沒什麼胃口。」

「所以才這麼瘦弱？」

「哪有！」賴田樂摸了摸自己的肚子反駁：「里斯的身材還不錯啊……」

「那是里斯，不是你。」夏德的視線好像停留在賴田樂的肚子上，「里斯的素質本來確實不錯，他也有隱藏一點實力，身體大概都還記得，但你還沒有完完全全地引發出來，還有，你平時沒有在鍛鍊，飲食也沒有控制，肌肉量自然會減少。」

「和你訓練不算鍛鍊嗎？飲食我也只是照三餐吃啊……」賴田樂越說越心虛，越來越小聲：「難怪我覺得最近肚子上的六塊肌有逐漸消逝的傾向。」

「重點是你會挑食，吃得量還少，不能『美味的』才選擇入口，飲食不均衡只會讓你的力氣越來越小。」夏德彷彿嚴父般警告，「你的護衛怕你直接不吃，所以選擇依你的習慣備餐，但這樣不行，之後你的三餐我會嚴格管理。」

「欸？」

「薩西維讓他那邊準備好的晚餐都拿過來了。」夏德將托盤放到賴田樂的腿上，「我已經挑好，這些要吃完。」

盤子上的食物塞得滿滿的，賴田樂試圖做出微弱的反抗：「這太多了……」

「這是一名正常男性該吃的份量。」

賴田樂坐正，準備認真地討價還價：「夏德，我覺得——」

夏德立即打斷，不知道是在威脅還是商量：「你要我親手餵你，還是你自己將它們放進嘴巴？」

賴田樂幾乎是在他問完的當下就乖乖地拿起叉子開始吃。

「那些吃完才可以吃甜點。」

夏德回頭拿了一塊蛋糕，賴田樂心有不滿，小聲地吐槽：「你是把我當成小朋友嗎？」

「所以不吃？」

「……要吃。」

賴田樂在夏德的注視下默默地吃了好幾口，老實說皇宮裡的伙食都不會難吃到哪裡去，只是份量真的太多了，每一次他都會吃剩，後來才叫吉不用準備那麼多，想到吉，賴田樂便抬頭問：「吉呢？在外面嗎？」

「嗯，我把你抱出來要他去找御醫時，以為是我對你做了什麼——」夏德的話突然停止，停頓一會補充：「就這樣，總之我們談好了，他也會一起管控你的飲食。」

「等等。」賴田樂的好奇心被引發出來，「你中間是不是省略了好一大段？」

「你是說關於你的護衛種種無禮的行為可以讓我當下處刑他的那段嗎？」

賴田樂差點噎住，「咳、吉……吉應該沒事吧？」

「沒事。」夏德沒多做解釋，也沒打算多說他和吉的衝突，只是語氣平淡地道：「我會原諒他。」

真是謝囉。

賴田樂很想喊出來，但他沒那個膽，只好繼續乖巧吃飯，這個話題差不多就結束了，一會後夏德呼喚他：「田樂。」

「嗯？」

「你一邊吃一邊聽我說。」

賴田樂微微一愣，點頭應：「好。」

「我懷疑列瑞正在尋找復活母親的禁術。」

賴田樂這次是真的噎住了，他狂咳，夏德攬住他一下一下地拍著他的背並遞給他一杯水，喝完水後賴田樂才好了點，腿上的托盤夏德也拿走了，賴田樂靠著夏德，抬頭問：「那是做得到的嗎？」

「我原本不相信。」夏德依然緩緩地撫著賴田樂的後背，「直到你出現。」

他是指，賴田樂。

賴田樂馬上意會到夏德的意思，既然里斯都能使用禁術呼喚他，那麼列瑞使用禁術復活安絲娜似乎也不是不可能之事。

「我不知道他會以什麼方式……所以你要特別小心。」夏德語重心長地說，「我懷疑他所做的一切都是為了母親。」

夏德微微退開，沉聲嘆息，繼續說：「薩西維其實還對列瑞抱有一絲絲希望，畢竟再怎麼說，他曾經也是我們的好父親，也許……總有一天，父親恢復正常，我們能夠回到以前的生活，但我已經知道那是不可能的。」

「這也是你一直拒絕薩西維深入的原因嗎？」賴田樂說出他一直以來的看法，「看得出來薩西維很擔心你。」

「我和你說過……那是我的責任，他不需要知道，而且我也不想破壞他的嚮往。」夏德抬手抹去賴田樂嘴邊的濕潤，「有時候，心存希望是很重要的事情，我不想讓他跟我一樣，仇恨是很痛苦的，但我若是失去仇恨，就什麼都沒有了。」

一無所有，什麼都沒有了。

賴田樂覺得自己好像被那句話傷到，有點疼，為如此平靜說出這種話的夏德心疼，因為自己沒有希望了，所以願其他人還能擁有希望，因為那是他的責任，所以他要一個人扛下，甚至沒有人能夠理解這樣的他，也因為如此，賴田樂才總是情不自禁地想要扛起滿是傷痕的夏德，而夏德以那些武裝自己，疼痛、仇恨、殘暴……將僅存的溫柔一層一層包住，只有幾個人能接觸，他以自己的方式守護薩西維，給予吉選擇的機會，那麼誰來守護他？誰給予他選擇的機會？

「我來，夏德。」

「什麼？」

「你還有的。」賴田樂拍拍胸脯保證，「你對我完全不用顧忌，什麼都能跟我說，我知道你的秘密，你也知道我的，我是站在你這邊的嘛，所以才不是什麼都沒有，我是指……你如果失去了仇恨，我幫你恨，你扛不住，我幫你扛，你痛了，我會來，你累了，我給你靠。」

夏德緩慢地眨著眼，正消化著賴田樂的話，他眨一下，視線往下，再眨一下，直視著賴田樂，彷彿還想要再說些什麼，然而最後放棄了，他們之間的距離越來越近，夏德卻在呼吸交錯的瞬間錯開，靠上賴田樂的肩膀，心裡閃過了很多想法。

——騙子。

——那如果我失去了你，之後又該如何是好？

夏德閉上眼睛，將那些無法克制的想法壓回去，他知道自己太在意賴田樂了，一面任性地希望能夠享受賴田樂更多的疼愛，一面又害怕地立下設限，他在離開賴田樂的那段時間想了很多，漸漸攀爬上來的熟悉疼痛並非無法忍受，但只不過是五分鐘，他就想要回去找賴田樂了。

賴田樂不只給予他掃除疼痛的平靜，還有溫暖的氛圍、舒適的感覺、真切的關心又或者是他單純的反應……很多很多他失去已久的感受，全部回來了，夏德還想起他滿臉羞窘地說他雞雞超大，想著想著都差點笑出來，賴田樂的情緒都寫在臉上，很笨、很蠢，特別讓人想要捉弄，而他現在也只是站在設限前按照賴田樂說的，毫無顧忌地撒嬌，在他的肩膀上以頭磨蹭。

「田樂。」

「嗯？」

「那我現在頭疼，幫我按按。」

「喔、喔！」

「我恨列瑞。」

「嗯。」

「我也想念……那段日子。」

「嗯嗯，乖。」

「人的體溫……很溫暖，我以前都是碰到冰冷的。」

「你這話就有點驚悚。」

「你不要怕我，我不喜歡。」

「這不是我能控制的啦……你有時候就很嚇人啊。」

「那就沒辦法了。」

「你也嘗試控制一下！」

「怎麼控制。」夏德轉過頭向賴田樂展示自己的臉，「我就長這樣。」

賴田樂微愣，彆扭地扭過視線，盡量直視前方說：「你故意的，明知道我對你的臉沒抵抗力。」

「嗯。」

夏德就只嗯了聲。

什麼？什麼啦？什麼意思啦！

夏德一頓，又問：「只有臉嗎？」

啊？啊啊啊——？賴田樂表面沉默，心裡則是尖叫了好幾回合。

「田樂。」

「幹嘛啦，我才不看——」

「不只列瑞，珞茵娜你也要提防，她曾經和我協商過要處理掉你。」

賴田樂眨眨眼，輕描淡寫地應：「這我知道。」

「你知道？」夏德猛地抬起頭，「你知道還選擇幫她？」

賴田樂沒想到對方反應那麼大，因而答得有些心虛：「我、我是不知道她有找你協商，但知道她似乎想讓我死，可是這點跟你之前還不是一樣？」

夏德被賴田樂的反問堵得說不出話，只是用眼神繼續質問，賴田樂則以自己的理由解釋：「我沒有其他意思，就只是舉例說明……我也有想過，為什麼幫她？想來想去，大概只有一個理由——我有個妹妹，所以才無法放著她不管吧。」

「愚蠢。」

「你還不是照顧著薩西維！」

「薩西維並不會和你協商要不要處理掉我。」

賴田樂忽然也找不到什麼理由反駁，一邊思考一邊說：「也不是那樣……夏德，我不記得我來這裡之前經歷了什麼，但是我一開始是為了妹妹才看小說，我和她因為某些原因而疏遠了，本來想要藉由共同話題拉近距離……可是某一天回過神來，就發現我變成里斯了，這很難說明、就是……她依然是我的妹妹，是里斯的妹妹，我是里斯，也不是里斯，我很難釐清那種感覺，總之，我是想試著和她談談，趁明天有空我就去找她。」

「對了，我還有一件事情沒有跟你說。」賴田樂很自然地拉起夏德的手，拍了拍，揉了揉，撫過他粗糙的掌心，道：「其實我曾經聽見你的求救，你說——不管是誰，救救你吧，所以你真的可以依靠我，雖然可能沒什麼用……但是，我都知道，你可以……再放鬆點。」

夏德瞪大雙眼，他顯得很震驚，微微張嘴，但似乎沒能成功組織言語又重新闔上，好像不知道該如何反應，好一會後才開口問：「你回應了我，所以才在這邊嗎？」

「老實說，我也不清楚，只是……我有聽見。」

「你聽見了……」

這是賴田樂第一次看見夏德這麼無措的模樣，他連不知所措的表現也只是張嘴沉默，一個人試圖說明，卻什麼也說不了，那些孤苦無依的歲月、那些苦痛，他從來不奢望有人能夠理解，只是一次一次地祈求有人能夠拯救他，再一次一次地失望，然後獨自扛起一切，就連與賴田樂傾心的夜晚，他也是想就休息一下、休息一會，因為他真的快要撐不下去了，接下來他會慢慢地重新架好設限……他做得到嗎？

他做不到，夏德終究還是潰堤了。

他想要靠近、想要依賴、想要一直一直……待在賴田樂的身邊。

他怎麼能那麼輕易地說出那種話？他怎麼能？

如果他開口要求他留下來，他會留下來嗎？

即使一切結束了，也能夠留下來嗎？

夏德無法整理好思緒，他想讓自己冷靜點，那些情緒卻轟烈地干擾他，最後只是盯著賴田樂，好一會後無聲無息地開始掉淚。

「夏、夏德……！」

夏德看起來更加訝異，他抹了抹自己的臉頰，看著手裡的水痕竟然皺眉，他的眼裡明明看不出任何情緒的波瀾，他隱藏得很好，可他的淚珠依然在滴落，夏德垂首，深吸口氣抑制住淚水。

「我想，我曾經也有嚮往，我祈求著……有人會來救我，但是最後等不下去，選擇放棄希望，你來得太慢這句我收回。」夏德沉聲哽咽：「你不知道這對我來說……那個時候、我真的撐不下去了，是那樣真心地祈求，我以為沒人聽得見，我以為……」

夏德沉默。

他什麼都不說了，不知道是不想展露太多情緒還是說不出口，賴田樂看著他，看他就連哭泣難過也是靜靜的，彷彿他的心牆仍然隔閡著所有人，他依然離得很遠很遠，於是賴田樂起身靠近他，將人摟進懷裡擁抱，感覺到僵硬的夏德漸漸靠過來，以他的臂膀圈住他，兩個人互相依偎，夏德越圈越緊，甚至抱著他的臀腿讓他直接坐在自己的懷中，到後來幾乎是將賴田樂整個圈進他的範圍。

「夏、夏德……」

賴田樂是知道夏德很高壯，但沒想到自己縮起來能被夏德完全遮住，夏德微微低頭磨蹭他的髮絲，聲音低啞，聽起來有種可憐委屈的感覺：「能不能……有沒有新的任務？」

賴田樂下意識地點頭，不論夏德想要什麼他都答應，可他馬上清醒過來，又搖搖頭，解釋：「沒、沒有，系統進入休息日了，會休五天。」

「什麼意思？」

「說是存活率到了70％，給我休息的時間。」

夏德靜默幾秒，說出結論：「所以，現在不會有任務。」

賴田樂點點頭。

夏德摟抱著賴田樂，半垂著眼簾思考，爾後直勾勾地望向賴田樂，「但是我想要留在這裡……任務只是我的藉口，我想要碰你，如果你一定要有一個理由，那就是想要和你待在一起，二十四小時，每一分每一秒，下午我離開過了……你不能再趕我走了。」

賴田樂突然慶幸心動指數沒有在計算，否則現在肯定是叮叮叮地響，甚至差點滾到一邊，大方地展示床的空位以及他的臂枕讓他躺下。

那是什麼撒嬌委屈的語氣，而且還是哭哭後撒嬌！夏德耶！夏德！覺得可愛就輸了！

賴田樂偷瞄夏德，雖然他的表情沒什麼變化，但垂下來的肩膀和盯著他看的眼眸都讓他有種眼前的是求摸摸求關注的帥氣狼犬。

唉呦，賴田樂輸慘，他要被夏德可愛死了。

來啦，任摸任抱。

賴田樂倏地向夏德敞開雙臂，夏德一愣，看賴田樂堅定地對著他點頭，隨即撲抱過去，賴田樂躺在床上，忽然又被男人用力一攬，深色的髮絲抵在他的胸前，夏德聽著穩定的心跳聲，感受一點一點攀上來的溫暖，心滿意足地道：「我什麼都不會做的，這樣就好。」

夏德埋頭進去，悶聲又道：「睡吧，好好休息。」

賴田樂也擁著夏德回應：「……嗯。」

靜謐的、溫暖的……熱度、心跳、呼吸聲，夏德在幾分鐘後睜開雙眼，靜悄悄又溫柔地改變姿勢，他幫進入熟睡的賴田樂蓋好被子，自己再將人摟入懷裡，夏德望著他，顯露出來的情緒漸漸染上炙熱的溫度。

心牆後面燃燒了一片又一片，夏德義無反顧地深入，他待在裡面，任由火焰將他燃燒殆盡。

「田樂，我的田樂……你會後悔這麼幫我、這麼疼我，但是已經來不及了。」

賴田樂說，他之所以堅持那麼久，是因為他強悍、帥氣、永不放棄……是這樣嗎？是如此美好堅韌的嗎？

並非如此。

他只是……在苦痛間輪迴的瘋子。

沒有人救他就沒有人吧。

他自己一人屠殺所有，沾滿血腥、浸入殺場，直到目的達成，然後，就真的能回歸於平靜嗎？

沒辦法吧。

他那雙手可是殺害了許多無辜的性命。

那些苦痛永遠都會在，他不會得到救贖，生生世世，全部都是他一輩子的罪，不，並沒有一輩子那麼簡單，他在夢裡反覆死亡，也在夢裡反覆地殺害許多人，那也是他的罪。

有時候，夏德會有種奇怪的既視感。

求饒的哭聲、害怕的驚叫、焚燒的死亡氣味、身體的苦痛、奇怪的神官、輪迴的地獄……好像、好像他曾經就經歷過這一切，夢裡發生的一切……好像都是真的。

夏德覺得自己大概是瘋了，真的瘋了，才有辦法在屍體泥濘中努力掙扎地向前走，不是嗎？否則會被他曾殺害的那些屍體軀殼抓住，永不見天日，他想，聽著賴田樂秘密的夏德想——一切都是真的，他來終結他的惡夢了。

賴田樂輕而易舉地就牽著他向前走。

步伐不再沉重，彷彿再也感受不到那些死亡的重量。

賴田樂根本不知道自己招惹的是什麼。

他不能牽起他後再選擇放開，他不能。

夏德緊緊地牽著賴田樂的手再次閉上眼心想。

他克制過、掙扎過，然而現在……再也不會放開了。

賴田樂醒來後發現夏德不在房間內，就連旁邊的位置都是冷冰冰的，看來已經離去已久，他茫然地爬起來，忽然聽到窗外的鳥鳴，下意識地走到窗邊打開窗戶，只見一隻小鳥嘴裡叼著什麼從樹上飛過來，一跳一跳地靠近，並將嘴裡的東西放下。

是一張小紙條。

賴田樂打開來，上面寫著『有事，一會回來，等我』，字跡俐落帥氣，然而看完的瞬間，那隻小鳥啾了一聲，張嘴就將紙條叼走吃進去，然後拍打著翅膀揚長而去，這下賴田樂完全清醒了。

怎麼辦，不知道從何吐槽起。

這隻鳥是夏德訓練的嗎？什麼啦？怎麼訓練的？太強了吧？吃進去了？哈？

最後賴田樂緩緩地將窗戶關緊，選擇放棄思考，吩咐吉準備早餐和衣服，同時也問了吉有沒有看到夏德，吉搖頭，於是賴田樂又看了眼窗外，依照上次夏德不走樓梯的經驗……賴田樂再次放棄思考，先去梳洗，途中後知後覺地跑過昨晚的記憶，便在擦臉之際埋在溫熱的毛巾裡無聲尖叫，接著再假裝冷靜地換衣服、吃早餐。

「啊。」

「里斯殿下？」

「沒、沒事，只是手指上有個小傷口戳到了。」

賴田樂一邊咀嚼一邊看著指尖發愣，他是不清楚夏德去了哪裡，對方確實也沒有必要和他報告去向，他就只是覺得昨天是他最接近夏德的瞬間，有點不可思議，並不是劇情裡的夏德，而是在他眼前、活生生的夏德，他一切心動的理由，都是在他眼前的夏德。

完蛋了，賴田樂想。

他其實從來沒有考慮過談完戀愛做完任務後的事情，因為光是處理眼下的問題就讓他手忙腳亂，也沒有想過會選擇夏德當作戀愛對象，現在就不好說了，賴田樂不得不承認自己的心動指數總是會對夏德產生爆炸性的成長，有什麼辦法，對啊，有什麼辦法，會喜歡就是會喜歡，賴田樂才不會對無意的人那麼上心。

西爾是對的，只是它總是揶揄的口吻以及自己不甘承認的否定期讓他一直不想坦然面對，現在他面對了——正在喜歡上夏德的事實，又是心動又是心疼的，還想說『我才沒有喜歡』嗎？

唉，喜歡啦喜歡啦。

賴田樂回憶著之前自己的種種表現做出結論，如果夏德也喜歡他，那就皆大歡喜，但距離鼓起勇氣告白大概還需要好一大段路，可是，這之後呢？假設真的完成任務，他許下回到原本世界的願望後呢？他的存在就會消失嗎？夏德會忘記他，還是……賴田樂停下思緒，頓時有些寂寞地想——不要緊吧，還有珞茵娜、薩西維，甚至於吉……總會有辦法的。

那自己呢？

賴田樂晃了晃腳，從沙發上站起來，在那麼那麼喜歡之前，停下來吧。

「好，吉，我們出發去找珞茵娜吧。」

「不。」吉按下賴田樂的肩膀，「您的早餐還沒有吃完。」

賴田樂看著那幾乎還有一半的餐點，擺出一副可憐的樣子說：「……吃飽了。」

「不。」吉認真而誠懇地道，「我查過了，這是正常的份量，您必須攝取足夠的營養才行。」

「通融一下？只要你不要告訴夏德就好。」

吉面對自己的主人，百般掙扎，靜默許久，最終仍是拒絕，「很抱歉，這都是為了您著想，因此，在吃完之前，我們哪裡都不會去。」

「吉。」賴田樂試圖嚴肅，「你的主人是誰？」

「里斯殿下。」吉直視著賴田樂說，「但我無法再看見您暈倒的模樣。」

賴田樂唔了一聲，彷彿被吉的關心塞了滿口，說不出任何反駁的話，他與吉對視一陣子後敗下來，默默地坐下來繼續吃，吃撐了休息，賴田樂藉此想說他有等夏德喔，只是沒等到所以先出門了。

當越來越接近珞茵娜的房間，賴田樂的心跳也越來越快，這是他第一次主動要接近女主角，以前除了系統的警告之外，他其實也很害怕，但是現在不一樣了。

賴田樂站在門前深吸口氣，等待侍女的通知，這時候他轉頭和吉道悄悄話：「吉，等一下我一個人進去，如果聽到我尖叫，你就慢點進來，讓其他護衛先行動，知道嗎？」

吉輕蹙眉，但還是先點了點頭，賴田樂拍了拍他的手臂笑說：「放心，我有計畫。」

「里斯殿下。」這時候去通知消息的侍女出來了，她垂下頭，視線不敢隨意亂放，「很抱歉，皇女殿下正在著裝，因此沒辦法接見您。」

「沒事，我等她好。」

「……十分抱歉，皇女殿下是說，今天一整天都不會接見人，她有點不舒服。」

賴田樂挑眉，刻意調高音量問：「你的意思是，我今天都看不到我的妹妹？」

侍女嚇得頭越垂越低，一直道歉，聽聞賴田樂的嘆息，更是直直發抖，沒想到下一瞬間卻聽見賴田樂道：「果然，珞茵娜還在生我的氣嗎？」

侍女愣愣地抬起頭，只見賴田樂一臉困擾，刻意小聲地說：「妳就讓我進去嘛，珞茵娜還在跟我鬧脾氣呢，祝福日那天我不小心搶了她的風采，直到現在都不願意跟我講半句話，好啦，有事我負責，還是說，妳要負責我們的兄妹情嗎？嗯？」

侍女委屈弱小，沒有人願意拯救她或是幫她出聲，於是賴田樂大搖大擺、帶著笑容進去了，所有人目送他，然後轉向護衛吉，吉倒是平靜地和賴田樂點頭，直到門關緊閉，他面無表情地望向其他人，周遭的人瞬間收回視線，乖巧地站在工作崗位上遠目。

賴田樂一進來就接收到枕頭的攻擊。

「我不是說了——你怎麼進來的！」

原先躺在床上的珞茵娜一撞見賴田樂馬上翻下床，充滿警戒地看著他，賴田樂緊靠在門邊舉雙手投降，想表示自己無惡意，但對方很明顯並不這麼覺得。

「出去，你再不出去我就要叫人來了。」

珞茵娜僅花幾秒便恢復高雅、冷靜的氣勢，不愧是女主角，賴田樂心想，可面對她的威脅，賴田樂則是反問：「叫啊，那父王在碰妳的時候妳怎麼不叫？」

珞茵娜的表情一瞬間變得狠劣，她無視賴田樂的話，繼續威脅：「只要我在這邊大喊，你就完蛋了。」

「喔，妳現在在我面前是不打算裝了嗎？之前還會甜甜地喊我里斯哥哥。」賴田樂聳肩，「妳想喊就喊，夏德會幫我說話，薩西維也是，吉之前是皇家騎士團的隊長，人緣也很好，妳就看看誰會相信妳、站在妳那邊。」

賴田樂覺得自己這樣說超像妖豔賤貨的，果不其然珞茵娜被激怒，大聲地發出尖叫，賴田樂早就準備好了，立刻發出了比她更雄厚、更大聲的驚喊：「呀！珞茵娜！不行、那裡……啊！來人！」

珞茵娜傻了，還驚見賴田樂邊脫衣服邊靠近她，這下她真的不知所措起來，想要逃跑卻沒有地方可以躲藏，她終究是個小女孩，論力氣是贏不過男人的，然後她就被賴田樂抓著，被迫倒在他的身上。

……什麼？

珞茵娜完全搞不清楚狀況，等到外面的人衝進來，看到的畫面便是珞茵娜推倒了賴田樂，甚至抓扯著他的衣服，珞茵娜愣了愣，想要說些什麼解釋的時候，身下的賴田樂竟然擠出淚水，可憐兮兮地說：「別生氣了，珞茵娜，哥哥也不是故意的啊。」

珞茵娜見狀，先是後退了好幾步，臉上的表情不知道是嫌棄還是困惑。

賴田樂向護衛招手，以一種柔弱的姿態說：「可以扶我起來嗎？」

兩名護衛也是困惑，有一名先是靠過去，賴田樂搭上他的手，又突然腿軟地倒在人家身上，他撩著耳側的頭髮，軟在護衛的胸膛上充滿歉意地道：「抱歉，腿突然沒力了。」

護衛從懷疑、疑惑到有些害羞只不過是幾秒鐘一起發生的事情，總之他也不知道是發生了什麼，只是說著沒事、沒事，依然困惑地攙扶著賴田樂。

「抱歉驚擾到你們了，應該是我和珞茵娜之間有些誤會，我跌倒的時候抓到珞茵娜的衣服，這件裙子是新的，她在跟我生氣，唉我怎麼總是讓我妹妹生氣呢？可以的話，再給我們一點空間讓我跟親愛的妹妹道歉賠罪好嗎？」

吉全程面無表情地看賴田樂精湛的演出，最後幫賴田樂拉走雖然一頭霧水但也沒反抗的護衛，在重新關門的瞬間，再次向賴田樂點了點頭，賴田樂微笑揮手，接著重新面對珞茵娜時收起笑容，邊重整衣服邊問：「好了，妳要好好地跟我談了嗎？」

「你這個人……！」珞茵娜像是不敢相信此人的臉皮厚度而露出詫異的表情，不過她隨即改變態度，撇過頭應：「我們之間沒什麼好談的。」

「妳前天躲在我後面的時候可不是這樣。」

珞茵娜也不裝了，哼了一聲應：「裝可憐你才會保護我不是嗎？里斯哥哥。」

「妳利用我。」

「不。」珞茵娜扯出一個笑容，「只是你足夠愚蠢。」

「那妳就讓我繼續蠢下去。」賴田樂看不出她的笑意，十四歲的女孩武裝自己，試著努力一個人生存，「告訴我，妳是什麼狀況？」

珞茵娜微微一怔，更是警惕，「你問這個想做什麼？」

「妳不是想殺了我嗎？那天在馬場是怎麼做的？」

「認真的嗎？」珞茵娜反問，「覺得我會跟你說？我不懂，你到底為什麼還能夠站在我的面前？你應該要死了才對……」

她越說越後退，臉色蒼白，緊蹙眉頭，像是在隱忍著什麼，嘴裡念念有詞，賴田樂眼看不對，想要湊前詢問，珞茵娜又是大聲拒絕。

「不要過來！」她按著頭腦，深吸口氣，不認輸地再次抬起頭，她直視著賴田樂，沒有躲藏，也不再躲藏，「你想知道？那我現在告訴你。」

「不要幫我。」珞茵娜獨自一人站在一邊，她握緊拳頭，咬牙顫抖地再說一次：「不要幫我，外來人，每一次看見你，腦袋裡的東西都在尖叫，它說、它說……殺了你、殺了你，世界才會恢復正軌，有時候，我甚至會失去意識，彷彿這身體不是我的，那個不知名的東西能夠隨時隨地掌控我！」

珞茵娜就連憤怒掙扎的神情都讓人覺得美麗，她那雙和賴田樂一模一樣的雙眼卻混入其他東西，天空變得汙濁不清，但她仍然正在抗爭，屬於她的抗爭。

「但是、但是……你為什麼要幫我？只有你……這樣的話，我又怎麼有辦法殺了你……它什麼都跟我說了，我才是這個世界的主角！不論是夏德哥、薩西維哥又或者你的護衛，他們的身邊本該是我！你也會因為我而被夏德哥處死！可是我明明試著靠近了，為什麼夏德哥選擇的卻還是你？」珞茵娜此時此刻終於表現得像一名無助的女孩，委屈地控訴：「你怎麼能搶走屬於我的東西？你算什麼！你甚至連我的哥哥都不是！」

她知道的比賴田樂想像得還要多。

眼前的珞茵娜也與想像中的不一樣，賴田樂忽然想起以前和自己的妹妹吵架時，對方也是這樣含著淚水，氣惱地向他控訴，可是到某一個時段後，他的妹妹就再也不會如此和他撒嬌了。

起碼還願意說出來，如果連生氣都做不到，那麼就是心灰意冷了。

沒關係、沒關係，還沒有到那種地步，這一次還來得及。

賴田樂莫名產生了這種想法，他猛地頓住，這是里斯的想法，還是他的？他來不及釐清，先是將問題拋到腦後，注重眼前的女孩。

「妳腦中的那個東西……我或許知道是什麼，我也正在和那個抗爭。」賴田樂平穩地解釋，絲毫不受珞茵娜的說詞影響，因為他也有自己的信念，「『準則』，這個世界的準則，妳我之間都必須按照準則發展，但我不是里斯了，違反了準則行動，所以找上身為主角的妳，這是我的猜測，很多事情我也搞不清楚，總是被耍得團團轉，而我也只是跟妳一樣，想要活下去。」

珞茵娜靜靜聽著，扯著嘴問：「你想說什麼？」

「不要輸給它，珞茵娜。」

「你憑什麼——」

「憑我現在正在試著靠近妳！」賴田樂向前一步，目光灼灼地望著女孩，「妳到底要不要也試著靠近我？我是了解妳的意思了，妳捨不得殺我，因為我是在列瑞面前唯一會幫妳的。」

「妳無法一個人和列瑞抗爭，妳需要夥伴，但妳的夥伴都被我搶走了，甚至外面那些守著你的護衛和侍女妳都不信任，妳看他們這麼簡單地就放我進來了。」眼見珞茵娜沒有退開，賴田樂維持著對彼此都安全的距離，繼續說：「除了那些，現在還多了個準則干擾妳，妳能堅持到現在，很了不起。」

「真的，也因此我來問妳，就一句話，妳要不要為了我繼續努力對抗準則？好處是，妳會得到所有人的幫助，但如果妳現在為了準則殺了我，夏德、薩西維、吉都不會放過妳，妳也要獨自一人面對列瑞。」賴田樂向珞茵娜伸出了手，「妳要不要？妳不要，我下一次就再也不會幫妳了。」

珞茵娜明顯動搖。

本來現在應該擁有大家幫助的她，不想要再一個人面對所有了。

賴田樂再加把勁催促：「快點回答，我數三、二、一——」

「我……！」

她的手搭上來了，賴田樂馬上抓緊，不讓她有反悔的機會，他輕輕一拉，讓珞茵娜來到他的面前，大力誇獎：「很好，珞茵娜，那麼我們現在就是同一陣營了，我相信妳、了解妳，妳不會背叛我。」

珞茵娜又是愣住，在那一瞬間彷彿遺忘腦中的聲音，她靠著她的哥哥、靠著她唯一的依靠，又聽見他說：「妳要是真的很難受，我就離開，主要還是依妳的狀況為主，也許我們可以靠信件來往？喔，這樣挺浪漫呢。」

浪漫。

戳進少女的小心思。

珞茵娜回過神，推開賴田樂，只見賴田樂對她微微挑眉，那眉眼帶出來的氣質與她記憶中的哥哥完全不一樣，確實是不同人，可看這人平常滿傻的，怎麼突然……！突然！好像很帥！

「你怎麼會了解我？」

「因為我是一直看著妳的小粉絲。」

「什麼？」珞茵娜下意識地抱胸防護，「你果然還是……！」

「放心，我喜歡男人，對，我喜歡。」

賴田樂莫名其妙的坦白讓珞茵娜更是混亂，但此時對方轉移話題問：「總之，妳先讓我知道，列瑞有真的對妳做什麼嗎？」

珞茵娜還有些警惕，並沒有馬上道，仍是反問：「你知道這個做什麼？」

「我要知道他有沒有對我的寶貝妹妹亂來。」

「誰是你的寶貝……！」

「珞茵娜啊。」

「你這個不要臉的傢伙。」珞茵娜的臉頰不由自主地發紅，她控訴：「你又不是我真正的哥哥。」

「雖然妳不是我真的妹妹，但天下的妹妹都是一樣的。」賴田樂說得理直氣壯，「這是屬於哥哥的堅持。」

珞茵娜完全沒有聽明白賴田樂在說什麼。

「說實話，我一開始很怕妳，也逃避了很多次，但是……我的確做了一些改變妳的命運的事情，我想那是我的責任。」賴田樂不知道這股心意到底是誰的，但他突然不想釐清了，重新看向珞茵娜的目光是堅定的，「我也不想再後悔了。」

殺了他，殺了他這個世界才會恢復正常。

妳才是主角。

殺了他，其他人也會恢復正常。

殺了他、殺了他、殺了他——

珞茵娜依然能夠聽見那道聲音，但不知道是不是錯覺，它變小聲了，她抬頭看向賴田樂，突然明白夏德選擇他的原因。

——你到底有沒有要我？

——你要不要為了我繼續努力對抗準則？

一樣的，賴田樂也問了她。

祝福日的那個夜晚，他也是這樣詢問夏德，她有聽見，看著賴田樂攙扶著夏德的背影心裡想著，真好，羨慕誰？不知道，從成年舞會出場的那一刻起，她就知道自己不能再像以前一樣了，那些和兄長們玩樂的和平日子已經逝去，她必須成長，不擇手段地在這個皇宮裡存活下來。

有很多家臣建議她選邊站，夏德？還是薩西維？反正女人只要依附於強大的男人就可以了，就算是皇女也是，當時珞茵娜只能選擇附和，不論是強迫的好意或是難以推拒的惡意她都只能接受，沒有人會詢問她，只因為她是弱小的女孩。

為什麼？難道她不能加入哥哥們的競爭嗎？

她也能成為一國之主。

她也想成為像母親那麼帥氣的人。

然而並沒有人在乎她的意願和想法，曾經令人喜愛尊敬的父親也變了，變得可怕、瘋狂……她不清楚父親的目的是什麼，但很清楚自己若是再這樣任人宰割，一定會後悔，因此她選擇最糟糕的辦法。

那些陰險的家臣們想要利用她得到權力，那麼，她也以他們作為踏板，參加競爭的踏板，她必須擁有勢力，才有辦法打仗，不論是夏德、薩西維又或者是列瑞……她都不想要認輸，想要證明自己也能做得到，她可以、她可以……珞茵娜頓了頓，開始遲疑，爾後忍不住在賴田樂的面前嚎啕大哭了起來。

「父親他……會在夜晚時刻來到我的房間，我掙扎了好幾次，父親才離開……晚上我總是要擔心，今天父親會不會來？那些可惡的家臣，說話的時候也總是對我動手動腳……！我想要學習劍術、學習更多保護自己的方式，但都會被騎士們嘲笑……每天都只能打扮得漂漂亮亮，其他什麼事都不能做，為什麼！」珞茵娜憤怒地宣洩，「我也是亞勃克！我也是有繼承的權利！我可是安絲娜的女兒！我要那些……欺負我、嘲笑我的所有人付出代價！」

「父親我也不要了。」珞茵娜大喊，聲音隨著哭聲逐漸微弱：「我不要了……」

賴田樂知曉夏德和珞茵娜會走在一起的理由了，或許不是因為她是女主角，是因為他們的憤怒是一樣的，也同樣堅強，絕不認輸，堅強、美麗、帥氣……會隱藏自己的真心與孤獨，所以他們唯一能夠傾心的對象，只有相似的彼此。

「珞茵娜。」賴田樂將手帕塞進她的手裡，柔聲呼喚：「珞茵娜，看看我。」

珞茵娜噙著淚水抬頭，她哭著，眼底的情緒卻絲毫沒有示弱的意思，與夏德有微妙的相似，賴田樂忍不住笑說：「怎麼哭了還是那麼漂亮？誰的妹妹啊？」

珞茵娜沒有回應，只是抬手捶了下賴田樂的手臂，賴田樂則繼續說：「好了，我明白了，之後我會請吉重新指派值得信任的護衛到妳房間，雖然很難直接請走列瑞，但我們會想一些辦法和妳串通，妳的情況我也會跟夏德和薩西維說……嗯？夏德就算了，妳怎麼沒跟薩西維說？」

「……我不知道薩西維哥能不能信任。」

「幹嘛？妳夏德2.0啊？薩西維以前應該對妳很好吧？」

「所以我才不知道，父親以前也……」

「好，不用再說了。劍術的問題，我也可以請吉幫忙……那些爛家臣的話，妳就要自己看著辦遠離他們，再去找些值得信任的人支持妳吧，總會有人是真心為帝國著想，也能夠明白妳想做出改變。」賴田樂一邊思考一邊說，後知後覺才發現珞茵娜一直看著他，「幹嘛？連這也做不到的話，妳是沒辦法和夏德競爭的，夏德付出的心力可是比妳多了好幾倍。」

「我做得到！」

「嗯，很好，那麼就先這樣，如果還有其他困難，妳再跟我說，要是真的不行，再讓夏德出馬。」

「夏德哥有那麼好說話嗎？」

「可……可以吧。」

賴田樂的底氣顯得有些不足，但說實在的他現在並不怕夏德，討價還價應該是沒有……問題？

「妳放心啦。」賴田樂輕咳，道：「現在夏德——咳！」

賴田樂的假咳瞬間變真咳，他不敢置信地眨眨眼，卻只是再次確認夏德從窗戶翻進來的事實，珞茵娜見狀，回過頭的時候也愣住了，下意識地躲到賴田樂的身後。

然後身前的賴田樂就被夏德扛起來了。

夏德從頭到尾都沒有將她放在眼裡，只見賴田樂被扛在男人肩上掙扎，夏德像是沒有受到影響，自顧地往回走，還打了下賴田樂的屁股，於是賴田樂安靜了。

直到夏德帶著他再次翻過窗戶，響起悽慘的尖叫，珞茵娜傻住，一會門猛地被打開，珞茵娜嚇了一跳，卻只見吉闖進來，還不忘隨手關門，緊接著一樣絲毫沒有猶豫便從窗戶翻出去。

「里斯殿下！」

耶？珞茵娜馬上衝去窗前看，三人全都毫髮無傷地站在草皮，賴田樂還以一種很醜的姿勢扒在夏德的身上，一副驚魂未定的樣子。

「到底！為什麼！不走樓梯！」

來自賴田樂發自內心的怒吼傳到珞茵娜的耳裡。

珞茵娜微滯，緩了幾秒，笑出聲，樓下的對話她已經聽不見了，可是她依然笑著，一邊笑一邊哭，微風吹動了她的髮絲，陽光灑落在她的臉上。

殺了他、殺了他……

殺……

她聽不見了，以後，她自己作主，沒有人能夠掌控她、干擾她了。

即使是這個世界的準則，她也能夠戰勝，她只是在賴田樂問她做不到的時候，忽然意識到自己因為腦中的聲音，什麼都還沒有開始做，只妄想著有人會幫她、有人該幫她，但仔細想想，自己做了什麼？抱怨？不安？怨天尤人？這樣的她，還妄想著要戰勝所有人。

憑什麼能讓夏德或薩西維的支持者轉向她？她根本毫無作為，甚至因為那道聲音，連個性都變得不像自己。

太可笑了，珞茵娜，這樣還敢那麼大聲地說自己是安絲娜的女兒。

在達成理想之前，她不會再哭了。

珞茵娜擦乾淚水，回頭迎向了自己的戰場。

「人類為什麼要建造樓梯？因為我們想要平平安安地爬到高處，然後平平安安地下來，當初皇宮歷經了很久才建造完，每一個地方、每一個角落都是當時人們辛苦的結晶，我們不能辜負它，要好好地使用。」

「地板、窗戶、每一根柱子都有它們的使命，更別說是一階一階的樓梯，每一個階層都帶著光榮的使命，所以我們為什麼不用它？對，當然要用它！」賴田樂邊說邊深吸口氣，轉頭問其他兩人：「好，我說完了，你們覺得怎麼樣？」

「你怎麼沒等我？」

夏德等賴田樂劈哩啪啦說完一大堆後極為平靜地問著毫不相干的話，賴田樂頓時啞口無言，特別是夏德還很認真地問他，甚至拉住他的手，明明夏德仍然是那個一號表情，但賴田樂竟從男人的眼神中讀到了一絲的委屈。

賴田樂不知道是不是自己的眼中有濾鏡才會這樣，畢竟情人眼裡出西施，不，夏德長這樣怎麼會是西施……賴田樂默默地盯著夏德，結論只有越看越帥、好帥、超帥、帥炸，最後只好有點憤怒地認錯。

「好啦，沒等你是我的錯，但我是等不到你所以才先來找珞茵娜。」賴田樂不死心，再次提出：「那你怎麼不走樓梯？吉你也是！」

以為自己沒事的吉花了一秒了解情況並迅速道歉：「很抱歉讓里斯殿下擔心了，未來我會尊重樓梯的使命。」

賴田樂滿意地點點頭，再看向夏德，一副『看，我家護衛多棒』的樣子，可夏德依然不為所動，「你要我走正門當著所有人的面把你扛走嗎？」

賴田樂又是無言，他說得竟然很有道理。

「你可以……不要用扛的。」賴田樂垂死掙扎。

「我已經忍很久。」夏德做出深沉地嘆息，像是真的忍耐已久，他輕輕地拉著賴田樂又說：「該走了。」

「等等。」賴田樂試圖往回，「我還沒跟珞茵娜談完。」

夏德不理會，冷漠地應：「差不多了。」

「你怎麼知道差不多，你——該不會都在窗外聽我們講話吧？」

夏德靜默幾秒，拐彎抹角地道：「你沒等我，我就來找你了。」

叮叮！賴田樂的腦袋自己響起聲音，他快要受不了夏德這個模式了，倒不如以前冷漠、一意孤行的樣子還比較好，聽那以前的討人厭口吻賴田樂才能堅定自己，現在夏德這樣，他總覺得自己接下來都會說好、好、好和都好。

賴田樂最終任由夏德抓著他走，他譴責著自己看著夏德的臉就無法堅定的心，好一會後開口問：「那你早上去哪裡？」

「處理一些事情，等好了，我會跟你說。」夏德看賴田樂自動地走到他的旁邊後便鬆開他，繼續說：「至於珞茵娜我會派我的人保護她，我的私人部隊並非隸屬於皇室，比較不會有疑慮，會讓薩西維安插進去喬裝，薩西維那邊我處理，我也會跟我的人說好，盡量不讓列瑞起疑心，沒問題明天就能上工，珞茵娜那裡我也會以我的方式告知，吉則負責找人教導珞茵娜劍術。」

吉看了眼賴田樂，眼見賴田樂點頭便應聲答覆：「是。」

夏德轉而問賴田樂：「這樣還有任何問題嗎？」

「沒……你把我要說的都做了。」賴田樂愣愣的，夏德根本從頭聽到尾了，但讓他訝異的並不是因為那個，「我原本以為你不會管……」

「你都那樣說了，我只是開口下達命令。」

「你什麼時候變得那麼好說話？」

夏德淡淡地瞥了賴田樂一眼，爾後直視前方坦然地道：「我不想你花費太多心力在其他人身上，我不喜歡。」

賴田樂這次不回話了，他頓了頓，收回視線，學夏德直視著前方，男人的手若有似無地蹭過他，賴田樂默默地向左邊移動幾步拉開距離，下一秒夏德自動跟上，賴田樂很想開口說些什麼，但都忍了下來，他低著頭，踢著路邊的小石子，希望臉上的熱氣能快點散去。

他的腦中大概有內建夏德過濾器，今天的對話全部整理起來就是——你沒等我我好委屈、你要幫珞茵娜那我來吧、你太在意其他人我吃醋醋——結論是：我有喜歡你。

賴田樂知道這或許是減輕他痛苦而引發的吊橋效應，夏德越來越黏著他、寵著他，好像他提出什麼要求夏德也都會答應，可是這不是賴田樂要的喜歡，這很矛盾，賴田樂不希望自己太喜歡夏德，又希望夏德是真的喜歡他這個人。

不知道，賴田樂想，驚天動地的戀愛，又是以什麼當作標準？他拍了拍臉蛋，覺得戀愛腦的自己有點煩人，於是硬是開啟其他話題轉移注意力。

「話說，早上那隻鳥是你的嗎？」

「牠叫風木。」

賴田樂想了想，開玩笑地道：「你的馬叫風石，鳥則是風木，你該不會有一個姓風的動物家族吧？」

「動物很單純，值得信任。」夏德倒是完全沒在開玩笑，很認真地解釋：「反覆訓練也能成為很好的士兵。」

「夏德。」

「怎麼？」

「你真的是超厲害的耶。」賴田樂光是想像夏德指令各種動物的樣子就覺得有趣，彷彿男孩子解鎖了新的遊戲，急著分享：「吉你知道這傢伙有個動物部隊嗎？」

吉搖頭，但夏德接下來的說詞則是破壞了賴田樂的興奮：「知道的人，都死了。」

賴田樂馬上冷下來，「……你可以不要這樣嗎？」

「你才是。」

「什麼？」

夏德突然在訓練場前停下腳步，望著賴田樂一字一句地道：「收起你該死的魅力。」

賴田樂呆住，停止思考之際又聽見夏德問：「你喜歡珞茵娜嗎？」

「怎麼可能！」

「那為什麼那樣說話？」

「怎樣？」

夏德牽住他的手將人拉向自己，垂首低聲呼喊寶貝，賴田樂依然沒有運轉過來，呆了幾秒後猛地遮住染紅的耳朵，不知所措地看著夏德，夏德卻解釋說『這樣』，賴田樂反駁應：「我、我才沒有！」

「你有。」夏德皺起眉毛抱怨，「為什麼你面對珞茵娜和面對我的時候完全不一樣。」

賴田樂真的要被夏德的態度搞混了，他一面推拒著不斷逼近過來的夏德，一面試著解釋：「不是、那個……面對異性和面對同性的態度怎麼會一樣？何況珞茵娜只是十四歲的女孩。」

夏德沉默，面無表情地轉過頭，以眼神詢問吉，吉則是同樣面無表情地應：「抱歉，不是很懂。」

得到附和的夏德再將視線直射賴田樂，賴田樂意識到自己問錯人了，兩個臭直男確實對誰都一樣冷漠，怎麼可能還會有差別，他撓著頭髮再次強調：「珞茵娜就只是妹妹。」

「那你收斂點，不准浪。」

「什……！你這個不懂小女生的木頭！」

「我不必要懂。」夏德說得振振有詞，「第一、我根本不在乎珞茵娜，她對我來說仍是個威脅，第二、我按照你要的做了，這樣不夠嗎？哪裡不夠，告訴我，第三、為什麼只誇獎珞茵娜？」

第一第二第三點加起來就是——他在求誇誇，賴田樂心想真是夠了、不論是戀愛腦還是夏德濾鏡都夠了，到底為什麼今天他眼中的夏德那麼可愛……！可愛到他想大力抱抱他、揉揉他、誇獎他，要什麼都給，真的！

「很夠了，謝謝你。」賴田樂躲避著視線坦率道謝，一會又覺得這樣不夠真誠，試了好幾次才鼓起勇氣望向夏德，夏德確實乖乖待著，仔細聆聽他的話，這讓賴田樂更加害羞，「真的……我本來想說，遇到無法處理的事再找你，但你能出馬，真的幫了大忙，還有態度的問題，你不能這樣比較，我可以很輕鬆地面對珞茵娜，但你……不行、就是，不行。」

「為什麼不行？」

「我會緊張。」

「所以你還會怕我，我要怎麼改？」

「不是……！臉啦、身體啦、聲音啦、你啦，就都！讓我緊張！」

「嗯，我看出來了。」

賴田樂眨眼，這才意識到自己被套話，他看見夏德的嘴角微微勾起，帶了點得逞的狡猾，他以侵略性的眼神襲向他，賴田樂無聲尖叫，臉上的溫度沒減少就算了，現在還直直攀升，帥哥的笑容！狡猾的笑容！特別的是那是夏德的笑容！

好好看，好看到快要死掉了，心跳簡直到瘋狂的地步。

「夏、夏德，我——」

「夏德殿下！」

陌生的聲音打斷了賴田樂，夏德幾乎是在同一時間將賴田樂拉到身後，吉也同步轉身按劍預備，來人見兩位大人朝他露出殺氣不由得停下腳步，緊張地下跪說明：「報告夏德殿下！有消息傳出南國已經徹底淪陷被君唯閣下佔領，之前夏德殿下安排進去的臥底也傳了情報指出他們正在舉兵往帝國進攻！並且聯合了西大陸的邊境族民！」

夏德不慌不忙地走上前提問：「隸屬部隊？」

「第一團第三分隊！小的名叫希瑟！」

「怎麼確認消息的？」

那人緊握拳頭捶著地板，皺著眉咬牙說：「亞恒隊長的頭被送了回來，甚至放在廣場上！上面附上了君唯閣下屬名的信。」

夏德聞言，單膝著地詢問：「第一團第三分隊的隊長確實是我安排過去的，通知他家人了嗎？」

希瑟沒想到那位大人物就在自己的眼前，愣了愣才應：「……還沒有。」

「找得到屍體嗎？」

「不……」

「吩咐下去，翻遍整個帝國也要找到，對亞恒的家屬不要隱瞞，盡可能地做出補償，亞恒是非常優秀的騎士，他是帝國的榮耀，通知家屬時也跟我說一聲。還有，召開緊急會議，徵招所有部隊歸隊預備。」

夏德重新站起來，一瞬間做好所有的決定，他並沒有輕視逝去的性命，希瑟抬起頭，眼眶一熱，立即大聲應是便下去傳達命令，這時候夏德回過頭，向賴田樂輕聲說道：「我必須走了，你要說的話，等會再說給我聽。」

他接著補充：「不會有事，等我，我晚上會過去。」

面對突如其來的狀況賴田樂只能點頭，戰場忽然就變得那麼靠近讓人措手不及，緊張的氛圍似乎已經籠罩整個皇宮，夏德轉頭吩咐吉：「抓緊時間訓練。」

「是。」

望著夏德獨自離去的背影，賴田樂不知道為什麼有種不祥的預感，或許是因為他的準備做得不夠，又或者是他想得太天真，真要面對這種情形時根本腦袋空白，死亡近在眼前，不論是夏德還是吉……他真的能守護住嗎？

「里斯殿下！」

賴田樂猛地回過神，只見自己拿著劍的手止不住發抖，吉穩住他，道：「里斯殿下，這是您的決心嗎？」

「不是。」賴田樂緊緊抓住劍把，深呼吸又道：「不是。」

他緩緩止住顫抖，確確實實地與吉練習對打迎擊，起碼他不想要當個累贅，休息之餘才開口詢問：「吉，那個君唯大有來頭，是嗎？」

「是。」吉補充說明：「那個人以前是我的老師。」

「什麼？」

「同時也是夏德殿下的同期，除了實力堅強之外也很聰明，是個奇怪的瘋子。」吉很少說話有所遲疑，但他似乎正在斟酌說詞，「某一天，他消失了，再聽到他消息時，他已經成為了南國的第一騎士長……沒有人知道他的動機和目的。」

「他就是背叛夏德的那個人嗎？但不是被夏德處理掉了？」

「並不是他，背叛夏德殿下的另有其人，老師他……不，君唯是無聲無息地消失，也查證過他是帝國人，父母健在，沒有任何背叛帝國的理由，無人知曉他消失的原因，總之他是謎一般的存在，偏偏……特別厲害。」吉看著劍中的倒影，坦承地道：「老實說，他在我心中與夏德殿下是同個地位，今天傳來的消息就是他慣用的招數，動搖民心，現在鎮上的人大概都開始謠傳要開戰了，並且以那種挑釁的方式，只有主動出擊才是最好的辦法，如果只守著帝國等南國人來，大家一定會非常不滿，尤其是與亞恒隊長很親的士兵們，他們都相信……強大、戰無不勝的夏德殿下會幫他們出這一口氣。」

賴田樂是聽明白了，他淡淡地問：「所以即使夏德不願意出戰也沒有辦法嗎？」

「要看陛下。」吉遺憾地道，「有時候輿論、憤怒、民情……確實會影響一國之主的決定，而夏德殿下只能聽令出擊。」

賴田樂忍不住提高音量問：「只能？」

叮！播放真相記憶

「這是陷阱。」夏德於會議中提出他國的計謀，然而坐在中間的列瑞只是掀起眼皮，淡淡地問：「所以？做不到嗎，夏德？我只是要你殺了他們，奪回屬於我們的政權，如果你不行，我可以把機會讓給薩西維。」

夏德垂下視線，隨即直勾勾地望向列瑞，「不，我做得到。」

畫面一轉，夏德滿身是血地被敵軍團團包圍，衝突地點為一個小村莊，周遭還有平民百姓，腳下多的是帝國士兵的屍體，所有人失去希望，唯有夏德仍浴血奮戰，以劍撐地，以身抵擋，他暴力地甩出刺中他的士兵，拔出腹上的劍擋住攻擊，鼓著氣射出劍刺穿好幾名敵人，帶著以一抵十的氣勢戰鬥了足足兩個小時，最後終於擊退敵軍。

他站在原地，任由鮮血直流，重傷的夏德很快失去意識，等再次醒過來，發現自己已經被包紮好了。

「殿下！」

「拜見大皇子！」

「您是我們的英雄！」

許多聲音干擾著夏德，他緩緩地爬起來，沉默地聽著大家的歌頌，直到有人大喊：「他身上有奴隸印記！」

「大皇子是奴隸？」

「什麼？竟然是真的……！我們難道是被奴隸拯救了嗎？」

「那倒不如不要活了！」

夏德抬眼看著那些人的嘴臉，啞音道：「我的士兵為了拯救你們通通死了。」

眾人紛紛一愣，但依然還是有人表示不屑：「奴隸的士兵也是奴隸吧。」

「對、對！」

「為我們死是奴隸的光榮！」

「還是說……」為首的人微微一笑，露出貪婪的神情：「殿下養傷結束回去後向偉大的陛下提議為我們這個小村落做些什麼呢？這樣也許……能為您保守住秘密。」

夏德流著血站起來，接著提起劍平靜地、沉默地殺了這裡所有的人。

悽慘的聲音從這個小村落響起，爾後終結，恥辱、憤怒、孤獨、士兵們無辜逝去的性命……全部都打擊著夏德，但他依然只能走向帶給他這一切痛苦的皇宮。

畫面停止在夏德摀住傷口獨自離去的背影。

賴田樂控制不住自己的怒氣，他遮著臉，試圖在黑暗中深吸吐氣恢復冷靜，他覺得荒唐，那些人算什麼東西，列瑞又算什麼，他以為自己已經了解夏德的苦痛，但夏德真正背負承受的比他了解的還要更多更多。

「吉，夏德他真的很了不起。」

「是的，夏德殿下是十分厲害的人。」

「但是，我不自量力地想要幫他……你覺得我做得到嗎？」

「我認為只有您做得到，里斯殿下。」

賴田樂提起嘴角微笑，摻雜著一絲苦澀，他闔起五指，握緊劍把，生出更多更多的勇氣，然而當他要繼續訓練時，後面傳來了熟悉的呼喊：「里斯！」

「薩西維？」

薩西維明顯是用跑的過來，他停在賴田樂的面前緩和著氣息，撩開黏在臉上的髮絲，很緊急地抓著賴田樂的肩膀道：「父王下令了，你們明天就要出發！所有人都開始準備……」

他欲言又止，改抓住賴田樂的雙手湊近，過於接近的距離使賴田樂下意識地微微退開，薩西維馬上頓住，垂下眼簾，問：「你真的要去嗎？」

吉說對了，賴田樂想，他幾乎想都沒有想便應：「要。」

夕陽西下，薩西維美麗的臉龐好像被灑落金粉，比平時還要閃耀，賴田樂有點困惑，他們的身高差不多，薩西維卻讓人有種小鳥依人的感覺，晚霞爬上白皙的肌膚，他懦懦地問：「能不能不去？」

賴田樂原本應該擔心明天就要出發的這則消息，可眼前莫名其妙的薩西維更讓人心急，總覺得再不避開對方好像會說出什麼不得了的事情。

「薩西維？這我們之前不是談過……」

「我知道、我知道！我就只是……很害怕，我不想要再次……」薩西維輕咬下唇，不知道為什麼一副楚楚可憐的樣子，「里斯，就不能和我談談看嗎？」

「談什麼？」

「戀愛。」薩西維瞬間收起羞澀的模樣，他牽起賴田樂的手，紳士地親吻的他指尖，壓低嗓音問：「你不是說想談一場驚天動地的戀愛嗎？我可不可以？」

賴田樂的思緒大概停了五秒。

欸？等等、欸？

他的腦袋跑起了與薩西維的點點滴滴，實在是找不到薩西維喜歡上他的點，確實薩西維對兄弟之間的情感非常執著，但他與薩西維幾乎沒有什麼特別的互動，他也無意攻略薩西維，因此這發展令賴田樂特別困惑慌張。

「不不不、你是我哥——」

「我們又沒有血緣關係！」薩西維的臉頰泛著清純的緋色，眼神卻帶著雄性的侵略慾念，「而且你之前也說我很大，應該、還算滿意吧？」

賴田樂的思緒完全停止，那是任務——！任務！難道從那個時候開始嗎！因為摸了雞雞嗎！

「總之，你可以考慮看看，既然無法阻止你去……那麼我會在這裡等你。」薩西維彎下腰，額頭靠上賴田樂的手，誠心道：「你一定要平安回來。」

薩西維的到來彷彿風雨過境，天色也變暗了。

他一次告知賴田樂兩個無法馬上負荷的消息，送走了薩西維，賴田樂依然在原地發愣，現在換他變得欲言又止，他扶著額頭，嘗試了解現況，可不管怎麼想都想不出薩西維心動的理由，氣氛一度沉寂，賴田樂只好硬著頭皮轉頭對一路沉默的吉說：「吉，你不說點什麼嗎？」

吉也欲言又止，「……請放心，我不會跟夏德殿下報告。」

賴田樂立即炸了，不知道是心虛還是有其他原因，他急著反駁：「不是、那什麼！是他自己——怎麼會！我不明白！」

「不要緊的，里斯殿下。」吉眼神真誠地說著，「可能薩西維殿下有女裝癖。」

賴田樂的腦袋已經關機了，附和道：「對……！有這個可能！」

「沒有，很抱歉，我剛剛是開玩笑的，我認為薩西維殿下是真的喜歡您，他一直以來都很在意里斯殿下，只是究竟是兄弟之間的感情，還是……這我們就無法得知了。」

「吉——！你說得、可惡！很有道理……！」

賴田樂終究還是接受這項事實，他一面糾結一面等吉收拾完訓練場，然而現在該糾結得或許不應該是這個，回程的途中人來人往，每個人都很匆忙，預備明日，賴田樂也是他們的一員，但他並不知道自己該做什麼、行程又是什麼？遇到了敵人該怎麼辦？這些都是這幾天夏德會告訴他的，如今擠成一個晚上，他特別害怕的是無知的自己連累了他們。

以前看小說看到突發事件的時候確實是會緊張，擔心接下來的發展，可當自己親身經歷，那種不安害怕就變成真的了，他沒有任何保障、沒有外掛，有的就只有里斯這個肉身，但他還是努力將存活率拚到70％了，是的，他做得到。

賴田樂每一次害怕的時候都會重新做好心理建設，他想要趕緊回去找夏德確認詳情，可這時候很突然地有幾個人擋在他的面前，彎腰傳言：「報告里斯殿下，陛下召見三皇子。」

「什麼？」

賴田樂下意識地回頭尋找吉，吉立刻上前靠近，小聲地說：「那人衣服上的紋路確實是陛下御用，這裡人很多，應該不至於將您強制帶走，需要找理由辭退嗎？」

不，這一次他不能再逃走了。

賴田樂想知道這人的真實情況，上一次不明不白地接近他，又匆忙地跑走，這人究竟有多瘋狂無情，如此對待自己的孩子，里斯想要改變的包括他的父親嗎？這該死、過分的傢伙，還稱得上『父親』嗎？

「沒關係，我去，就像你說的，我是在眾目睽睽之下跟他走，不會有事。」

「需要告知夏德殿下嗎？」

「好，以防萬一跟他說一聲，不過叫他不用擔心，讓他把事情都處理好再來。」

「是。」吉看了眼窗外，又道：「很抱歉，可能來不及了，其實夏德殿下在他不在的時候都會派人暗中保護您，我剛剛看他已經不在原本的地方了。」

「耶？所以——」

「夏德殿下等等應該就會知道薩西維殿下向您告白這件事情了。」

「你怎麼不早點跟我說！」

「我以為我這中間會有機會和他溝通。」

「什麼意思？你知道那是誰？」

「都是同一個人，交流過。」

「……什麼時候？」

「里斯殿下沒有注意的時候。」

賴田樂莫名有種被抓姦的心虛感，已經能夠想像夏德沉默地盯著他看逼他解釋的場景，可轉念一想他跟夏德什麼都不是，因此賴田樂理直氣壯地撇開心虛，擺手表示算了沒關係，轉而向前面的幾人頷首，道：「帶路。」

感覺很奇妙。

賴田樂從來沒有那麼深入皇宮，就連之前最一開始的探查都省略過皇帝所在之處，這裡很靜謐，走路的聲音彷彿被放大了，底端即是列瑞的房間，說不緊張不害怕是假的，賴田樂又開始發抖，可只要想起夏德獨自撐起的背影，他便冷靜下來，何況他的背後還有吉的存在。

「里斯殿下。」

賴田樂聞聲回頭，他早就猜想到了，吉會被擋在外面，守在門邊的護衛將吉擋下，賴田樂輕聲說沒事，那些傳令的人也在同時退下，門緩緩關上，賴田樂忐忑地觀察著內部，那人坐在床邊，好整以暇地整理衣物，抬起頭注視著賴田樂時揚起了唇角，道：「過來，里斯。」

賴田樂避開視線行禮，「拜見父王，我——」

「那些禮節就免了，我讓你過來，站在我眼前。」列瑞命令的口吻帶著令人肅靜的威嚴，賴田樂緊張地閉住氣，硬著頭皮邁向他，只見列瑞也站了起來，抬手道：「再過來一點。」

「父王，請問——」

「我沒讓你提問。」

賴田樂立即閉上嘴，如果說以前的夏德是令人害怕，那麼列瑞給人的感覺便是驚悚，隨著列瑞的手碰觸到他，毛骨悚然的詭異感覺慢慢地攀上來，賴田樂彷彿被冰凍住了，在列瑞的面前一動也不敢動。

「你最近變得很不一樣，里斯。」

「……我十八歲了，父王。」

「是嗎？喔，對，所以讓你去見見世面。」列瑞的視線黏在賴田樂的臉上，他的掌心貼在他的臉頰上，忽然說：「我果然沒有看錯，你這雙眼越來越像你的母親了。」

「我很想念你的母親，里斯。」列瑞放下手，隨即轉過身離開，到桌邊倒了杯酒，背對著賴田樂道：「這是你第一次前往戰場，你要活著回來，那些消息你應該也聽說了，我不得已只能做出這樣的決定，但是我相信夏德這次也能為我們解決困境，你能諒解我吧？」

賴田樂第一時間腦中蹦出來的詞是『諒你媽』，爾後是『吃屎』，再來是『滾』，但他發揮出過人的演技，一副感同身受地道：「能的，父王。」

「你的母親很厲害，人人都說她是最棒的騎士長……是，她那揮舞著劍的身姿確實將我迷倒了。」列瑞懷念地說道，他抿了一口酒，走回到賴田樂的眼前，垂首直視著賴田樂，說：「我相信你也有繼承到她的天賦，夏德就交給你了，你要好好輔佐他。」

「我會的。」

「就這樣吧，你可以退下了，我只是想確認我的兒子第一次出征的狀態。」

賴田樂下意識地鬆了口氣，速速行禮準備離開，他也只是想要親眼確認列瑞那副討人厭的嘴臉，諒解？相信？他才不配這麼說，他怎麼能這麼說？讓人陷入苦痛的惡魔，總有一天會自食惡果。

「等等。」

賴田樂條地停下腳步，背後傳來了聲響，賴田樂剛要轉身應答，列瑞就忽然貼住他的背，捏著他的肩膀低聲說：「我知道是夏德和薩西維在競爭我的位置，但最後如何一律我說得算，里斯……你不想繼承我的位置嗎？」

「什——」

「不要回頭看。」列瑞的臉湊近粉色的髮絲，捏著肩膀的手越捏越緊，「你的背影也越來越像她了，我認識她的時候也是短髮……非常美麗。你要想清楚，里斯，擁有溫室的進出權能做多大的事……你自己好好想想。」

他意有所指。

賴田樂不確定他是什麼意思，為什麼提起了溫室？他是想說屬於亞勃克的那朵花嗎？他知道些什麼？賴田樂有一大堆的疑問，但在不確定的前提下他也只能裝傻，「抱歉，父王的意思我不太明白。」

「是這樣嗎？我以為你和珞茵娜聯合了，她曾經套過我的話，所以我把某些花的效用告訴了她，畢竟你們必須要有東西才有可能贏夏德，不是嗎？」列瑞輕笑，展露著王的大氣，「我讓你們公平競爭，夏德他也是有弱點的，你可以問問珞茵娜。」

賴田樂緊握起拳頭，竟然說那是弱點……！他忍了又忍，轉而問：「什麼弱點父王不能直接跟我說嗎？老實說，我和珞茵娜之間也是競爭關係。」

「喔，原來如此。」列瑞像是享受其中，在他的肩上晃著指尖，好一會後才說：「這樣吧，銀色是緩和劑，藍色是隱性毒劑，兩者既衝突又能融合，但加入藍色後需要很長一段時間才會有效果，我是指，夏德，你能明白吧？一點一點地……不著痕跡就能除掉。」

賴田樂點頭，問：「請問是什麼效果？」

「失去理智、感官……一切，這兩者缺一不可，只要某一個開始增量，後續的反噬就會更加猛烈。」列瑞欣喜地揭曉答案，「里斯，這只有亞勃克的血脈能夠做到，我的兒子啊……不要讓我們的東西落到別人手裡了。」

為什麼夏德終究會死亡？因為在原本的劇情裡，夏德征戰回來後將裝有銀色花瓣的護身符還給了珞茵娜，而她也一直帶著，即使列瑞已經死亡，夏德的身邊一直有緩和劑便產生猛烈的反噬。

夏德曾經說過，那是毒，也是藥，意思是沒有了列瑞製作的毒藥，他仍然會被體內累積的毒害死，不管是哪一個路線都是死亡的結局，賴田樂明明早就知道了，卻在知道夏德就算是待在珞茵娜身邊，哪裡也不去的狀態下依然會死亡後緩緩地鬆開了拳頭。

也許他不會在戰場上身亡，可仍然會有那麼一天，或許是在宮殿裡平靜的午後……夏德會失去理智、感官，然後死去。

他以為的解藥，卻仍然是毒藥。

他以為的希望，卻仍然是必然的死亡。

賴田樂知道了一個人若是憤怒到某種地步，反而會冷靜下來。

「我明白，父王。」賴田樂演著里斯的瘋狂與自傲，「尊貴的亞勃克血脈……是不容許其他人插足的，何況他們連平民都不是。」

「我就知道。」列瑞揚起笑容，重覆道：「我就知道，你不會讓我失望。」

「很高興您願意給我這個機會，我忍得……」賴田樂壓抑著憤怒，順著演出來，「實在是太久了，還要假裝跟他們和平共處。」

列瑞微微挑眉，「我看你最近跟他們走得很近。」

「總比公開為敵好，父王，而且珞茵娜也有可能投靠他們，我必須避免那種情形。」

「很好，不要輸給你妹妹。」

「我不會讓那種事情發生的。」

列瑞很是滿意，賴田樂都要以為能夠蒙混過關，列瑞突然又問：「你跟那名叫烏諾斯的神官候補很熟嗎？」

賴田樂一頓，平靜地搖頭：「並不，只是見過幾次面的關係，他太招搖了，有可能會為皇宮招來不好的影響，所以提醒了他幾次。」

「這樣啊。」

「是的。」

對話差不多就到這裡結束了，列瑞終於放他離開，賴田樂怕露出馬腳，看見門外的吉後什麼都沒有說，一路上不急不徐地走著，那靠過來的感覺、不以為然的態度以及眷戀卻又高高在上的口吻全都讓賴田樂感到反胃，該死的亞勃克，該死的，他也是這樣挑撥珞茵娜嗎？

他在確認自己和珞茵娜的關係。

他想將對夏德下毒的這件事嫁禍在里斯的身上，幹盡一切壞事後，依靠他人之手，解決掉夏德。

銀色的花瓣並非是解藥，反而也是毒藥，等等，起初珞茵娜將護身符給夏德之後，怎麼還會有效果？明明花朵已經脫離亞勃克之手，賴田樂氣自己竟然現在才想到這個問題，他說只有亞勃克的血脈能夠做到……血脈……賴田樂猛地翻出身上剛補充的花袋，以藏在身上護身的小刀片割破指尖，滴落在花瓣上，花瓣幾乎沒有什麼變化，只是吸收了他的血液，鮮血浸入花瓣，最後恢復晶瑩剔透的銀色。

「吉，你拿著這個。」

「是。」

吉接下了花瓣，花瓣卻沒有像以前那樣迅速枯萎。

就是這個……！亞勃克的血能維持它的效用。

也許當初珞茵娜誤打誤撞地沾上自己的血，剛開始雖然對夏德有效果，但後續就不是了，現在拿的花袋也對夏德有害，賴田樂隨手丟在某個草叢，憤怒與自責湧上心頭，隔了一段距離後賴田樂便不裝了，心急的他越走越快，任由指尖的血液滴落，就在這個時候，跟在他身後的吉突然抓住他。

「這裡沒有陛下的眼線了，里斯殿下，可以伸出手嗎？」吉的語氣平靜，沒什麼變化的表情讓賴田樂愣了愣，安安靜靜地點頭，吉先是拿出乾淨的小布條止血，並說：「里斯殿下割太大力了。」

賴田樂看到吉從他的內袋中一一拿出繃帶和藥膏，忍不住問：「你隨身攜帶這些嗎？」

「嗯，因為里斯殿下若是在訓練時不小心受傷流血就需要用到。」

「吉。」

「是？」

賴田樂等吉用完後收回手，轉著手腕，深呼吸，微微一笑：「謝謝你。」

吉眨了眨眼，唇角的勾動很不明顯，但語氣變得輕鬆了：「如果里斯殿下學會不道謝，我會更高興。」

「真是抱歉啊，我可是超有禮貌的。」賴田樂稍微冷靜了點，步伐不再急躁，他指示說道：「我現在要去神殿找烏諾斯，注意一下周遭有沒有人，不要被其他人發現。」

「我明白了。」

列瑞知道烏諾斯，這是很嚴重的事情。

代表夏德的猜測很有可能是真的，列瑞想使用禁術復活安絲娜，他本來想說事後再來問問烏諾斯，可從列瑞口中得知這個可能性，賴田樂莫名有種被背叛的感覺。

烏諾斯明明什麼都知道，也說了希望他可以改變這個故事，結果呢？列瑞是糟糕的源頭，而他正在讓情況變得更糟。

賴田樂請吉先去探查，緊急召集的命令讓神殿幾乎沒有什麼人，空蕩蕩的，大神官也奉命前去祝福這一次的遠征能平安順利，這裡的寧靜與皇宮裡面的混亂形成對比，賴田樂瞥過女武神的雕像，回頭便看見探查回來的吉。

「烏諾斯就在主殿，開門進去就能看到，他看起來像是在禱告……」吉皺著眉說，看起來不太相信，「我確認過了，裡面沒有其他人，我會在外面盯著，里斯殿下可以進去了，有事我會通知您。」

「好。」

神殿外的女武神雕像舉著劍光榮地迎向勝利，主殿裡的則是哭泣的臉龐，像是在憐憫在戰爭中逝去的性命，賴田樂無聲無息地關上門，烏諾斯就跪在女武神的前方，好像真的在做祈禱，可當賴田樂剛踏出一步，烏諾斯便開口：「找我嗎？親愛的。」

賴田樂沒打算和他噓寒問暖，直奔主題道：「列瑞知道你，為什麼？」

烏諾斯這才轉過頭，月光透過玻璃照射進來，他站在亮處望著門邊的賴田樂，沉默了幾秒，輕聲嘆息：「關於這個問題，你不管問什麼我都不會說的。」

「你怎麼能……！」賴田樂以質問的口吻問烏諾斯：「他真的想讓安絲娜復活嗎？禁術能做到這種事情？」

「我不能說。」

「進行中的禁術，對嗎？你曾說過有人以自己為代價呼喚了我，那麼列瑞是以什麼作為代價？」賴田樂不想要證實自己的猜測，但他腦中只有那個可能性，「是夏德嗎？列瑞讓夏德那麼痛苦、甚至置於死地，都是因為安絲娜嗎？」

烏諾斯搖搖頭，他無可奈何，仍是那句：「我不能說。」

賴田樂很是憤怒，講話也充滿諷刺：「真是謝了，烏諾斯！現在才什麼都不能說？嗯？你明明說希望我改變這個故事，但你——」

「你不能這樣說，田樂。」烏諾斯終於忍不住為自己辯駁，「規則就是這樣，只要他呼喚成功了，我不得不出現在他面前，而且禁術的內容我一直都是說不能洩漏的。」

「你在幫列瑞傷害夏德。」賴田樂一步一步以憤怒的姿態逼近烏諾斯，「當夏德跟我說那個可能性的時候，我還想，對，那是有可能的，但我要先問問看你，結果我從列瑞的口中確認了這件事。」

「諷刺。」賴田樂看著那個曾經說要當朋友的傢伙，冷聲說道：「你算什麼神？你只是為了你那該死的樂趣——」

「田樂！」

烏諾斯的聲音倏地在空蕩的空間裡迴盪，他失去總是游刃有餘的態度，垂首著不發一語，可當他重新抬起頭時，那討人厭的笑容又出現了，他說：「親愛的……那就是我的一切了，我生來如此。」

賴田樂瞬間意識到了。

自己魯莽說出來的話也許傷到了烏諾斯。

可是是真的嗎？還是烏諾斯的把戲？他正在笑，眼底卻沒有笑意，賴田樂發現自己一點也不了解烏諾斯，也沒有試圖去理解過，意思是，他沒有真心在乎過他。

賴田樂靠近他、說要成為朋友只是為了支線任務，這傢伙說是神，卻也有自己的制度與限制，那還算是真的神嗎？他背後有著什麼樣的故事，賴田樂不知道，但這不代表他可以因為憤怒而隨意地對待這個人。

「我知道了。」賴田樂恢復平常的語調，態度仍是有些冷淡，「你不能選邊站，也無法成為我的朋友，我尊重你的規則，可我們之間跟你的規則就是有衝突。」

聽至此，烏諾斯的身體微顫，抬起頭來似乎想說些什麼，但都堵在喉嚨裡出不來，他向賴田樂踏出一步，賴田樂馬上後退拒絕：「別過來了，還有，吉也要跟你絕交，而且我還在生氣，所以沒辦法好聲好氣地對你，先跟你說，明天在路上我是絕對不會理你，你也不用太在意我的氣話。」

賴田樂說完後便準備轉身離去，烏諾斯再度僵住，在賴田樂碰到門把時才又大喊挽回：「田樂……！一個問題！就一個！除了禁術之外……都可以問。」

賴田樂從轉動的姿勢換成鎖門的動作，他重新回過頭，眼神像是在拷問，靜默了幾秒後開口問：「為什麼夏德在我的身邊就能減緩毒痛？我很確認有幾次我沒有帶花，是他的心理作用，還是……」

聽見提問後烏諾斯偷偷地鬆了口氣，斟酌地答：「你是亞勃克，又不是亞勃克，所以接觸到你的時候花毒產生了混亂，能讓夏德身上的毒效暫時減輕，甚至停止作用。」

「什麼意思？」

「但等你真正變成亞勃克，就沒有效了。」烏諾斯面有難色，小心翼翼地看著賴田樂的臉色，「我只能說到這裡。」

賴田樂對此發了個質疑的長音，瞪著烏諾斯沒有說話，烏諾斯撇開目光不敢直視，像是做錯事情的小朋友，賴田樂則是嘆息，在轉開門把之前說：「我沒有原諒你，但我為我自己衝動說出口且帶有惡意的話道歉，就這樣。」

「親愛的……！」

烏諾斯話都還沒說話，賴田樂馬上甩門離去，烏諾斯哇了一聲，笑出來，一個人沉默了許久後轉頭看著女武神的哭泣的臉龐說：「嗯，他真好，竟然還跟我道歉了。」

烏諾斯背離女武神，默默地說：「他是我的第一個朋友。」

賴田樂走出來後便看到夏德和吉站在一起，他們幾乎是同時發現他，兩道目光掃射過來的瞬間使人倍感壓力，賴田樂莫名心虛，可看到夏德一如往常、沒什麼變化的樣子忽然鼻頭一酸，憤怒以及不捨的心情湧上心頭，他想抱抱這個孤寂的男人，於是直直地走進夏德的懷裡，伸手抱住他。

夏德看他走來，本來是想伸手拉他，沒想到這麼一伸，賴田樂就自主地撲進他的懷中，碰上腰背的手攬得很緊，賴田樂的腦袋抵在他的肩上，夏德不由得一愣，身體微僵，在粉色的髮絲輕蹭他的肩膀時才緩緩地放鬆下來，他的雙手放在賴田樂的腰後，思考著是要把人抱起來扛回去，還是繼續享受對方投懷送抱的感覺。

「有人欺負你了嗎？」

賴田樂搖頭，只是咒罵：「列瑞是個混蛋。」

夏德倏地拉開賴田樂，從上到下一路仔細觀看，語氣變得急切凶狠：「他對你做了什麼？」

「是他對你……！」賴田樂抬頭望著夏德，泛著水光的眼睛道盡一切，他一時不知道該怎麼解釋，又是埋頭靠上夏德，抓著他的衣服小聲地說：「就想給你一個大抱抱。」

夏德第一時間並沒有特別的反應，就連回抱也是輕輕的，幾分鐘前他還投入在熟悉的位置，預備帶領無數的性命走入戰場，會議上的列瑞仍是單方面地做出決定，無所謂，他想，以前也不是沒有過緊急出兵的狀況，這些他都已經習慣了，可是一想到賴田樂，他突然就害怕了起來。

對他這麼、這麼好的人……他要好好守護，放在心尖上守護，絕對不能讓他受到一絲傷害。

他禁不起失去賴田樂的任何風險。

這樣的他可笑又脆弱，夏德也很清楚，但是又有什麼辦法，這個因為他受了委屈所以想要給他大抱抱的可愛傢伙……全世界就這麼一個，只能放在心裡好好地珍藏起來。

「夏德。」

「嗯？」

賴田樂覺得自己好像被巨石綁住，怎麼動也動不了，「那個、差不多了……」

「什麼差不多了？」

「……抱抱。」

夏德沉默，按著賴田樂腰的手一點一點地往上撫摸，寬厚的掌心捏著他的後頸，男人貼在賴田樂的耳側，放低音量說：「回去再繼續。」

沒有要繼續，沒有！

賴田樂於心中大聲吶喊，表面上則是滿臉通紅地退開，後知後覺地發現吉一直在後面看著，這畫面就好像是他在跟夏德撒嬌，臉皮薄的賴田樂更是害羞，羞恥心讓他恨不得鑽個洞躲進去，只能尷尬地轉移話題：「吉。」

「是。」

「和烏諾斯絕交了。」

「我贊成。」

「明天看到他就不要理他，搞排擠……！」

「沒有問題，完全沒有。」

賴田樂覺得吉的語氣有種幸災樂禍的感覺，不過他才不會同情烏諾斯，支線任務他也不管了，反正也沒有時間，他回頭望向夏德，在回去的路上夏德直接明說現況：「這是君唯想削去我們兵力的陷阱，而我打算假裝中計，省下我們還要趕路到南國的時間，所以很有可能行進幾天就會碰到他們，當然一開始會有些衝突，到那個時候，不要離開我，我會盡可能地殺到君唯的面前和他談談。」

「他會願意談嗎？聽說他不太正常，還有其實我很好奇，為什麼一定要拉攏南國？」

賴田樂靠過去小聲地問：「支持你的人應該不少吧？是推翻列瑞的兵力還不足嗎？」

「沒有不足，但如果我單方面的行動，不足以讓大眾信服，即使列瑞現在這個樣子，但在這之前，他仍是帝國的榮耀，促進了帝國的繁榮，也因此聯合南國，讓列瑞在南國反攻進來時為了守護帝國而光榮身亡是最好的辦法。」

他都想過了，以大皇子的身分，而且還有薩西維的問題，對薩西維來說，列瑞並沒有那麼可惡，賴田樂想來想去也覺得這是目前最好的辦法，他轉而問：「南國會願意承擔這個責任？」

「帝國征服南國的暴行大家也都知道，只是都避諱不談，有時候人們並不會在意背後到底有多少人受苦受難，只要結果是好的，他們都會欣然接受，到時候再放出消息說南國當初受了多少委屈，風向對了，輿論就會形成。」夏德摩娑掛在腰上的劍把，似乎是在回憶著過去的戰友，「至於君唯……就是因為他很不正常，我才這麼打算，他的思路與一般人不太一樣，我覺得是有機會說動他的。」

「那你知道他叛國的原因嗎？」

「不知道，他是背叛帝國，不是背叛我，因此我無所謂，和他交戰了幾次，也不覺得他帶有惡意。」夏德講到過去的戰友，嘆息間似乎帶了點羨慕：「他只是隨心所欲。」

賴田樂坦白地說出自己的看法：「……感覺他真的很怪。」

「他確實是怪人。」

賴田樂看向吉，吉也跟著說：「是怪人。」

「所以，少了幾天的訓練也不要緊，比起好幾天的長途跋涉，這會比較輕鬆一點，但從明天開始不要離開我的視線範圍。」夏德停在賴田樂的房間門口前，先一步開門，「今晚就好好休息。」

「喔、好。」

賴田樂一愣，以為夏德也會跟進房間，沒想到只是送他回來，於是他也轉頭和吉交代今天就這樣，更衣沐浴他自己處理，然而才剛說完，夏德就將他攬入房內，啪的一聲關上大門，將他壓在門邊道：「我說完了，換你。」

「不、不是要休息嗎？」

「等你講完，一起休息。」夏德攬著他緊緊抱著，問：「列瑞真的沒有對你做什麼嗎？」

賴田樂晃了晃腦袋從夏德的肩膀鑽出來呼吸，「我沒事，只是列瑞……」

他一字不漏地說給了夏德聽，關於花毒、銀花與藍花的差別以及列瑞正在實行禁術的可能性，烏諾斯的部分他無法說出口，每次想起來的同時都會遺忘，他依然不能洩漏烏諾斯的身分，而聽完所有過程的夏德靜默幾秒，反問：「你是為了這個不開心嗎？」

「重點怎麼會是這個……！列瑞可是想藉由我殺了你！他一直拿亞勃克之名教唆我！」

「你會那麼做？」

「當然不會！」

「那就好了。」

「就這樣？」賴田樂激動地抓住夏德的領子，又問：「就這樣？」

夏德拉開賴田樂的手，把他帶到沙發上坐下，他坐沙發，賴田樂坐他腿上，賴田樂似乎已經習以為常，主動找個舒服的坐姿，然後抱著胸看向夏德等他解釋。

「你說的那些，我已經知道了。」

賴田樂看夏德平靜地這麼說，忍不住驚呼：「你知道了？」

「昨天晚上我竊取了你一些血液、頭髮和唾液。」夏德撫平賴田樂的手掌，蹭了蹭他指尖的小傷口，「我和你說過，我曾經為了找到解毒的辦法翻過整個皇宮，但不管怎麼樣都找不到線索，後來你出現了，解開我對溫室一直以來的困惑，我就突然想起來，圖書室右邊的書廊走到底有一面鏡子，那裡我一直覺得很奇怪，我不知道怎麼說……就是一種直覺，我早上就是去那裡，以你的血液，亞勃克的血淋了上去，然後……鏡子裡印出來的是有著母親的棺材。」

「你說什麼？」

賴田樂很是驚訝，圖書館右邊走廊的鏡子，他曾經夢過里斯待在那裡，原來那是里斯給他的提示嗎？

「不止溫室，皇宮的秘密也是亞勃克的……所以仇恨著亞勃克、不相信亞勃克的我才在皇宮裡一直打轉，走不出去，也停不下來。」夏德的語氣平淡，沒有過去的仇恨，也沒有未來的憧憬，他只是活在當下，試圖釐清他困在這裡的原因，「看見母親的同時，有一本書從書架上掉落下來，他是空白的，一樣淋上你的血，內容就浮現出來了。」

「上面寫著培育花的方法、關於花毒的研究和製毒的實驗與步驟，還有召喚女武神禁術的辦法，以強大的靈魂作為代價，女武神可以實現施法者的任何願望。」夏德嗤笑，勾起的唇角給人的感覺極為慘淡，「就這樣，我痛苦的一切，就這樣了。」

「解藥呢？」賴田樂心急地問，「上面沒有寫解藥的內容嗎？」

夏德靜靜地看著賴田樂，看了很久很久，唇角輕顫，他說：「有，但重點被撕掉了，連同薩西維的部分，所以我還不能殺死列瑞，依然不能。」

「夏德。」賴田樂捧住夏德的臉龐，輕聲說：「這一次他絕對不會得逞的。」

「當然。」夏德閉起眼感受著賴田樂的掌心溫度，「就快要結束了……田樂。」

賴田樂情不自禁地靠上他，試圖給他力量，沉聲附和：「嗯。」

「好，那麼現在來談談關於薩西維跟你告白這件事。」

「耶？」

夏德掀起眼皮，深色眼眸裡的情緒似乎在翻騰，賴田樂的心跳漏了一拍，馬上撇清說道：「我不知道薩西維為什麼突然那樣，真的不知道。」

「他很久以前就喜歡了。」

「欸？」

「只是一直不敢承認。」

「等等，你是說……」賴田樂越講越覺得不對，抱持著遲疑的態度問：「里斯嗎？」

「里斯在他心中一直是特別的存在，以前他總是說有弟弟真好，他會一輩子守護他，當時里斯逐漸遠離我們的時候，他是真的很難過。」夏德沒有放開賴田樂的打算，他擁著他，口吻像是抱怨：「所以我才不想讓你和薩西維太靠近，他會誤會，誤會自己和里斯還有機會。」

「難怪他總說不想再後悔了……」賴田樂終於搞清楚薩西維對他的情感，等等，那劇情裡和珞茵娜的種種，難道也是因為里斯和珞茵娜長得像這種理由嗎？賴田樂意外發現這層關係，卻在抬起眼時看見夏德面無表情地瞪他，又慫了繼續說：「這真的不能怪我，有這種事你要早說啊，我以為是很單純的兄弟情。」

「我不想，你說薩西維也是戀愛對象，意思是，你也有可能會喜歡他。」

「我根本沒想過攻略薩西維！真的！有親密舉動都是因為任務……」

「你們有親密舉動？」

慘了，自己挖洞跳。

賴田樂無辜地抿著嘴，視線飄移到他方，就是不敢直視眼神越來越火的夏德，他心亂如麻，揪著指頭嘗試轉移話題：「那個……！之前其實有過面對薩西維時失控的情形，心動指數直直上升，但我很清楚那不是我的感覺，所以我在想會不會是里斯的？他們在意著彼此……卻錯過了。」

「你在說什麼？」夏德的模樣頓時變得不太對勁，他扯著賴田樂的手逼近他，男人的身體掩蓋住上頭的燈光，氣息陡然一變，他的神情陰暗不明，說話的語調慢慢的，像是在質問，又像是全然地否決：「里斯還在？」

賴田樂怔愣，傻傻地實話實說：「據我所知我的體內只剩下里斯的記憶碎片，但我不確定，有時候夢到的里斯就像真的……」

「如果他還在，你會消失嗎？」

「我、我不知道……」

夏德沉默地看著賴田樂，那雙眼睛貌似沉載著許多東西，流淌在此刻一點一點流逝的時間，一些賴田樂了解的、不了解的……全都在裡面了，美麗的靈魂之窗正在訴說靈魂的歸處，他以掠奪卻又不安的姿態將賴田樂釘在此處，彷彿他哪裡也去不了，只能融在男人的懷裡。

賴田樂意識到那並非溫柔的情意，男人就像是巨大的烈火，試圖將他攬進去，這算什麼？賴田樂也不清楚，那是他不了解的部分，但他並不害怕，眼前的男人只不過是滿身傷，然後拚盡全力地抓住他這根救命草。

「夏、夏德，我說過了，在你能夠好好地活下去以前，我是不會消失的。」

「只有這樣嗎？」

「什麼……？」

碰碰碰！

門邊忽然響起巨大的敲門聲，賴田樂嚇得從夏德身上跳下來，不過夏德也馬上起身將賴田樂護住，這時候門緩緩地被打開，從門縫裡探出頭來的正是珞茵娜。

「里斯哥哥！啊、夏德哥哥也在……」

「里斯殿下！」吉也跟著竄出來，試圖再將門重新闔上，可珞茵娜賭氣以身軀擋著讓他難以行動，怕是一用力就會傷到女孩，他是不在乎的，但服侍的殿下並不會希望他這麼做，於是他只好妥協鬆開門，進行報告：「很抱歉，我攔不住皇女殿下。」

「沒事。」賴田樂將夏德擋著，上前迎接，問：「珞茵娜，這個時間妳怎麼來了？」

「聽說你明天就要出發，我、我……」

賴田樂微微一頓，隨即會心一笑，幫珞茵娜接下去：「擔心我？」

直接被說中的珞茵娜忍不住臉紅，尤其對方還笑盈盈的模樣，好像真的因為她的關心而高興，但當她想要繼續說下去的時候，賴田樂身後的男人猛地伸手從後按住他的臉遮住那抹笑容，並且冷冰冰地對她說：「回去吧，妳該煩惱的不是這些。」

賴田樂在他的掌心內唔唔著進行微弱的掙扎，夏德沒理會他，逕自地道：「吉，讓人送皇女回去。」

吉望向賴田樂，說不出話的賴田樂看這狀況也只能無奈地點點頭，眼見情況對自己不利，珞茵娜立即抓住賴田樂的手，鼓起勇氣頂撞她的大哥：「我！我只是來關心我的哥哥！」

「妳的？」夏德抓著奇怪的重點，將賴田樂更攬向自己，頗不耐煩地道：「不要讓我說第二次。」

珞茵娜明顯退卻，改抓著賴田樂的衣袖，小聲地做出最後的掙扎：「里斯哥哥，今晚你不能來陪我嗎？」

賴田樂瘋狂搖頭，拍打著男人的手掌要說話，聲音含糊：「不、嗯可以！等等，現在說話的是誰？」

「是我自己。」珞茵娜抬起頭，目光澄澈純淨，坦然地說出自己來此的目的：「我只是怕你不在後，我又要一個人了。」

一個人面對所有，好不容易有了可以依靠的對象，現在又要回到一個人的狀態。

賴田樂覺得自己分辨得出珞茵娜和『準則』，堅強的女孩已經對他打開心房，正在向他求救，而他當然不會視而不見，拉著臭臉夏德說：「沒事，這傢伙雖然這樣但有幫忙安排護衛給妳，明天就會跟妳碰面，他會跟妳串通好，盡量不讓列瑞去妳房間，對吧？嗯，對，還有我跟他都不在，妳不是更好擴張自己的勢力嗎？薩西維也會幫妳的，我們都說好了，但薩西維那邊並不知道列瑞的事情……這點妳就要注意一下。」

珞茵娜還有些遲疑，只見夏德看著旁邊，好一會後才瞥向她點頭，示意賴田樂說的都是真的，這大概是夏德頭一次與珞茵娜進行比較和平的溝通，珞茵娜也點頭，目光停在地板上，以軟軟的聲音說道：「好……我知道了，你們要平安回來。」

賴田樂的心要融化了，唉呦誰的可愛妹妹。

「當然。」賴田樂彎下腰與珞茵娜平視，「那就先這樣，很晚了回去休息吧，謝謝妳的關心，但不會有事的，相信我，也相信妳自己。」

珞茵娜抵著唇點了點頭，突然踮起腳尖按著賴田樂的肩膀在他的額前落下一吻，揚起笑容說：「我明白了，晚安，里斯哥哥。母親都會這麼做，祝福我們做個美夢，願你美夢成真。」

「喔、喔……晚安。」賴田樂摸了摸額頭，無奈笑道：「妳也是，做個美夢。」

此時此刻的賴田樂笑著送走珞茵娜，不管怎樣就是不敢回頭看，想讓吉留下來，吉卻主動關上門，啪搭一聲，門關緊了，賴田樂放下舉起的手，房內一丁點聲音都沒有，賴田樂屏住呼吸等待，夏德冷冰冰地開口：「你現在是要自己擦還是我幫你把額頭那層皮——」

「我自己來！自己來！」不用聽下去就足夠驚悚了，賴田樂用力地抹自己的額頭，並向夏德展示被手背擦紅的額際，「請查看！」

「我沒讓你那麼用力。」夏德輕輕撫過那染紅的肌膚，他垂下目光，逡巡著賴田樂的眉眼，看他戰戰兢兢不敢動的樣子忽然展開笑容說：「明明是里斯的樣子……卻覺得你可愛死了。」

「欸？」

「不論是你剛剛朝我撲來給我擁抱，還是那麼怕我的模樣，我心裡都想著，可愛，你明明不用在意我的感受，卻總是又乖又慫地安撫我，撒嬌的樣子很可愛、努力抱著我的樣子好可愛、笑起來真好看，面對珞茵娜總擺出哥哥的樣子耍帥是真的又帥又可愛，就是可愛。」

夏德輕笑著，聲音低沉好聽，震得賴田樂的耳朵嗡嗡作響，他不知道那是自己的心跳聲，還是腦袋發熱的副作用，他以為接下來要迎接的是夏德的怒氣，結果是突如其來的可愛誇誇，賴田樂搞不懂，很是混亂。

「所以，那麼有魅力的你，為什麼那麼沒有戒心？你甚至擋不住一個小女孩。」

原來前面那些是開場白。

賴田樂被鎖在夏德的懷裡瑟瑟發抖，但還是盡可能地為自己辯白：「我沒想到珞茵娜……」

「薩西維跟你告白你沒想到，珞茵娜親近你你也沒想到，那麼下一次你會沒想到什麼？」

賴田樂微微啟唇，彆扭地回答：「沒想到你會覺得我可愛。」

「還有呢？」

賴田樂看夏德那從容的態度不禁來氣，好像只有自己很緊張，他忍不住直接說：「沒想到你……！老實說你是不是在吃醋？薩西維、珞茵娜，甚至是吉，只要我和誰親近你都不喜歡，但是……你有沒有想過、我是說，這可能是因為我能讓你的毒痛減輕所產生的錯——」

話說到一半，夏德捏住賴田樂的臉頰，讓他停止說下去，對於賴田樂的問題，他回答得很平靜：「原來如此，你是這樣想我的，那你早上是要跟我說什麼？」

賴田樂一頓，轉不動臉，移動視線，道：「……現在不想說了。」

「田樂，我並非是那種釐清不了自己情感的人。」夏德追著賴田樂的視線說道，像是在證實著自己，「我克制過，忍耐過，所以更清楚我想要什麼，但我不認為這是能說出來的時機，你覺得呢？」

狡猾，太狡猾了，竟然把問題拋向他。

賴田樂有種衝動想挑釁夏德，可理智上知道那會發生不得了的事情，夏德那麼平靜地說出來，就代表他其實已經想好了，然後體貼地將選擇交給他，真正沒有釐清的膽小鬼只有自己。

他曾經對自己說過，在那麼那麼喜歡以前，要停下來，如果真能控制就好了，怎麼控制？賴田樂也不知道，他現在一心一意地只想著要幫他，但也不想要在這種不明不白的狀態下給夏德承諾，那太不負責任了，他想。

「我只覺得你超帥，聲音好好聽，笑起來也好看極了，你要多笑，我喜歡你笑，我還希望你能再也不痛，我越了解越心痛，快要心疼死了。」賴田樂再次伸出雙手擁抱夏德，抬高下巴嗑在男人的肩膀上說：「然後我現在要再給你一個大抱抱，目前就是這樣，再多的我不知道你要不要，也不知道自己給不給得了，賴田樂其實超級膽小，我是膽小鬼田樂，我怕我自己受傷，也怕我在乎的人受傷，所以我認同你說的話，你覺得呢？」

不，膽小鬼並不會如此……坦承、暖心、乖巧，真的是又乖又可愛，讓人特別特別想抱起來寵，要不關起來自己養？夏德不是第一次這麼想了。賴田樂大可說些甜言蜜語哄他，反正他已經全然地信任他，但乖巧的孩子並沒有那麼做，坦然地說喜歡，卻止步於此，因為他也不確定，只是用盡全力在幫他、只是希望他再也不會疼。

不疼、不疼的，因為有人會心疼他，那就足夠了。

夏德沉浸在溫暖的懷抱裡，好一會後說道：「我覺得你可以再抱緊一點。」

「好。」

賴田樂還用力地抱了一次，大力拍拍他的背，夏德又笑出聲，摟抱著他說：「休息吧，以後多點戒心，再有下一次，我會控制不住我暴躁的脾氣。」

「不是在我身邊就不會嗎？我是指，暴躁的部分……」

「你想試試？」

「不、不了。」

夏德鬆開賴田樂，以拇指輕蹭他的額頭，他靠過去，吻落在靠近眼睛的位置，輕輕的、眷戀的……深刻地映在賴田樂的眼裡。

「早點睡，明天清晨就要出發了，出城後一定要緊跟著我。」

「……嗯。」

賴田樂不敢再皮了，他覺得眼睛好燙，只能瘋狂地眨著眼掩飾自己慌亂的心情，從明天開始就要面對未知的外面了，那是原作裡面也沒有寫到的劇情，是這個世界的原貌，他一無所知，但是沒關係，他會和夏德、吉、薩西維、珞茵娜一起……反抗這個世界的準則。

他已經不是隻身一人了。

而夏德也是。

遠邊的地平線仍是一片黑，在眾人忙碌之際緩緩地探出微光，一道一道的城門開啟，士兵們有條不紊地在自己的位置上等待，為首的夏德望向天邊，耀眼的光芒拂去夜晚的漆黑，燃燒天空，他俐落地上馬，回頭瞥了眼賴田樂，賴田樂於沒人能看見的角度比了個讚，想表示自己沒問題，夏德則沒有任何回應，只默默地收回視線。

無須多言，此時此刻男人在一片寂靜中朗聲發號事令：「出發。」

嗓音威嚴有力，伴隨著馬的嘶鳴聲，身後那一大片士兵的踏步聲整齊劃一，場面聲勢浩大，他們正在前進，趁著天色越來越亮之前穿過城鎮，出了最外的城門才是真正的開始，但賴田樂的腰背已經想軟下去了，更何況一路上他一直維持著里斯的高貴姿態。

賴田樂很早就起來著裝預備，醒來的時候夏德又不在了，他一邊想這傢伙真的有睡嗎一邊迷迷糊糊地洗漱更衣，等到他出來，很多人都已經在外面待命，剩下備糧的馬車正在進行最後確認，看到如此大的排場賴田樂馬上醒了，在迎向其他人前換了個表情，於眾多的視線下走到夏德的身後。

夏德至始至終都沒有向他說一句話，只以眼神示意，賴田樂有些意外，以為夏德不會在意他人的目光，但在他人的眼中大皇子和三皇子之間的互動若是親密友好確實不是一件好事，行軍的過程中賴田樂雖然是跟在夏德的後面，可都維持著微妙的距離。

「里斯殿下。」

賴田樂聞聲回頭，發現是烏諾斯後並沒有理會，吉也駕著馬擋住他，神官不應該在這麼前面的地方，他來的作用只是祈求平安賦予祝福，即使他被安排在前線，也應該要被護在中間。賴田樂不在乎烏諾斯來到他眼前的原因，可他不屈不撓地喚著里斯殿下，賴田樂依然看著前方，接著開口說：「你願意破壞規則賦予我祝福了嗎？如果不是，就回到你的崗位上。」

他說得很清楚了，烏諾斯若是聽不明白，那肯定是在裝傻，果然沒多久後烏諾斯的聲音就消失了，老實說賴田樂有些失望，如果他厚著臉皮繼續搭話的話，他們之間的關係可能還有挽回的餘地，也許烏諾斯會改變心意幫助他們，但烏諾斯連那一點點的可能性都不願意給予。

那就算了。

他繼續當他的神，而他繼續做自己該做的事情，賴田樂原本是這樣想的，但在休息的途中竟然看見烏諾斯被人團團包圍欺負的場景，賴田樂愣了愣，看了眼吉，吉則是撇開目光假裝沒看見，賴田樂也是這麼打算的，他只是來裝水順便洗臉清醒清醒，也和夏德說好馬上回去，然而旁邊上演的正是烏諾斯被揍飛的畫面，賴田樂頓住腳步。

「吉，你覺得那是烏諾斯故意演給我們看的嗎？」

「不排除那個可能性。」

「……他真的很討厭。」

「我一直這麼想。」

賴田樂還是回頭了，並且一上去便命令吉抓住帶頭人的拳頭，賴田樂頓時覺得那人有點眼熟，張揚的紅髮、囂張的嘴臉和毫無教養的舉止……賴田樂想起來了，擁有火爆個性的維特庫公子，這氣勢上絕對不能輸，賴田樂沉聲問道：「這是在對我們的神官候補做什麼？」

「里斯殿下……！」

「維特庫的公子都這麼無禮嗎？」賴田樂掃了眼周圍的人，親自擋在烏諾斯的面前質問：「還不行禮？」

「拜見三皇子！」

眼見自己的人紛紛跪下行禮，維特庫．阿德里臉色難看地甩開吉，視線直勾勾地瞪向烏諾斯，行動上是做出了禮儀，但態度完全沒有，他是看著烏諾斯說：「里斯殿下，這與您無關，請不要插手。」

「哈。」賴田樂並沒有退縮，反而扯著嘴對上他：「膽敢命令我？就算他只是候補，對我們的軍隊也很重要，你現在是在破壞神官考核以及大家的安危，阿德里公子，你要給你的家族蒙羞嗎？」

「你說什——！」

話說到一半吉便上前牽制住他，冷聲道：「不得無禮。」

「里斯殿下！」維特庫．阿德里被吉束縛著無法動彈，他只能激動地辯解：「您不明白！這無恥的神官搶走了我的未婚妻！」

賴田樂以懷疑的眼神望向烏諾斯，忽然覺得這好像挺有可能的，烏諾斯見狀，馬上為自己提上說詞：「並沒有那回事，里斯殿下，他未婚妻超醜。」

「你怎麼可以這樣說艾美！」

「我都說了多少次是艾美自己纏上來的！」

「怎麼可能！艾美可是連牽手都會害羞的女孩！」

「那是她不喜歡你！她在我面前可是馬上脫——」

「啊啊啊不可能！里斯殿下，請務必替我主持公道！」

早知道就不要摻進來了，賴田樂正在這麼想。他頭疼地捏著眉尖，先問：「烏諾斯，你真的什麼都沒做嗎？」

「怎麼做得了。」

「你這傢伙啊啊啊——」

「阿德里公子！請先答應我從現在開始不會有任何攻擊的舉動，否則我的護衛不會放開你。」

維特庫・阿德里狠狠地掙扎，發現自己仍然掙脫不了後才安靜下來，他神色狠劣，一字一句地咬牙道：「我明白了。」

「吉，可以放開了。」賴田樂指示，並瞪著烏諾斯說：「把你知道的都說出來，不要再說謊了。」

烏諾斯無奈地嘆息，抓著後腦杓的頭髮撓，抬眼迎向維特庫・阿德里的怒火，開始娓娓道來：「我、艾美和她喜歡的人是青梅竹馬，也因此艾美不想嫁給你，所以和我設了個局，讓你以為她和我出軌，以為這樣就能擺脫你，哪知道你這個人糾纏不清。」

「怎、怎麼可能——你說謊！艾美哪有喜——」

維特庫．阿德里突然安靜了，烏諾斯接著說：「想起來了吧？艾美的目光總是向著誰。」

「我的哥哥……」

喔，關係好複雜。

賴田樂尷尬地拉了拉吉的衣袖，吉緩緩搖頭，眼神放空，總之接下來維特庫．阿德里開始哭，他猛地衝向烏諾斯，賴田樂一驚，卻見他撲進烏諾斯的懷裡嚎啕大哭：「我真的好喜歡艾美……！」

「好啦好啦，你要成全他們啊。」

「對不起誤會烏諾斯哥哥了……」

「沒事啦，我和艾美串通這種事也有錯。」

賴田樂傻眼，完全不知道現在上演的是哪一齣。

最後是維特庫．阿德里的人帶走哭哭啼啼的主子離開，賴田樂無言，準備和吉一起離開時有種奇怪的感覺湧上心頭，整個世界突然停擺，所有人都停下動作，賴田樂皺眉，回頭望向烏諾斯，烏諾斯便開口說道：「這是烏諾斯的故事。」

「這是你幹的？」賴田樂在吉的眼前揮了揮手，確認他沒有反應後問：「然後呢？你想說什麼？」

「他喜歡的人是艾美，但為了成全他們自願當壞人，在這個身體裡面我能感覺到他的情感，卻不能理解。」烏諾斯抓緊胸前的衣服，很是掙扎，「很痛，我明明能感覺到，卻不知道為什麼這麼疼，我想了解、想了解你們……你不能跟我絕交，我就是不懂……我就是只能按照規定，而現在挨揍也是屬於烏諾斯的命運，我不能破壞，但你卻來了，為什麼幫我？」

他就像是吵著要吃糖並且一無所知的孩子。

「沒有為什麼，我只是按照感覺行事。」賴田樂試著說明：「我也……不明白，但就是因為有這種情緒，人類才那麼複雜吧。」

烏諾斯站在賴田樂的面前，如同孩子般不知所措，「可是，我不行……你以為我不想幫你嗎？規定就是如此……我已經違背規定很多次了……再繼續下去，很有可能被他們發現。」

「被誰？你說的世界管理局嗎？你都違背那麼多次了，現在才在擔心？」

「因為我開始在意了！不論是里斯、列瑞還是你，又或者這裡的每一位角色……我從最初到現在一直一直看著，這一次，是最有希望的一次，我不想要失敗。」烏諾斯垂下目光，不敢看賴田樂，「但是，我也不能讓世界管理局發現我的參與，我要是拒絕列瑞的召喚，就是拒絕準則，禁術其實是他們同意加進去的，所以他們會知道。」

「被發現會怎樣？」

「……我還不知道。」

「那你自己看著辦。」

「什麼？」

「你自己做決定啊，你說的世界管理局我又不了解。」賴田樂說得瀟灑，一點也不想要扛起烏諾斯的責任，「在最後做個自己不會後悔的決定吧，雖然之後我還是有可能怨恨你，或著向你求助，但最終你都要自己選擇，你有自己的斟酌和難關，沒有人能替你決定，每個人都是，不過你不幫我我還是會把你罵到臭頭啦，反正你自己無怨無悔就好，當然這中間不可能沒有抱怨或後悔，可那些都要自己吸收，起碼我沒有對不起現在的自己以及我在乎的人，我現在就是這麼想的，不論是決定幫夏德還是現在幫你都是。」

他真是一個帥氣的人，烏諾斯心想，有時候覺得他太天真了，有時候又特別果斷，說得很簡單，可並不是每個人都能如實做到自己的信念，賴田樂怨恨過害怕過，但他依然做出了抉擇，然後站在這裡，讓每個人都忍不住傾向他的率真。

烏諾斯無可奈何地輕笑，抬起眼問：「明白了，我會自己看著辦，那我們和好了嗎？」

「當然是還沒，你還是要幫列瑞啊。」賴田樂理直氣壯地說：「你自己決定要不要改變心意巴結我，我看你表現再說。」

烏諾斯試著討價還價：「吉也要跟我和好。」

「就說看你表現。」

「你真好。」烏諾斯望著停滯的天空，感慨：「我是說真的。」

賴田樂沒領情，「少來。」

烏諾斯聳肩，走上前說道：「其實我還是有一個朋友的，只是我對他不太好，他可能也沒把我當朋友，所以你才算是我的第一個朋友。」

「哈？」

「我現在個性這樣是受到烏諾斯本身影響，真正的我大概跟夏德差不多，就算心裡有一大堆的疑問，我也不會開口，總是臭臉迎人，更不會喊別人親愛的。」

「哇難怪沒朋友。」

「真希望這句話夏德能聽到。」

「請不要這樣。」賴田樂極為嚴肅，「請愛惜生命。」

烏諾斯大笑，彈指間世界恢復流動，他以笑臉迎向吉，吉愣神幾秒，看著旁邊的賴田樂問：「里斯殿下？」

賴田樂望向烏諾斯，沒有再多說些什麼，轉頭對吉道：「走吧。」

吉跟上賴田樂時也看了眼烏諾斯，烏諾斯笑著向他揮手，吉立即皺眉撇開視線，留下烏諾斯一個人待在樹底下，等到他們的身影遠去，他蹲下來，揉了揉自己被揍的臉，很痛，但這是他必須承擔的。

如同他已預料的結局，不論是他們的，還是自己的，他都已經做好無怨無悔承擔的準備了。

他們停靠在一條小溪旁稍作休息。

第一天必須趕路到靠近帝國邊界的森林駐紮，那裡錯綜複雜，能夠平安通過穿越的人並不多，據說只有帝國部分人士知道真正的路線，若是隨意闖入、稍有不慎就會在裡面迷路，因此對我方來說相對安全，好奇心旺盛的賴田樂就問過夏德怎麼認得路，夏德便淡淡地答道：「穿越森林起碼要花三天的時間，我自己認路比較快，就在那邊生活一個月適應。」

好的。

賴田樂沒繼續問細節了，不愧是最強夏德，因為不想要依靠別人，所以讓自己成為了泰山夏德，賴田樂佩服得五體投地，同時又覺得很煩，連這樣的夏德都覺得好帥好猛的自己超級煩，現在也是，眼前牽著帥馬喝水的帥哥，怎麼那麼好看？

賴田樂停下來欣賞幾秒，打算走近停在他身後，然而才剛起步，夏德回頭便說：「太久了，再晚個幾分鐘我就要控制不住脾氣去找你了。」

賴田樂微愣，放下顧慮直接靠近道：「我以為你今天沒打算跟我說話。」

「為什麼？」夏德側頭望著站在他旁邊的賴田樂，盯了幾秒說：「我只是看你裝里斯的樣子就想笑。」

所以才一直沒跟他說話嗎！賴田樂忍不住瞪他：「尊重喔。」

夏德牽著風石拍了拍牠，唇角微微勾起，「你好了我們就出發。」

「好了。」

賴田樂馬上應答，在走回集合地點的路途中，夏德靠近賴田樂，趁無人注意時小拇指輕輕地勾住他，「田樂，那個神官候補，我知道他，有時候卻會忘記，我想這應該跟你有關係，但你也無法明說，對嗎？」

賴田樂不知道這是第幾次敬佩夏德的直覺，「你說得完全正確。」

「能殺嗎？或者說，對你有害嗎？」

「不，目前來說對我無害，甚至之前算是友方。」賴田樂為遲疑一秒的自己感到羞愧，跟在夏德旁邊時常聽殺不殺的，一時遺忘了正常人的道德觀念，「他、他……現在我不知道他到底會不會幫我們還是……我不能再說了，有、唔嗯……有限制，他也不能幫太多。」

他最後說得極為艱難，烏諾斯的存在被強行抹去，那感覺並不好受，夏德看出來了，便停止這個話題，接下來繼續趕路，整個軍隊行進的速度驚人，秩序也在高水準之上，一路走來維持著肅殺之氣，那是對挑釁帝國之舉的怒氣，無人可以抵擋。

賴田樂即使累也不敢提出任何意見，第一個晚上直接睡死，睡前甚至是在吃東西，還好他們在帳棚內，夏德將他抱到簡便的床上休息，在離開前幫賴田樂按摩痠痛的身體，讓吉在外面守著後自己便去忙了，大概後兩天也是這樣，賴田樂這才終於適應，結束和夏德撒嬌的日子。

「不、不用把我抱下床，我可以自己來……早餐也可以自己吃。」

夏德明顯失落地收回手，能躲在帳棚裡的早晨和晚上，賴田樂完全就是被夏德服侍著，早晨將還沒睡醒的迷糊賴田樂抱起來幫忙洗簌，再讓他坐在自己的腿上親手餵食，這時候的賴田樂很聽話，要張嘴就張嘴，要咀嚼就咀嚼，吃完還用熱毛巾擦嘴巴、擦臉，中間時段賴田樂會打起精神趕路，晚上繼續被服侍。

雖然這幾天平安無事，但奔波的路程還要裝里斯的樣子真的讓賴田樂累壞了，有時候甚至要應付忠貞夏德派之人的小小刁難，他們總是能看準時機找麻煩，賴田樂默默吞下，也讓吉不用特意去對抗，他懶，無心在那些人身上浪費心力，然後還有烏諾斯煩人的巴結靠近，一點也幫不上忙的巴結，最多就是獻出自己的午餐肉塊，賴田樂直接躲在夏德身後讓他不能靠近，回到帳篷就放任自己跟夏德撒嬌，今天則是徹徹底底地清醒過來了。

「抱歉，那個……現在我好很多了，也挺有精神，這兩天軟爛成那樣我真的深感抱歉。」

賴田樂制止著夏德一直貼過來的熱毛巾，可腰上的手並不允許他離開，夏德認真地重複說『讓我來』，態度堅定到好像不給他來就是犯了大錯，最後賴田樂只好像隻無辜的小動物任由夏德打理、餵食。

「我、嗯……吃飽了。」

「還沒，再吃點，你體力太弱。」

「所以我現在好多了嘛。」

賴田樂的雙手抓著夏德的一隻手抵抗，夏德卻直接前進，將手裡的食物塞進賴田樂的嘴裡，哄說：「最後一口。」

於是賴田樂乖巧地坐在夏德的腿上，搗著鼓起的臉頰努力咀嚼，吃完後習慣性地張嘴讓夏德檢查，但這麼做的賴田樂忽然感覺到不對勁猛地閉起嘴，彆扭地道：「我又不是小孩，不必這樣啦。」

「小孩都吃得比你多。」

「哪有那麼誇張！還有真的不用再幫我了……我現在很清醒。」

「不同意。」夏德依舊以溫熱的毛巾替賴田樂擦拭著嘴，「我現在嚴重田樂不足，還是你願意在外面跟我肢體接觸？我也沒問題。」

「那、那就……在這裡抱抱就好了啊！」

「不夠了。」

「什麼不夠？」

夏德靠上賴田樂的頸肩，深吸口氣，沒有正面回答，反而轉移話題道：「哪些人在找你麻煩我都知道，已經處理了，還有明天就能穿過森林，之後的路途對你來說應該會更艱難，你要更努力撐住，我猜測君唯就會在那裡等我們。」

「我不會再像這兩天那樣了，已經差不多適應了。」

「我倒是樂意你向我撒嬌。」

賴田樂被夏德說的話堵得臉紅無語，他不敢往下看夏德的臉，撇開視線說：「抱歉，我是說真的……！明明是說要來幫你的，卻什麼都沒做，還當了拖累品。」

「不，每一次的出征，我的疼痛是毫無止境的，精神彷彿下一秒就會崩潰，但我撐過去了。」夏德摟緊賴田樂，氣息在他頸邊的肌膚上遊走，「你不知道我在幫你做那些事情的時候……我心情有多平靜，甚至開心、滿足，希望一輩子都這麼幫你。」

叮！您對夏德的心動指數增加了40%，目前總共是80%

叮！夏德的心動指數增加了43%，目前總共是91%（超過90%為摯愛）

叮！您對吉的心動指數增加了35%，總共是55%（超過50%為信任）

您與戀愛對象三的心動指數已達標，可偵測戀愛對象三的心動指數！

叮！吉的心動指數目前總共是72%（超過70%為喜歡、堅貞的忠誠）

叮！您對薩西維的心動指數增加了10%，總共是17%

叮！您對烏諾斯的心動指數增加了15%，總共是15%

叮！烏諾斯的心動指數增加了30%，總共是55%

『唉呦進度大躍進耶！有沒有想我！叮叮叮！夏德直接把你當作摯愛了耶，我不在的時候是發生什麼事情？分享一下啦好想知道，破處了嗎？大雞雞用起來感想如何？啊薩西維怎麼那麼可憐才15％？人家很喜歡你餒。』

熟悉的可惡語氣在腦中嘰嘰喳喳的，賴田樂沒想到自己聽到通知的響聲時會有種安心踏實的感覺，系統和西爾一起回來了，令賴田樂訝異的當然是心動指數最高的夏德，摯愛？摯愛……？賴田樂愣愣地望向夏德，夏德也剛好抬起頭來，他就這麼撞進男人的眼中，熱度正在攀升，賴田樂不自覺地舔了舔乾澀的唇，手搭上夏德寬厚的肩，他緩緩地靠近，最後猛地摟抱住夏德的脖頸，掩飾自己的情不自禁。

「那、那就再抱那麼一下下吧……如果能讓你好點，就、好啦也不是不可以當廢物，我就廢，你要照顧我。」

夏德被悶在賴田樂的頸邊，他含糊地笑問：「你剛剛是不是想親我？」

賴田樂更是摟緊夏德，企圖掩飾什麼，大聲嚷嚷：「沒有！親什麼親！」

**叮！您對夏德的心動指數增加了2％，目前總共是82％**

『82％也很高了耶，我就說吧！我就說吧！驚天動地的戀愛即將要達成了嘛！嗚呼呼呼，恭喜喔，再加把勁就能完成主線任務了。』

『……西爾。』

『嗯？』

『不是說這段時間的心動指數不會計算嗎？』

『啊你看夏德一眼心動指數就爆表我是有什麼辦法，同理夏德也是，喔……這部分有漏洞，因為我只能夠偵測目前的心動指數，嗯……就這樣吧，系統沒辦法突然更改修理。』

『有夠不負責任的！』

『人家只是戀愛小幫手欸，人家委屈，人家——』

『好了閉嘴。』

熟悉的橋段。

賴田樂頭疼地結束對話，時間也差不多了，他們必須準備繼續出發，離開前夏德還捧著他的臉同樣在靠近眼睛的地方落下一吻，賴田樂緊張地閉氣，在他離開後莫名有些失落，他也是男人啊，想要對喜歡的人做些什麼……也是當然的，只是還沒有鼓起勇氣罷了。

**叮！獎勵任務：不要慫！親起來！攻略大皇子的嘴唇吧（都是成年人了，請唇舌交纏，有吻出聲音才算）成功後存活率增加8％，未成功存活率減少16％，提醒您，當前存活率為70％，時間剩餘12小時**

賴田樂是在馬上接收到任務的，他都還沒有向西爾抱怨，西爾就自顧地說起來：『親親可以啦，都摩擦過人家的雞雞了，所以我不在的期間到底發生了什麼事情？有抽插嗎？』

賴田樂清淨久了，聽那一連串的話忍不住抱怨：『你好吵。』

『沒辦法我怎麼知道只不過休眠五天就錯過了全世界！』

賴田樂輕嘆，只好將這幾天發生的事情一字不漏地說給西爾聽，不料對方聽完之後反應十分冷淡，它什麼都沒有問，就這樣默默地沉靜下來，賴田樂反而覺得不對，『西爾？』

『……你很棒，辛苦了。』

『你怎麼回事？』

『沒什麼，只是……啊，我真的錯過了很多啊。』

『就這樣？』

『不然哩？啊你們都這樣了怎麼沒有插插？』

『你很煩！我要專心了別再和我搭話！』

賴田樂又一次強制結束對話，這時候的親親任務和當時的摩擦雞雞任務哪能一樣，不是說那時候沒有心動，但現在就是了解心動、承認悸動，要是真的親了上去，這之後該怎麼辦？說是任務回來了？那夏德……會有什麼樣的反應？他猜想不到，也不敢想像。

賴田樂討厭死了這樣做不出決定的自己，虧他還跟烏諾斯講了大話，不會後悔、無怨無悔……但怎麼做，才是最好的選擇？

賴田樂煩惱到晚上休息時間都得不出結果，他自動地走進夏德的棚內，此時的夏德背對著他，賴田樂不知道要不要直接把這個任務先告訴他，然而當他要靠近夏德時，夏德猛地舉劍轉身抵著賴田樂。

「夏、夏德？」

夏德明顯一愣，他放下手中的劍，站在原地一動也不動，賴田樂突然有不好的預感，靠過去呼喚了好幾聲夏德，夏德垂首，向他搖了搖頭，並伸手摀住賴田樂的嘴。

「……我聽到了。」夏德抬起頭，望向遠方，「敵軍的聲音。」

「什麼？」

夏德緩緩地抬手牽住賴田樂帶他到椅子上坐下，他蹲在賴田樂的面前，伸手的瞬間有些遲疑，他觸碰著賴田樂的臉，淡淡地道：「田樂，我看不到了。」

賴田樂怔愣，聲音止不住顫抖：「你說什麼？」

「毒效發作了，大概是從下午的時候開始……抱歉，我以為萬無一失，結果敗在這裡。」

「不、不……」賴田樂也蹲下來觸碰著夏德的臉，他的目光確實失去了焦點，賴田樂一時陷入了慌亂，「怎麼會？我明明……你怎麼不早點跟我說？我該怎麼幫你、我該……我靠近你也沒用了嗎？」

賴田樂想起烏諾斯說過的話。

「因為、因為……我逐漸變成了亞勃克……你說的敵軍，是君唯嗎？為什麼是這種時候？你怎麼辦？怎麼辦？先躲起來……」

「冷靜點。」夏德閉上眼仔細聆聽，一面緊抓著賴田樂的手給他力量，「這不是你的錯，我已經在你這裡得到很多了，只是……我大意了，你現在該做的就是離開這裡，我保護不了你。」

「什麼、不，我怎麼可能丟下——」

外面突然傳出劇烈的響聲，賴田樂一驚，拉著夏德就想走，可對方聞風不動，賴田樂又氣又急，「快點！你不能這樣、夏德！夏德！」

「里斯殿下！」

外頭明顯發生了什麼事情，眼見吉闖進來，賴田樂立即喚他：「吉！快點帶夏德——你做什麼！」

賴田樂倏地被夏德禁錮住，他拉著他將人扔給吉，並說：「帶他走。」

「不、我不走！」賴田樂掙扎著，卻被吉一把扛住帶走，他不敢相信此刻的發展，終於忍不住掉著淚喊：「夏德！夏德！吉，快放開我！夏德！」

「恕難從命。」

「吉！」

賴田樂心急，但吉扛著他在人群中穿梭躲避並不是件簡單的事情，他不想讓自己的無理取鬧傷了吉，可是夏德現在看不到了怎麼辦？

接下來還會失去嗅覺、聽覺……賴田樂振作起來咬牙思考，周遭的景象卻讓從來沒有經歷過戰爭的他腦袋空白，森林燃燒了起來，許多人拿著武器往前衝，有人被困在火裡掙扎，背後傳來廝殺聲，濃厚的血味讓他忍不住作嘔，殘缺的手、腳、器官映入眼簾，怎麼辦？怎麼辦？不知道，他能在這場戰爭中活下來嗎？怎麼沒有注意到夏德的狀態？而他還在想什麼最好的選擇？

真是搞笑。

他只思考到自己。

他根本什麼都做不到。

無助弱小的賴田樂只能掉著淚哀怨，他完全不知道該怎麼辦，這時候吉卻突然將他放下，賴田樂愣愣地坐在樹邊望著他，只見吉微微一笑，替他擦去淚水，說：「請不要哭，里斯殿下，你已經做很多了。」

「我答應過您，一定會活下來，現在我必須先處理掉跟在後面的敵人，因為人數眾多，我可能要請您先自己一個人往前方的小道前進。」

「不可以。」賴田樂瞪大眼睛按住吉說，「這是命令，吉，我看過很多、很多書……這麼說的人都、都……總之就是不可以！」

「以後，可以跟我分享嗎？」

「什麼？」

「我想，您說的書皇宮裡應該沒有。」吉扯開了賴田樂的手，這是他第一次迴避了賴田樂的命令，「里斯殿下，我能知道您真正的名字嗎？」

賴田樂一頓，人都傻了，「你怎麼會……」

「您與里斯殿下那麼地不同，我怎麼會沒有發現？」吉露出無奈的微笑，站起來舉劍預備，低聲解釋：「您的習慣、喜好、個性、舉止步伐……是不可能一天就完全改變的，我效忠的，一直都是您。」

賴田樂想要站起來跟上他，可是雙腳不管怎麼樣都使不上力，他對自己氣瘋了，直接喊道：「田樂，賴田樂！」

「好。」吉只給賴田樂看見背影，他輕聲說：「田樂殿下，請務必保重。」

**叮！您對吉的心動指數增加了5%，總共是60%**

**叮！吉的心動指數增加了3%，總共是75%**

沒用的東西、沒用的東西！

賴田樂怒捶著草皮，指甲陷入泥土，心動指數有什麼用，給他力量啊！站起來的力量！

賴田樂一邊哭一邊撐地，沒用的東西其實是自己，他知道的、他知道，真正遇到事情時，只有自己什麼都不會，賴田樂那麼那麼平凡，做不了救世主的。

他知道，他都知道啊。

可是、可是——他還是想要去到他們的身邊啊。

「我喜歡你、我喜歡你……我要說給你聽，狗屁無怨無悔的選擇……我喜歡你啊夏德！要死大不了一起死！」

「吉！田樂殿下個屁，我才沒有那個價值……我只是個會說大話的混蛋，我什麼都沒有做，什麼都沒有！」

「所以、所以——」

賴田樂歪頭躲過亂射而來的箭，臉頰擦到流出鮮血，他終於重新站起來，一把鼻涕一把眼淚地拾起腰上的劍。

不要死，誰都不要。

『西爾。』

『請不要擅自行動！這並不是兒戲！』

『我知道，我當然知道，我只是想跟你說……你不在的時候其實我挺想你的。』

賴田樂已經做好了心理準備，然而當他踏出一步時，忽然有人從後拉住他的衣領，「賴田樂！」

映入眼中的即是一身凌亂的烏諾斯。

「跟我來！夏德需要你！」

# Chapter 5、結局

此刻的烏諾斯已經卸下神官的長袍，黑色的上衣也有一些破損，他白皙的臉頰上沾著灰土，神色緊急真摯，賴田樂僅猶豫一秒便搭上他伸過來的手，烏諾斯握緊他，帶他穿越森林戰場，過程中竟然沒有人注意到他們，賴田樂看著他的背影，一絲絲的委屈湧上心頭，道：「吉也……！他為了保護我自己一個人去擋下敵人了！」

「沒事，我朋友如有生命危險，我會知道。」

烏諾斯回頭耍帥地笑了笑，一會收起笑容說：「現在危險的是夏德，但送你過去後你就要自己想辦法了。」

「你不是說……！」賴田樂深知自己的無力，忍不住紅了眼眶，「不能幫我？這樣你沒事嗎？」

「你不也說了，要我自己做決定。」烏諾斯拉著賴田樂躲避，他的確不能介入人類的生死，只要他想，其實也是可以結束這場戰爭，但他並不能做那麼明目張膽的事情，「我可不能眼睜睜地看你投入那險惡的戰場吧？就像你看我被欺負了也站出來幫我，現在我只是也那麼做而已。」

**叮！您對烏諾斯的心動指數增加了5%，總共是20%**

丟臉的傢伙。

賴田樂咬牙譴責自己，他對烏諾斯說了大話又對他做了一些無視的幼稚舉動，現在卻只能流著淚接受他的幫助，賴田樂撇下淚水，這就是他，這就是賴田樂，而賴田樂……會再一次、一次……一次地站起來，去迎向他的希望。

沒用又怎樣、接受幫助又怎樣，有沒有活下來才是最重要的，反正他一路走來也是依靠了許多人，賴田樂重新振作起來，厚著臉皮問：「既然都幫我了，就幫到最後不行嗎？」

「哈。」烏諾斯笑出聲，「你這人才是損友，老實說，我無法向你保證。」

烏諾斯停下來，他微微喘息，轉頭看著賴田樂認真地說道：「我已經看到這次的結局了，這都是你們的選擇，也許中間還會有變數，我無法干涉，但結局之後，所有的事情我會承擔，所以最後你要告訴我你的選擇，屬於你的……無怨無悔的決定，現在，去夏德的身邊吧。」

賴田樂被烏諾斯推一把，他踉蹌了一下，本來要往前跑了，隨即又轉身回頭擁抱烏諾斯，低聲說了句謝謝後才離開。

**叮！烏諾斯的心動指數增加了6%，總共是61%**

賴田樂頭也不回地離去，他看見不遠處的夏德，一整排的士兵拿著長柄槍與他對峙，夏德並沒有因此退卻，反而他往前一步，士兵跟著後退一步，他身上淌著血，目光迷離，氣勢卻強盛凌厲，彷彿他們只要越線，必死無疑。

這時候有人從士兵群中走出來，一頭俐落的橘色短髮很是顯眼，他的右眼戴著眼罩，身形修長纖細，他丟下手中的武器，不悅地開口：「你這是怎麼回事？問題不回答，說什麼也沒有任何反應，只站在那邊一副要殺不殺的，在小看我嗎？」

夏德聽不見了，賴田樂意識到這件事，卻聽見夏德開口：「君唯嗎？」

「喔，還認得我啊？」

「你如果看到里斯，不要傷害他。」

「哈？你說……三皇子？」

「他是我的人。」夏德以劍抵地，鎮守著此處，「別動他。」

君唯傻愣，笑出聲：「搞什麼啊，這就是你一直擋在這裡的原因嗎？但怎麼辦？你保護的三皇子自己來了欸？」

賴田樂一頓，從暗中走出來，他停在夏德的身邊，伸手牽住他，夏德默默地回扣，低聲問：「你來做什麼？」

「做我該做的事情，你可能聽不到了，但我還是想說……其實我什麼都做不了，你看，我的手在發抖。」賴田樂呼出一口氣，鼓起勇氣面對眼前的火光與敵人，「可是兩個人一起面對，總比一個人好。」

「南國叛亂的原因是什麼？」

賴田樂大聲詢問，只見君唯微笑，接著大翻白眼：「好吧，好吧，我再說一次，我是不會交出我們的公主殿下，你們已經剝奪他們很多東西了，所以這一次我們主動出擊。」

「等等，你的公主殿下是誰？」

「什麼？」君唯驚叫，一臉不可置信地看著他身邊的士兵問：「怎麼會有人不知道我們偉大又美麗的公主殿下？」

賴田樂還是很困惑：「所以是誰？」

「卡瑪茜．爾亞。」

「……好。」賴田樂的反應極為平淡，「你是為了她背叛帝國嗎？」

「哪有背叛那麼誇張，我只是跳槽，而且背叛的是夏德殺掉的那個，我只是消失而已。」君唯一談起他的公主，整個人忽然羞澀，「我對我們的公主殿下一見鍾情。」

「你遇見公主的時候……」說話的人竟然是夏德，他遲疑一會才繼續開口：「她才十歲，還是十一歲？」

「所以我等七年了，七年！結果你們現在要我把公主殿下嫁過去？」君唯怒吼，長柄狠敲著地，士兵們一同動作，響聲很有魄力，如他的吶喊：「想都不要想！我們的公主要在南國和我過著幸福快樂的日子！」

當君唯正在大聲告白的時候，賴田樂正和夏德說悄悄話。

「你聽得見了嗎？」

「嗯，講大聲點的話能聽見，地面的震動，我也感受得到。」夏德將賴田樂摟過來，「你有沒有受傷？讓你離開為什麼不聽話？看，那傢伙不正常，而現在的我沒辦法保護你。」

「聽不到啊？」賴田樂嗓音刻意降低，幾乎是以氣音說：「我喜歡你……唔！」腰上的手一瞬間掐得很緊，夏德垂首靠近，皺眉問道：「你說什麼？」

「等等等，你們給我等等等！」

君唯指著距離為零的兩人，打斷他們的對話，「現在是怎樣，有沒有在聽我說話啊，我可是不會隨隨便便跟別人講我和爾亞公主的愛情史耶，我看這樣好了，我問你們一個跟爾亞公主的事情，我就答應不會傷害里斯。」

「好。」

「夏德！」賴田樂急得扯下他的衣領，湊近他的耳邊說道：「我剛剛沒在聽！」

「你剛剛到底說了什麼？」

「現在那不是重點！」

此時的君唯故意咳了幾聲吸引注意，「好，那麼，我和爾亞公主第一次的初吻是什麼時候？」

「剛見面。」

夏德平靜地答道，不平靜的反而是另外一邊，君唯點頭，正想說答對時，他的士兵都看著他，有人忍不住出聲：『等等、你不是說都是等公主殿下成年後才出手嗎！』、『你竟然欺騙我們！』、『那時候公主殿下才幾歲啊！』、『你這個禽獸！』……然後他們打起來了。

「有什麼辦法！我情不自禁啊！公主當下也被我帥得不要不要！」

「你這個變態！」

「變態！」

「我們還想說公主殿下、殿下她——怎麼那麼快就懷孕了！」

「喔這個我真的是公主殿下成年後才射——等等等怎麼還直接攻過來了！敵人在對面！對面！」君唯直接逃到夏德和賴田樂的眼前，邊擊落長槍邊笑道：「就是這樣，所以我更不可能將我的公主殿下交給你們。」

他是真的一點也不害怕夏德。

這個距離下賴田樂感覺得到君唯給人的壓迫感，即使如此也上前擋在夏德前面，極力澄清：「我們沒有要迎娶你的公主殿下，並且對你的公主殿下毫無興趣。」

「怎麼可能！一定是你沒看過——我不會讓你看的！」

賴田樂有點不耐煩了，忍不住吼回去：「那你說是誰要迎娶！」

「是列瑞！那該死的！徵召我們的公主去當他的宮女！可笑！」

「什麼？」

賴田樂一瞬間釐清了事情的真相，他為什麼以亞勃克慫恿他、為什麼戰爭會突然降臨……那都是列瑞想要藉此殺害夏德的計謀。

「不管你相不相信……我們並不知道那件事情，只知道南國叛亂，列瑞下達命令要夏德前去平定，這就是列瑞的計畫！」賴田樂選擇說出真相賭一把，「他要殺了夏德，復活安絲娜。」

「要復活……」君唯反覆唸著那名字，冷聲回應：「當我笨蛋？」

「如果你的公主殿下死了……」賴田樂賭著瘋子的思緒，反問：「你不會尋找那一絲的可能性嗎！」

「我會。」君唯幾乎是秒答，爾後他猶豫幾秒，「嗯……好吧，我懂了，但你們不能以這點說服我，也有可能是串通想騙我——」

「不會的！」賴田樂大聲地打斷君唯，抓著夏德呼喊：「我和夏德彼此相愛！」

「什麼？」

賴田樂當眾踮起腳尖拉著夏德吻上去，他碰了一下便紅著臉微微退開，然而剎那間又被攬回去，賴田樂一愣，望進男人的眼中，夏德輕咬著舔進去，一上來就是深吻，賴田樂微弱的掙扎呻吟一點一點地洩出去，不知道什麼時候開始周遭安靜下來，只剩下激烈的親吻聲音。

**叮！獎勵任務達成：不要慫！親起來！攻略大皇子的嘴唇吧（都是成年人了，請唇舌交纏，有吻出聲音才算）成功後存活率增加8%，當前存活率78%**

「夏、等……唔嗯、嗯……你看得見……嗯！」

「嗯。」

賴田樂整個被夏德壓入懷裡，他的雙手抵在男人胸前動彈不得，想要退開，夏德便馬上追上侵略，最後賴田樂軟軟地妥協，微張著嘴，舌尖被捲著吸咬，一些不知道是舒服的、還是難耐的聲音從喉嚨裡求饒地哼出來，畫面以及聲響露骨色情，沒有人敢出聲制止，除了君唯。

「竟然是比我跟公主殿下還要刺激的禁忌之戀！同性之外還是兄弟！」

君唯倒抽一口氣，一副非常感興趣的樣子回頭對士兵們說道：「喔我就知道他們不是兄弟！長得有夠不像！酷耶！他們親親好色喔！有夠香辣的，要不是我心有所屬就勃起了！」

「君唯。」夏德將迷迷糊糊的賴田樂護著，隔絕其他人的視線，「你了解我。」

君唯頓時斂起神情，一臉嚴肅，目光像是在打量夏德懷裡的人，他走回原先站的位置，翻了個大白眼，「好啦，好啦，勉強相信啦，你可是夏德，要不是有他，你肯定自己大開殺戒，才不屑其他方法，我也有猜想過我們可能會損失慘重，畢竟是你……永遠只相信自己的傢伙，現在栽在自己的弟弟上，豈不是……有趣極了！」

賴田樂真想吐他一臉口水，但他依然靠在夏德的胸前等待。

「你真的能對你的弟弟勃起啊？」

「能。」

君唯彷彿被夏德的回答速度給噎住了，他擺手，從衣服的內袋拿出長型的發射器向天空擲出，隨即丟開發射器回頭大聲說：「好了好了收工收工，既然沒有人要搶走我的小公主，那我要回去找我的寶貝和小寶貝了。」

「等等。」夏德出聲挽留，「我還有事需要你幫忙。」

「什麼？你們亞勃克之間的事我才——」

「我們要推翻列瑞。」

君唯馬上微笑，勾著他旁邊的士兵們道：「說來聽聽吧。」

南國人熱情豪邁，說好聽一點是不拘小節，說白一點就是過於奔放，引人不適以及困擾的那種，於是現在上演的即是南國人到處騷擾帝國人的戲碼。

「沒有啦你們家的隊長還活著，在我們那邊吃香喝辣還娶了妻子。」

「那顆頭是砍了我們的囚犯然後偽裝的啦，有沒有很像？厲害齁。」

「欸有空來我們家玩啊！啊不過帝國人來我們這可能會被圍毆……」

「幹嘛？你們有死人我們也有啊！誰不會難過？但自己有沒有活下去才是重點！」

「帝國人的武器真好啊……喔可以借我嗎？好耶兄弟們來玩囉！」

「聯合西大陸的邊境族民當然只是放話嚇你們，那邊的人很難搞耶。」

「沒事啦既然知道你們對我們的公主殿下沒興趣就可以和平共處！雖然還是很討厭帝

國人但眼下這種狀況就不計較那麼多了。」

「是說你們的大皇子很猛……」

「對你們有沒有看到那激烈的啾啾？」

「真的是禁忌之戀……你們不要嫌棄還是怎麼樣的……人家為了解開誤會直接親給我們看！這個魄力！真男人！」

一直以來都是南國人在說話，不論是沒事的還是在養傷的都不停地嘰嘰喳喳，惹得訓練有素的帝國士兵終於忍不住開口：「我們的夏德殿下當然是最厲害的！整個帝國沒人比得上他！」

有第一人開頭，接下去第二個、第三個也陸續出現。

「夏德殿下是第一！」

「我願意一輩子跟隨夏德殿下！」

「夏德殿下不論跟誰在一起都沒關係！」

「沒錯沒錯！」

外頭的聲音一字不漏地傳進夏德的耳裡，他和君唯一起待在臨時架起來的帳篷裡討論後續，君唯輕笑揶揄：「你看，我就說吧，你在士兵中人氣很高。」

「那只是表面上，有逃兵。」夏德毫不留情地說，「不排除是回去向列瑞報告的可能性，我已經派人去追，但不確定性太高，所以我們明天在天亮之前就要行動。」

「也太急了吧？有很多傷患耶。」

「做不到？」

「當然是做得到。」

「你這樣沒問題嗎？」

「你指什麼？」君唯猛地抬起頭，驚呼：「唉呦我的天，你是在關心我嗎？我跟你說雖然我和外面那些人很常打架，但都是彼此信任的關係，而且南國人很講義氣，我決定幫你，他們就也會幫你，跟帝國人才不一樣。」

「貶低帝國人並不會惹怒我。」

「好吧，我只是覺得你生氣或是不理人的樣子我比較習慣。」君唯聳肩，「話說回來，你的小寶貝呢？要等他來再繼續討論嗎？」

夏德明顯停頓幾秒，他慢慢地說：「……他去找他的護衛。」

「喔？喔喔？」君唯的笑容越擴越大，大膽地以手戳夏德幾下，問：「怎麼？找護衛不行啊？還是說，你對人家有敵意？里斯的護衛是哪位？我記得……等等，是我想的那位嗎？」

「吉。」

君唯浮誇地倒抽一口氣，手到處比劃：「你是說，那個跟你一樣總是面無表情，還對人世間毫無興趣的那個男孩？那個……被我瘋狂訓練也不哭不鬧，完全沒有怨言的吉？」

夏德淡淡地瞥向他，「他為了保護里斯，自願斷後，現在不知道是生是死。」

君唯驚得大退三大步，「真的假的！啊沒事啦那可是我親手訓練的吉耶，重點是里斯到底是什麼人物？不就三皇子嗎？你們兩個竟然都迷上他！難道是他那方面很厲害嗎？是嗎？」

夏德這次沒有回應，只是瞪著君唯散發不悅的氣息，好像是在警告，君唯自討沒趣，立刻閉上嘴，大概安靜幾秒，忍不住又開口：「你放不下心的話要不要親自去接人家過來？吉犧牲自己保護里斯……這事不用去了解一下嗎？」

夏德垂下目光看著油燈沉默，君唯仍舊維持著可惡的笑臉，不久後夏德拎起劍瞥過君唯走了出去，君唯大笑，憶起他們最後一次見面，這人依然大步流星地向前走，他每一次都是如此迎向敵軍，面無表情、毫無生氣……因此君唯對於自己的去留一字不提，反正他不會在乎。

可憐的男人啊。

他看著夏德總是那麼想，但現在那個男人……終於、終於……活得像個人了。

「唉，晚回去肯定會被爾亞公主罵的。」君唯伸了個大懶腰說道。

重傷者基本上會被分配到棚子底下休養，而不幸死亡的士兵安置在不遠處的平地上，那裡已經挖出一個地洞，預計快天亮之時安葬入土，賴田樂停留在棚子底下查看，完全生不出踏出一步的力氣，可在這裡轉了一圈又一圈，就是沒看見吉的身影。

其他地方他都看過了，除了安葬之處。

賴田樂頓時陷入恐慌，周遭的聲音漸漸消失，腦裡嗡嗡作響，西爾一直要他冷靜，他也知道啊，但腦中只不斷浮起吉最後離去的背影以及自己站不起來的軟弱，要是、要是他能再堅持一會就能讓烏諾斯帶著他們走……

「里斯殿下！」

賴田樂猛地回過神，愣愣地道出出現在眼前的人：「阿德里公子……」

維特庫·阿德里彎腰敬禮，爾後抬起視線問道：「請問您是在找人嗎？」

「吉……！我的護衛！你知道他在哪裡嗎？」

賴田樂屏息等待，只見維特庫·阿德里手持著紀錄單查詢，然後說：「你的護衛被安排到後面的帳篷裡，烏諾斯……不，神官正在為他們進行祝福——」

賴田樂還沒聽完便轉身跑出去，他略過安葬之處衝到一個小帳棚前匆忙地打開，映入眼簾的即是烏諾斯以及躺在床上休養的吉，他的上半身被包紮過了，雖然腹部上有些滲血，但臉色正常無事，賴田樂不禁腿軟，拉著帳篷門跌落在地。

「里斯殿下！」

「我沒事，不用起來，躺好！」

賴田樂抬頭看見烏諾斯靠過來的笑臉，搭上他的手站起來，一步一步來到吉的面前，他仔仔細細地看著吉，忍不住哽咽：「你沒事真的是太好了……」

「我遵守約定了，也聽說您和夏德殿下的親吻結束了這場戰爭。」吉勾起嘴角，從他的喉嚨裡竟然傳出了沙啞的笑音：「哈、哈哈……」

「吉……？」

「殿下。」吉動了動指尖，輕拉著賴田樂的衣袖誠心地道：「有您在真好。」

賴田樂猛吸鼻子，忍著沒哭，「我原句奉還！」

「那真是太榮幸了。」

吉笑說，兩個人相視而笑，烏諾斯卻忽然插進來揮手問道：「所以我們和好了嗎？和好了啦，好啦。」

賴田樂推開他的腦袋，哼聲說：「你如果繼續幫我，我們就升為摯友，對吧，吉。」

「……是。」

「太狡猾了吧！竟然是摯友！摯友！怎麼能拿這個和我談條件！」

「你自己決定啊。」

「也是……！」

烏諾斯握著拳頭一臉糾結，可他忽然一抖，躲在賴田樂的身後假裝對著吉念念有詞，賴田樂和吉都是困惑，下一秒又有人掀起帳棚，是夏德，他的目光掃射著內部，最後停留在烏諾斯上面，爾後才移開，來到吉的面前沉聲誇獎：「做得好，即使沒有騎士契約，你也展現了最高貴的忠誠。」

「謝謝夏德殿下，我只是做我該做的事情，請原諒我無法起身。」

「無妨。」

「夏德殿下，我有件事想跟您說。」

「說。」

「我是支持您和里斯殿下的。」

夏德微微挑眉，賴田樂倒是僵住，不過吉馬上提起其他事情：「另外，我看見幾名士兵試圖逃走，但我那個時候正在應付敵軍，無法制止他們。」

「是嗎，無所謂。」夏德對於自己隊上有士兵叛逃的這件事並無特別的反應，轉而向賴田樂說：「我來接你，君唯要我們都到場才願意繼續討論。」

「好，吉你好好休息。」賴田樂推著裝模作樣的烏諾斯，「顧好吉。」

烏諾斯不知道為什麼突然盯著夏德發愣，在賴田樂碰他的時候才回過神來，他點點頭，繼續假裝自己是個乖巧盡責的神官候補，還好夏德拉著賴田樂就走了，賴田樂一出帳篷便又問：「你真的沒事了嗎？雖然剛剛問你很多次你可能有點煩了，但——」

「沒事，現在看得到也聽得到，感覺不差。」夏德掃射著那些周遭投射過來的目光，那些人立即迴避視線，夏德當眾摟住賴田樂的腰，低聲繼續道：「只是你不在身邊，感覺就不好。」

賴田樂眨了眨眼，抬頭有些不滿地問：「……這是實話還是情話？」

「都有。」夏德坦然地繼續說：「要我們都到場是騙人的，君唯無所謂，是我想找你。」

夏德的誠實讓賴田樂感到些微彆扭，他不是想要自作多情，只是他真的越來越了解夏德，「你……你又吃醋？但那沒辦法啊，吉他——」

「我知道。」夏德倒也沒有反駁，「但我就是會吃醋、會在意，那也是沒辦法的事情，畢竟我們現在彼此相愛。」

彼此相愛。

那的確是賴田樂說過的話。

賴田樂無從辯駁，只能弱弱地紅著臉附和：「您說得是。還有……那個，吉知道我的真名了。」

夏德的神色沒有任何改變，他問：「是無可避免的緊急情況嗎？」

「是。」

「那你再想辦法補償我。」

「……好的。」

『欸你被夏德吃得死死的耶。』

西爾突然刷存在感，賴田樂乾脆自暴自棄地說：『嘿啦現在要我躺平給他啃我也願意。』

『放心那種任務很快就會有了。』

『……我說笑的。』

『呵呵。』

不，感覺真的會被啃。

賴田樂憶起先前的那個吻想道，隨即晃了晃腦袋將那些淫穢的想法移出，現在要面對的是那個瘋子君唯，不能以常理看待，但氣勢上也不能輸給他，賴田樂挺過人群的視線，與夏德一起回到南國人的面前，不過讓他訝異的是此刻兩邊的士兵已經和樂融融地談成一片了，是他們到來才安靜下來。

君唯老早就笑著和他們打招呼，夏德自然地走到人群的前方，下達命令：「各隊的團長或是隊長吩咐下去，時機已到，為此我們要與南國人合作，如有不滿或者想要臨陣逃脫的人……我並不會阻攔，明天清晨時刻即刻出發，這個夜晚，你們自己想清楚。」

「就這樣嗎？」君唯刻意大喊出聲：「夏德殿下──邀請我們合作是不是該多說一點啊？或者，里斯殿下？要不要說幾句？」

夏德立即伸手制止賴田樂，他瞪著君唯，沉聲說道：「列瑞荒淫無度，無心處理政事已經有好長一段的時間，他的暴行大家有目共睹，相信也有不少人是被強制徵招而來的，帝國……不，不論是帝國還是南國都不需要這樣的君王，也因此──」

「要推翻那個暴君！」君唯接下去，回頭對著自己的人大聲詢問：「欸各位！他們要推翻列瑞！那個公主殿下最討厭的列瑞！加不加入！」

「加！加！加！」

雄厚的附和聲彷彿要響徹雲霄，整個森林都是南國人的聲音，帝國人不甘示弱，馬上有人喊：「支持夏德殿下！」

「還有里斯殿下！」

被呼喚到的賴田樂一愣，他不知所措地望向夏德，夏德則是把他牽來，場面莫名更加火熱，南國士兵甚至有人趁著氣氛喊道：「親一個！親一個！親一個！」

然後那些人就接收到了夏德殺人的目光，氣氛在瞬間冷了下來，頓時一片寂靜。

「好啦那就這樣，今天晚上好好休息，明天一早正式出發！把列瑞打下來！」君唯朗聲宣告拯救氣氛，接著露出噁心的笑容轉頭看向賴田樂以及夏德，「接下來給我們的小倆口一些個人的空間吧！剛剛那個親親實在是有夠激烈的，等等可能更加激烈，大家睡覺可要遠離這個帳篷喔！」

南國士兵聽到君唯這麼說後紛紛笑出聲，只有夏德這邊的人沉默不語，甚至戰戰兢兢地看著彼此的臉色，形成強烈的對比，但沒想到夏德卻應著他的話說：「那還不快滾？」

君唯微微愣怔，大吹口哨，南國士兵也同高喊，莫名其妙地拉著帝國士兵原地解散，賴田樂有點尷尬，特別是腦中又重複播放著剛才那個吻，他想原地消失，可夏德緊抓著他，轉瞬間就將他攬回帳篷，外頭又出現聲音，有點像一群男人看到恩愛的情侶在叫囂，賴田樂不禁問：「你的士兵原來是這樣嗎？」

「並沒有，那是南國的士兵……嘖。」

賴田樂有點想笑，沒辦法贏過享受之人，大概就是這回事，尤其帝國的氛圍總是那麼緊繃，遇到歡樂又熱情的南國人很難不受影響，兩人就這樣默默地等待著所有人離開，沒多久後周圍才漸漸地安靜下來。

背後的熱度透過衣服傳遞，賴田樂低著頭不發一語，只感覺到夏德越攬越緊，呼吸在耳側徘徊，「他們還在外面，是君唯他們。」

「……難道還在懷疑我們嗎？」賴田樂輕扯著他的手臂，轉過身半開玩笑地道：「那不然我們再激烈地親——唔！」

他猛地被抱了起來，夏德托著他的臀、攬著他的腰，微微揚起頭在他的唇邊摩娑，低聲說：「抱緊我，貼過來。」

賴田樂遲疑一瞬，接著乖巧地摟抱住男人的脖頸，雙腿緊貼住精壯的腰，本來還在想要不要就乾脆親上去做做樣子，反正剛才也親過了，夏德卻將他抵在帳棚，軟面無法依靠，他只能摟著夏德，夏德便趁這個時候吻了上去。

他哪裡也逃不了。

賴田樂在驚慌之下被撬開牙關，濕熱的舌頭在他的口腔打轉舔吻，男人帶著掠奪一切的氣勢襲上來，他閉著嘴，夏德就闖進他的嘴裡舔，他張著嘴呼吸，夏德就吸著他的舌尖含吻，賴田樂笨拙地以舌頭推開，卻恰巧給男人機會更加蠻橫地纏上他。

他們彷彿吻了一世紀那麼長。

賴田樂滿臉通紅，緊閉的雙眼擠出淚水，只要他的手捶打著夏德的肩膀，吻就會變得柔和，親吻的聲音斷斷續續又黏膩，賴田樂搞不清楚狀況了，暖暖熱熱的，好像有點舒服……？於是賴田樂又被騙了，夏德舔開軟綿綿的他，再次猛烈地深吻。

賴田樂暈暈的，指尖摩娑著男人的下顎線條，摸了摸，指腹蹭了蹭，微微睜開眼，忍不住輕咳想要退開，可夏德隨即跟上來，凶猛的野獸想要連咳聲也吞進去，賴田樂只能可

憐兮兮地發出斷音。

「咳、夏……嗯、我呼吸……嗝！」

打嗝了。

小聲的、無助的、可憐的……夏德靜靜地看著他，改而攻略他的唇角、臉頰、脖頸，每一次的親吻都帶著深厚的眷戀，賴田樂靠在男人的肩膀上依然小聲地輕嗝，爾後慢慢地緩下來，最後他垂首，蹭著夏德無力地問：「走了嗎？」

「走了。」

「那可以放我下來了……」

「我不想。」夏德貼在賴田樂的頸邊耍賴，並說：「早在你哭出來的時候就都走了。」

「你……！」賴田樂努力尋找著詞彙，但腦袋發熱的他只能弱弱地抗議：「你很壞……」

尾音有點哽咽，賴田樂也嚇到了，可待在夏德的懷裡，他越來越不能控制情緒，「真的、很壞……怎麼、怎麼可以把我推開？說好了要一起面對……對不起，我是如此軟弱……」

「不。」夏德抱著賴田樂來到桌邊將他放下來，看著他誠摯地道：「沒有你的話，君唯不會那麼快答應我們的請求。」

「那你為什麼——」

「我害怕。」夏德笨拙地說道：「怕自己保護不了你，我……沒有過這種心情，只能想出這個辦法。」

「不要這樣，以後我們都要一起。」賴田樂捧住夏德的臉，半垂著眼看著男人的唇，鼓起勇氣湊上去，爾後才緩緩退開，「是不是親親你就好了？表示我還有用的……」

緩慢柔和的親吻以及溫柔的觸摸讓夏德緩下焦急的心，那個時候他只能依靠著地面的震動去辨別他人的動向，每一步每一個舉止都攸關著他的性命，但他無所畏懼，只要他在這裡擋下所有的人，賴田樂就不會有事，他明明是這麼想的，卻永遠記得朝他奔來的腳步，他不可能認錯，為什麼回來了？夏德很生氣，氣自己在牽緊賴田樂時感到前所未有的安心。

——兩個人一起面對，總比一個人好。

他依稀聽到賴田樂說的話，也能感受到賴田樂的顫抖，這算什麼軟弱，他一次又一次堅強地來到他的身邊並且還結束了這場毫無意義的戰爭，君唯說得沒錯，如果不是賴田樂，他會以自己的方式廝殺來獲取目的，他終究還是沒有改變，無關毒有沒有發作，只要賴田樂不在，他又會恢復成那個殘酷、冷血的混蛋，以前如此，現在也是如此。

軟弱的傢伙……一直以來都只有他，所以這麼糟糕的他，從今以後更是要將賴田樂綁得緊緊的，兩個人永遠一起，任何讓賴田樂消失的可能性，他都會親自抹滅。

**叮！夏德的心動指數增加了5%，目前總共是96%**

「不夠。」夏德輕聲說，他貼著賴田樂的唇角，「再多一點……」

他的聲音融進兩個人的吻中，油燈照亮整個帳篷，火光隨著兩人的身影搖曳，夏德溫柔而又細膩地含吻著賴田樂的唇，賴田樂彷彿要溺斃在對方傾瀉而出的情感，彼此交織著濃烈而深刻的愛，男人的呼吸聲帶著克制隱忍，賴田樂被他的氣息包圍，暈暈地睜開眼睛，情不自禁地告白：「我喜歡你……夏德，離開你後我一直在後悔……為什麼要考慮那麼多，我喜歡你……」

**叮！您對夏德的心動指數增加了10%，目前總共是92%**

這一次終於聽清楚了。

夏德心滿意足地蹭著賴田樂，望向那雙滿是自己的眼眸，啞著音道：「我愛你……我希望你完完全全屬於我，只在我面前哭、只在我面前笑……不是你就不行。」

「賴田樂。」夏德輕靠在賴田樂的額際前，閉上眼誠心祈求：「不論你因什麼而來，不要、請不要拋下我……」

「絕對不會的。」賴田樂下定決心與夏德共進共存，「我保證。」

**叮！獎勵任務：恭喜主線任務有大躍進，現在時機剛好了，為了更增進彼此的親密度一、拉開大皇子的褲頭打招呼吧（請以嘴巴讓大皇子射精）成功後存活率增加5%，**

顏射或是吞入再加2%

二、請大皇子幫忙開發後面（靠後面高潮）成功後存活率增加10%

以上兩者可擇一，或者一起進行，存活率為累加，請務必把握機會，但如果都未成功，存活率減少30%，時間剩餘2小時

賴田樂瞬間清醒。

『來來來，我幫你喊！西爾——！也太不會看氣氛了吧！我們才剛彼此告白完！』

賴田樂不禁咬牙切齒：『……謝謝喔真是了解我。』

西爾維持著愉快的語氣：『不客氣。』

「怎麼了？」

夏德很快注意到賴田樂的僵硬，賴田樂不敢看夏德了，視線擺向男人的褲檔，莫名地做出吞嚥的動作，「我、我好像還沒說……任務回來了。」

夏德看賴田樂那絕望的表情不禁笑了，他的手緩緩地從賴田樂的胸口撫下去，明目張膽地停在褲頭，問：「所以，現在要做什麼？」

「我、你……嘴……」賴田樂不服氣地學著夏德的動作，身為男人，可不能一直被打壓著，他的手貼在夏德的褲檔上說：「嘴巴，幫你用嘴巴做，然後看你要射在我臉上還是嘴裡，嗯、就這樣……嗯……但是你那個，傷勢不要緊嗎？」

賴田樂說出來後根本不敢面對夏德，人家戰後竟然要求這個，他紅著臉垂下腦袋，彷

佛還能看見他燒透了，然而下一瞬間他就被夏德拽住拉到床邊，夏德理所當然地坐下來，掀起眼簾的瞬間不由得讓賴田樂一抖，那是攻掠者的姿態，僅以氣勢就能將賴田樂活活生吞。

「一點小傷……田樂，自己跪下。」

賴田樂幾乎是當下就跪在男人的腿間，不知道為什麼被夏德那樣注視身體忽然一軟，賴田樂意識到夏德似乎樂在其中，但在克制，矛盾的感覺讓他更有禁慾的色氣，他的命令彷彿也帶有魔性，讓賴田樂跟著興奮起來。

他無辜地看了眼夏德，夏德好整以暇地看著他，完全沒有要幫忙的意思，賴田樂不想輸，一股作氣地湊近拉開褲子，又不是沒看過……！

是沒有這麼近距離地看過。

夏德的一呼一吸都會牽扯到腰腹的湧動，隨著健壯的線條往下，什麼都還沒有做那性器的狀態即是半勃，它挺立在深色的恥毛，凌亂的性感迸發著雄性氣息，夏德的姿態慵懶卻充滿侵略性，有種比上次還要大的感覺，賴田樂緊張地心想，卻絲毫不排斥，反而覺得這男人該死的性感，想要看他失控、像上一次瘋狂的樣子。

他先是以手撫弄，回憶著上次都刺激哪裡，爾後才加上嘴巴，賴田樂的臉完全貼過去，勃起的陰莖很是猙獰，視覺上看起來也很雄偉，賴田樂不禁心跳加速，笨拙地親吻，用唾液沾濕它，手部的動作也沒忘記，夏德的吐息也逐漸凌亂，賴田樂聽得面紅耳赤，後知後覺地發現自己也興奮起來了。

夏德的指尖輕滑過賴田樂的後頸，有點刺激，他笑了聲想，眼前的畫面糟糕淫蕩，賴田樂的嘴唇很軟，微微頂胯戳進去就好像是在欺負他，而他心甘情願地臣服在他的面前，又乖又可愛，很適合拿一個深色的項圈銬住他，還要那種粗的，能完全蓋住他白皙纖細的脖頸，只要賴田樂的目光向著別人，他就能輕易地將他拉回來。

光是想想就興奮不已。

夏德的大腿根部忍不住發顫，賴田樂含吻著前端，他努力張嘴，卻連一半都吞不進去，臉頰被頂凸又吐出來，賴田樂已經搞不清楚是自己太笨還是對方的尺寸太大，又或者兩者都有，他蹭著那碩大的陰莖，雙眼含淚地控訴：「咳、夏德……我累了……幹嘛那麼大……」

「太快就撒嬌了。」夏德輕撫著賴田樂的髮絲，沉聲鼓勵：「再努力點，田樂。」

賴田樂覺得自己永遠抵不過夏德，只不過是這樣，他便繼續乖乖地努力了，試著吞吐深喉，夏德的呼吸越是沉重，賴田樂越是賣力，他坐在地板上忍不住蹭，也、也想要……賴田樂暈呼呼地想。他甚至不知道夏德是什麼時候射出來的，男人猛地輕扯他的頭髮讓他吐出來並且蓋住他的雙眼，有什麼東西噴到臉上，賴田樂回過神來第一個動作便是舔掉。

**叮！獎勵任務達成：拉開大皇子的褲頭打招呼吧（請以嘴巴讓大皇子射精）成功後存活率增加5%，顏射再加2%，當前存活率85%**

味道當然不好。

賴田樂想擦嘴巴，在伸手的時候卻被制止了，重見光明的瞬間被夏德抱起來放在腿上，夏德以手帕替他擦乾淨，接著攬住賴田樂的臀再帶向自己。

「你也硬了。」夏德以眼神示意，舔著唇低語：「幫我舔的時候硬了，很喜歡嗎？」

賴田樂的理智在尖叫，說這個男人是引誘人的惡魔，感性上卻是直接大喊著喜歡，他瘋狂地眨著眼睛，但不管怎樣都藏不住眼中的愛意，他幾乎是迷戀，被這名男人迷得暈頭轉向。

「那、那你再幫幫我……任務……」賴田樂越說越小聲，他靠到夏德的耳邊，呼了口氣，不知道是在告知還是單純引誘：「說你幫我弄後面……高潮的話存活率會、會再上升……嗯。」

他被放倒了，一不留神褲子就被扔到底下。

夏德看著他、親吻他，將他的雙腿壓開，指尖伸入他的嘴裡攪動，最後一絲的溫柔蕩漾無存，夏德吻著他的喉結，彷彿下一秒就要撕咬他的獵物。

「如你所願。」

賴田樂記得很久之前，那體驗極差的開發任務，那時候只一心求著趕快結束，這一次也是，只不過這次感覺又是折磨又是舒服，他搞不清楚了，總是在臨界點徘徊，夏德光是一隻手就將他弄得意識漂離，一開始輕柔的、試探的……等他適應後就變得粗暴起來，指腹專攻舒服的地方蹭壓，好像真的靠後面就能高潮。

夏德怎麼連這種事情也那麼厲害？

賴田樂比他還要更不了解這個身體，酥麻的快感刺激著他的意識，他求饒，夏德就會折磨他，他撒嬌，夏德就會獎勵他，他掙扎，夏德就會咬他，以他強健的身軀禁錮，在白皙的肌膚下留下一個齒痕，不管哪一個選擇，賴田樂都覺得自己快要壞掉了，射精也被他的雙手控制著，身上的痕跡彷彿在發燙，他連他的胸也咬，痕跡一摸就疼，疼過了就爽。

有一段時間夏德只欺負他的胸，那很過分，賴田樂說不是那裡，夏德卻一邊揉一邊擼動他的性器，兩邊一起的感受讓他抓狂，快到的時候又收回去，手指往後穴進攻，剛才開發過的那處很容易就能插進去，賴田樂又被玩得無可自拔，他努力撐起來想要遏止住夏德的手，但男人的胳膊使力，手腕那浮現出青筋的凶猛姿態讓賴田樂不敢反抗，又心生喜歡，只弱弱地催促：「快、快點……」

炙熱的吻一一落下，夏德終於沉聲應好，賴田樂的目光迷糊地定在上方，他出現在他的視線中擁吻他，賴田樂的呻吟全被堵住，他的呼吸被掌控著，在窒息般的親吻中攀上了頂點，他無措地抽搐著，雙眼迷離。

**叮！獎勵任務達成：請大皇子幫忙開發後面（靠後面高潮）成功後存活率增加10%，當前存活率95%**

賴田樂在聽完系統的播報後，待在夏德溫暖的懷抱終於忍不住闔上沉重的眼皮，今天發生太多事情了……賴田樂沉沉睡去，夏德輕吻著他的眼簾，小心呵護，他微啟唇，好一會都沒有說話，就怕自己吵醒了對方。

深色的眼眸裝載著許多東西，他又是克制、又是掙扎，這是最後了。

「對不起，弱小又矛盾的我……讓你受苦了，田樂……謝謝你沒有放棄我。」

夏德幫賴田樂以及自己清理好後，像是捨不得放開他，靜靜地聽著他的呼吸以及心跳，賴田樂在不知不覺中將他摟進懷裡，夏德低笑，埋在他的胸膛前感受，好一會後才小心翼翼地起身。

夏德熄滅油燈，無聲無息地走出帳篷，依自己的感覺往後走，果不其然在不遠處的樹後站著一個人，依稀看見那人的身影要逃走，夏德喊出他的名字：「烏諾斯。」

烏諾斯停下腳步，無可奈何的轉過身，先是解釋：「我不是偷聽，不如說這個距離我也聽不到，我只是……！」

「我知道。」

「什麼？」

「談談吧。」夏德直直地盯著烏諾斯，沉聲呼喚：「女武神。」

---

## 叮！播放真相記憶

列瑞於陰暗的空間中以匕首劃開掌心，血液滴落在地板上，鮮血彷彿有了意識隨著地板上的圖騰流動，當血圖騰成形，列瑞跪下來誠心呼喊：『我以靈魂起誓，貢上魂，獻上體，願女武神聆聽我的祈禱實現我的心願。』

列瑞以這個姿勢維持了好一段時間，鮮血直流，到了身體發冷麻木的狀態也沒有動，列瑞的眼皮越來越重，這時候腳步聲驚動了他，他猛地抬頭，認出眼前的人是神官候補，但仍然不願意放棄執著地問：「你是女武神嗎？」

烏諾斯垂眼看著可憐的信徒，並沒有等待他說出自己的心願，一來便殘忍地說出事實：「你不夠有資格。」

「什麼？」

「唯有心志堅定的人，才可以施行禁術，願望需要代價。」烏諾斯望向旁邊的棺材，遺憾地說道：「你也沒有擁有強大的靈魂可以復活您的妻子，強大的靈魂、堅韌的肉身，這兩者缺一不可，很抱歉，我該走了……」

「不、不可以……！」列瑞不惜抓住烏諾斯的腿，脆弱又瘋狂地說：「您不能、您不知道……安絲娜是我的一切……我正在、正在失去她……永遠地……」

「抱歉。」

烏諾斯轉身離去，列瑞抓不住他，虛無地碰向地板，又只剩下他一人了，絕望將他包圍，他握緊拳頭，發洩似地崩潰吶喊。

「不、不……你不懂、你不懂……！她逐漸……在我的記憶中消失……我的一切……

要永遠地離我而去了……」

因為他不夠強大，所以無法拯救他的妻子。

列瑞不甘心止步於此，於是瘋狂的他進行掠取爭奪，不夠強是吧？那他就成為人人畏懼的帝國之王，可是那遠遠不夠、不夠……征戰陷入膠著，是，不夠強大的他連統一帝國、平定叛亂都做不到，在萬念俱灰的情況下，夏德如戰神般出現了。

他重新看見希望，可就在快要成功時，夏德卻和他說不想繼續了，頻繁的戰爭、過多的傷亡以及無辜的人民……藉口，都是藉口，列瑞失去理智地想，無可奈何之下他想起那屬於亞勃克的花。

他開始卑劣地使用花毒來威脅、掌控夏德，但是，為什麼呢？夏德仍為什麼屹立不搖？那堅定的背影離他而去，列瑞彷彿在他的身上看見安絲娜的身影。

啊、找到強大的靈魂了。

他想。

賴田樂驚醒，在尚未緩和之前模模糊糊地聽見外面傳來的說話聲。

「消息一定傳回去了，我要你們的裝備給我的部分士兵穿戴混淆大眾，盡量不要傷害任何一位平民，如果能假裝攻擊，讓我們展現守護居民的表現更好，但這樣你們就是演壞人，可以嗎？」

「沒差，我們才不在乎帝國人對我們的想法。」

「皇宮沒有我的勢力幫忙鎮守，很好攻破。」
「你也太有自信了吧？」
「懷疑？」
「……沒有。」
「剩下的就是找出列瑞，殺了他。」
「就這樣嗎？」
「你想問什麼？」
「我怎麼覺得你還有什麼計畫……」
「沒有了。」夏德的語氣多了一絲感慨，「這樣，就結束了。」
「好吧。」
這時候賴田樂已經整理好，意識到外面是夏德和君唯在談論之後的事，懷著緊張的心情走出去，他才剛掀起帳篷，夏德便回過頭呼喚他：「里斯。」
君唯跟著打招呼：「呦夏德的小寶貝。」
夏德將走來的賴田樂抓來自己的身邊，冷冷地回應君唯：「五分鐘後出發。」
君唯對於護妻狂魔雙手一攤，準備轉身離去時，賴田樂叫住他：「君唯。」
「嗯？」
「謝謝合作。」
君唯眨眨眼，一臉嫌棄地向夏德道：「哇……你把這麼單純的傢伙帶來戰場啊？」

夏德瞪眼回應，君唯自討沒趣，揮了揮手走人，夏德轉而向賴田樂說：「別在意他說的話。」

「喔，沒有很在意。」

賴田樂坦坦蕩蕩、理智氣壯的樣子反而逗樂了夏德，他摟住賴田樂的腰，湊近意有所指地問道：「睡得舒服嗎？」

賴田樂瞬間噎住，他尷尬地咳聲，伸手將夏德推開，「咳咳，托你的福……我有些話——」

「計畫有些變更，我想列瑞會拿薩西維威脅我。」

賴田樂這才意識到：「薩西維身上的毒……！」

「嗯，但我想賭這麼一次，他需要拿薩西維當作人質，所以在那之前，薩西維不會死。」夏德下定決心，「是時候讓薩西維知道真相了，或許我不該隱瞞，他有知道的權利，我們成為亞勃克的原因以及列瑞的目的……我已經捎訊息給他，讓他先做好準備自保，但大概只能撐一會，至於珞茵娜，我派去的護衛自然會保護她，我說完了，你要說什麼？」

賴田樂完全沒有插話的餘地，夏德連珞茵娜的安危都照顧到了，他只能愣愣地回應說：「我……我相信你。」

夏德牽起他的手，沉聲應：「嗯。」

「我是想跟你說……我能看到一些過往的記憶，就像我上次跟你說，我聽見了你的求救。」賴田樂細細摩娑著他手上的繭，「我並沒有要幫列瑞說話，只是想把真相告訴你……列瑞一開始想以自己做為代價讓安絲娜復活，但女武神說他不夠資格所以把目標轉移到你身上，而且他說……他想不起安絲娜的樣子。」

夏德沉默，聽到那些話後並沒有什麼特別的感覺，就連憤怒也都沒有了，只覺得萬分可悲，「結果依然沒有改變，他自己的軟弱造就了現在這種情況，他有他的理由，我也有。」

賴田樂大力點頭：「嗯！」

夏德伸手撥去賴田樂黏在臉頰上的髮絲，兩人牽緊彼此，在尚未天明之際一起邁開腳步。

「我們走吧。」

「好。」

終於來到最後了。

存活率也達到95%，賴田樂忍不住回憶剛來時的模樣，每個人都是敵人，這中間又發生了很多事情，到頭來根本沒裝Gay，直接變成了Gay，還有關於自己來到這裡的真相……賴田樂感覺就在這趟旅途的終點。

帶著這麼龐大又帶傷的軍隊回去應該需要整整三天的時間，但夏德硬是將行程濃縮成一天半，他並不打算將時間留給列瑞，據薩西維偷偷傳來的回覆得知，帝國的城門已經紛紛緊閉，處於備戰狀態，但他會處理好讓他們進去，只要夏德在前方打頭陣便沒有人能夠阻止他們。

真的能那麼順利嗎？

賴田樂不知道為什麼越靠近皇宮越不安，一切確實按照夏德所想的發展，他卻總是想起列瑞的回憶，這樣子的人……真的什麼都不會準備，就只等自己的兒子來殺他嗎？賴田樂和夏德說過自己的疑慮，夏德只是淡淡地說：「我會警戒著他最後的掙扎。」

賴田樂從來沒有懷疑夏德的實力與戒心，系統也沒有播放新的任務，西爾也讓他別那麼多疑，快結束了，難道不值得期待嗎？確實如此，可沒到最後都要謹慎小心，賴田樂不想再犯錯一次，甚至還請烏諾斯在受傷的吉旁邊照顧，雖然吉極度不願意，但念在是賴田樂的命令下才沒將烏諾斯轟走。

依照夏德的計畫，第一分隊、第二分隊與一半的南國人隨著他攻破城門直攻宮殿，第一分隊遇到列瑞的直屬部隊通通都要攔阻下來，第二分隊負責列瑞派的貴族子爵，每個人都要披著黑袍隱瞞身分，第三分隊與剩下的南國人分散開來混淆視聽，第四分隊指引平民逃跑的路線，第五分隊則與薩西維會合，夏德幾乎是毫無保留，連自己和薩西維是合作的關係都全盤托出。

夜晚的守備條件欠佳，行動也可以更加隱密，夏德盯著不遠處的火光，兩閃一滅，那是薩西維的暗號，會由夏德獨自前往佔領城門，再放行軍隊進來，於是賴田樂躲在暗處和烏諾斯賭夏德需要多久的時間，吉遠目表示不參與，賴田樂說大概十分鐘，烏諾斯則不信，覺得起碼要二十分鐘，還要潛入進去呢，結果兩人還在談論的時候，夏德就回來了，還提著珞茵娜。

「珞茵娜！」

「里斯哥哥！」

珞茵娜從夏德手裡掙脫撲向賴田樂，緊張無措地解釋：「薩西維哥哥被父王抓起來了！為了以防萬一，薩西維哥哥有跟我說你們會來，所以我、我……」

「做得好。」賴田樂給予她肯定，第一時間先是問：「有沒有哪裡受傷？」

珞茵娜忽然眼眶一紅，她馬上收起撒嬌的態度，退開來立正，「沒有，接下來里斯哥哥和夏德哥哥就不用管我了，我有夏德哥哥派來的護衛保護我，趕快走吧。」

賴田樂逐漸聽到馬蹄聲，以及看到遠處越來越接近的火光，五大分隊正式開始行動，他和珞茵娜點點頭，跟著夏德離去之前揉了揉她的腦袋，說『注意安全，待會見』，途中撞上烏諾斯又道：「欠我一個願望啊，神官。」

「賭局又還沒成立！」

吉慢悠悠地插道：「說好了願賭服輸。」

「可、可惡！」

賴田樂轉瞬間搭上夏德的手翻上馬，吉與烏諾斯緊追在後，城鎮的守衛晚一步發出警報，陰暗的視線順利將攻進來的軍隊認成南國人，這時候人們才開始竄逃，列瑞的皇室護衛隊一一出列迎擊，鎮上已經一片混亂，可區區護衛隊哪抵擋得住夏德，他們僅花費一點時間便成功闖入皇宮。

趁著皇宮裡的侍衛忙著對付闖進來的南國人，賴田樂一行人到了宮殿裡面，裡頭鎮守的騎士一見到夏德馬上放鬆警惕。

「夏德殿下！里斯殿下！」

「父王呢？」

他們面面相覷，夏德以頗不耐煩的語氣催促：「快說，外面南國人已經攻進來了，我需要知道父王的安危。」

然而沒有一個人知道列瑞的下落，甚至他們迎擊防衛都迫於情勢所趨，沒有人下達命令，但他們是帝國的騎士，不可能眼睜睜地看著敵方來襲，賴田樂見狀如此，跟著說：「沒有人看過父王嗎？這裡有南國人的臥底！我們被欺騙了，損失慘重，他們的目的就只有父王！」

「我想起來了！」終於有人出聲，「我好像看到陛下帶著薩西維殿下往圖書室的方向走！」

夏德和賴田樂對視，圖書室！就是那裡！他們立即行動，不料外頭的護衛隊猛地闖了進來大聲嚷嚷：「我看見了！這是夏德殿下的叛變——啊啊啊！」

短刀忽然飛出來插進他的右眼。

所有人的目光往回，吉射出自己的短刀殺死護衛隊，他在眾目睽睽之下卸下腰帶，拎著劍把回頭說：「請走吧，夏德殿下、里斯殿下……不，田樂殿下，這裡我會處理。」

「唉呦門不小心關了耶，討厭啦沒站穩。」不知道什麼時候出現在門前的烏諾斯也向賴田樂打了聲招呼，意思大概就是有他在，絕對可以放一萬顆心。

賴田樂掙扎幾秒，向他們吼道：「誰也不能死！烏諾斯也別受傷！」

「是。」

「愛你喔。」

夏德瞪向烏諾斯，隨即和賴田樂一起離去，雖然情況緊急，但該計較的還是要計較，「吉剛剛喊你田樂殿下，那個烏諾斯還跟你告白。」

賴田樂差點腳滑，只能吞下這充滿魅力的罪過：「關於那個我會想盡辦法補償你的。」

「好。」

圖書室的右邊走廊走到底，賴田樂毫不猶豫地劃破指尖淋下亞勃克之血，果然鏡子起了變化，這一次卻直接碎裂，露出裡面的空間，賴田樂咬牙，不敢相信自己看到的。

薩西維滿身傷痕地被吊在半空中，始作俑者卻好整以暇地坐在椅子上，他的皮膚上蔓延著奇怪的藤蔓，列瑞看見他們的第一個反應竟是嘆息：「太久了，薩西維差點撐不過去。」

「那是你兒子……！」

「不是，不是真正的兒子。」列瑞唏噓地說，舉起劍指著賴田樂譴責：「而我真正的兒子卻站在敵方。」

賴田樂懶得和他爭吵，瘋子講不清，這個空間他看過，是他呼喚女武神卻被拒絕的那個地方，現在地面上果然畫著圖騰，夏德也在查看，他低聲開口：「放過薩西維。」

「你怎麼會覺得你有資格和我談條件？」

夏德掀起眼皮冷聲道：「砍下你的頭只不過分秒間的事情。」

「哈。」列瑞怒極反笑，「所以，殺了我，一輩子繼續活在毒痛之下嗎？沒有我，你根本找不到解藥。」

「那已經不重要了。」

賴田樂猛地一頓，又是那種不安的感受，他回過頭，只見夏德的嘴角流出鮮血，夏德的反應卻很平淡，賴田樂不明白怎麼會這樣，他拉著男人顫著音呼喚：「夏、夏德？」

又一次、又一次……！

夏德靠在賴田樂身上，重量的關係使兩人緩緩地蹲下來，賴田樂無心對付列瑞，攬著夏德問：「毒效又發作了嗎？」

夏德搖了搖頭，他甚至抬不起頭，目光垂下，賴田樂終於知道自己為什麼會如此不安了，他們從未談過找到列瑞後的計畫，賴田樂想提起，夏德卻總是以『沒事』、『不用擔心』、『他警惕著』……這種回答搪塞，賴田樂當然無條件信任夏德，而就是這份盲目的信任讓他又一次地後悔無措。

「夏、夏德……」

賴田樂不斷地抹去他嘴邊的血液親吻他，試圖解緩毒效，夏德卻按住他，仍是搖頭。

列瑞皺著眉提問：「這是在做什麼，里斯？」

賴田樂沒有理會他，列瑞則繼續說下去：「我讓你跟著夏德，是希望你不論哪一方面都能盡快提升，如此一來，我的安絲娜就能擁有更完美的肉身。」

賴田樂一愣：「什麼？」

夏德按著他，以氣音說道：「不要動，你贏不過列瑞。」

「可是……！」

「里斯啊里斯，你真的認為我什麼都不知道嗎？」

賴田樂直勾勾地望向列瑞，「你瘋了。」

「是啊。」列瑞抓著自己的肌膚掙扎，「想不起安絲娜面容的我快要瘋了！我看不到安絲娜的樣子，也想不起來！」

夏德抬起頭，目光灼灼地道：「這就是你得不到女武神青睞的原因，你太弱了，列瑞。」

「不！是你們！」列瑞瞪著夏德，面目猙獰，「安絲娜是在要去救你們的途中被暗殺的！要是你們不在！」

「原來如此。」

夏德吐出血，於列瑞看不見的角度摸索著賴田樂的腰，緊接著倏地扯開帶子朝列瑞的方向射出匕首，列瑞不以為然地以劍擊落，鏗鏘的聲音在空間裡迴盪，列瑞很是失望，這竟然就是擁有強大靈魂之人的最後掙扎，然而要開口的那一瞬間，聽見肉體撕裂的聲音，視線往下，映入眼簾的即是插入心臟的短刀以及身後的薩西維。

薩西維毫不留情地將手裡的刀推進去，爾後他無力地與列瑞一同跌坐在地，他藏著碎玻璃就是為了這一刻，要割斷綁著自己的繩子並不簡單，還好夏德有意會到他的意思。

不知道。

親手弒父的感覺……他不知道，一切都來得太突然了，連流淚的時間都沒有。

列瑞身上的鮮血直流，賴田樂立即發現不對，但已經來不及了，血液再次描繪著圖騰，奄奄一息的列瑞笑了：「你們都會死，我要你們以死向安絲娜賠罪。」

夏德靜靜地看著他，列瑞彷彿瘋了在死前咧嘴而笑，一邊咳血一邊說：「根本沒有解藥！我甚至將自己改成毒花的體質，我就是毒，只要我活著，你就會感受到痛苦，我一天一天地加強，你就會一天比一天還要痛苦，現在你光是跟我待在同個空間你就快死了……哈哈！烏諾斯，不，女武神！我都準備好了，強大的靈魂、堅韌的肉身，我要復活……我……的……」

他死了。

悲慘地死去，甚至等不到女武神的到來，可笑的死亡。

賴田樂蓋住夏德的耳朵，不希望他聽見那些不堪入耳的話。

他控制不住，想要痛罵列瑞在胡說，可眼前被淚水糊了一片，緊貼著他的心跳聲好像正在逐漸遠去，賴田樂不敢面對，一看見烏諾斯現身便呼喊著他：「烏諾斯！」

彈指間，空間裡只剩下夏德和賴田樂兩人，像是給他們時間道別。夏德倒頭靠在牆上，伸出顫抖的手抹去賴田樂臉上的淚水：「別哭了……我知道我會死，也知道這個身體已經差不多了，不論做什麼都無法挽回。」

賴田樂傻愣。

「有解藥這件事情，我是騙你的。」夏德向著賴田樂苦笑，說著的同時也掉著淚：「從頭到尾根本沒有那一頁，我翻了一次又一次……沒有解藥啊，田樂。」

「上面只有一個重點，強大的肉身，本來是珞茵娜，後來改成了你，列瑞的目標轉移到你身上，因此我心急了，也受夠了，想著乾脆就按照著他的計畫進行，因為我的時間不夠了，我也以為我有足夠的能力保護你。」夏德的尾音發顫，他越來越沒有力氣，「我抱著最後的希望，你給我的希望……等著列瑞說出我的結局，只要知道了，我就能幫你殺了他，我需要……確保你的安危。」

夏德的掌心貼上賴田樂的臉，他感受不到，指尖失去感覺，但他依然溫柔地輕觸著他的愛人。

**叮！您對夏德的心動指數增加了8%，達到了100%！**

**叮！夏德的心動指數增加了4%，達到了100%！**

**恭喜您完成了主線任……嗶！嗶！警告！警告！戀愛對象一的心跳正在急速下降……！**

**警告！警告！心跳以及心動指數即將歸0%！主線任務即將重新計算，警告！**

「不、不不不……你再堅持會、夏德！」

他本來要許願的！本來要將願望給夏德的！刺耳的響聲卻震得賴田樂頭痛欲裂，別說了、別說了，賴田樂逃避著事實，卻無法改變眼前的事實，他的愛人正在哭，而他依然什麼都做不了。

「田樂，我應該會忘記你，就算我對你很壞，你也要試著靠近我。」

賴田樂哭得喘不過氣，「你、你在說什麼……」

「答應我。」

「我答應你、我答應你！」

「我在下一個世界等你。」夏德努力勾起微笑，「沒有解藥沒關係，起碼……你會來到我的身邊。」

「抱歉，你為我如此著想，我卻到了最後一步還想著自己，甚至對你有所隱瞞。」夏德垂下手，頷首低語：「我只是……起了貪念，想著也許還有機會……我能從列瑞口中問出解藥，然後在這一切結束後，可以和你……一起……」

聲音驟停。

賴田樂聽不見、聽不見……夏德的心跳聲了。

一起什麼？不論是什麼賴田樂都願意，但他再也無法得知那個答案。

他將夏德擁入懷裡，哭著吶喊、哭著道歉，嚎啕大哭，在他還在思考怎麼幫助夏德的時候，夏德早就平靜地接受自己的結局，為什麼？為什麼不跟他說？為什麼自己終究保護不了夏德？為什麼夏德的結局必定死亡？為什麼、為什麼……他這麼沒用。

聲嘶力竭的哭聲能傳到哪裡呢？

賴田樂不曉得答案。

只能任由悲痛的淚水流乾。

# Chapter 6、生來如此

血液凝固在地板上，列瑞死去的姿態難堪可悲，薩西維則昏倒在地，時間停止了，如同夏德的世界，停在這一刻，沒有未來、沒有苦痛，只有靜悄悄的死亡。

啪答。

一雙腳出現在賴田樂的眼前。

賴田樂緊緊擁著夏德抬起頭，他的眼睛哭紅了，臉上的淚痕清晰可見，但此時的他已經收起淚水，他護著懷裡的夏德望向眼前的烏諾斯，眼裡還有著堅定的神采，那是從絕望中歷練出來的情感，深刻的，璀璨的，烏諾斯感到震懾，聽到就連他哭啞的嗓音都沒有一絲的猶疑。

「烏諾斯，讓這個世界重來。」

他什麼都沒有問，也沒有怪他，烏諾斯不知道為什麼有些心虛，他心煩意亂地在賴田樂的面前坐下，如實坦白：「你先聽我說，田樂，夏德不久前找我談過。」

賴田樂靜靜地看著他，「什麼時候？」

「就、預備出發回來的那個晚上，他那天不是來找你嗎？那個時候我才發覺到夏德的身體已經……所以偷偷地幫他遏止毒的擴散，然後他竟然發現了，要我別插手。」烏諾斯仍舊是心疼，伸手抹去賴田樂臉上的淚痕，「田樂，他真的是……是一名很帥氣的男人，這是他的選擇，所以你不必要感到自責，而現在我來聽你的了。」

「重來的話他會忘記你，系統應該也會重置，代表你一切都要從頭來過，但是你與里斯的融合並不會重來，你的靈魂已經嵌入這個肉體，除非自然死亡，否則不能再強行剝離，你已經從你原本的身體剝離過一次了，再有一次，你就會神魂俱滅，意思是，你對夏德不會再有效用，你無法再幫他減輕毒痛。」烏諾斯盯著賴田樂，試探性地提問：「即使如此，也要重來嗎？下一次，你可能會遇到更多不合理、不公平的待遇，並且沒有人可以幫你，你又要重新變成一個人。」

賴田樂毫不猶豫地應：「重來。」

烏諾斯覺得自己應該是知道答案了，但真正聽到賴田樂的回答後還是忍不住，他仰頭長嘆，忽然伸手亂捏賴田樂的臉，似乎是想要緩和氣氛：「唉呦怎麼哭成這樣。」

「這一切都是我的錯，我來承擔了。」烏諾斯鬆開手說，他跪坐在夏德以及賴田樂面前，苦澀地笑道：「對不起，因為某些原因所以我不久前才想起來，我不是跟你說過嗎？其實我有一個朋友，他是我在世界管理局的搭檔，他做錯了一些事情，我為了包庇他……做了無法挽回的錯誤。」

「對了，吉在外面躺著，沒事，他殺人的樣子可恐怖了，還好你沒看到，哈哈……你們教會了我很多事情，這段日子我真的很開心。」烏諾斯像個小孩子捏著指尖，笑容終於帶了點真心，「我或許真的明白了什麼是朋友、什麼是愛，所以現在，做錯事情的我想要祈求你的原諒。」

「這是我無怨無悔的決定，田樂。」

**叮！戀愛對象四的友情真心指數增加了100%！**

**即使不是戀愛對象四對你迷戀，他仍舊願意為你犧牲，深刻的友誼情感令人動容！支線任務仍然成功達成！**

什麼東西？

賴田樂無法理解此刻的發展，卻有種感覺——烏諾斯是在告別，支線任務不可能無緣無故成功，烏諾斯一定是決定要做些什麼無法挽回的舉動，賴田樂不安地抓住烏諾斯的衣袖，輕聲呼喚他：「……烏諾斯？你等一下。」

「不，沒有時間了。」烏諾斯笑著扯掉賴田樂的手，眼角卻含著淚，「我在下個世界留給你一個驚喜，寶貝。」

他並沒有給賴田樂說話的機會，直接彈指道別：「再見了，田樂。」

刺眼的光芒朝他襲來，賴田樂不禁抬起手臂阻擋，他抓不住融入光芒的烏諾斯，不可以……！賴田樂掙扎地想，意識卻無可奈何地遠去，他終究還是只能閉上雙眼，迎接下一個開始。

是花香。

淡淡的、恬靜的，賴田樂回過神來猛地驚跳起來，他愣了愣，眼前是熟悉的畫面，藍天白雲、皇宮的室外花園，夏德、吉、薩西維、珞茵娜甚至是列瑞都在場，他們一同看向突然站起來的賴田樂，夏德放下手中的刀叉，掀起眼簾、視線冰冷，口吻還多了一絲不耐煩：「還有什麼問題？」

聽！聽聽那該死討人厭的熟悉語氣！

賴田樂先是坐下來忍住淚水，意識到現在是和列瑞一起用餐的那一天，怎麼會是從這邊重新開始？賴田樂還來不及細想就被湧上來的情緒干擾，夏德還活著，在他的眼前！這時候列瑞的計畫應該才剛開始，夏德體內的毒量還不至於多到與列瑞待在同一個空間就會發作，他還來得及！

「沒、沒有問題，我只是以為腳下有東西，嚇到了，很抱歉。」賴田樂深呼吸，盡量維持著平常的語調，「您說的我都明白。」

夏德對於賴田樂忽然改變的態度也只是皺眉，接下來繼續和列瑞報告其他事項，中間薩西維也會插幾句話，但賴田樂有好幾次與他對上目光，看來是在擔心他，那個時候的當下賴田樂只記得珞茵娜的背叛，根本沒有閒餘去理會其他人，珞茵娜也時不時地瞄向他，似乎是在看他的反應。

賴田樂沒有搭理，所有的目光都假裝沒有看見，他垂下視線，趁著空檔重新整理狀況，現在他該做什麼？他已經對夏德沒有作用了，那樣的話他還會願意靠近他、接近他嗎？列瑞多活一天，夏德也只會越來越痛苦，最好的辦法就是盡早殺死列瑞，解決根源。

那他該怎麼做？

殺死一國之主並不是以衝動行事就能做到，還要考慮後果，現在的他沒有任何人的幫助，吉這個時候也還沒有完全信任他，系統和西爾也尚未開啟，烏諾斯……烏諾斯還在嗎？他和烏諾斯的相遇也是這之後了，要繼續等待時機嗎？還是說他從今天重新開始有什麼特別的意義？

賴田樂想不出答案，線索實在是太少了，然而就在這個時候，他忽然摸到口袋裡似乎藏著什麼東西，趁沒有人注意他的時候偷偷地拿了出來。

是一個小小玻璃瓶加一張小紙條。

『讓列瑞喝下這個，寶貝，放心，不會有人發現的，直接倒，我下了一些轉移視線的魔法，不會有人注意到你的。』

烏諾斯！

賴田樂一看到寶貝的稱呼就知道是他，既然都這麼寫了，賴田樂就光明正大地打開玻璃瓶將裡面的液體倒入列瑞的茶杯，他就坐在列瑞的旁邊，動作不大更不顯眼，隨後手中的玻璃瓶憑空消失，賴田樂親眼見也不相信，更何況是其他人，因此不論發生什麼事情，他大概都能脫離嫌疑。

嗯，殺死列瑞的嫌疑。

賴田樂看見列瑞喝下那杯茶，緊接著一秒倒下，沒有了呼吸。

……

賴田樂瞬間發揮驚人的演技，與薩西維以及珞茵娜一同展現驚嚇、無措、疑惑三連發，情況變得一發不可收拾，賴田樂也只能繼續演下去，探查列瑞生命跡象的夏德搖了搖頭，緊急前來的御醫、大神官也挽救不了，列瑞真的死了，在大家的面前，無聲無息地倒下。

夏德以自己的外套蓋住列瑞的屍體，向著後方的護衛冷聲吩咐：「從現在開始封鎖皇宮，不得讓任何人進出，廚房要進行全盤的檢查，在這裡的每一個人也都有嫌疑。」

「夏德殿下，您的意思是……」

「不排除是他殺。」

護衛立即意會到夏德的意思，有人暗殺皇帝，這是極為嚴重的罪刑，他迅速地回頭轉達命令，賴田樂藏著自己的心虛，卻還是在夏德說『他殺』瞥過來之際嚥下口水，他確實是想殺死列瑞，可並沒有想到會那麼快實現。

出、出大事了，烏諾斯……！

完全沒有心理準備的賴田樂於心中大聲吶喊。

事後幾人在夏德的命令下被侍衛護送回去，靜待調查結果，變相地軟禁，皇帝去世，緊急代理人即是大皇子，但夏德本人也要接受大神官的審判，意思是每個人都有嫌疑，毫無例外。賴田樂很樂意離開現場，畢竟在夏德的面前他可能一不小心就露出馬腳。

走進房間前的賴田樂腳步不由得一頓，事情發生得太突然，不只是列瑞的死亡，還有死去的夏德、告別的烏諾斯……一天過去了嗎？賴田樂不清楚，他現在才有真的重新來過的實感，以前吉都會自然地跟在他的身後，如今他僅淡淡地瞥他一眼，與侍衛一起守在外面。

就好像他是犯人。

確實，他們之間的關係是之後賴田樂去溫室後才開始改變，中間還經過與夏德的爭執，現在什麼都沒有了，自然會如此，賴田樂疲憊地撲向床，回憶又湧上來，曾經這裡留下了夏德的氣味與溫度，此刻卻只剩下冰冷的孤寂，賴田樂忍不住縮起來，吸了吸鼻子。

不要緊，他都熬過一次了，再一次也沒有問題，起碼夏德不會再更疼、更疼了。

那現在該怎麼辦呢？賴田樂覺得自己想過這個問題好幾次，待在這邊等待結果好像有點浪費時間，他坐不住，一想到結局就坐不住，那是一種越來越大的恐慌創傷以及彷彿能壓垮他的自責，賴田樂全都扛起來了，他想，他要努力撐著，直到最後。

因此他現在打開窗戶正在猶豫要不要背叛樓梯。

調查結果不可能一天就出來，賴田樂思考著要不要趁現在去找烏諾斯，他也很擔心他的狀況，但是眼前的高度讓他遲遲無法踏出第一步，到底是怎麼做的？夏德和吉到底是怎麼從那麼高的地方跳下來還不會受傷的？

不行。

他就是這樣猶豫不決才會導致事情無法挽回。

賴田樂在腦內做好模擬，準備——碰碰碰！外頭忽然傳出響聲與爭吵，賴田樂一秒在窗前擺好姿勢，在別人闖進來之後以憂鬱的眼神回眸。

夏德帶著一群士兵闖進賴田樂的房間，他冷冷地掃射著房內，目光停留在窗前的賴田樂，質問：「這是在做什麼，逃跑嗎？」

賴田樂皺眉，關起窗戶，背對著夏德深吸口氣，爾後轉身理直氣壯地反問：「你才在做什麼？我在哀悼父王。」

夏德明顯不信，並沒有多言，只是命令士兵包圍賴田樂，賴田樂見狀，有些慌，就在這個時候，有人忽然出現在他的面前，那是賴田樂再熟悉不過的背影。

「……吉？」

吉並沒有應聲，只將他護在身後，針對想要攻過來的士兵們做出預備動作，彷彿他們再靠近一步就會一觸即發，夏德沒預料到這種發展，蹙起眉道：「你有殺害先皇的嫌疑，里斯。」

賴田樂也沒想到吉會在這個時候選擇站在他這邊，這讓他生出勇氣，他相信烏諾斯，繼續以問心無愧的態度問：「什麼樣的嫌疑？總要跟我說吧，這樣不由分說直接派人來我房間，就算你是大皇子也太過分了。」

夏德依然展現著冰冷的態度，他高高在上地撇開士兵走上前，對於吉和賴田樂的抗爭不屑一顧，他沉默幾秒，冷聲道：「通通退下。」

所有的士兵紛紛聽令，吉倒是沒有動，仍舊擋在夏德和賴田樂的中間，賴田樂覺得自己又快要掉淚了，如果西爾還在的話，肯定會喊著『忠誠大狗狗！吉！加分！』，而他聽著心動指數的增加播報。

「吉，謝謝。」賴田樂點了點吉的背後，靠近躲著，「沒事的，先出去吧，我和夏德聊聊。」

「……是。」

賴田樂有點忘記了，忘記原本的夏德是如此壓迫且讓人感到窒息。

「原來薩西維說的是真的。」待到房間裡沒人，夏德居高臨下地看著他，質問：「不把我當哥了？不裝了？我分明看見你往父王的碗裡倒什麼。」

前面那些話他聽過，賴田樂盡量穩住，夏德能看破魔法並不意外，反正這人什麼都厲害，只要其他人沒看見就好，他只問：「證據在哪？」

「你殺害先皇的理由是什麼？」

「你。」

「什麼？」

賴田樂不知道這之後會發生什麼事情，感覺一定會跟之前不一樣，所以決定豁出去，只要夏德想，他大可在所有人面前將那句話說出來，但他並沒有那麼做，選擇和他單獨談話，這讓賴田樂認為還有機會，當初他也是如此，明明放著他不管就好了，卻選擇訓練他。

「我喜歡你，夏德。」

賴田樂有時候會懷疑夏德那皺起的眉間是不是能夠夾死一隻蚊子，他的臉看起來超臭，好像下一秒就會把他拎起來說開什麼玩笑，事實上夏德真的那麼做了，他拽著賴田樂的衣領，面露殺氣，賴田樂一點也不害怕。

「總之就是這樣，你不相信就算了。」賴田樂抓住夏德的手微弱地掙扎，「你也要有證據才能處理我不是嗎？有嗎，你有找到證據嗎？」

「不。」夏德勒緊他的衣領，一點一點地扼住賴田樂的呼吸，「我可以在這裡就處理你。」

他高大的身影蓋住燈光，賴田樂看不清楚他的表情，他的背抵在牆面，壓得生疼，他想起夏德之前確實將他壓在窗台前企圖掐死他，這個男人是如此過分無情，可是又能怎麼辦呢？賴田樂的手裡彷彿還留著夏德死去後逐漸散去的溫度，與他現在感受到的溫度呈現明顯的對比，他活著啊，能怎麼辦，活著就好。

「你真的是壞透了，但我答應過。」賴田樂在窒息的狀態下勾起唇角，眼眶帶淚，曾經他譴責自己太晚告白，而這一次，他無怨無悔地真心告白：「我喜歡你，夏德。」

夏德猛地鬆開他，隨即拽著他的胳膊打開房門將人丟給士兵，他看著賴田樂靠在別人的身上輕咳，像是不願意看見而撇開目光，他下令說：「將他關進地下監牢。」

「夏德殿下……！」

「住嘴。」夏德瞥了眼被士兵們壓住的吉，質問：「你效忠的是誰？」

吉頓時失去聲音，困惑、猶豫讓他停止掙扎，光是這一秒的猶豫就出局了，他眼睜睜地看著賴田樂向他微笑，嘴裡又是說著沒事，他們將他帶走，而吉也逐漸無力，為什麼？這份突然湧出的憤怒該何去何從？

他好像對著誰承諾過，要是某個人沒有對他好，那麼他就會搶走，但是，他是誰？某個人又是誰？搶走什麼？這些究竟是和誰承諾了？

吉不曉得。

他什麼也想不起來。

❀

地下監牢冰冷陰暗，只有牆壁上的火光能幫忙勉強辨識，賴田樂被扔進單獨牢房，地面的冷氣彷彿能夠穿透皮膚，寒冷刺骨，牢房內什麼都沒有，士兵也都離去，賴田樂獨自一人縮在角落發愣，打了一個噴嚏，再縮得更小，齒間甚至在打顫。

沒有聲音、沒有照明，自己的呼吸聲都放大了，賴田樂覺得自己哭得夠多了，不能再哭，要振作起來，必須振作起來……可當他再次意識到自己是被夏德關進這裡後，淚水仍舊是忍不住。

他就只會哭，應該要做些什麼的，卻只是哭，賴田樂想著夏德體內的毒怎麼辦？沒有解藥怎麼辦？沒關係啊，他許願就好了。

「和誰談個驚天動地的戀愛，替你許願啊……願我們的夏德不再苦痛、體內的毒消失得一乾二淨，長命百歲、健健康康……」

上一次來不及，這一次不會了。

賴田樂哽咽，他和自己的眼睛奮鬥著，不要哭，不准哭，沒用的人哭什麼，他抹去淚水譴責自己，「沒事、沒事，哭什麼！反正又沒有證據！」

「大騙子……」賴田樂吸著鼻子，垂下眼簾啜泣，「說好得不是我就不行呢？拋下我的明明是你……不過你也想不起來，所以我也不怪你啊……只是、只是……」

賴田樂靠在牆邊，淚水滴落下來，他望著沒有盡頭的黑暗，閉上雙眼。

「好冷……」

**叮叮！**

亮光乍現，熟悉的通知白框在陰暗的牢房裡更是顯眼，賴田樂睜開眼睛，愣愣地看著它響起更多更多通知。

**叮！與戀愛對象四接觸時間達成**

**揭開支線任務——最後的抗爭、請讓戀愛對象四對你迷戀不已（可單方面的就好，有沒有完成都沒有關係，但達成有非常棒的獎勵）**

**叮！戀愛對象四的友情真心指數增加了100％！**

即使不是戀愛對象四對你迷戀，他仍舊願意為你犧牲，深刻的友誼情感令人動容！支線任務仍然成功達成！

……系統加載中，請稍候！請稍候！請稍候！（需等待三分鐘）

叮！久等了！請領取獎勵！你已開啟獎勵！即將達成您此刻的願望——全部的記憶與真相重新加載到相關角色，系統也同重新加載

存活率達到95%

您尚未有改變準則的權限，但神給了你他全部的資格權限（偵測到與戀愛對象四的接觸提升至百分之百，您成為了這個世界的神），足以與準則對抗！

您成功改變了故事！存活率躍升至100%

恭喜！成功存活！

叮叮！這是與系統的最後一次對話——

「醒醒，田樂。」

賴田樂驚醒，完全不記得自己是什麼時候睡著的，他糊里糊塗地喊出這道聲音的主人：「西爾……？」

「是，我是西爾，也是里斯。」

賴田樂倏地抬起頭，看到跟他長得一模一樣的人時怔怔地欸了聲。

里斯微笑，溫柔地道：「很高興終於正式見到你了。」

賴田樂還沒有反應過來，他看著眼前的里斯發愣，視線一轉看到鏡子裡的自己，那是他，是真的賴田樂，熟悉的面容以及黯淡的黑色髮絲，他眨了幾次眼，摸上自己的耳釘，那真實存在！賴田樂猛地望向里斯，內心有一大堆話想講，但到嘴邊又是支支吾吾的，像是要抱怨，又像是要道歉：「我、我就知道你——」

里斯突然拉住他的手，柔聲地打斷他的話說道：「我知道你有很多問題想問，但先跟著我走吧。」

「去哪？」

「帶你前往所有的真相，所有你想了解的事情，都在那裡。」

他們在一片虛無裡走著，這裡什麼也沒有，只有一片黑，但很神奇的是賴田樂能清楚地看見里斯，而他們也向著不遠處的光點邁進，賴田樂看著里斯的背影，開口又問：「你是西爾是什麼意思？還說這是我和系統最後一次對話——」

「西爾是我的靈魂碎片之一，他負責引導你，嗯——」里斯拉著長音，思考著要怎麼解釋：「你如果不懂的話，可以把它當作我的分身之一，我的名字拼音是**Rhys**，反轉過來，**Syhr**，就是西爾喔，我以為這挺好猜到的。」

「……真是抱歉。」賴田樂悶悶地回道：「資質愚鈍，但你跟西爾的感覺太不像了。」

「哈哈，每個人都有很多的一面嘛，那也許是連我也不知道的自己，又或者是我壓抑太久了，所以西爾才呈現那樣吧。」里斯在光前停下腳步，回首牽起賴田樂的兩隻手，笑說：「你也別這樣說自己，你可是我的奇蹟，田樂，你成功地改變了故事。」

這人說話的語調非常溫柔，有一種他人無法模仿的高雅氣質，雖然很柔，但笑起來又很帥氣，賴田樂回憶起自己裝扮他時種種丟臉的表現，不禁羞愧地垂首，「里斯，我想跟你懺悔。」

「你說。」

「我常常以你的模樣在夏德面前雞雞、雞雞的喊著，前期還摸了薩西維的雞雞稱讚真大，還讓吉幫我刮陰——」

「別說了，我知道有些是任務你無法抵抗。」里斯依然面露笑容，只不過他緊捏著賴田樂的手，重複說道：「但，就別說了。」

感覺繼續說下去他會瘋掉。賴田樂靜靜地閉上嘴，轉而問：「現在在我眼前的里斯，也是碎片之一嗎？」

里斯點頭，給了賴田樂一抹微笑，隨即拉著他推入光芒，賴田樂措手不及倒入那片光，眼前的畫面迅速轉換，他好像飄浮在空中，有種暈眩感使他站不穩，場景一會轉成里斯的房間、一會轉成神殿、一會又轉成圖書室，最後停留在珞茵娜的房間內，里斯正在和珞茵娜拉扯，賴田樂馬上意識到這是小說的劇情，他正在以旁人的視角看著屬於里斯的故事，同時腦內響起里斯的掙扎。

不要、不要……！我在做什麼！

「里斯哥哥！不要這樣……！」

「這是為了亞勃克，珞茵娜！」

不，我講出了與我心中不符的台詞，這是怎麼回事？珞茵娜可是我的妹妹，我為什麼要這麼做？亞勃克？亞勃克？就算夏德哥和薩西維哥不是亞勃克又怎樣，什麼亞勃克的血脈不能斷？

可笑，到底是多麼可笑的人佔據了我的身體呢？

我無從知曉，因為在找到答案之前，我就被夏德哥處死了，在死前我想起薩西維哥，我是因為喜歡上了不該喜歡的人，才會有如此下場嗎？那我又是為了什麼遠離薩西維哥？我怕薩西維哥會發現我那不堪的情感，卻被薩西維哥以為我是看輕不是亞勃克的他們。

……我有點受傷。

原來我在他的心中是這種人嗎？

那是里斯死前的最後一個疑問，賴田樂撇開視線，不願看見處刑的瞬間，就在這個時候，場景再次轉換，那是一個靜謐的夜晚，里斯因生了重病而臥床不起，他在模糊的視線中看到有人在照顧他。

「沒事的，里斯。」

「不用怕，我一直在這。」

那是薩西維。

柔和的嗓音伴隨著他進入夢鄉，好像帶走了所有的不適，里斯在睡夢中牽緊那人的手，想起他的溫柔以及他的笑顏。

薩西維哥真好……希望能和薩西維哥一直、一直這樣待在一起……

賴田樂又聽見里斯的心聲，他看到里斯和薩西維各種相處的點滴，里斯從小開始就在意著薩西維，薩西維也特別照顧他，原來他們是真的兩情相悅，但如今戀情已經無法實現，賴田樂又一次看見里斯的抗爭與里斯的結束，畫面重播一次再一次，就好像是里斯經歷了那麼多次的掙扎與死亡，緊接著在某一次的重播當中終於出現變數。

是烏諾斯。

「嗨里斯殿下，唉呦不小心撞到你了，抱歉，我是不小心的喔。」

里斯在與烏諾斯接觸的瞬間，想起自己經歷過的的命運，他倏地回過頭尋人，卻找不到烏諾斯了，這次他依然抵抗不了搶走他身體主導權的東西，然而這一次的死亡，他卻還有意識。

眼見里斯是透明的，賴田樂也搞不明白烏諾斯在搞什麼把戲，只見烏諾斯帶著笑臉出現在里斯的面前，笑說：「我接受某個人的代價，實現他的願望來幫助你們。」

「……什麼？」

「多說無益，我帶你看吧。」

烏諾斯向里斯展示的即是之後的故事，以及關於他的來歷，賴田樂跟著看，實在是很想要快轉，關於夏德和珞茵娜之間的劇情他一點也不想要溫習，越看越氣，越看越覺得夏德是個負心漢。然而不只如此，還有接續下來的，薩西維對於他死亡的痛哭、夏德身上的毒痛、列瑞的陰謀、珞茵娜的無助與奮鬥……還有薩西維的死亡。

我不敢相信。

父親怎麼會做那種殘忍的事情？那些該死的愚臣怎麼也敢騷擾珞茵娜？夏德哥……是如此痛苦的嗎？

夏德哥死後，薩西維哥接下他的職位，但夏德哥的死亡撼動帝國，局勢變得動盪不安，不止處在最高位的珞茵娜有危險，要前往戰場的薩西維哥也是。

而他就此戰死在荒野。

屍體甚至留在那裡，沒有人哀悼也沒有人安葬。

我哭了。

不知道，我連意識到自己死亡的時候都沒有如此哭泣，同時也感到憤怒，為什麼呢？為什麼我們必須接受這種命運，太不公平了。

賴田樂默默地聽著里斯的心聲，烏諾斯則向他繼續解釋：「你如果要躲避死亡的結局，就要戰勝這個世界的準則，改變這個故事，里斯。」

「我該怎麼做？」里斯撇下淚水，聲音堅定，「你說的某個人，是誰？」

「我不能說。」烏諾斯以手比劃幾下，「聽好了，我不能留住死亡的靈魂太久，所以就長話短說，我將世界重新來過後，你要到皇宮圖書室裡尋找可以召喚女武神禁術的辦法，唯有心智堅定之人可以跟我換取代價實現願望，而能違抗準則的人需要是別的世界的人，你需要自己制定好計畫條件和我說明，只要你想得出來，我都做得到，我不能提示你太多，畢竟我也被規範著，唯有透過禁術的魔法能不被管制。」

「我明白了。」

這之後的里斯在重來後耐心等待，每天到圖書室報到，就連在進行皇家教育時也偷偷在尋找，就這樣尋找了幾年，終於在三樓的隔層小書櫃發現一封信，那藏得很隱密，夾在書櫃的背層，若不是發現到信角很容易錯過，里斯將那抽出來，賴田樂看見信封而愣了愣，那又是什麼？從來沒看過，也不曾存在真相記憶裡，眼見信封裡裝著召喚女武神的方法、召喚圖騰法陣以及幾張未署名的信件。

里斯打開來看，發覺字跡特別眼熟，賴田樂也同探過去細讀——

我的大兒子有心想事成的能力。

那其實很危險，會招致災難，帶有執著的心願必須付出代價，我和安絲娜談過這件事情，她也覺得這並不是一件好事，所以我瞞著所有人研究禁書，也許裡面會有答案，誰知道，亞勃克流傳已久，有什麼秘密都不足為奇。

但我只找到屬於亞勃克的武器，以亞勃克之血，培育獨一無二的花種，我不記得有這種東西，父親也從來沒有講過，因此我不打算將這公諸於世，父親一直想要拾回亞勃克的榮耀，試圖再統一帝國，但我覺得沒必要再增加無辜的傷害，父親也年老了，於是繼承王位的我停止征戰，安絲娜也支持我，我並不覺得我的決定有任何錯誤。

直到安絲娜死於北國的刺殺。

我有好一陣子走不出這毫無止境的悲痛與憤怒，向著所有人發洩，是的，我重新展開收復帝國的行動，甚至帶著夏德，那孩子很強大，彷彿無所不能，但漸漸地，我感到可悲。

安絲娜如果知道我這麼做，一定會把我罵到臭頭，甚至會憤怒地向我申請騎士對決。

之後我不負責任地將自己關起來，我的兒子每天都會來找我，我仍然很暴躁，沒勇氣與他們見面，因此又衝動地命令夏德替我出征，是的，我是如此軟弱，我就這樣頹廢了很久很久，整天關在圖書室裡面，試圖在裡面尋找著任何的可能，然後我真的找到了，呼喚女武神的禁術。

可是、可是啊……我想起了夏德，帶有執著的心願必須付出代價，我知道如果依靠這個復活安絲娜，安絲娜大概寧願再死一次……但我依然著魔似地召喚出女武神，我認得他，他是神官候補，明明成功做到了……那句話我卻說不出口。

安絲娜的每一個模樣都深刻地雋刻在我的腦子裡。

我也知道她死前放不下的是那些孩子們，太過分了，那我呢？安絲娜，那我呢？那一瞬間，我想起安絲娜曾經對我說過的話——『列瑞總是會小看自己，其實只要你下定決心，那就絕對做得到，對嗎？』

啊……該死的，為什麼在這種時候想起這句話呢？

所以最後……我邊哭邊笑地向女武神祈求，只願我的孩子們在他們的人生道路中能夠躲避一切的苦難……女武神卻和我說，做不到。

？

我差點拿著禁書砸向他的腦袋，後來他跟我解釋，他們的命運皆有安排，我請他向我詳細說明，他卻開始和我談起條件，他說自己只能跟禁術召喚者有所互動，其他不能干擾太多，他希望我能將寫有亞勃克花種的書交給他，說那是他的夥伴輸入錯誤，並不是這個世界該有的設定……我沒聽懂，但我知道我可以拿這個威脅他。

我請他告訴『安排』的定義，而我幫他處理他所說的『錯誤』，然後他就給我了一本書，『皇女的後宮攻略』。

我看了差點瘋掉。

那些臭男人在對珞茵娜做什麼！我恨不得現在就出去教訓夏德、薩西維和那個護衛，里斯也是，竟然為了那種事情葬送自己，而且我竟然死在珞茵娜的手裡？還有我荒淫無度的事蹟……我又一次差點將書砸向那人的腦袋，我難道會背叛安絲娜嗎？簡直要氣死，他卻說這就是世界的準則，而這次是世界第一次開始運轉，他正在檢查故事開始之前的世界，然後發現了錯誤，想要包庇犯錯的夥伴，自己試圖挽救錯誤。

錯誤就像一個小齒輪，它已經開始咬合轉動，無法移開，牽動著所有轉動世界的齒輪，所以我現在才會在這裡與他交談，不然正常的發展應該是我已經開始墮落。

我不相信他，放棄與他交談，當然也沒把那本書交給他，他卻很有自信地向我說經歷一次我就會知道了。

是，他說的是真的。

我無法反抗他曾說的準則，眼睜睜地看著里斯死亡，眼睜睜地看著自己背叛安絲娜……眼睜睜地看著自己被珞茵娜殺死，然後這樣的事情重新展開了好幾次，安絲娜死了，接著我再次召喚他，某一次他讓我想起了這一切。

為什麼？

他說，因為主角每一次都會死，我也從來沒有將那本書交給他，能夠找到禁書、成功召喚他的人從來都只有書裡的角色，而我又再找到禁書後將書藏得更加隱密，實在是找不到解決錯誤的的辦法，我不在乎他說的那些，倒是他說的主角讓我忽然意識到說的就是夏德。

為什麼會死？

帶有執著的心願需要付出代價。

這就是夏德的宿命嗎？又或者安絲娜、里斯……我心愛的人，都是這樣的宿命嗎？我可以拯救他們，以我的靈魂做為代價，他卻說我只能拯救一個人，一命換一命。

我內心當然馬上選擇安絲娜，但是其實我猶豫了，在這麼多次的輪迴當中，安絲娜明明沒有在準則的範圍裡面出現，卻仍然一次一次地選擇為了保護孩子們而死亡。

她是在北國進行反攻時，前往孩子們房間的途中被刺殺的。

安絲娜就是這樣的人。

她就是……我愛她，如此深愛著她，所以啊……讓我來完成她的心願吧。

我們的孩子……就靠我來守護吧，安絲娜。

也許不會那麼順利，也許還會歷經許多苦難，但一定會有奇蹟，對嗎？每個人都被準則掌控著，所以我想，我該對抗的是這個世界的準則。

女武神卻說不可能，因為我們都是這個世界的人，除非有外來之物……才有可能對抗準則，那幾乎是不可能的，需要以強大而深刻的代價許願，我就算奉獻出靈魂也不夠，後來女武神和我說出條件，他說既然無法抹掉錯誤，那麼就讓錯誤完全地植入這個世界，要我培育花種使用它，讓它的存在變得合情合理，並且不能虛假，要騙過所有人，連他也是，這樣的話，他可以以他的方式幫忙我的孩子對抗準則，盡可能地讓代價減弱。

起初我和他說不可能，因為我已經知道花的效用，那是劇毒，只有我能培育的劇毒，何況那並沒有解藥，我怎麼可能真心使用它？除非我瘋了，於是有一個瘋狂的想法在我的心中誕生。

那朵花只有亞勃克能培育使用，而我更不可能讓我的孩子背負這種東西，他是因為需要抹去錯誤才讓我知道真相，我不能讓他轉向里斯或是珞茵娜。

很剛好的是我知道怎麼做會讓我瘋，也知道那麼做後我會如何。

我一定會成為十足的惡人吧，甚至變得卑劣瘋狂。

女武神聽到我的想法後，第一時間拒絕了我，其實他並沒有那麼壞，說我沒必要這麼做，不過我已經下定決心，可能……成功對抗準則的那一天還要很久很久，但那一天一定會到來，請不要放棄，也不要覺得不捨，當我成為混蛋的時候，請務必告知我的孩子們要想盡辦法殺了我。

我請求女武神給我點時間進行最後的道別，在我猜想的未來中，夏德肯定會受更多委屈，也有可能痛恨我，我想，這樣也好，有些人遇到苦難會馬上放棄，有些人卻更加激勵掙扎、永不放棄……夏德屬於後者，相信他一定會戰勝我、戰勝準則。

但其實我也不能確定未來到底會發生什麼，我很怕自己會對夏德做出無可挽回的事情，於是我在一個午後，帶著夏德來到花園，和他一起欣賞安絲娜生前最喜歡的花，她總是說自己和花不搭，怎麼會？我的妻子和花站在一起簡直是一幅畫，夏德大概很不明白我是怎麼回事，因為我一邊哭一邊向他道歉，還說我真的很愛很愛你們這種肉麻的話，夏德卻只是靜靜地待著，後來我向他道別，他卻對我說——『請不要離開我們，父親。』

我不知道他是不是察覺到了什麼，我的大兒子真的是非常厲害的人，他比任何人都還要謹慎小心，卻也比任何人還要孤獨，小小年紀卻想要獨自一人背負所有，希望未來會有那麼一個人能夠成為他的依靠，如同我的安絲娜，希望他也能找到屬於他的支柱、依賴、救贖……到那個時候，一定能幸福地迎向自由又明媚的日子，還有薩西維、里斯和珞茵娜……我也都會連累到他們，說來諷刺，為了拯救孩子們，所以要先折磨他們。

如果安絲娜還在我身邊的話，一定能想出更好的辦法吧？

我不知道，沒有安絲娜的我就是如此。

我只是毅然重新站在女武神的面前，向他許願拯救我的孩子，以禁術包裝的關係才能讓他微妙地避開規則幫助他們，實現願望的代價是……我請他在安絲娜死後，一次又一次的將安絲娜的模樣從我的記憶中去除。

這足夠了，甚至能抵掉夏德許下心願時該付出的代價。

唯有如此，我才能真的使用那朵殘忍的花。

失去了安絲娜，又逐漸遺忘她的模樣……就連回憶也做不到，那我一定會崩潰吧。大概會不擇手段地尋找想起安絲娜的辦法，就像現在，我仍然是想著安絲娜才決定這麼做，安絲娜給予我一切，即使是回憶裡的她，也足夠了，但若是永遠失去她，我又會變成膽小軟弱的列瑞，我了解我自己，為了達到目的會利用身邊所有的東西，包括花毒。

女武神無法理解我獨自背負的決定，沒有人會知道我做了這種事情，為了真正值入錯誤，他會遺忘『錯誤』這件事情，只記得禁術的內容，所以他讓我寫了這封信，只有讀了這封信的人會知道真相。

看來他真的沒有那麼壞，是吧？雖然我不知道讀了這封信的人會是誰，但謝謝你讀了它，這樣至少會有人理解……

夏德、薩西維、里斯、珞茵娜。

你們是我和安絲娜永遠的驕傲。

我還記得里斯誕生在這個世界的那一天……我的寶貝好小、好小，夏德和薩西維都不敢靠近，我的妻子笑著抱著他呼喚我，我小心翼翼地帶著夏德和薩西維靠近，我想，那是世界上最好的畫面，我也從那個時候下定決心，我絕對、絕對會守護我的摯愛。

不論用什麼辦法。

是啊，我怎麼會遺忘了我對自己的承諾呢？

願你們能自由地以自己的想法在這個世界活下去。

我愛你們。

里斯泣不成聲。

賴田樂靜靜看著，他感到無比震撼，料想不到這就是真相以及一切的起源，如果沒有列瑞的犧牲，烏諾斯就不會幫助里斯，或許也就不會有他。烏諾斯之前跟他說的錯誤，他也終於能理解了。

那是原本的列瑞。

為了他們甘願做最糟糕的反派，唯有自己承受著不會有人理解的苦痛，可這並不代表他對夏德的所作所為是能原諒的，列瑞也清楚會發生這種事情，他將夏德的死亡攬成自己的過錯，這個罪他會永遠擔著，他會一直一直是夏德的敵人。

賴田樂至今回想起列瑞的所作所為仍然會感受到憤怒，即使知道他的原意，但事情就是那樣發生了、變得失控了，列瑞失去他的所有，那夏德何嘗不是如此？

賴田樂並不會因此體諒列瑞的立場，只是會覺得有些惆悵，但里斯與他不同，列瑞可是他的父親啊。

對他來說，是為了他們選擇犧牲自己而變得瘋狂的父親啊。

當初看著父親的行為時我感到很陌生，但那些是真實的，接續的故事，一次一次的折磨，父親成為了所有人的苦痛，我不得不相信。

在我的記憶裡父親很溫柔，他總是讓著母親，只有在母親面前會展現調皮的一面，母親總說他就像長不大的小孩，愛撒嬌又愛哭，可到關鍵時刻，又帥氣得不得了，真是夠了，小時候不懂，長大了才知道那是在秀恩愛，而我一直都很慶幸自己是他們的孩子。

父親以及母親也都很疼愛夏德哥和薩西維哥，夏德哥比較彆扭一點，但我也知道他很喜歡父親、母親，夏德哥當初是為了什麼選擇變強呢？

他想要守護讓他擁有這一切的父親、母親……亞勃克，現在卻成為他的惡夢，亞勃克啊亞勃克，這名字的重量真的有那麼值得嗎？

我只知道列瑞以及安絲娜值得。

我的父親……我敬愛的父親，難道就不疼嗎？他也是一次……一次地失去母親，我希望能夠終結它，不論如何父親當然還是要為他做過的事情付出代價，但我希望就此停住，不要再輪迴折磨了。

我也希望……自己不堪的一面能夠在薩西維哥的面前終止。

這個世界的『準則』，聽起來十分不可理喻，而我又該怎麼阻止它？別的世界的人……？我忽然想起這幾年在圖書室曾經閱讀過的書，那是一本歷史童話，來自異世界的勇者陪著女武神一起拯救身陷戰爭混亂的大陸之地，成功建國統一，那位異世界勇者的姓氏即是亞勃克，而我是里斯．亞勃克，繼承勇者之名、繼承父親之名，挺可笑的，但我從此得到了勇氣。

為了薩西維哥不再哭泣、為了終結父親的痛苦……為了我的家人，我心甘情願。

——你不也是嗎？

賴田樂一頓，剎那間好像與里斯對上目光，他揉揉雙眼，再看一次，里斯正在與烏諾斯於圖書室隱密的角落談話，根本沒注意到這邊，也不可能注意到，那麼他聽到的是否也是錯覺？賴田樂搞不清楚，突然覺得亞勃克的人都深不可測，列瑞和里斯都是。

「我確實說過只要你想得出來，我都做得到，雖然我想盡全力幫你，但你要知道那是我在情急的狀況下說出來的話。」

里斯瞥向他，「所以你要反悔？」

「沒有啦別那麼凶，可是提取其他世界的人過來的可能性真的很低，就算我幫你減輕代價也沒有辦法，第一，減輕的代價可能力量不足，第二，只要有外來物，瞞不過世界管理局，第三，你要怎麼找到願意幫你的人？」

里斯在他說話的同時拿出了紙筆書寫釐清，頭也沒抬直接反問：「不要被發現就好了，是嗎？」

「呃、是，但就說了那不——」

「我的身體給他。」

「什麼？」

「一個代價一個願望，那麼我全部給你，撕碎我的靈魂也沒關係，我的靈魂、我重要的記憶，都能成為我的代價，是吧？如此一來，我的身體就空下來可以給那個人用了。」

烏諾斯陷入片刻的怔愣，一邊思考一邊碎念：「我從來沒有想過這種辦法，好像很有可能，以你的身體行動就有機會瞞住他們……天呀你好聰明……雖然還是有風險，但確實值得一事……」

「不過不行。」烏諾斯說出結論，「那你怎麼辦？你失去屬於自己的軀殼，會迷失在虛無當中，你會從此消失，成了碎片的你連輪迴都進不了。」
里斯抬起頭，笑了笑，以溫柔堅定的態度說：「剛好，那也能成為我的代價。」
「人類瘋起來簡直無法擋。」烏諾斯一副不可置信的樣子，「我不能理解……可以告訴我為什麼嗎？」
「那你又是為什麼選擇我？」里斯反問，「我是說……夏德哥更有能力。」
「不，我看見你的掙扎，而且他……沒有愛，心中沒有愛，你能懂嗎？」烏諾斯自己講完後自己答：「沒關係我也不懂，我就是憑感覺選擇了你。」
「你這不是有答案了嗎？」
「嗯？」
「愛啊。」里斯輕聲說，「促使我決定這麼做。」
烏諾斯撇嘴，「……我還是不懂。」
「你總有一天會懂的。」里斯拍了拍烏諾斯的肩，又說：「那麼人選，我可以自己挑嗎？你想個辦法讓我挑，如果是有非常強烈心願的人更好，我以我的靈魂之一作為代價，你幫他達成他的願望，而他要幫助我，這樣他就是自願來的，所需的代價就不用那麼強大了，對吧？」
烏諾斯張了張嘴，「……是，對，我現在就可以在我管控的世界裡找，你等等，需要一點時間。」
「我不能一起嗎？我想找到值得讓我信任的。」

「嗯——看個資料應該還好。」

烏諾斯彈指，在他們的面前突然憑空出現一個白框，上面貼有人的照片以及簡歷，里斯嚇了一跳，這對他來說是極為陌生的東西，烏諾斯笑了聲，示範滑動：「往右下一個，往左上一個，這是我管制世界中每一個人的資料，當然我沒事不會看，只是這是必要的登入資訊，上面會寫有這人的平生，你可以看哪個比較順眼？酷吧，不過整個系統很龐大，可能需要花不止『一點』的時間。」

里斯對於眼前新的東西很感興趣，他問：「系統是什麼？」

「哇……就是，收集很多資料能有條理地幫我統整分類，依照某種規則運作的……？我很笨啦沒辦法解釋這種理所當然的東西。」烏諾斯頭痛地撓腦袋，「總之就是能幫忙我管理世界的東西。」

「有解釋跟沒解釋一樣。」里斯嫌棄。

「關於這點我無法反駁，我要是很聰明，就不會把事情弄成這樣了。」

「說得也是。」

「唔……！重傷！」

後來他們花了幾天時間挑選人選，賴田樂跟著他們一起看也覺得有點累，但里斯這中間還有做其他事情，賴田樂不禁愣住，他在寫的即是賴田樂身上的系統。

突然來到陌生的世界，還變成陌生的人，他一定會嚇一跳，所以我想我需要一步一步領導他，他到哪一步該做什麼事情、該了解什麼我都有安排進去，如果一口氣知道太多，我怕他會覺得太難而選擇放棄，所以我也有設計部分的限制，首先讓他先遺忘自己來到這裡的原因，可能會因此讓他吃不少苦，真是抱歉。

這個東西其實我也沒有了解很多，只設計了大概，包含我所知道的真相，最終我會交給烏諾斯投入，我也不能保證會不會混入他的想法或是惡趣味之類的，總之，嗯，抱歉。

雖然挺羞恥的，但我確實認為愛是這個世界上最偉大且最厲害的東西，所以，談戀愛吧，為了愛奮鬥，為了尋求真相努力，我想找的便是會願意這麼做的人。

原來這全部都在里斯的計畫，賴田樂愕然，一時不知道該敬佩里斯這個人還是該感到害怕，而里斯最後如同之後的發展選擇了他。

「這個，賴田樂，二十二歲，小時候與父親、繼母與異父異母的妹妹住在一起，後來十一歲時父親失蹤，在外面欠錢，為了還錢繼母過勞而死，未成年的他被迫與小四歲的妹妹分開，成年後他想接回自己的妹妹卻慘遭周遭的親戚反對，和妹妹分開許久的他也無法自然地親近妹妹，他很努力想要挽回，可惜最後妹妹不幸出了事故，餘生只能躺在床上陷入永久的沉眠，此刻最強烈的願望即是妹妹能夠醒來、康復……你覺得怎麼樣？」

烏諾斯抹了抹完全沒掉淚的眼眶說：「太悲慘了吧。」

「他就是這樣的人，我都看完了，就他。不過為什麼會被親戚們反對？他是什麼特殊的人嗎……？」

「那是他那個世界的設定，不用知道太多。」

烏諾斯也看了賴田樂的資料，隨即大聲嚷嚷起來，「我的天我的天，這是巧合嗎？還是說你是故意的？」

「你在說什麼？」

「他的妹妹！就是《皇女的後宮攻略》的作者！」烏諾斯給他看自己的白框顯示，多加解釋：「你那邊看不到，因為有些機密我還是有鎖起來。」

「你的意思是……她的妹妹就是創世……主？」

「差不多吧，世界本來就會互相衍生，我覺得有趣就會挑選起來，不過那現在不是重點了，你選賴田樂也是因為他看過《皇女的後宮攻略》吧？」

「有了解當然比較好。」

「那就他，好了，準備萬全，可以來實施禁術了。」

「我還有一些條件。」

「唉呦過程的時候再加就沒問題了，因為我們要做的事情真的很難幫你將付出的代價減輕，所以不論你提出什麼要求，我都會幫你。」

「好。」里斯微笑，他垂下視線，最終宛如下定決心抬起目光說：「可不能反悔啊，烏諾斯。」

畫面停在這裡。

隨著里斯的聲音，過往的記憶也跟著湧現上來，賴田樂終於想起來了，在他後悔不已、誠心祈禱著妹妹康復時，真的有人回應他，那就是烏諾斯，失去希望的他當下就抓緊烏諾斯，不論他要求什麼都答應，於是他糊裡糊塗地成為里斯，一輩子的。

對此他完全不後悔。

周遭的樣子變了，又回歸一片虛無，賴田樂回過頭便問：「我的妹妹真的有醒來嗎？現在過得怎麼樣？」

「這部分你可能不記得了，但當時我們有陪你等到你妹妹醒來，甚至是看她重新站起來、過著正常生活才取走你的靈魂。」里斯解釋，蹲下來與呆坐在地的賴田樂繼續說：「而那邊的你就以死亡的狀態交代了，會怪我嗎，田樂？」

賴田樂搖搖頭，鄭重地說：「不，謝謝你給我這個機會。」

「別那麼說，你的犧牲也讓人動容，這是我想選你的原因，你的妹妹甚至和你根本沒有血緣關係，或者，是愛嗎？」

「可以這麼說吧⋯⋯」賴田樂很遺憾自己想不起妹妹康復的模樣，「不管怎樣，她就是我可愛的妹妹，喔對你的妹妹也很可愛。」

「我知道，但你不可以。」

「幹嘛啦我喜歡的是夏德。」

「夏德哥一開始真的很嚇人對吧？」

「嚇死了有夠凶。」賴田樂微微聳肩，有點懷念夏德的凶悍了，「但他很好。」

「關於戀愛對象這點，我可能需要跟你道歉。」里斯摸了摸鼻尖，「我應該要放下薩西維哥，卻在他靠近你的時候，不小心失控了。」

「嗯——沒關係，那部分西爾道過歉了。」賴田樂對於戀愛對象一、二、三都沒什麼疑慮，主要是戀愛對象四，「是說烏諾斯怎麼也算在裡面？而且為什麼戀愛對象一定要是男的？」

「那就不關我的事了，不是說了嗎？可能會加上烏諾斯的惡趣味……至於為什麼烏諾斯也算在裡面——這個世界的神聽起來挺可惡的，不覺得嗎？」里斯笑著應，「支線任務就是我最後的抗爭，他不是不了解嗎？就想讓他也嚐嚐看這種揪心的滋味，反正他好奇心那麼重，他大概也不能理解你為了你妹妹犧牲的理由，對你一定也很有興趣，另外，關於系統，他不會記得細節，所以對此他一無所知。」

「但是……一旦他了解我們的心情，一定會對自己的行為感到後悔，因此我最後一個附加的條件便是讓他在快結局時再想起他當初和我父親執行禁術的真正原因。」里斯舒心地嘆息，「不過支線任務沒有強迫你一定要完成，但就現在來看，烏諾斯挺喜歡你的呢，神終於學會人類的情感，為了你選擇坦然面對他的『錯誤』。」

「那之後烏諾斯……會怎麼樣？」賴田樂擔心地問。

「我不知道，反正我已經死了，不在乎。」里斯皮笑肉不笑地應，「他願意出馬，讓你直接處理掉父親，應該就是做好準備承擔因為錯誤而衍生出來的代價了吧，你不必要為此自責，如果沒有你改變烏諾斯，這種痛苦的循環便要持續下去，父親也無法休息，這結局是最好的，等你回去和恢復記憶的夏德哥相愛，主線任務的效力還在，就能實現你的願望。」

里斯看起來有些惆悵，他繼續道：「父親也累了，讓他安息吧，總之，差不多就是這樣了。」

賴田樂忍不住問：「你呢？」

「我已經消失了，田樂。」里斯舉起自己逐漸透明的雙手，笑著解釋：「執行禁術的時候我增加了很多條件，靈魂早就四散，現在的我只是殘存的……我是最後一個碎片，再過一會就會消失。」

記憶帶著里斯的情感，一路看下來賴田樂彷彿能感同身受，他不禁提起刻在里斯心中的那人：「薩西維……」

里斯搖搖頭，努力再次揚起唇角，但試了幾次都做不到，最後裝作看開的樣子聳聳肩，雙手一攤說道：「不，我到最後都沒有勇氣和薩西維哥告白……這就是我和你不同的地方，但都過了，這是我的選擇，我付出了代價，得到應得的，而你也是，不是嗎？你已經回不去了，可以許願回到原本的世界……是我希望你能積極點所編的謊言。」

「沒事，那個願望本來就要給夏德。」賴田樂望著里斯，頓時間不知道該說些什麼，如果認真來說的話，自從西爾出現後，一直陪著他的人確實是他，「我……會代替你，在這裡好好過的。」

「很好。」里斯終於再次邁開笑容，「那麼，該道別的時刻來臨了。」

賴田樂有些猶疑，里斯再加催促：「你如果真的過意不去就替我和薩西維哥擁抱吧，我會感受到的。」

里斯伸手擁抱賴田樂道別，低聲說：「我會感受到的……我會。」

賴田樂聽見微弱的哭音，這個人到了最後才真正地湧現出不捨的情感，他回擁著里斯，懷裡的人逐漸消失，而他也變回里斯的模樣，他看著鏡子中的自己沉澱許久，最終穿透鏡子離開這裡。

❀

賴田樂是在溫暖的懷抱裡醒來的。

有人抱著他離開冰冷的監獄，熟悉的氣息讓賴田樂還不敢睜開眼睛，只怕是夢，他好像還聽見了吉、薩西維以及珞茵娜的聲音，夏德將他攬緊，爭吵聲卻越來越大。

「不好意思，夏德殿下請止步。」

「請問夏德哥要帶里斯去哪裡？」

「夏德哥哥！里斯哥哥怎麼可能會是犯人呢！」

一瞬間，三個人意識到彼此是同方陣營，有了同夥便壯膽上前一起阻擋夏德。

「夏德殿下，我不支持了，請放下里斯殿下。」

「我有話必須單獨和里斯談談，夏德哥。」

「我也是，夏德哥哥。」

眼見三個人你一句我一句，夏德垂下目光看了會眼皮輕顫的賴田樂，柔聲嘆息，沒有他們預料的冷酷驅趕，唯有賴田樂專屬的溫柔：「田樂，你醒了就睜開眼睛。」

那稱呼讓三人紛紛一愣，幾人都以為只有自己恢復記憶，只見賴田樂偷偷睜開一隻眼，發現大家都在看他後尷尬地笑了聲，他抬頭望向夏德，讓他先放下他，賴田樂迎向三人擔心的目光，不自在地又笑了，他本來想要開口，然而才剛說一個字淚水就脫眶而出，幾人都嚇壞了，賴田樂覺得丟臉，以手臂遮住自己的臉，委屈地說：「夏德太壞了……哪有人無緣無故把人丟進監獄……」

三個人紛紛圍上去隔絕夏德，夏德無從反駁只能被晾在一旁，首先是珞茵娜撲上去擁抱賴田樂，接著吉和薩西維也跟上，賴田樂擁著他們回過頭，悶悶地道：「因為你剛才對我很壞，所以沒有重逢抱抱。」

夏德冷冷地掀起眼簾，彷彿下定決心，他拔劍的瞬間所有人都嚇了一跳，吉馬上跳出來護住大家，而夏德只是問：「食指夠嗎？」

「什麼？」

「謝罪。」

「等等等！住手！」

賴田樂驚喊，立即來到夏德的身邊制止，於是夏德伸手一攬就將人重新攬入懷裡道歉，賴田樂一愣，意思意思地掙扎幾下，後來也抬起手擁住他，說：「……你要想辦法補償我。」

「好。」

「我想和薩西維單獨談談，還要去找烏諾斯，你最後。」

「……好。」

賴田樂點點頭，轉身走向薩西維，先是和一旁的珞茵娜問：「還好嗎，珞茵娜？」

「不知道你在問哪一個，但目前狀況都不錯。」珞茵娜展開笑顏應，「早上起來的時候，腦袋裡已經沒有其他聲音了，只想起田樂哥哥。」

「很好，跟那該死的準則說再見。」賴田樂與珞茵娜擊掌，接著他望向吉，說：「吉，謝謝你在那個時候也站在我這邊。」

「……我並沒有做好我的職責。」

「好了啦，你能在那個當下站出來我真的是超感動的。」賴田樂難為情地指著自己的眼睛，「你看，我一個人就變成沒用的愛哭鬼。」

「不，田樂殿下，您真的很了不起。」吉誠心地說，「重來的勇氣並不是每個人都擁有……另外，烏諾斯在溫室那裡等你過去，他說不急，等事情都處理好再找他就可以了。」

「你遇過他了？他還好嗎？」

「來找田樂殿下的路上經過神殿的時候被他叫住，看起來沒什麼問題，田樂殿下不需要擔心。」

「那就好。」賴田樂這才轉向薩西維，深吸口氣後說：「我替里斯帶話給你。」

「終於換到我了？」薩西維笑了笑，但任誰都看得出來那是勉強擠出來的，其他人讀出氣氛自然退下，等到這裡真的只剩下他和賴田樂，薩西維才以發顫的聲音問道：「我知道我不該這麼問……但里斯、真正的里斯早就不在了對嗎？」

「嗯。」

薩西維已經做好心理準備，可直接聽到答案又是一回事情，他忍著，臉上的神情似是懊悔似是悲傷，但他還是打起精神，以哥哥的身分說：「辛苦你了，田樂……要不是那些記憶湧上來，我可能永遠不會知道真相……我也不會知道父親……」

賴田樂直接擁抱了薩西維，輕聲道：「這就是里斯託付我的，薩西維。」

薩西維垂下眼簾，靜靜地待在里斯的懷裡，他沒有動，待到賴田樂退開才抬起手，試圖挽留什麼，但已經來不及了，不管是什麼，薩西維只抓了個虛無。

「謝謝你。」薩西維緊握住自己空無一物的手，振作起來道：「也謝謝你幫助里斯……」

他哽咽了。

薩西維抿著嘴，忍住自己的情緒問：「你還有事吧？去忙吧。」

賴田樂遲疑地點頭，隨即離去將空間留給他，薩西維很明顯不想讓別人看見他的難過，他獨自一人留在廊中，望向那明媚的窗外，清澈的藍天讓他終於忍受不住，壓低聲音呼喊。

「里斯……我想說、你怎麼突然變得那麼……我還很高興、真的……原來我做的那些都不是對你……你該有多累？為什麼都不說？里斯、里斯……我也喜歡你啊……」

薩西維為里斯哭過很多次，曾經那溫暖的小小手掌抓住了他，他以為他們會這樣一直走下去，然而在里斯疏遠他的那段期間，薩西維也沒有試圖去理解，里斯因而變得越來越遠，他後悔了，卻再也無法挽回，這會是他最後一次為里斯哭泣，他想。

「我會連著你的那份活下去的、會過得很好很好，也會替你照顧田樂……謝謝你拯救我、謝謝你拯救大家。」

薩西維抹去淚水，忽然感覺到有人從背後抱住他，他猛地回頭，背後卻什麼都沒有，薩西維愣怔，爾後再次勾起微笑，迎向藍天輕聲說——

「嗯，再見了……我心愛之人。」

賴田樂於轉角處看到正在等候他的夏德和吉，他們一起前往溫室，由於夏德封鎖皇宮的命令，全體人員只能待命並且不可擅自移動，因而一路上都沒有人，更何況是地點頗為隱密的溫室，賴田樂一眼就看見那顯眼的灰色髮絲，烏諾斯待在花群裡面笑著和他打招呼，他看起來沒什麼變化，讓賴田樂鬆了好大一口氣。

「烏諾斯！還好你沒事，幹嘛說一些好像再也不見的話……！」

「哈哈，我就知道你做得到，不過你的關心真讓我想哭。」雖然是這樣說，但烏諾斯仍維持著笑容道：「你說對了，我真的是來告別的，因為我的直接干擾，他們發現我偷做的一切，打算收回我所有的世界管理權，這個世界的準則也因為我們過度更改而報廢了，他們氣死了，哈哈。」

賴田樂凝望著那抹笑容，滿臉寫著擔心：「那你會怎麼樣？」

「沒事，只是我再也不能靠近這裡。」烏諾斯晃了晃手腕上的光環，解釋說道：「這個就是限制，我如果再出現在這裡，這個就會讓我魂飛魄散，之後還會有新的管理員來並回收我給你的權限，在那之前，你就是這個世界的神了！酷吧？不過你們也不用擔心，脫離劇本而運行的世界似乎產生更多能量，秉持著不再加以干擾的精神，他們決定就先維持這樣。」

烏諾斯望著賴田樂的臉，嘿嘿一笑：「意思是，我們大獲全勝！」

賴田樂卻笑不出來，烏諾斯的笑容微僵，他歪下頭以指尖戳了戳賴田樂的臉頰，試圖毀掉他悶悶不樂的表情，「怎麼？不高興嗎？」

「……我會想你。」

烏諾斯驚呼，聲音高昂：「真的嗎！」

「嗯。」

烏諾斯一副心滿意足的模樣，他舒了口氣，語調變得愉快：「謝謝啦田樂，真的，沒關係啦，我才要感到抱歉，要不是因為我想要隱瞞錯誤……」

「好了。」賴田樂制止他，「摯友之間是不會隨便道歉的。」

「摯友？」烏諾斯又是大喊：「摯、摯友嗎！」

「嗯，所以——」賴田樂這才露出笑容，輕聲說：「你在我看不見的地方，一定要好好的。」

「放心，我說了我在那邊也有朋友啊……你猜我當初為什麼要包庇他？」烏諾斯裝模作樣地抹了抹鼻尖，「因為我想跟他做朋友，他笨笨的又弱弱的，跟你完全不一樣，那麼簡單的事情他也能輸入錯誤，我必須照顧他啊。」

「你是不是偷喜歡人家？」

「才沒有！人家還不懂愛啦。」

「真的？」

「唔、嗯……現在稍微懂了一點，就這樣啦。」烏諾斯故意將手擺在嘴前，做出講悄悄話的樣子說：「你老公在你後面看起來很火。」

賴田樂哼聲：「讓他火一點，我還沒氣消。」

烏諾斯大笑，他伸手按住賴田樂的腦袋亂揉一把說：「你要過得幸福喔，田樂。」

「當然。」賴田樂沒有馬上甩開烏諾斯的手，他的視線往上，誠心地道：「還有機會的話，我們一定要再次相見。」

「好。」烏諾斯笑著允諾，「我答應你。」

賴田樂的唇角微微抽動，似乎還想要說些什麼，可烏諾斯搖了搖頭，露出比哭泣還要難看的笑容：「不要說，也不要問，拜託，這是我的決定，我希望我們能笑著道別。」

「……好。」賴田樂深吸口氣，揚起大大的笑容擁抱烏諾斯，「再見，烏諾斯。」

烏諾斯也回擁著他的朋友，輕聲道別：「再見，田樂。」

爾後他催促著他們離開，說再過不久管理局的人就會帶著他以及那些本該不屬於這裡的花離去，夏德的痛苦即將終結，不錯吧？夏德只上前帶走賴田樂並向烏諾斯沉聲道謝，他那雙眼睛彷彿又看透他了，烏諾斯有些心虛，擴大笑容掩飾。

他這種笨拙的謊言，連賴田樂都欺騙不了，但他從來沒有想過回過頭來找他的人是吉，

烏諾斯愣愣地望著獨自返回的騎士，百思不解，「吉？你怎麼會……？」

「騙子。」

「什麼？」

「你手上的那個是手銬吧？」

烏諾斯一頓，乾脆地舉起手，接著光環顯現出連結的線，它困著烏諾斯的雙手，烏諾斯不禁嘆息，緩緩道來：「你真夠敏銳的，我和我的搭檔都被判刑了，應該會被貶到隨便一個世界，除去我現在的記憶，當然也不會記得你們，我們要再見面是不可能的了。」

烏諾斯笑著補充：「你不可以告訴田樂喔。」

「好。」

「我知道你不可能違背田——欸？」

吉臉上的表情依然沒什麼變化，只是眼裡赤裸裸的嫌棄已經收起來，他鄭重地道：「我會記得你的，烏諾斯，謝謝你幫助了夏德殿下和田樂殿下。」

烏諾斯又耍帥地說：「朋友該做的。」

「那我現在也是……」吉說得淡淡的，但更能感覺到真心，「會守住我和朋友之間的約定。」

烏諾斯幾乎是愣了許久，他噗哧一聲，打開笑聲，溫室裡迴盪著他的聲音，陽光灑落

下來，彷彿這一刻真的是朋友之間的打鬧，烏諾斯看著吉的臉色，適時地停止，他重整狀態，深呼吸，然後攤出雙手，華麗鞠躬，他抬起頭看著吉，終於拉平嘴角，露出遺憾的真心。

「再見啦。」

「嗯。」

吉回覆應聲，兩人同時間背對彼此邁開腳步，吉走了一步、兩步、三步……他重新回過頭，那裡變得空蕩蕩的，好像前幾秒那裡還有在哈哈大笑的人是他的錯覺，就連眼前的花朵也都變得不一樣了，吉轉過身，朝著那處以最大的敬意行禮。

吉依然不喜歡烏諾斯，但他信守承諾，將他深刻地印在腦海裡了。

曾經有那麼一個聒噪的笨蛋……成為了他第一個朋友。

在回房間的路途上，賴田樂沒和夏德說上半句話，夏德默默地跟在後面，隨著賴田樂的腳步放慢加速，雙方維持著微妙的距離，以至於賴田樂馬上把門關上的當下，夏德就只是停在門前，毫不踰矩，乖巧等待。

大概五秒鐘過後，門重新打開，賴田樂瞪著門外的夏德，口吻十分不滿意：「就這樣？一點表示都沒有嗎？」

夏德立即應：「對不起。」
「不是。」賴田樂沒領情。
「我對你很壞，對不起。」
「不是。」
「謝謝你，不論我對你多壞，你都沒有拋棄我。」
「我怎麼可能……！也不是這個！」
夏德想踏進房內，賴田樂卻阻擋著，他只好迅速地抱起賴田樂以腳關門，將人壓在門上說：「我愛你。」
「這、這個也不是！」賴田樂不甘地撇開視線，怕自己面對這樣的夏德會忍不住心軟，故意大聲地發洩怒氣：「你們都把我當笨蛋，烏諾斯怎麼可能沒事！如果能沒事的話，他當初幹嘛怕那些人發現？但我還能怎樣？他都表現得如此瀟灑了，還拜託我，我也只能笑著送走他！這是他的決定啊……」
賴田樂張著嘴，將哽咽塞回去，拽著夏德的衣領，啞著音問：「你呢？因為我不值得信任，也認為我無法真的幫助你，所以才什麼都不對我說嗎？」
他真正氣的並不是他將他關進監獄這件事，而是他的死亡以及隱瞞，夏德意識到這點，意外平靜地答道：「我並沒有那樣想。」
「我都說了，兩個人面對總比一個人好，為什麼直到最後都不跟我說其實沒有解藥？為什麼要一個人承擔？為什麼……」賴田樂忍著淚水，拳頭一下一下捶在夏德的身上，冰冷的溫度總是纏上他，無時無刻提醒著他，這人曾經在他的懷裡死去，他幾乎是憤怒地質問：「要這樣對我？」

夏德的反應出乎意料地冷靜，他抓住賴田樂的雙手，呼喚著他，男人垂首執拗地要對上他的視線，「賴田樂、田樂，看著我。」

「我不可能一輩子都依賴著烏諾斯。」夏德冷酷地說出實情，「我的身體狀況我自己最清楚，烏諾斯的身分也很好推理，他也說我的身體已經到了極限。」

「隱瞞你確實是我的錯，但是……」夏德鬆開賴田樂，終於一點一點地展露出自己的情緒，他坦然地面對死亡，面對真正的自己卻很膽小，「如果我跟你說了，我會捨不得，田樂。我知道假如你的任務達成，你會擁有一個可以實現任何願望的機會，你說過……所以，我要自私地讓你把這個願望給我嗎？」

夏德的隱忍總是讓人心疼的，為什麼不可以？賴田樂心想，可那雙深色的眼眸藏著龐大的不安，藏了多久？又藏得多深？到了此刻，夏德才發洩出他心中真正的脆弱。

「我總是要求著你不要拋下我，就是害怕你許願回到真正屬於你的地方。」夏德在自己的心中迷路了，他徬徨無助地繼續說：「我不知道，田樂，我真的很害怕……有時候我甚至會想，我有什麼資格能得到你的愛？在那個當下我也只是……希望你能不受到傷害，希望列瑞其實擁有解藥，這是一場賭局，但我賭輸了……對不起，讓你受到傷害的人結果是我。」

賴田樂不禁想起夏德最後的話——他僅僅是起了貪念，想著也許還有機會，列瑞會有解藥，他其實也不想死，只是不敢說，卻一而再地向他確認他不會拋下他。

可憐又膽小的男人啊，如此小心翼翼地愛著，像是不知道該如何去愛，他曾經一無所有，所以也不知道該怎麼擁有。

他無法戰勝的是自己總是害怕不安的心。

那麼，賴田樂來撫平他的不安了。

一次不行，沒關係。

他願意做很多很多次，只為了這個滿身傷的男人拾回真正的平靜與幸福。

「好，我明白了。」賴田樂用力地拍響夏德的臉頰，他擠著男人的臉，說話的聲音鏗鏘有力：「我和你保證，我絕對不會拋下你，這句話你要我說幾次都沒關係。」

「我們心意相通後，願望當然給你，願我們夏德體內的毒全部消失，不再痛苦。」賴田樂眼神澄澈，嗓音乾淨，像是在夏德不安的心投擲鎮定劑，屹立不搖地在夏德心中迴盪，他說：「你可以自私一點，可以對我要求任何事情。」

「你在我懷裡死去的每一分每一秒，我都還記得，心快要痛死了，哭得也好累，但你一個人死去又是什麼樣的心情？一定、一定很難受吧。」賴田樂在夏德的眼前笑了，淡淡的、溫柔的，有一點哀傷，他輕聲說：「所以我原諒你，原諒你讓我好痛、原諒你對我隱瞞、原諒你選擇自己承擔、原諒你的膽小。」

「我總是想，為什麼我那麼沒用？但從今以後再也不會那麼想了。」賴田樂光明正地挺起背，「我也是經歷了很多事情才有今天，我為自己感到驕傲，感謝那些曾經給我幫助的人，如果我是一點也不值得他們那麼做的人，現在的我就不會在這裡。」

「我超級無敵棒。」賴田樂大聲說道，「我讓自己過得很好，就是最好的回報，所以啊夏德——你也鼓起勇氣，肯定超級無敵棒、超級帥氣厲害的自己，然後盡情地和我撒嬌吧。」

賴田樂的每一句話、每一個神情，都讓夏德的眼眶發熱、心臟發疼，字字句句都在他的心裡蕩漾，不，夏德於心中忍不住反駁，他還藏著一部分的自己沒有展現出來，即使如此，他還能擁有那麼好的賴田樂嗎？

不是能不能，而是不能失去。

「我也要一個大抱抱。」

夏德靜默幾秒後的第一句話就是要求剛剛排擠他的抱抱，賴田樂敞開雙臂擁住他，他很愛討抱抱，賴田樂在男人的懷裡蹭了蹭想，又聽見夏德說：「吻我。」

賴田樂抬起頭，踮起腳尖在他的唇上落下一吻，夏德舔了舔唇，繼續說：「我知道那只是道別或是感謝，但看到你和其他人擁抱就不開心，包括珞茵娜。吉確實是個忠誠的護衛，但就是討厭。」

「關於這個……討厭也沒辦法。」賴田樂並沒有被愛情沖昏頭，誠實地說：「吉對我來說也很重要，你也知道那是為什麼。」

「就是知道才討厭，我認同他，認同他的自己我也討厭，就是討厭。」

賴田樂眨眨眼，他真的在撒嬌……說了好多次討厭，好可愛。

「我不想為列瑞感到悲傷，但其實我一直在給他機會，如果他能停止、如果他有解藥……如果我能提早知道真相……」夏德揭開傷疤，坦然面對：「我或許比薩西維還要更懷念以前的日子，父親、母親……真的對外來的我非常非常溫柔，我想要報答他們，只是想要報答他們……我卻什麼都沒有做到，失去母親後的日子真的太難受了。」

夏德往賴田樂的方向壓，他緊緊地擁住他，將人帶到床邊，賴田樂被放倒在床，夏德自然地覆上去，他向著賴田樂說：「我那麼那麼努力……我很努力，田樂，等到一切穩定下來，我想將皇宮交給薩西維和珞茵娜，放下那些責任……想和你一起去探索這個世界，你願意嗎？想去哪就去哪，想回來就回來。」

賴田樂不加思索地應：「好，我們一起。」

夏德親吻了他。

唇貼著唇，溫柔地摩娑，夏德的手漸漸地探到賴田樂的衣內，力度適當地揉捏，賴田樂不禁軟下來，夏德靠在他的耳側低聲問：「可以了嗎？」

賴田樂被那聲音迷走了，欲拒還迎地道：「還、還有很多事沒有處理……」

「不，我們有很多很多時間了……」夏德的下半身貼著他說：「我想要擁有你。」

「等等、真的……」賴田樂忽然想起自己還有話沒有說完，但夏德壓著他、親吻著他的感覺又很好，他斷斷續續地道：「在、在那之前……我還有一件最重要的事情想跟你說，嗯、關於……關於我來到這裡的原因……」

夏德很快撐起來，他皺著眉頭，像是也陷入掙扎，爾後他拉著賴田樂坐起來，道：「你說，我想要了解全部的你。」

卡在這裡賴田樂也有點尷尬，他咳了聲道：「我該從哪裡說起呢……從我的家庭背景好了。我的媽媽在生下我沒多久後就不幸去世了，一直以來都只有我和爸爸相依為命，後來爸爸再婚，我多了一個妹妹，她叫丁恬渝，總之家裡這才終於熱鬧起來，不幸的是……我爸突然有一天不見了，甚至在外面欠債，為了還債，我媽很努力工作，結果她因為太累、太累了……永遠地離我們而去，那時候我和恬渝都還沒有成年，親戚們將我們分開各自帶走，於是我和恬渝就這樣分開了好幾年。」

「我在原本的那個世界裡，角色算是有點弱勢，就像這裡有分貴族、平民和奴隸，雖然沒有奴隸那麼嚴重，但就是會被人看不起的那種吧？」賴田樂聳聳肩，想要隨意帶過他不堪的過去，「所以當我成年拚命想要接恬渝回來的時候，周遭的人都反對，可是那是我的妹妹啊。」

「我們分開的那幾年，恬渝也長大了，可能因為這樣我們之間也有些隔閡，她的個性也比較害羞一點，我試著去了解她喜歡的東西，她喜歡閱讀，所以我也讀了不少小說，終於和她能有些話題，然後……我想起來了。」

賴田樂回憶著他最親愛的妹妹，笑著對上夏德的目光：「這其實才是我想要對你說的……她有一天問我，喜歡什麼樣的人？我苦惱了很久，說要帥氣、強悍又深情，那種強勢又溫柔的人很迷人，還要有擔當，面對困境會一而再地……執拗地不放棄，我覺得那種人很耀眼，可能只要一眼，我就無法移開視線，而且如果能夠非常非常喜歡我、執著我，只對我好那更好，最好對其他人很冷漠。」

「我喜歡那樣，讓我有種被愛的感覺，當然，如果有一點笨也不錯，反差很可愛。」

賴田樂溫熱的掌心貼住夏德的臉頰，帥氣、強悍又深情，那是他曾經說過的告白，夏德木然，賴田樂的指尖蹭著他的肌膚，纏綿眷戀，他繼續說：「你剛剛問說我為什麼喜歡你？因為全世界只有一個夏德啊。」

「我的妹妹，就是這本書、《皇女的後宮攻略》，這個世界的作者。」賴田樂想要帥氣地告白，帥氣地回答夏德的問題，為什麼喜歡？賴田樂覺得自己非回答不可，「我得知的時候很震驚，畢竟這是本……挺糟糕的小說，可是看著看著，我入迷了。」

「對你。」賴田樂沉聲道，「現在，哇，你在我眼前耶。」

「夏德，從最一開始，我就無法從你身上移開視線。」賴田樂深情款款地凝視著夏德，他靠過去，在男人的唇前停下來，「我愛你，生來如此。」

「也許我們的相遇是註定的……我就是在說你笨，你那麼那麼喜歡我的樣子，我好喜歡，一點也不排斥，你可以多愛我一點，沒關係的。」

「你可是我的理想型啊。」

賴田樂開玩笑地道，夏德也笑了，紅著眼眶跟著賴田樂一起笑，所以……所以他註定能夠擁有賴田樂的愛，真好啊，他是夏德、真好啊。

他生來如此，會愛上他。

賴田樂輕而易舉地猜想到他的心理狀態，他的不安本來就被賴田樂撫平了，現在是連一點點突起都被賴田樂狠狠壓下去，夏德眨著眼，一滴淚水消失，它消失得無影無蹤，鼓起勇氣撒嬌，肯定現在的自己，賴田樂確實讓他做到了，夏德忍不住再次撲倒他，窩在他的頸肩和他撒嬌：「你才是……帥氣強悍又深情的人。」

賴田樂對著夏德的頭髮揉了一把，笑應：「我知道。」

**叮！系統的最後播報**

**夏德對您的心動指數超過100%、您對夏德的心動指數超過100%**

**主線任務完美達成，請說出您最後的心願**

這大概是最後一次聽系統的聲音。

賴田樂凝望著夏德，撫著他真誠地道：「願我們的夏德體內的毒消失得一乾二淨……不再苦痛，並且能夠幸福快樂。」

**叮！即刻達成您的願望！**

**系統終止，希望我們不會再見面。**

**辛苦了，謝謝您**

**里斯留**

「……你在許願嗎？」夏德問。

「嗯。」眼見白框消失，腦海裡彷彿好像有什麼東西消逝，賴田樂笑了笑，陷入柔軟的床鋪，向著夏德張開雙臂說：「結束了！來吧！已經沒有任務了，不過還是要溫柔一點喔……」

夏德輕笑，磨著賴田樂的鼻尖，親一下、兩下……賴田樂很快沉溺在這個吻，他閉著眼摟抱住夏德的脖頸，夏德半睜著眼，試圖將每一分每一秒的賴田樂都映入眼中，他吻得柔緩，賴田樂也慢慢在回應，兩人貼在一起共享呼吸，男人往下親吻，在賴田樂的每一吋肌膚留下痕跡，沒多久賴田樂身上的衣物就只剩下半開的褲子，賴田樂微微推著男人再次壓上來的胸膛，輕聲哼：「嗯、我也要……你、給你脫衣服……」

夏德的嘴唇終於停下來，他掀起眼皮望向賴田樂的那個瞬間，賴田樂起了雞皮疙瘩，男人已經被情慾網羅，那眼神狂野、熱烈、失控……像是等待許久的野獸總算可以吃上自己垂涎許久的小獵物，他的迷戀帶著熊熊慾火，能夠掀翻所有頃刻間流露出來的溫柔，彷彿那是為了欺騙賴田樂而偽裝的，可那又如何，賴田樂心動不已，甘願栽在男人手裡。

「好。」夏德拉住賴田樂的手，先是親吻，在他的手腕處停下來，望著他道：「你做你的，我做我的。」

賴田樂馬上不認輸地爬起來，往他的衣服內探去，貼著掌心的肌肉似乎顫了一下，觸感很好，賴田樂將上衣掀起往裡面繼續摸，夏德趁賴田樂起來的時候褪去他的褲子，也在賴田樂與他的衣服奮鬥的當下伸手摸索著枕頭底下，從那拿出一個圓扁的小盒子，他撬開來，抹出裡面的膏狀物往賴田樂的臀部探去。

賴田樂嚇了一跳，猛地靠上夏德驚慌地問：「那、那是什麼？」

「讓你適應，這樣也不會那麼痛，放心，無害。」夏德親吻著賴田樂的脖頸解釋，直接插入一指在裡面磨，一面搓揉著賴田樂的性器，沉聲提醒：「我的衣服還沒脫。」

感覺怪怪的，那裡好像漸漸地熱起來，賴田樂迷糊地蹭在夏德的肩膀上，止不住呻吟洩出，他撐著，一點一點將夏德的衣服捲上來，捲到肩膀就是極限了，賴田樂總覺得這就花費了他所有的力氣，腰直直發顫，現在有兩根手指插進他的後面攪動，涼涼的膏體在裡面融化，變得炙熱難耐，男人的另外一隻手還包住他的前端磨，賴田樂的眼眸被生理淚水沾濕，他放棄了，乾脆躺在夏德身上撒嬌說：「你、你脫嘛……抱我……喜歡……」

他最後還捏了捏夏德的背肌。

喜歡。

夏德的神經正在跳動，脖頸那塊浮出粗壯的青筋，他太興奮了，無法思考，賴田樂怎麼那麼甜？一撒嬌就出大事，夏德將他放倒，幾乎是粗暴地擼動著他的性器、抽插著他的後穴，直到賴田樂射精抽搐，夏德才撐起來褪去衣褲，賴田樂緩過來便看到男人勃起的陰莖彈出來，那兒飽滿壯碩，每次看都覺得很驚人，賴田樂看他挺著那東西過來忍不住嚥下唾液。

「轉過去趴好。」

夏德從賴田樂的大腿肉撫到臀，輕拍了一下，賴田樂有點遲疑，卻還是先乖乖動作，他向夏德翹著屁股，回過頭說：「這樣看不到你……」

「不要看比較好。」夏德重重地呼出一口氣，動作粗俗地握著陰莖動，在賴田樂的注視下自瀆，他的理智已經煙消雲散，聲音粗啞：「也不要再撒嬌了，我無法克制……」

他俯身親吻在賴田樂的背脊上，輕聲嘆息：「但你要我溫柔點……」

啊、有點可愛……賴田樂心想，糊里糊塗地又想他可能不用裝Gay，本來就是Gay了，他只是忘記了自以為是直男，畢竟他原本的世界性別並不只是有男女這麼簡單，如果夏德知道的話大概會很訝異吧，他悶在自己的臂膀裡偷笑，但很快就笑不出來了，夏德繼續用手指幫他擴張，賴田樂不知道他要用到什麼地步，只是勃起的陰莖也戳著他，賴田樂有點累了，撐不下去，就在這個時候，夏德呼喚了他並抽出手指。

「田樂。」夏德摩娑著指尖，攬著賴田樂的腰臀抬高，拇指又揉著穴口說：「你變得又軟又濕了。」

賴田樂一顫，那昂揚蹭著他的後穴，感覺有點癢，那些話也讓賴田樂覺得害臊，他忍不住低下頭，從這兒的視角能看見自己的陰莖也挺立著，兩根白腿倒是虛弱地在發顫，對比著夏德壯碩的大腿，看起來竟然有些可憐，明明里斯不算是瘦弱的類型，可十八歲的他和二十六歲的男人還是有著明顯的差別，賴田樂這才開始害怕起來。

可是已經來不及了。

那裡被撐開的感覺確實不太好受，但多虧夏德細心長久的擴張並不是說疼到受不了，夏德才剛頂進一點便停下來讓賴田樂緩和熟悉，溫柔是溫柔，力道卻無法掙脫，步調慢得反像折磨，男人會退一點再進，摩擦著穴裡前面，穴口絞得緊，雙方都有點心急了。

賴田樂大腿顫得厲害，彷彿再幾秒就會全身癱軟下去，他的上半身已經完全貼在床鋪，即使床鋪是軟的，膝蓋撐了那麼久仍然是會累，臀胯被夏德頂著，一軟下來男人便改變作法，強硬地插進去，大掌還會揉拍著肉臀，低聲鼓勵：「再忍會，還沒完全進去。」

「夏、夏德……我撐不住……」

「怎麼、啊……！」賴田樂連質疑譴責都做不到，他只能邊掉淚邊哼聲喘息，淚水、唾液全都蹭在床上，感覺太難以適應了，特別是夏德的尺寸真的很驚人，其實光是前面放進來賴田樂就興起放棄的念頭，但夏德帶著情慾的難耐喘息又讓他心動不已，只能乖巧地待著，任由男人頂弄，他一點一點進來，磨光賴田樂的體力，讓他忍不住低罵：「嗯、壞蛋大雞雞……一點也不溫柔……」

「我聽到了。」

夏德摟住賴田樂的腰，一口氣將那癱軟的身體抱起來，他聽見賴田樂可憐的驚呼，臀肉貼上他的腹，重量使他全部插了進去，賴田樂反應不及，腦袋發愣、雙眼迷茫，身體一顫一顫地抖，緊熱的後穴下意識地收縮，惹得一直忍耐的夏德咬牙皺眉，掌心按著賴田樂的腹，另外一隻手摸上了他的下顎脖頸，感受著他哭喊的顫音。

他在他的懷裡，被他掌控著。

夏德為此感到興奮、滿足……再多一點、多一點，全部，都給他——夏德貪婪地想，他親吻著賴田樂的後頸，壓著他的下腹，沉聲道：「我在這裡……」

「不、不要壓……」

「跟你說了要吃多一點，你這小肚皮太脆弱了。」

「唔、嗯……說什麼……」

「等會隨你罵。」

「什、哈啊！」

男人壓著他的腰腹猛地開始大力抽插，賴田樂的腰腹軟、屁股也軟，撞擊的聲響與賴田樂慌張又無助沉溺的吟叫使夏德也昏上頭，佔有、慾望、喜愛、他的希望與一切……那些他不打算再藏起來的感情全部、全部都顯露出來了，他知道自己沒有他就活不下去。

意識到自己終究會死的瞬間，夏德的心裡沒有太大的起伏，他不明白為什麼，然而在看見賴田樂的瞬間，所有的憤怒、委屈以及遺憾才顯露出來，他花費了好大的力氣才成功對賴田樂說謊。啊、夏德明白了，他的喜怒哀樂全部都給賴田樂，因為他有了賴田樂，以往的那些仇殺憎恨、孤獨恐懼全都被賴田樂的存在遮蓋，好像列瑞也不重要了，他確實放開不了賴田樂，也不能活在賴田樂不在的世界。

他會真正地邁向死亡。

那麼，如果他在賴田樂面前死去的話，賴田樂會不會為了他留下來？

反正他那個時候終究會死，而賴田樂一定、一定……會為了他留下來，哪裡也不能去，包括他原本的世界。

當這些想法浮現出來，夏德覺得自己糟糕透頂卻又認為這個計畫確實可行。

他無法戰勝的，其實是那個卑劣的自己，而就在記憶與情感回來的剎那，他第一時間是對自己感到憤怒，心疼賴田樂都來不及了，他竟然還做了那種事情——田樂、田樂，他要去找他，過程中他想起賴田樂留著淚說著喜歡，夏德再次感受著那股悸動，當時的他是在沒有記憶的情況下動搖，夏德心想、虔誠地想——即使記憶沒有恢復，他果然還是會再一次地在意他、喜歡他。

因為賴田樂就是那樣的人。

他無可自拔，以死亡的代價貪得無厭地絆住了賴田樂，但是已經沒關係了，夏德不再害怕，他生來如此——生來就能得到賴田樂的喜愛。

他說，可以再多愛他一點。

何止一點，讓他的愛溺死他吧。

夏德扼住賴田樂的脖子，他的呼吸、喘息、呻吟全都在他的掌心留下微弱的震動，溢到他的心底，留住迴盪，夏德慢慢地鬆開賴田樂，扳過他的臉親吻，賴田樂已經哭得一塌糊塗，夏德舔過他的淚痕，在賴田樂閉上眼的瞬間親吻著眼皮，賴田樂啜泣著問：「還、還沒嗎……」

夏德深頂一下代替回答，他讓賴田樂如願以償地倒向床鋪，夏德擠在上面，下半身的重量壓著賴田樂的臀，賴田樂被釘在床上，挺也不是趴也不是，整個人很是混亂。

「夏、夏德……呼嗯、騙子……」

「我是……對不起。」

語落的瞬間，夏德腰胯使力抽插了好幾回合，胯與臀響出激烈的啪聲，結合處還混著淫蕩的水聲，他又是插又是磨，插得賴田樂哭喊、磨得賴田樂哼吟，每一下抽插都會頂得他的性器在床上蹭，賴田樂在沒碰的狀態下直接蹭出來，他抓住夏德撐在旁邊的手，咬了幾口又蹭了幾下，側頭說：「原、原諒你吧……嗯！」

夏德倏地抽出來，將賴田樂翻過身後重新插回去，他壓著賴田樂的後腿抬高屁股，讓他能看見他抽插時的畫面，賴田樂驚呼，忍不住掩面偷偷在指縫觀察，他真的吞進了那粗大的雄根，一下一下地被插著，夏德好一會才射在裡面，那感覺、那抽動對賴田樂來說太刺激，眼前夏德閉眼皺眉的狠劣模樣又讓賴田樂心動，這人就是那麼好看，賴田樂被擊敗了，磨磨蹭蹭地向著夏德比出一說：「只、只能再一次喔……」

夏德微愣，隨即輕笑，聲音啞又慾，幾乎是在引誘：「再多幾次，你會很爽……爽到你一直噴，停不下來，我會繼續填滿你的裡面……瘋狂地插，你求饒，我就繼續把你操哭，我抱著你、壓著你，你根本不能抵抗只能一直高潮……你會很喜歡的，要不要？」

好色。

正經又凶悍的人說起騷話，簡直不得了。

賴田樂一秒也沒有思考，直接被這男人迷走，抬起手抱住他答道：「要……」

夏德笑了。

之後賴田樂求饒，他還真沒有放過他，男人抬著肏、壓著操，每一次都是將那碩大的陰莖又深又沉地撞上深處的敏感點，一次、兩次，賴田樂爽到發顫，三次、四次，賴田樂驚覺不妙掙扎抵抗，五次、六次，賴田樂沉淪放縱，七次、八次，賴田樂噴得床上都是，他張著嘴大力呼吸，高潮的快感幾乎要將他滅頂，可幾秒後視線繼續搖晃，裡面的精液被夏德的抽插帶出來，下半身又濕又滑，就好像失禁一樣，到最後賴田樂連說話抗議的力氣都沒有，只能趴在夏德的身上喘息呻吟，失去思考能力。

那微妙的滿足感填滿夏德慾望的十分之一，僅僅這十分之一目前也足夠了，夏德心想，他輕拍著賴田樂的背，他的屁股還插著他的陰莖，夏德以為賴田樂失去意識了，不料懷裡的人向他胸膛蹭了蹭，抬起頭親了親他的唇角，一邊罵一邊親：「好了、真的……臭雞雞爛雞雞大雞雞……我要睡了……」

他看起來是真的支撐不住，倒頭就安靜下來，夏德抽出陰莖將他抱好，出神地望著他的睡臉，忽然小聲地、悶聲地笑出來，笑著笑著，眼眶又濕了。

不知道為什麼，他想起父親寫的那封信。

——也許不會那麼順利，也許還會歷經許多苦難，但一定會有奇蹟。

——希望未來會有那麼一個人能夠成為他的依靠，希望他也能找到屬於他的支柱、依賴、救贖……到那個時候，一定能幸福地迎向自由又明媚的日子。

夏德確實地能感受到身體的不一樣。

沒有花毒、沒有廝殺、沒有必定的死亡，有的、只有身上那令人安心的重量。

是的、是的……自由又明媚的日子，經過他們的相遇、坦承、相愛、痛苦、哭泣以及重逢後，終於、終於來臨了。

夏德安穩地閉上眼睛，他再也不用懼怕死亡的惡夢。取代而之的，只有他的奇蹟。

賴田樂。

處理皇帝的後事大概花了整整兩個月。

事後賴田樂當然在夏德的包庇之下洗清嫌疑，為了不被大神官以及其他人懷疑，花了一點時間假裝調查並製作偽證，對外公布是列瑞很久以前就有不治之症，長久以來都在抵抗病情，這次突然病發，來不及搶救不幸身亡，雖然一國之主的死訊帶給人民震撼，但日子還是要過下去，接任的還是支持率最高的夏德，只要有他在，完全不用擔心外人的侵擾，夏德本身就是最強的象徵，一段時間過後動盪不安的帝國自然就平靜下來了。

列瑞真正的葬禮只有他們幾人參與，夏德、薩西維、珞茵娜親自為他們的父親安葬，連同安絲娜一起，賴田樂靜靜地陪伴在他們的身邊，這是一個結束，也是一個新的開始。

至於薩西維身上的毒，夏德和賴田樂一起查過列瑞的筆記，他的毒是比較輕微的，沒有亞勃克之花就不用擔心會引發，薩西維對此也表示自己沒有任何不適，而這之後夏德和薩西維一起聯手整治宮內的貴族勢力，打破夏德派以及薩西維派的分界，誰有意見就是在對抗夏德，也有幾個貴族不自量力地聯手想要反抗，夏德獨自一人在一個午後解決，那些人是生是死誰都不曉得，從此再也沒有人敢那麼做。

關於南國的叛亂，夏德也提早捎信寫清楚他們對南國公主完全沒有興趣，徵招者列瑞也已經身亡，後來君唯回信哀悼，順便連他和公主殿下結婚的喜訊一併通知，全天下大概只有他會在別人父親死去時帶上喜訊，不過夏德無所謂，決定之後帶著賴田樂一起前往南國參加他們的婚禮。

在處理大部分的政事時，珞茵娜也跟著學習，等到未來有那麼一天，薩西維或是珞茵娜能夠獨當一面，成為人民心中的象徵，夏德便能功成身退，和賴田樂一起離開這裡。

也許那一天還要很久很久，但總會來臨。

這些都是夏德親自與薩西維和珞茵娜談好，生生世世都在戰場上忙碌的夏德，幾乎是第一次向弟弟妹妹坦承要求，兩人皆是義不容辭，珞茵娜想要證明自己，薩西維想要替里斯守護這裡，兩個人都有自己的理由和目標，那賴田樂呢？

耍廢、賣萌、到處散步治癒人心，偶爾出點意見還有隨時成為夏德的隨身物。

剛開始夏德一整天都很忙碌，賴田樂又不好意思混在人家裡面假裝嚴肅地跟著點頭，其實他聽得懂，偶爾出的意見也很有幫助，但那很明顯是屬於里斯的知識，雖然知道里斯已經徹底消失了，但夏德還是希望他當『賴田樂』就好，於是賴田樂就被排擠了。

可當夏德突然賴田樂不足，他就會突然出現在賴田樂面前將人扛走，這已經成為皇宮日常，賴田樂習慣了，對於夏德的過度保護倒是沒什麼意見，當個廢物給人養有什麼不好？

他夢寐以求的生活好不好。

爽啦。

現在他就是每天在夏德的懷裡醒來，送走夏德後和吉一起到處晃晃，看看書練練劍，偶爾偷吃廚房的東西，遇到薩西維或珞茵娜時就停下來小聊一會，真的沒事的時候到處搭訕，所以交了一大堆的朋友，有侍衛、侍女、廚師長還有些貴族……不知道從什麼時候開始，謠傳出三皇子是宮殿裡的治癒小甜心。

有煩惱？有傷心事？去看看三皇子的笑容吧！

然後賴田樂就被夏德禁足一個禮拜，理由：太放蕩。

此時此刻的賴田樂躺在床上，向自己唯一的聊天對象道：「吉，其實我也覺得我最近有點過得太爽了。」

「聽起來是好事。」

「就是覺得好像真的不用再裝了，忍不住放飛自我。」賴田樂側躺在床，撐著頭說：「以前的我啊，雖然長得沒有里斯好看，但也沒有差到哪裡去，因為要努力工作嘛，所以就學了一些講話的技巧，那個時候的我可受歡迎了，而且也很會打架的，啊、這些話可不能跟夏德說喔……」

「好的。」吉頓一下，「但我不保證夏德殿下派來的護衛不會說。」

「啊、啊啊！我又忘記那位了！」

吉忍不住勾起微笑，趁著夏德過來前說：「不過我認為那是因為田樂殿下對人很真誠。」

「吉也是啊。」賴田樂笑著應，忽然看向窗外，略微惆悵地道：「雖然很討厭，但還是好好地道別了。」

吉知道賴田樂說的是什麼，跟著沉默下來，然而就在這個時候，突然有人在窗前憑空出現，那是陌生的臉孔，吉立即上前守護自己的主人，賴田樂卻愣了愣，彷彿感應到什麼，想替那人解釋時，夏德也從窗戶出現了，而且伸手就將毫不相干的人士扔出窗外。

……

「田樂，你就不能收起你那該死的魅力是嗎？」

「不不不！你剛剛丟的那個人——」賴田樂衝上前看向窗外，解釋：「是新的、新的神！」

夏德皺眉，馬上反應過來：「第二個烏諾斯？」

「請不要將我和那個人相提並論。」

那人重新從窗戶登場，紅色的長馬尾在空中飛揚，她是皇宮的騎士，在她落地的瞬間賴田樂立即大喊：「沒禮貌！有話要說給我從正門進來！」

她的動作明顯一頓，接著竟然真的轉頭跳開，等了幾秒後，門外傳來敲門聲，賴田樂這才說：「進來。」

她開門走進來，面對夏德和吉的眼神壓迫不為所動，彈指間世界的流動再次停止，他們一行人轉換到外面的草皮上，她例行地開始自我介紹，「我在這裡叫做丹羅，代替烏諾斯來接管這裡，需要收回烏諾斯給您的權限。」

賴田樂劈頭就問：「烏諾斯怎麼樣了？」

「無可奉告。」

「那你做完你做的後就可以滾了。」

「……」丹羅穩住，面無表情地繼續說：「我還有幾項事項需要向您報告，因為是由我們這邊的職員出差錯，誤植毒花的資料才導致不幸發生，經過審庭開會決定這之後發生的事情我們必須負起責任，意思是您在這裡死亡後，依然能回去過自己的生活。」

「什麼？」賴田樂第一時間想到的是自己的妹妹，「那我妹妹呢？」

「您以里斯的靈魂作為代價所許下的願望並不會收回，任何付出代價的願望皆不可逆轉，但我們的主神親自下達指令說可以讓你回去。」丹羅突然起了雞皮疙瘩，這很罕見，她愣愣地望向賴田樂身旁的男人，「我明明停止了……」

夏德轉著僵硬的脖子，在賴田樂和丹羅驚訝的視線下開口：「那麼，等我死後，我不能一起到他的世界嗎？」

丹羅先是回應：「不、不能……」

賴田樂倒是忍不住讚嘆：「哇你這個連神也能戰勝的男人……」

「那是因為這跟我的願望相關。」夏德牽起賴田樂的手解釋，「你替我許願的時候……說希望我能幸福快樂，我的幸福和快樂，都在於你。」

賴田樂張了張嘴，覺得自己的臉頰開始發燙，他刻意地咳出聲音，向丹羅說：「看到沒有，這人愛死我了，沒有我不行，所以可以吧？」

「而且是你們出了差錯，我痛了……」夏德壓重音：「一次又一次。」

丹羅無話可說，轉頭聯絡自己的上層，一會後進行轉達：「確實，願望是這樣運作，但賴田樂回去後並不會有這邊的記憶。」

「足夠了。」夏德牽緊賴田樂的手對他說：「我會去找你。」

「啊你放心啦，只要你頂著這張臉站在我面前我一定對你一見鍾情。」賴田樂笑了笑應。

「那麼。」丹羅適時地出聲，向賴田樂伸出手說：「要收回您的權限，手放上來就可以了。」

賴田樂隨即與她握手，沒想到她再加了規則：「另外，也會刪除您們對於烏諾斯的情感以及您們最後一次見面的記憶。」

「什麼？等等——」

來不及了。

她在兩個人的手發出光芒的瞬間消失了。

賴田樂回過神來也呆呆的，他不知道發生什麼事情，心中的惆悵拉得很長很長，好像心裡的某項東西被抽走，而他也不清楚是什麼東西，只覺得無比憂傷，不曉得是為了誰、又為了什麼，他抬起頭，出神地望著天空。

「田樂。」

「田樂殿下。」

賴田樂回過頭，只見夏德上前一步詢問：「怎麼了？」

「沒……」賴田樂勉強提起笑容應：「也許權限被抽走的感覺不太舒服吧。」

「那就回去休息，不要再出來浪。」

「好啦好啦，還是我乾脆就跟在你身邊？今天還有很多事要忙吧。」

夏德遲疑幾秒，答：「……也好。」

賴田樂笑了——我不想你為我難過，誰？誰這麼說了？他想不起來，但他想要答應他，好，賴田樂允諾，最終將那奇怪的感覺拋到腦後，他拉著夏德的手說：「那走吧，我的皇帝。」

他們身後的吉默默跟著，但他忍不住一直回頭，起風了，吹起落葉，所有曾經留下的痕跡都被蓋住，吉驀地停下腳步，前方的賴田樂正在呼喚他，他頓了幾秒，重新邁開步伐，匆匆離去，毫不留戀。

只留下他的朋友在那兒。

看不見、碰不著，慢慢地……隨著微風吹散。

消失得無影無蹤。

賴田樂倏地回過頭。

那裡什麼都沒有了。

# 尾聲

純白的法庭讓人有些視覺疲憊，被銬著的烏諾斯被帶到審判台，他抬起頭望向那根本看不清楚面容的法官，耳中過濾著對方不斷訴說的罪狀，在能夠提出最後問題的環節時才有反應。

「我的小作家呢？」烏諾斯的眼眸空無一物，他整個人給的感覺與以往非常不同，這才是真正的他，沒什麼情感、沒什麼情緒，「我是指，替我撰寫、填入世界資料的搭檔。」

「他與你一樣正在進行審判。」法官說出最後的判決，「那麼，你接受你的懲罰嗎？為了一個凡人。」

「沒禮貌，他是我的朋友。」

烏諾斯笑得淡淡的，終於有了一點生人的氣息，爾後他挺起背坦然面對。

「嗯，我無怨無悔。」

他說。

很久很久以後，一個故事結束了，正在展開另外一個新的——

賴田樂從甜點店走出來，經過櫥窗看見自己的模樣時不由得一愣，黑色的髮絲、黑色的眼眸以及瘦弱的身軀都莫名有種違和感，那分明是自己，但賴田樂不知道為什麼會有這種感受，還是自己迎來了二次青春期才看起來有點不一樣？

說笑。

他都二十二歲了。

二十二歲卻都沒有談過戀愛，不知道，就都看不上眼，賴田樂沒想到自己眼光還蠻高的，而且他的生活那麼忙碌，大概也沒有時間去談戀愛，最近日子過得不算差，雖然身上的債務還沒有還完，但看到盡頭的那一天似乎不久了，自己和妹妹的狀況也有改善，距離越拉越近，他來到甜點店就是為了買蛋糕給他的妹妹。

——也許幸福的日子還要很久很久，但總會來臨。

他的腦中自動浮現出這句話，賴田樂微愣，這時候手機鈴聲突然響起，他接起來，對面那頭的聲音聽起來格外慌亂。

「喂？什麼？債務有人幫我還了？哈？誰啊？……哇！」

走在路上的賴田樂沒注意到不小心撞到了人，他第一時間反應是低頭道歉，接著打算繼續和電話裡的人問清楚，不料那人抓住他，並呼喚他的名字。

「田樂。」

賴田樂回過頭，眨了眨眼，望著那一看就很帥氣的墨鏡男問：「……請問您是？」

「是我。」

「什麼？」

「你的債務幫你還完了。」

「什、什麼？」

「你真的是壞透了，但我答應過。」

「耶？」

賴田樂眼前的男人拿下墨鏡，露出淡淡的笑容：「我叫夏德，你要好好記住這個名字。」

賴田樂微微一愣。

哈什麼這個男人長得超對我胃口——

他在陷入無可自拔的愛情前一秒這麼想。

Fin.

## 番外1、道歉要露胸部

夏德發現了。

關於賴田樂越來越會哄他也越來越色這件事情。

比如說他因為那些討人厭的貴族煩心、邊境又出現了哪些問題、哪個國家出現自然災害需要援助，又比如某國提出聯盟婚姻，對象還是里斯，再比如賴田樂又變得更加受歡迎……諸如此類的事情讓最近的夏德忙碌又煩躁，特別是那聯盟婚姻拒絕了還不肯放棄……！

都怪賴田樂在路上不看人就隨便搭訕，所以東大陸的公主對在陽光下燦爛出現的賴田樂一見鍾情也是沒辦法的事情吧。

「對此你怎麼看，田樂？」

夏德沉聲質問被他按坐在辦公桌上的賴田樂，賴田樂心虛地撇開視線往後傾迴避，支支吾吾地試圖解釋：「不是、那個……我看她好像在皇宮迷路了，想說她穿得很好可能是貴客，就好心給她指路而已。」

「繼續說。」

賴田樂越是往後，夏德越是欺近，他將東大陸的信扔到一旁，手逐漸往賴田樂的衣內探去，使力掐著他的腰又道：「怎麼不說了？」

那掐捏的力道讓賴田樂不由自主地想起男人每晚也是這樣掐著他的腰頂進來，他逃不開，只能被夏德抓著肏，那感覺使人崩潰，又爽到不行，深處舒服的地方不斷地被碩大的陰莖戳頂，他無力地掙扎享受，全身緊繃、腳趾蜷縮，被操射的時候腦袋幾乎是一片空白，餘韻在身體裡竄流，夏德卻捉著他的手繼續，壯實的腰情色地聳胯，賴田樂覺得自己除了身體之外，連心也被壓制住了。

這個男人陷入情慾時的模樣，特別特別色情好看，忍不住想要勾引，跟大家炫耀這人只為他瘋狂。

「嗯……！」

夏德壓住他的下半身，不知道什麼時候兩人的褲檔微微鼓起貼壓在一起，賴田樂哼聲，小心翼翼地抬起眼看著夏德，對方仍舊在等待著他的回應，賴田樂自知理虧，先是乖乖地道歉：「對不起，下次絕對不會有這種事情發生。」

「下次？」

「絕對不會有下次！那位公主你再幫我回絕嘛……」賴田樂抓住夏德的手腕，自己一點一點地掀開衣服，讓他的手按在胸上，扯著嘴輕笑說：「說里斯殿下……沒有夏德殿下就無法高潮，還喜歡被夏德殿下吸這裡……」

夏德看著眼前的畫面太陽穴一突一突地抽動著，手掌貼著白皙的胸乳，上面還有昨晚的痕跡，從指縫間突起的乳尖微微一掐，底下的人就會顫抖，現在的賴田樂已經被他養得白白嫩嫩，他安排的鍛鍊賴田樂也都有乖乖做，小肚皮上的肌肉終於回歸，不過也就這樣了，腰側的曲線仍是纖細，他兩手一掐賴田樂就逃不了。

胸倒是更軟一點，被他養大了，軟軟的乳尖被他的手指蹭過就會挺起來，賴田樂喜歡被他玩這裡，夏德很清楚，一開始很害羞，還有點抗拒，爾後漸漸沉迷，最後變成喜歡被玩胸乳的小淫蕩，有時候還會挺著胸靠過去主動給他吸，滿足了就願意坐上來搖，這也是一開始哭著說不要，後來張開大腿自己上下吞吐，坦然地臣服於快感中，累了就會撒嬌蹭蹭他，要換他動。

真是任性的撒嬌怪。

他親手調教成的……可愛又淫蕩的撒嬌怪。

而現在這個撒嬌怪，正在用他教的哄他，每當賴田樂做錯事情，或是他因為瑣碎煩事而隱忍著暴躁情緒時，賴田樂不管說什麼都先是乖乖投降，用盡一切方法讓他心情好轉，有時候是黏人的親親，有時候是長腿色誘，有時候甚至是在皇宮的某一個隱密角落故意刺激他，他只能以自己的身軀遮擋他，將人抱在懷裡粗暴地操幹，可憐的賴田樂還被他頂得踮起腳尖，腿軟了就依靠他抱，現在呢？一邊道歉一邊露著胸部在勾引他。

夏德意外沒馬上上鉤，他反而撐起來，居高臨下地望著賴田樂問：「誰教你的？」

「在愛人面前道歉要露胸部才有誠意嘛……」賴田樂無辜地反問：「不喜歡？」

「喜歡。」夏德坦然地迅速應，他稍微解開自己的衣服，俯身親吻對方裸露的肌膚，說：「現在來承受我的喜歡吧，田樂。」

「……耶？」

玩火自焚，大概就是這麼說。

後來的賴田樂哭得一塌糊塗，乳尖又痛又麻，感覺那裡都被吸到翹起來，牙痕還加深了，他現在一絲不掛地躺在辦公桌上，而插著他的男人卻只是解開褲頭，衣服也只凌亂了點，賴田樂想拿開掐揉他胸乳的手，但輕而易舉就被夏德單手壓制，他像是要懲罰他，捏著他的乳頭挺胯抽插，完全沒有給賴田樂休息的時間。

「嗯、夏德……疼、疼，不要了……」

「騙人。」夏德的手指在乳首處打轉，他壓低的嗓音像是在譴責，「我只要摸你的胸，你的裡面就會緊縮，你那麼喜歡，為什麼說不要？」

賴田樂委屈地哭說：「真、真的疼……」

他的寶貝哭得太可憐了，夏德將他抱起來，帶著他坐上椅子，輕撫著他的背哄問：「那怎麼辦？」

賴田樂抽著鼻子沒有回話，因為姿勢的改變讓他差點射了，他坐在夏德的陰莖上一時間答不上來，夏德耐心等著，一分一秒過去，裡面的粗大形狀過於分明，他想起來，但只要微撐起來夏德就會將他壓回去，壓了卻不動，實在是過分極了，他只好繼續撒嬌。

「那、那……幫我舔一舔？不要太粗魯……啊、哈啊！」

裡面的東西猛地動起來，夏德壓著賴田樂的屁股往上頂，賴田樂抱著夏德哭吟，夏德幾乎是悶在賴田樂的懷裡，他嗅著賴田樂的味道控制不住地擺動著腰，沒多久他們便一起射了，賴田樂明顯能感覺到體內的陰莖在射出時的抽搐，夏德停在那裡在他的耳邊悶哼，低啞性感。

賴田樂在緩和中匆匆一瞥，然後就停住了，夏德的耳朵發紅，他們對上彼此的目光，深色的眼眸有些混沌——喜歡、喜歡、喜歡，彷彿感覺到他那麼說，賴田樂眨了眨眼，稍微晃了下腰，還插在裡面的夏德因而皺眉，困擾失控的模樣莫名又讓賴田樂心動。

「怎麼了？夏德……」

「太喜歡。」夏德親吻著賴田樂的下顎，低聲磨蹭：「太喜歡了……又色又可愛，我的田樂……」

夏德邊說邊往下，刻意往賴田樂的胸吹氣，接著輕柔地舔，以唾液打溼，厚實的舌頭來回舔舐，賴田樂被男人的臂膀往前壓抱著，他只能挺著胸給他吸，插在裡面的陰莖因而滑彈出來，流出精液，賴田樂忍不住發顫，揉著夏德的頭髮哼哼。

「還、還有點疼……」

「又說謊。」

「沒、沒有……！」

「那不舔了。」

夏德才剛離開，賴田樂下意識地將他抱回胸前，他因自己的舉止而愣了一下，隨即滿臉爆紅，嘴巴張張闔闔試圖解釋，只見夏德微微挑眉，賴田樂羞得自暴自棄：「不管啦我就喜歡，我有喜歡，又疼又爽的，欲拒還迎懂不懂……！」

夏德笑了：「那麼現在呢？」

賴田樂咬著下唇沉默幾秒，往後坐就能碰到又硬起來的陰莖，而他也是，重新勃起的性器抵在夏德的腹上，胸乳被冷落後有點癢了，這時候的賴田樂還不忘正事。

「會不會……耽誤到你？」

「下午只有那位公主前來拜訪，就不去了，交給薩西維拒絕。」

「那、那……」賴田樂還有些遲疑：「再來一次？」

「就一次？」

「啊——不管了！」賴田樂摩娑著夏德的下巴說：「在這個房間做到爽吧。」

夏德輕笑，以一個親吻回覆……他的田樂、田樂啊，在愛人面前道歉要露胸部？那麼看來他要找一堆事情和賴田樂討了。

夏德親吻著那滿是痕跡的胸想道。

幾天後。

賴田樂在夏德的陪同之下親自拒絕來自東大陸的公主，並且是以激進的方式——他直接向公主說：「抱歉，我喜歡男的。」

「沒關係，我有哥哥。」

「什麼？」賴田樂錯愕。

「您只要在我們那邊——哇！」

夏德聽不下去了，抓著賴田樂直接深吻，吻後還舔著唇，摟著賴田樂說：「就是這樣，所以無法答應您的請求，很抱歉，還有，如果可以的話請幫我們保密。」

事後那位公主終於才放棄離去，賴田樂有點感慨，但沒想到回過頭夏德就在解開衣服。

「夏、夏德？」

「我不知道那位公主為人如何。」夏德乾淨俐落地褪去上衣，展示著自己壯碩的好身材，「我為自己衝動的行為道歉。」

賴田樂有好一陣子失去說話的能力，他其實無所謂，可夏德都這麼說了，怎麼能拒絕他的道歉，是不是？嗯，在愛人面前道歉就是要露胸部。

做得好啊賴田樂……！

他忍不住大力誇獎自己。

距離賴田樂被那雄厚的胸肌撞壓而哭吟剩下五分鐘。

## 番外2、真正的騎士

年少的吉吐了滿地，但他也是隨便擦擦嘴巴，繼續邁開腳步奔跑，少年的腰拖著一袋麵粉，隨著時間的流逝增加一袋又一袋，他跌了幾次再增加幾袋，膝蓋手肘都被磨破，吉卻沒有任何怨言，面無表情地持續他的訓練。

主使者君唯哼著不知名的曲調、把玩著小刀，根本沒注意吉的訓練情形，軍隊目前駐紮在邊境之地，東大陸已經打下來，覆皇帝之命要前往北國支援，這幾天整頓好便要馬上動身，距離收留吉已經有好一段時間，君唯多少感覺到無趣了。

這孩子不論什麼荒唐的命令都不會拒絕，甚至都還做得到，有一次敵人突襲，君唯顧不上吉，便隨口要他殺幾個人保命，結束後他會驗收，結果吉真的拖了敵人的屍體來到君唯的面前，君唯難得愣住，面對其他人質疑的目光尷尬地哈哈大笑，拍著吉的頭誇獎：「哈哈，吉您小小年紀的很有潛力喔。」

「您教的。」

「嗯？」

「眼睛、咽喉、胸口、腳筋……趁其不備，用匕首也能贏。」

吉冷冷地重複君唯曾跟他說過的話，好像這些逝去的人命只是他的訓練之一，後來的君唯有些無感，他也沒有義務教導吉正確的觀念，只讓吉進行不可能的訓練，連殺人技巧也繼續教，少年逐漸成了殺人兵器，吉對此也沒什麼特別的感覺，只是這人讓他這麼做，他就這麼做。

不然呢？

沒有收到命令的他什麼都不會，該何去何從也不曉得。

他只是從那一天起就被死神留在這個地獄，他依然嚮往死亡，卻又懼怕死亡，因此在敵人的刀下盡力存活，少年在戰爭中成長，與那些人一起活在地獄，今日坐在他旁邊分他麵包的士兵，明日卻慘死在戰場上，然後突然有一天君唯不見了，那是吉第一次主動找向夏德，那個男人滿身血地坐在樹下休息，仔細一看都是他人的血，沐浴在鮮血裡的死神僅是抬眼看他，吉便感受到本能的顫慄。

「有事？」

吉驀地說不出口，忽然覺得那好像也不是什麼值得煩擾這人的事情，只好搖頭轉身離去，沒想到這時候夏德開口呼喚了他：「吉。」

吉立即停下腳步回應：「是？」

夏德褪去沾滿髒血的手套，說：「這次結束後，我會回到帝國，你去培訓成為皇家的騎士。」

「騎士？」吉很是困惑，先是反駁：「那不是我可以做的，我是奴隸，但騎士是……

守護人。」

「你如果是那樣定義的，那就去尋找你想要守護的人。」夏德倚著劍站起來來到吉的面前，低聲說道：「我並不是要你單純當上騎士，你要爭取到里斯或是珞茵娜的護衛，到那個時候，他們做了什麼事情你都要向我報告。」

吉這下明白了，只是再做確認而問：「這是命令嗎？」

「是，但如果你不願意就算了。」

「不，夏德殿下……我會做的。」

後來他真的當上里斯的護衛，並且定期向夏德報告里斯的動向，自從來到皇宮後吉一直無法適應這裡的生活，太明媚舒適了，他覺得很不自在，也討厭如此安逸的自己，於是他給自己設了一個限制，除了夏德的命令之外，他也要做好屬於自己的責任，保護好三皇子的安危，聽從亞勃克的任何指令，這挺矛盾的，保護好里斯，轉頭又將里斯的情報報告給夏德，為此他想，他大概永遠當不上真正的騎士。

他只會盲目地聽從命令，守護……該守護什麼？他不知道，那種東西是能找到嗎？是。

他真的找到了。

里斯會有一段時間窩在圖書館，還命令任何人不准跟，吉對此很是疑惑，打算先觀察一陣子再向夏德報備，他似乎還有同夥，但每次想起來的下一秒便會遺忘，這件事情意外耽擱了很久，等到吉意識到時，他所知道的里斯殿下已經不存在了。

態度、舉止、每一個步伐……他眼前的『里斯殿下』似乎很努力地偽裝成原本的里斯殿下，吉觀察好一陣子後定下這個結論，他不曉得為什麼自己會這麼想，也有可能是里斯殿下正在改變，然而人的習慣是不可能一夜就變得完全不一樣，甚至連一丁點以前的影子都沒有，身為幾乎一整天都待在里斯身邊的他不可能搞錯，但是，那又怎樣？

對他來說那仍舊是里斯，吉繼續盡職服從就好了，不論是誰的命令……真的嗎？那為什麼在聽見那位的哭聲時動搖了？

那晚的月亮很圓，明亮地高掛在黑夜中，如同哭泣後依然堅強地站在他眼前的里斯，這人正在奮鬥，和什麼奮鬥？吉不知道，只是那是他的生存方式，愚蠢卻又讓人覺得耀眼的生存方式。

很明顯里斯的不一樣已經招來夏德和薩西維的注意，與皇女也並非是友好的關係，那麼，他又是出於什麼心態幫助皇女？那個時候只有他守在能看見皇帝對皇女上下其手的位置，吉也清楚看見里斯為此與皇女交換座位，然後自己身陷危機，太愚蠢了，還慘遭皇女的背叛，吉的一生中也不是沒有遇過這種人，但好人通常不會有好的下場。

之後吉親眼看見里斯往夏德的胯下摸去。

……是好人嗎？吉困惑了。

他站在那裡接收到夏德冰冷的視線，畢竟他這陣子確實沒有進行會報，里斯又變得那麼不一樣，可是這能怪他嗎？他也要整理清楚才能報告啊。

——我會原諒你。

——你就以你的方式生存吧。

偏偏里斯和他說過的話一直盤旋在腦袋裡，以自己的方式存活該怎麼做？就是不知道該怎麼做吉一直以來才選擇聽從命令，如果、如果硬要說的話……吉會希望這個里斯不要去那幾秒內便會失去性命的戰場上，這不是他可以去的地方，會死的，甚至沒有人會保護他。

他的狀況真的很危險，這樣好嗎？他是皇宮的騎士、夏德的眼線，同時也是里斯的護衛，假如讓里斯去送死，那他這些年來又是為了什麼守護里斯的安危？真的僅是為了夏德的命令？

不，他只是……還奢望著奴隸的自己能夠成為守護他人的騎士。

因此這一次，吉以自己的意願做出了判斷。

站出來，守護這個人吧。

當時里斯的淚水更加堅定了吉的內心，他不想再這樣繼續下去了，眼前的里斯給予他判斷的權利，是的，他做得到、他做得到，為了這個人成為真正的騎士……！後來他才意識到——這想法太傲慢了。

越了解眼前的里斯，吉越對自己感到氣憤，他根本是為了自己才選擇守護里斯，現在他後悔了，迫切地祈求這個人能夠躲過一切苦痛，他真心地甘願奉獻，只為了里斯幸福。

因為他那麼好。

因為賴田樂那麼那麼好。

他值得世間所有的好。

吉在獨自一人迎向眾多敵人的時候，心裡異常平靜，賴田樂，這名字聽起來就很好，曾經的他懼怕死亡，現在的他當然也是，吉明白了，以前他是害怕自己孤獨死去，沒有人會知道，就這樣孤零零地面對死亡，現在則是怕自己再也看不到賴田樂，也害怕賴田樂會為了他傷心難過。

明明都是害怕的情緒，但兩者帶給他的感受相差甚多，吉奮力地抵抗，起碼、起碼他要撐到確認賴田樂的安危才能……！

然而戰爭在下一秒結束了。

所有人看到戰爭結束的信號彈不禁一愣，吉立即將揮出去的劍轉向，來自前線的情報過了一會才傳來，據說是大皇子和三皇子的熱烈親吻結束了這場戰爭，吉愣了會，癱軟在地上笑了。

那孤傲的黑色死神啊，如今被他的主人拽了下來，還以搞笑可愛的方式……吉從來沒有討厭夏德，不如說他其實是他的救命恩人，如果夏德在那一夜就殺了他，他現在就不會在這裡了，所以他也只是……希望他的救命恩人以及他的主人能夠幸福。

騎士什麼的對他來說已經不重要了，他找到了更重要的存在，這中間雖然還發生了許多事情，但最後終於迎來了好結局——吉緩慢地走向燦爛的陽光，他看見在陽光底下一起散步的夏德和賴田樂，曾經的黑色死神露出溫柔的神情望向了賴田樂。

現在他想守護的，就在他的眼前。

吉覺得那兩人的幸福非常、非常耀眼，而此刻的他也終於能夠盡情地享受陽光，他想，他一生的起落，都在那裡。

「——吉！」

他聽到他的陽光在呼喚他，於是他揮別過去的自己，頭也不回地向前邁進了。

# 番外3、餘生與你

「號外號外！夏德陛下以及里斯殿下在前往探訪南國的路上被埋伏暗殺了！」

「據說里斯殿下乘坐的馬車墜入懸崖！」

「陛下目前下落不明！但原地留下驚人的血跡！」

「帝國最強象徵——夏德陛下的失蹤？南國聲稱對這起暗殺事件一無所知並且感到遺憾，究竟真相如何？」

「繼承皇帝之位的人竟是珞茵娜公主！三年前珞茵娜公主帶領帝國軍隊向西大陸邊境族民進行和平交涉的成功確實展現了王的氣度，那時候完全沒有人相信公主殿下能夠成功！難道這是珞茵娜公主為了上位所策畫的陰謀……？」

「這也是珞茵娜公主向北國、東大陸和西大陸的警告！就算沒有夏德陛下，帝國仍然是最強的存在！」

「下一個剷除的對象會是薩西維殿下嗎？」

「皇帝從未有子嗣，在位期間也拒絕所有的提親請求，珞茵娜公主卻在那段時間育有小皇子，尚未結婚的薩西維殿下在這點就輸了！」

「珞茵娜公主的對象竟然是護衛？傳言是陛下生前的私人護衛，這層關係究竟是？」

「根據可靠消息指出，夏德陛下似乎與里斯殿下有不正當的關係？還謠傳著里斯殿下的貼身護衛是第三者的消息！」

「薩西維殿下尚未結婚的原因是那方面有障礙！」

……

房間內飄散著一股令人舒適的香味，坐在窗邊的薩西維一把將手裡的報紙揉爛，並且抬眼瞪向開懷大笑的珞茵娜說：「好了喔，親愛的妹妹。」

「抱歉、噗……」珞茵娜趕緊搧著自己的臉，避免笑出來的淚水弄糊臉上的妝，「只是想說，不愧是夏德哥，明明是同個狀況，被懷疑的卻只有薩西維哥。」

「那是夏德哥從不避諱！而且我為了改變形象剪了頭髮也做了鍛鍊！」薩西維揪起自己的短髮，指著另外一個報導說：「這個報社竟然還寫夏德哥和田樂不正當關係的細節！」

「沒關係啦，我們知道是正當關係就好了。」珞茵娜笑了笑說，她同樣和薩西維坐在窗邊，只是身上繁重的裙裝讓她沒辦法有太大的動作，她柔順的粉髮已經長至腰間，舉手投足間都已經褪去稚氣，「而且吉也說了有定期和他們聯繫，正處在完全不會被報紙消息干擾的地方遊玩呢，吉目前也還在各地解放奴隸，大概也不知道消息被謠傳成那樣。」

薩西維的臉色沉下來，頗有夏德威脅人時的氣勢，「我看這些報社是欠抽查。」

「他們也不是會在乎那些閒言閒語的人啊。」

「不，夏德哥看到吉是第三者這點感覺就會向田樂質問。」

「啊……不知道為什麼能想像出來，田樂哥好無辜。」珞茵娜輕笑，回憶著過去，「夏德哥只要在田樂哥面前就會變得很幼稚呢。」

「這樣很好。」薩西維靠向椅背，幾年的時間讓他看起來更成熟了，美麗的臉孔上竟然還多了一條疤痕，痕跡刻在左下顎，他似乎留在過去，一個人走了很久很久都走不出來，他的視線飄向窗外，熟悉的天空色依然沒什麼變化，他輕聲嘆息：「實在是太久了……我對自己感到慚愧，要不是有南國幫忙接應和我們的堅持，夏德哥不知道還要被鎖在這裡多久，從那之後已經過了七年……不論是人民對夏德哥的過分期待還是其他新的威脅，夏德哥就是、一個人扛起太多了，他幾乎成了不滅的象徵……」

「不用這個方法，他永遠不能離開。」薩西維扯著嘴角，多了一絲苦澀，「只不過這一離開，不知道要多久才能再見到他們，畢竟他們已經是死亡的存在了。」

「所以我們更要證明，就算只有我們也能好好守住這裡。」珞茵娜溫柔的眼神帶著一股堅定，沉靜而不屈，「這之後，只會有好消息傳到他們的耳裡。」

薩西維此刻的表情才放鬆下來，他抱著胸表示同意，半開玩笑地說道：「就靠妳了，女王陛下。」

「薩西維哥呢？」珞茵娜望著薩西維認真地問：「我坐上這個位置可以嗎？」

「等會就要參與加冕儀式的妳說什麼呢？」薩西維皺眉，無可奈何地嘆息：「我……是真的沒辦法擁有繼承者，由妳來是最好的選擇，妳可要把樂樂培養成一個好君主啊。」

「當然！他可是擁有田樂哥之名的好孩子！羅奧亞也為了我辭去護衛一職，聽說他向夏德哥說明的時候，田樂哥還要他發誓說要一生一世守護我什麼的……」說到這裡，珞茵娜忍不住笑：「那時候羅奧亞可是以一抵二的氣勢說會一輩子守護我和樂樂呢。」

「妳在秀恩愛？」薩西維滿臉嫌棄。

「不、不是！」在自家哥哥面前炫耀丈夫確實不妥，珞茵娜害羞地解釋：「我只是想說、我過得很幸福，想要珍惜我重視的對象，也不想辜負任何人，我可是繼承了父親、母親之名的人，所以……女王陛下珞茵娜已經準備好了！」

「很好。」薩西維笑應，他站起來向珞茵娜伸出手說：「時間差不多了，我親愛的妹妹……啊，以後就不能這樣稱呼妳了。」

珞茵娜搭上薩西維的手，撒嬌說：「私底下還是可以的，不然我會很寂寞，可惜夏德哥和田樂哥沒辦法幫我見證這一刻……」

「他們會在遠處祝福我們的。」

「也是！」

「那麼……」薩西維將手放在門把上，道：「前往您的加冕儀式吧，女王陛下。」

「嗯！」

珞茵娜提起裙襬，一步一步地與薩西維一起向前，迎向她的即是以她自己的意志所創造的未來，沒有準則，沒有掌控，她憑著自己的能力走到這一步。

看吧。

少女終將成王。

三年後。

賴田樂踩著沉重的步伐走上陡急的斜坡，山頂被雲霧壟罩，他在稀薄的空氣中盡量穩住呼吸，一邊是高聳的樹林，一邊是看不見底的懸崖，小石子滾落的聲音直直往下，賴田樂不禁往懸崖邊望，忍不住吞下口水，回頭向後面的夏德說：「步調再慢點吧，我們可不年輕了。」

他們爬好一陣子了，夏德卻臉不紅氣不喘，說：「你才三十四歲。」

「三十歲之後體力就會急速下降啦。」

「所以才更要鍛鍊。」

「你這個、鍛鍊魔人……啊、說到鍛鍊，前幾天收到吉的信，他說最近收了一個徒弟，打算用君唯訓練的方式鍛鍊他，然後那個徒弟正是君唯的小兒子。」

夏德聽聞後沉默了幾秒，再次回憶起君唯訓練吉時各種不合常理的要求，正當懷疑吉是要報復，不過那也是君唯自作自受，因此夏德轉而問：「他現在停留在南國？」

「一陣子吧，他說之後可能會申請調往南國，說南國人的感覺莫名給他一種熟悉感。」

賴田樂笑說：「討人厭的熟悉感。」

「那之後繞去南國看看他嗎？」

「什麼？」賴田樂震驚地停下腳步，「真的？」

「我不至於連見面都不准。」夏德輕推他，讓他繼續向前走，「你對他來說依然是他唯一的主子，而且我也想親自確認薩西維那邊的狀況。」

「好啊，順便看看君唯和他的公主殿下是不是還那麼恩愛！」

「關於這點我就不是很感興趣了。」

「哈哈……哇哇哇到了！」

抵達頂端映入眼簾的即是映照著夕陽而火紅的雲彩，他們時間算得剛好，這時候底下傳來鳥鳴，大量的鳥由下衝向雲彩，牠們晶瑩剔透的羽毛被夕陽照成橘紅色，與雲彩融為一體，鳥群盤旋著，飛行的速度越來越快，點點火光灑落下來，遷徙前的浴火重生，每四年一次，透明的羽毛燃燒蛻變成鮮豔的橘紅色，這是牠們成年的證明。

天色逐漸變暗，牠們留下的火光正在黑夜中飛揚，據說這可以維持長達一整夜，賴田樂自從離開皇宮後與夏德一起看了許多不可思議的光景，那是故事裡沒有寫到的，是由這個世界自然誕生，使萬物生生不息，屬於生命的耀眼燃燒。

賴田樂覺得每個地方都很新奇，一路上也認識了不少人，途中或多或少磨平了夏德的銳利，他甚至變得愛笑了，雖然不是那種大笑，但他揚起笑容的次數變得頻繁，就像現在，他偷偷地往上看，夏德的嘴角微微勾起，火光映照在他深色的眼眸裡，將他照得溫柔美好。

他在笑欸。

賴田樂心想，不知道為什麼這寧靜的一刻讓他眼眶發紅，當夏德望向他時，他趕緊撇開視線假裝沒事，但夏德光明正大地盯著他看，賴田樂忍不住問：「怎麼了？」

「你好看。」

「……你那張嘴越來越誇張了。」

「我只是實話實說。」

夏德轉過身輕撫賴田樂的臉龐，「我知道你剛才在看我，是因為是我先一直看著你的。」

賴田樂完敗。

明明他已經和夏德相處很長的時間了，他還是會一次一次感受到新的悸動，賴田樂雖然已經恢復以前的記憶，但有些事情仍然模糊，他不確定自己有沒有談過戀愛，但他確實希望下一次，依然能夠和這個人相守餘生。

「夏德……你有想過之後的事情嗎？」

「想過。」夏德幾乎是立即答道，他凝望著賴田樂，說著自己的想像：「會有那麼一天，我再也無法翻上馬，甚至提不起劍，也沒有力氣擁抱你，到時候我希望你能陪我躺在床上，和我聊天，說一些過往的事情……當我閉上眼的那個瞬間，我依然能將你最後的樣子映入眼中。」

「你不必為我哭泣，也不必為我感到遺憾，我只是先一步到你的世界等待你，不止餘生與你，下輩子，下下輩子都要與你一起……」夏德摩娑著賴田樂的眼角，笑得溫柔：「下一次，換我去你的身邊了。」

賴田樂抿著嘴努力憋住淚水，哽咽著抱怨：「我沒有要這種讓人想哭的答案啦……」

夏德輕笑著親吻賴田樂的臉頰，摩娑著他指尖上的指環說：「我知道你最近在擔心什麼。」

「……擔心什麼？」

「你害怕你會遺忘和我度過的這一切。」

他說出來了，賴田樂終究還是失守，嗚嗚啜泣著：「每、每一次和你增加美好的回憶，我都會想——我以後就會忘記，太不公平了，就連眼前好看到不行又浪漫的畫面我也不會記得，和你的每一分每一秒……我竟然都不會記得！」

「你一定、一定要來喔……」賴田樂吸著鼻子大聲說：「不來我就不理你了！」

「我答應你。」夏德在火光下承諾，「就算你把我當陌生人，我也會一直一直纏著你。」

賴田樂忍不住反駁：「誰像你那麼難搞，我對陌生人也很親切……」

「別對除了我之外的人太親切，」

「讓你醋瘋！」

「原來你想被我關起來？」

「……這邏輯我不是很懂。」

夏德笑了，賴田樂憋著憋著也笑出聲，他踮起腳尖摟抱住男人的脖頸，依靠著他的額際，學他說：「我在下個世界等你。」

「你只要來到我面前就可以了，因為我愛你——生來如此。」

賴田樂貼著他笑說，夜色下的火光仍然沒有消失，它燃燒在那裡，一直一直——夏德垂首親吻著他的愛人，他們在這裡的故事尚未結束，下個世界會如何？他們不知道。

那是還未開啟的故事。

一個屬於他們的、新的相遇……

# 番外4、遲來的奇蹟

——「給我回去！收好你的爛攤子才可以過來！笨蛋列瑞！」

列瑞猛地驚醒，他聽見耳熟的彈指聲，受了重傷的他連摀住胸前缺口的力氣也沒有，他吐出血，眨眼間便看見熟悉的臉孔，所有的記憶混在一起讓他更加頭痛，他盡力地抬起頭看了眼周遭的情形，薩西維昏倒在地，里斯抱著夏德痛哭，他一下子就釐清狀況，苦笑嘆息，勉強地看著烏諾斯說：「我做了一個夢，夢到安絲娜把我踹開，要我把爛攤子收好再去找她……畢竟我做了那麼糟糕的事情，啊……我竟然真的那樣對待夏德……我的天，難怪安絲娜那麼生氣，是我也永遠不會原諒我自己……話說那個里斯不是我兒子吧？」

「你怎麼會——」

烏諾斯很是吃驚，但情急之下他來不及提問，「不，算了，現在我沒時間向你解釋，還有，對不起，讓你變成了這個樣子，下一次一定會結束的。」

烏諾斯那誠懇的模樣讓列瑞愣了愣，烏諾斯則繼續說：「就這樣，現在我要去里斯那邊了，全部的一切我都會負起責任，只不過你的結局依然不變，即使我不在了，禁術的效力依然存在，所以，為了他們，你必須死。」

「好。」

列瑞平靜地接受了自己的結局，「但我只有一個問題，就一個，我的兒子是不是做了什麼無可挽回的事情？」

「……是。」

列瑞覺得自己真的快要不行了，他眼前越來越黑，拚命地留住最後一口氣說：「那麼，聽聽我最後的心願吧，女武神——」

里斯沒有想到自己會在母親的腿上醒來。

起初他以為在作夢，腦袋一時轉不過來，溫暖熟悉的掌心撫摸著頭髮的感覺讓人特別安心，里斯是好一陣子後才想起自己不該在這裡。

他應該要消失了啊？

里斯坐起來，愣愣地回頭看向露出笑容的安絲娜，對方還開朗地在打招呼：「早安啊，里斯。」

「母、母親？」

「如果說列瑞是大笨蛋，你就是小笨蛋了，里斯。」

安絲娜伸手輕觸里斯的臉頰，忽然用力一捏，說：「怎麼可以撕碎靈魂作為代價呢！

就算列瑞做了蠢事，你也不能跟著蠢啊！」

「可、可是——」里斯突然就覺得委屈了，面對母親忍不住情緒，「我想不到其他辦法了……而且夏德哥、薩西維哥和珞茵娜都那麼痛苦，我不那麼做的話，他們又該怎麼辦？」

「那你不在了，薩西維該怎麼辦？」

里斯彷彿被戳中心底深處，默默地垂首說：「我不知道……我只是、只是從來沒有想過……我和薩西維哥會有好的結局……」

「里斯啊。」安絲娜捧起他兒子的臉，指尖溫柔地摩娑著他，「你真的真的很努力了，但接下來，就由我們做父親和母親的來吧。」

「什麼意思……？」

「我一直一直……在這個地方等列瑞來，但他已經來不了，所以等會我就要去找他，而你應該也要回到原本的地方，里斯，薩西維等你很久、很久了。」

里斯眨了眨眼，搖搖頭：「不、我已經回不去了……」

「確實，你把你的身體給了那位，可是，你靈魂的歸處就在那裡啊，雖然可能有些限制，但你就陪著薩西維……直到最後吧。」

里斯越聽越困惑：「我、我不明白……我的靈魂已經撕毀，付出代價的心願是不可逆的……母親又怎麼會知道這些……？」

「沒錯，你說得都對，但只要有充足的力量去支撐你付出的代價，心願就不會受影響了，你的靈魂倒是需要一點時間才能修復，不過沒關係，我的力量再加上列瑞足夠了，讓你修復也完全沒有問題。」

安絲娜笑了笑，如同一往，溫柔地凝望著她的孩子，「里斯，還記得我跟你說過的童話故事嗎？亞勃克勇者陪著女武神一起拯救了身陷戰爭混亂的大陸之地……真正的女武神，在這裡喔。」

「我的權利相當於世界管理局，要解釋的話大概就是我們一起合作管控世界的秩序，不過那個冒牌貨並不知道我的存在，嗯……算了，這部分你不需要知道，暫且不說那冒牌貨，老實說，我確實不應該介入的，但沒想到自己就栽在列瑞手裡了，那時他就窮追不捨嘛……又笨又可愛，因此，為了和列瑞在一起，我心甘情願被封印力量，這樣的我就是普通人了，每次我都想要避免死亡的情形，可就是躲避不了……那個時候我就明白了，我肉身的死亡是註定的。」

安絲娜柔和平靜的語氣就像是在說故事，說著屬於她和列瑞的故事。

「因為我註定與列瑞相愛，也因此，註定死去，死後的我需要很長的時間才能完全解除封印，所以沒有足夠的力量可以介入，也無法幫你們對抗準則，我只能一直看著你們……做蠢事。」

說到這裡安絲娜敲了下里斯的腦袋，「父子一個樣，真是越想越氣。好了，我差不多要去接列瑞了，列瑞那個笨蛋還想用自己跟烏諾斯許願把你找回來，但我已經花了一點時間和世界管理局討價還價，哼，可不要小看作為母親的能力，總之你付出的一切都不會白費，賴田樂先生也不會有事，他也是個好孩子，替我們好好地照顧夏德了呢。你現在只要先想好要怎麼和薩西維解釋，你很有可能只能在某個範圍出現，畢竟你只是靈體，但我會讓薩西維能碰到你的，所以看你們是要重逢抱、抱親親還是——」

「母親！」

安絲娜輕笑，純情的里斯講到這裡已經臉紅了，她都說成這樣了，但她的孩子依然在擔心她的安危：「那母親要付出的代價是什麼？真的不會有事嗎？」

「頂多完全失去力量，然後和列瑞一起離開……不可以，不可以露出那樣的表情。」

安絲娜再次敲里斯的腦袋教訓他，「你也知道我和列瑞是不可能回去的，對我來說，最好的結局就是這樣，我能夠再次牽起列瑞的手……一起承擔屬於我們的責任，而你的責任就是回去陪薩西維，然後與他度過一生，再和我們一樣手牽著手一起離開，你知道嗎？薩西維每晚都會做惡夢，他睡不好，但在大家的面前總是假裝沒事，這是最糟糕的，以為自己沒事，陷得卻比任何人還深。」

怎麼可以。

里斯對此感到憤怒，薩西維怎麼可以沒有照顧好自己！

可他也不確定，畢竟自己是下定了決心離開，他沒有理由懷疑他的母親，只是、只是啊——

「我、我害怕，母親……」

「沒事的。」

安絲娜將他的孩子擁入懷裡，柔聲安慰：「你可是我和列瑞的孩子啊……」

——你們是我和安絲娜永遠的驕傲。

這句話瞬間讓里斯冷靜下來，他紅著眼眶點頭，也伸手擁抱他的母親，說：「謝謝您，母親……我才要說、能夠成為安絲娜以及列瑞的孩子，是我一生的驕傲……」

安絲娜緊緊地擁住里斯，淚水悄悄流下，神如果學會了人類的情感，那將會是最強大的，不知不覺間，里斯在她的懷裡睡著了，她緩慢地將孩子放下來，唱著屬於他們的搖籃曲……她帶著搖籃曲送走里斯，找到了列瑞。

「安、安絲娜……！」

安絲娜敞開雙臂迎接她的笨蛋，列瑞在她的懷裡嚎啕大哭，靜謐的空間內只剩下他們兩人。

「辛苦了，列瑞，我們走吧，等會再教訓你。」

「都聽妳的。」

列瑞抹去淚水微笑，主動牽起安絲娜的手，他們一起踏出一步，兩人的樣子逐漸轉成了他們當初相遇時的模樣，那是屬於他們的故事。

女武神以及亞勃克之子相遇、相愛，最後永遠相伴的故事……

薩西維基本上都是忙一整天，等到回房間休息時已經是半夜了，睡前他會先喝杯酒助眠，所以偶爾看到里斯的幻覺也是理所當然的。

沐浴完後的薩西維坐在窗邊的椅子上，一如既往地喝著酒，餘光彷彿瞥見粉色的髮絲，他不驚不乍地轉頭，心想著又來了、又來了……卻在看見眼前一臉窘迫的里斯時愣住了，甚至不小心摔破了酒杯。

「薩、薩西維哥……！」

薩西維蹲下來撿起碎片的動作一頓，他抬起頭來看著里斯發呆，隨即笑了笑，聲音帶了點鼻音：「啊……這次的幻覺太真了吧？該不會是加重了？我明明有吃藥……唉，要是讓珞茵娜知道她又要生氣了……」

「別用手撿，會受傷。」

一雙溫暖的手覆了上來，傳進耳裡的語調與記憶中的里斯一模一樣，不是賴田樂，是真的里斯，薩西維又是愣怔，小心翼翼地牽起幻覺的手，貼在自己的臉上，傻傻地說：「好溫暖……還是說，我在作夢……？如果是夢的話……」

薩西維倏地將里斯拉過來親吻，吞去里斯所有的掙扎，他在他的嘴唇上留下思念的印記，摟抱著里斯的力道也逐漸收緊，吻隙間的呼喚是『薩西維哥』，就好像真的是里斯在呼喚他，那無措羞澀的反應也很像真的，里斯努力隱忍著害羞的情緒，把臉都憋紅了，一句話都不敢說。

「里斯……如果這是夢，我永遠不想起來。」

「薩、薩西維哥太野蠻了……」

里斯鼓起勇氣開口，他先制止薩西維想要再次湊過來的嘴，然後摸了摸薩西維的後腦杓說：「怎麼剪短了？臉上的疤痕又是……」

「不錯吧？」

薩西維一笑，帶著他的手碰上自己下巴處的疤痕，「這是我勝利的勳章，頭髮也是想要改變形象才——」

「薩西維哥原本的樣子就很好。」

薩西維眨眨眼，笑道：「那我現在不好嗎？」

「現在又帥又美，也很好。」

「哈哈……」

薩西維忍不住靠上里斯的肩膀，低聲哀求：「不要讓這個夢結束好不好？」

「不會結束的。」

里斯捧起薩西維的臉，溫柔地揚起嘴角說：「薩西維哥……我遇到了母親喔，她要我趕緊來陪你，還把我訓了一頓，這究竟是不是夢，你親自來確認吧？哥、薩西維哥……我喜歡你，從很久很久以前就、一直一直——唔。」

這一次，里斯也抱著薩西維回應，他們擁吻在一起，滑落下來的淚水都不知道是誰的了，薩西維依然不清楚這是不是夢，只是那溫柔的感覺以及溫暖的身體都讓他無比眷戀，他的里斯、他的里斯啊……在經歷了那麼久的歲月後，終於感受到他的思念回來找他了嗎？

薩西維很想要溫柔地對待里斯，可是他等得太久，又害怕等他清醒過來發現這一切只是夢，他落空太多次，幾乎是又急又狠地親吻里斯的每一吋肌膚，里斯似乎還有一點矜持，過程中不斷地發出『不可以舔那裡！』、『等等、慢點』、『薩西維哥不知羞恥……』等的譴責，薩西維卻越聽越興奮，畢竟里斯啊……確實和這種事情扯不上邊。

他親愛的弟弟有一種高雅的氣質，一般人是無法輕易靠近的，現在那樣的里斯在他的身下呻吟，承受著他野蠻的侵入，是，他確實野蠻，忍耐思念的壓力使他心中形成一股難以言喻的沉重情感，他一次一次過分地發洩在里斯的身上，里斯比想像中的還要瘦……啊、不是，是他變得不一樣，與以往柔弱的自己不一樣了。

薩西維多少還是在心中譴責自己，可意識到這差別時他又更興奮了，里斯幾乎是精疲力盡，紅著臉以責備的目光望向他，好像又在罵他不知羞恥，薩西維忍俊不禁，抱著他道歉，下半身卻還在動。

「薩、薩西維哥……嗯、外表騙子……」

「里斯你……一直都很喜歡我的臉，是吧？」

「……其他的也喜歡、啊！不、別——」

薩西維深頂抽動，本來想要慢慢地磨再享受一點，聽到里斯的告白又沒忍住，他扯著嘴笑，美麗的臉上帶著狠度，他道：「但是、我也是男人啊……里斯……」

知道，里斯抱著他想。

眼前的男人佔有他的樣子，又帥又美。

一切都亂了，他甚至還沒有解釋清楚就沉淪在這種事情上，不過，還能怎麼辦呢？這是在絕望過後的重逢，是本來再也不可能的相遇，如今，他回到這裡……延續他從來沒有想過的、他和薩西維新的結局。

即使再來一次，他還是會好好守護他的哥哥。

現在，也只不過是繼續下去罷了。

守護這顆傷痕累累的心、突破不敢向前的自己、享受曾經他不敢奢望的戀愛。

他會向賴田樂學習的，勇敢地……抓緊自己的摯愛。

薩西維已經很久沒有睡得那麼好了。

隱隱約約感覺到身旁有人，他的思緒還有些混沌，睜開眼的時候只看見天花板，餘光又是那粉色的……薩西維茫然地轉頭，映入眼簾的即是趴躺在他旁邊看著他的里斯。

「醒了？」

薩西維猛地坐起來，發現自己一絲不掛後又回頭看了眼以被子將自己包緊緊的里斯，愣愣地說：「還、還在做夢……」

里斯靜靜地看著他，然後掀起被子露出滿是痕跡的身體，微微挑著眉說：「這話是不想負責才這麼說的嗎，薩西維哥？」

薩西維呆然，嘴巴張張闔闔地說不出話，他碰向里斯的手在顫抖，但他緊緊地抓住里斯的手腕，跪趴在他的面前哭泣，哭聲抑制不住，連著痛苦的思念全部都在這瞬間傾瀉而出。

里斯以被子將兩個人摟在一塊，他輕輕抹去薩西維的淚水，說：「我回來了，薩西維哥。」

「你回來了……」

薩西維擁著里斯、感受著他的溫度輕聲附和。

幾個月後。

「薩西維哥，我看你最近借了不少書？」

「嗯，睡前讀物。」

薩西維微笑回應，他的氣色變好，不論因為什麼，這都是好事，珞茵娜心想，但還是很好奇薩西維的心境上是有了什麼轉變，於是提問：「最近睡得還好嗎？聽說你連定期的回診都沒有去了。」

「睡得很好，不用擔心，珞茵娜。」

珞茵娜坐在這頂端的位置也好一段時間了，自然能看出薩西維有隱瞞之事，但除了他的狀況變好之外，並沒有其他可疑的地方，他所借的書也都是一些普通的小說，或許是……放下心中的那個人了？

關於里斯，珞茵娜之前好像也產生看見里斯的錯覺，但她並不想要特意向薩西維提起，如果能夠放下，過好自己的生活的話，當然也是好事，珞茵娜想了想便不打算繼續問了，甩手趕人：「那就好，你可以回去休息了，我確認完這個文件就好。」

「好，您也不要太累了，晚安，陛下。」

「嗯？」

「好、好，晚安，珞茵娜。」

「這才對，晚安，薩西維哥。」

薩西維抱著書離去，在前往房間的路上依然笑著，在這幾個月以來他整理出了幾個結論——

一、母親才是真正的女武神，她讓里斯回來了。

二、里斯說自己只是靈魂，能活動的範圍大概只有他的房間。

三、珞茵娜能看到里斯，所以在他房間的里斯真的不是他的幻覺。

四、里斯維持著十八歲時的模樣，會一直一直陪著自己，直到他死亡，到那個時候，他們一起離開。

一起離開，聽起來真好。

薩西維靜靜地關上房門並悄悄上鎖，他看著專注於書中的里斯，那粉色的髮絲在空中微微飄揚，撥動著他的心，同時里斯也注意到他了，露出笑容迎接，「薩西維哥。」

他感到心滿意足，薩西維自然地將里斯摟過來，笑道：「我回來了。」

有些傷口如果一直一直忍耐放著不管的話，終究會壞掉，但是沒關係，薩西維擁抱著里斯心想，那些痛苦、懊悔以及思念總會過去，他現在很好，再好不過了。

他一次又一次地失去里斯。

這一次，絕對絕對不會放開了，屬於他們的奇蹟、屬於他們的未來——

現在正要開始。

Fin.

# 後記

初次見面您好我是淇夏！第一次寫出版的後記想說：哇，真的是哇——！出版了耶！嗚呼！媽媽我在這裡！不知道該說什麼但就是非常感謝！感謝當初有在追連載給我留言的朋友們、感謝購買此本書的你、感謝幫忙繪製好好看封面的MU、感謝幫助我的編輯、感謝朧月、感謝我家的貓向陽在我趕稿時陪伴我（？）還有感謝我自己！

因為我本身蠻喜歡看穿越、重生的劇情，所以也想要試試看！而且用陰毛開場我覺得很讚，也很喜歡一開始超凶的攻後來變成受的汪汪狗（對就是夏德）剛開始構想故事的時候就想劇情要有歡樂和沉重的反差元素，還要有驚天動地的反轉劇情，在地牢那邊的反轉就是一開始就想寫的部分，終於寫到那裡的時候我好興奮R，以為就這樣了嗎？不，後面還有想不到的列瑞呢！

最後也留了一些伏筆，關於烏諾斯和他的搭檔後續、亞勃克之花原本是出於哪個故事的設定和世界管理局的謎題，這些如果有機會的話也想給大家看看！

另外也沒有想過成書後竟然會那麼厚，好好笑帶出去可以防身耶買了有沒有覺得很划算，有啦而且封面還那麼讚，內容也很讚啦！有想過要不要分上下但又覺得找不到可以分的點所以就這樣了（好）穿越從２０２１年７月開始連載，於２０２２年３月迎來完結，真的很開心能夠出版上市跟大家見面，田樂真的很可愛有沒有，他真的很可愛，可愛寶貝（重

要的事情要講三次）

這本主要注重在夏德、薩西維、珞茵娜和列瑞的故事，下一本就是田樂的故事了！重新相遇的夏樂會有什麼火花呢？都在續集《β的我為了活下去只好裝Ω了》揭曉喔（趁機推廣）雖然我覺得田樂會被夏德吃得死死的，誰像夏德那麼難搞。

在寫後記的時候我也好緊張，希望各位會喜歡他們！怕頁數會爆所以我就不再多說了，總之真的就是大感謝！故事裡的大家都是最棒的！他們也都是我的驕傲！也非常歡迎大家看完後跟我說說心得喔！期待下次在後記相見！

2022／03／27 淇夏

高寶書版集團
gobooks.com.tw

**FH034**

**穿越成男配的我為了活下去只好裝GAY了**

作　　者　淇夏
繪　　者　MU
編　　輯　賴芯葳
封面設計　Victoria
排　　版　彭立瑋
企　　劃　方慧娟

發 行 人　朱凱蕾
出　　版　朧月書版股份有限公司
Hazy Moon Publishing Co., Ltd
地　　址　臺北市內湖區洲子街88號3樓
網　　址　www.gobooks.com.tw
電　　話　(02) 27992788
電　　郵　readers@gobooks.com.tw（讀者服務部）
傳　　真　出版部　(02) 27990909　行銷部 (02) 27993088
郵政劃撥　19394552
戶　　名　朧月書版股份有限公司
發　　行　朧月書版股份有限公司 / Print in Taiwan
初版日期　2022年6月

國家圖書館出版品預行編目(CIP)資料

穿越成男配的我為了活下去只好裝GAY了 / 淇夏著.-- 初版. -- 臺北市：朧月書版股份有限公司出版：英屬維京群島商高寶國際有限公司臺灣分公司發行, 2022.06-
面；　公分. --

ISBN 978-626-96111-7-1(平裝)

863.57　　111008142